Martin Petzoldt

Bach-Almanach

Johann Sebastian Bach
(1685 – 1750)

Gemälde von Elias Gottlieb Haußmann (1748)
(Sammlung William H. Scheide)

Martin Petzoldt

BACH

Almanach

Ereignisse und Kurzgeschichten
für jeden Tag

EVANGELISCHE VERLAGSANSTALT
LEIPZIG

Die Deutsche Bibliothek – CIP Einheitsaufnahme

Petzoldt, Martin:
Bach-Almanach: Ereignisse und Kurzgeschichten für jeden Tag /
Martin Petzoldt. – Leipzig : Evang. Verl.-Anst. 2000
ISBN 3-374-01762-2

Umschlaggestaltung, Layout und Satz: 4 PEOPLE, Leipzig
Druck: Cuno Druck, Calbe

ISBN 3-374-01762-2

Vorwort

Bach-Almanach – ein Buch zum Aufschlagen an jedem Tag des Jahres, nicht nur im Bachjahr 2000; ein Buch zum aufmerksamen Herumgehen und erlaubten Herumstöbern in der Lebensgeschichte eines Menschen, dessen Werk und Person nach wie vor unzählige Menschen fasziniert und anrührt. Das Interesse wird weiter geschärft, wenn zu Werkkenntnis und biographischem Detail menschliche und alltägliche Züge treten, vielleicht gar im Sinn von Fragen, deren Beantwortung auf sich warten läßt.

Jeder Tag der Lebensjahre Johann Sebastian Bachs ist grundsätzlich befragbar in zweierlei Hinsicht: Was hat aufführend oder komponierend an Musik eine Rolle gespielt, welche persönlichen und zeitgeschichtlichen Daten umgeben dieses Zentrum der Musik? Wie an dem Buch zu sehen ist, wissen wir nicht genug, um solche Fragen für jeden Tag des Bachschen Lebens zu beantworten. Aber der Versuch soll unternommen werden, schon allein deshalb, damit Kenner und Liebhaber heute ein wenig vertrauter mit ihrem Bach werden und ein wenig seinem Alltag nachspüren können. Deshalb wird an vielen Tagen in einem dritten Textteil, nach Werken und Ereignissen, mit zeitgenössischen Texten oder Kurzerzählungen aufgrund originalen Materials der Versuch einer Annäherung an Bach gemacht, die den dokumentarischen und historisch nachweisbaren Rahmen absichtlich, aber den Quellen gegenüber verantwortlich überschreitet.

Eingefügt sind zeitgenössische Texte, die zu einem kleineren Teil noch nie veröffentlicht wurden, wie z. B. ein Auszug aus einer Neujahrspredigt des Ohrdrufer Superintendenten Kromayer oder die Notizen des Nikolaiküsters zu Leipzig zum Tode Augusts des Starken 1733. Bei Festtagen beziehen sich die Bemerkungen zu Früh und Nachmittag auf den jeweiligen Haupt- (7.00 Uhr) und Vespergottesdienst (13.30 Uhr); in entsprechender Reihenfolge werden auch die Prediger in den beiden Leipziger Hauptkirchen genannt. Bestimmte Werke Bachs kommen nicht vor, weil sie nicht hinreichend datiert werden können, z. B. die vier kleinen Messen, die meisten Klavier-, Orgel- und Instrumentalwerke. Das mag man bedauern. Doch gibt es zu diesem Verfahren keine vernünftige

Alternative. Einige wenige Abkürzungen werden verwendet, die der besseren Darstellung zugute kommen (Abkürzungen der biblischen Schriften siehe Seite 501)

BWV	– Bachwerkeverzeichnis
DG	– Dresdner Gesangbuch 1725/1736
NK	– Nikolaikirche zu Leipzig
ThK	– Thomaskirche zu Leipzig
Wq	– Werkverzeichnis C. Ph. E. Bach

Als graphische Besonderheiten sind einige besonders schöne Vignetten aus Schrifttum und Druckwerken vor allem der Leipziger Bachzeit verwendet. Bilder und bildhafte Vignetten erhalten eine Bildunterschrift. Kursivdruck im laufenden Text markiert lateinisch geschriebene Satzzusammenhänge oder Worte im Original. Im Anhang befindet sich eine Zeittafel zum Leben Bachs. Dieses Buch sei meinen lieben Eltern zum 80. Geburtstag im März 2000 gewidmet.

Mein Wunsch ist, daß dieses Buch zum täglichen Wegbegleiter aller derer werden möge, die Johann Sebastian Bach in ihrem Leben nicht mehr vermissen möchten.

Leipzig, am Silvestertag 1999 *Martin Petzoldt*

Entstandene und aufgeführte Werke

am Neujahrstag in der Schloßkapelle bzw. auf dem Schloß zu Köthen
1719: Die Zeit, die Tag und Jahre macht, BWV 134a
Serenata, Text von Christian Friedrich Hunold
1720: Dich loben die lieblichen Strahlen der Sonne, BWV Anh. 6
Text von Christian Friedrich Hunold
1721: [Titel unbekannt], BWV 184a (?)
1723: [Titel unbekannt], BWV Anh. 8 – Musicalisches Drama
1728: möglicherweise Aufführung einer Neujahrsmusik in Köthen

am Tag der Beschneidung und Namengebung des Herrn, dem Neujahrstag: mit Predigt früh zu Lk 2,21, nachmittags zu Gal 3,23-29
1724: Singet dem Herrn ein neues Lied, BWV 190
ThK: Lic. Carpzov; NK: M. Teller
1725: Jesu, nun sei gepreiset, BWV 41
NK: D. Deyling; ThK: Lic. Sieber
1726: Herr Gott, dich loben wir, BWV 16
NK: D. Deyling; ThK: Lic. Sieber
1729: Gott, wie dein Name, so ist auch dein Ruhm, BWV 171
ThK: D. Weise; NK: M. Gaudlitz
1730: Johann Friedrich Fasch, Gehet zu seinen Toren ein
ThK: D. Weise; NK: M. Gaudlitz
1731: Herr Gott, dich loben wir, BWV 16
NK: D. Deyling; ThK: Lic. Sieber
1734: Jesu, nun sei gepreiset, BWV 41
[Aufführung auch schon 1732 oder 1733 anzusetzen]
ThK: D. Weise; NK: M. Hoffmann
1735: Fallt mit Danken, fallt mit Loben, BWV 248 IV
ThK: D. Weise; NK: M. Hoffmann
1749: Herr Gott, dich loben alle wir, BWV 16
NK: D. Deyling; ThK: Lic. Sancke (?)

Persönliche und zeitgeschichtliche Ereignisse

1719: das mit Gehaltsabzug geahndete Versäumen einer Neujahrsmusik auf dem Schlosse seitens der Köthener Stadtmusiker

Johann Gottlieb Würdig und Adam Ludwig Weber ist möglicherweise auf die Aufführung der Kantate „Die Zeit, die Tag und Jahre macht" zu beziehen

1730: Taufe von Christiana Benedicta Louise, der vierten Tochter Bachs und Anna Magdalenas in der Leipziger Thomaskirche; Taufpfarrer: Archidiakonus D. Johann Gottlob Carpzov; Paten: Sophia Benedicta Carpzov, Tochter des Archidiakonus, Rechtskonsulent D. Christian Gottfried Moerlin, Catharina Louisa Gleditsch, Ehefrau des Buchhändlers Johann Gottlieb Gleditsch

1731: in Herrnhut erscheinen erstmalig Losungen für jeden Tag, Jahresausgabe

1732: Romanus Teller, späterer Beichtvater Bachs, wird Frühprediger und Oberkatechet an St. Petri zu Leipzig

1746: Abzug der preußischen Truppen aus Leipzig nach dem Dresdner Friedensschluß vom 25.12.1745

1748: Zeugnis Bachs für Johann Christoph Altnickol, ausgestellt für dessen Bewerbung auf die Organistenstelle in Niederwiesa bei Greiffenberg/Schlesien

1. 1. 1698

Anfang Januar 1698 trat Elias Herda, Bachs Ohrdrufer Kantor, sein Amt an. Mit ihm und dem neuen Rektor Kiesewetter begann für das Lyceum nach vielen Jahren der Ungewißheit und des Streites unter den Lehrern eine Zeit hoher Bildung.

Superintendent Kromayer wünschte in seiner Neujahrspredigt gerade der Schule viel Gutes: „Nicht weniger wolle G.[ott] seine gu[e]te theuer seyn laßen ubr unsere Schuele u. seine Flugel ausbreiten uber alle die darinne arbeiten, d[en] H[err]n Rect.[or] und seine Collegen, was Jes 40,31 von denen stehet, die auf d[en] H[err]n harren: Sie kriegen neue Krafft daß sie auffahren mit flugeln wie Adler daß sie wandeln u. nicht mude werden daß sie laufen u. nicht matt werden; das wolle G.[ott] auch an ihnen erfullen, sie mit neuer Krafft ausrusten, daß sie uber der beschwerlichen Arbeit, die bey den meisten ungleich lohn hatt, nicht mude auch uber vielen schnöden Undanck nicht matt werden, sondern ihr amt unverdroßen fortsetzen, dadurch viel gutes ausrichten und die Jugend allerstunden zum besten in guten sitten und Künsten auferziehen."

Entstandene und aufgeführte Werke

am Sonntag nach Neujahr mit Predigt über Mt 2,13-15
1724: Schau, lieber Gott, wie meine Feind, BWV 153
NK: D. Deyling
1735: Ehre sei dir, Gott, gesungen, BWV 248 V
NK: Lic. Werner

Persönliche und zeitgeschichtliche Ereignisse

1727: am 1. und 2. Januar muß sich August der Starke einer Zehenamputation unterziehen, vgl. 27. 4. 1727
1741: Bach bittet seinen Vetter Johann Elias, dem Ronneburger Kantor Koch die verlangte Solokantate (wahrscheinlich BWV 82 zum Festtag Mariae Reinigung, 2. Februar) zu versprechen, aber um Geduld zu bitten, da sie nochmals abgeschrieben werden muß

2. 1. 1741

„Mache er dem Ronneburger Kantor Koch und dessen Haus ein ergebenstes Compliment und einen guten Wunsch zum neuen Jahr. Er solle das verlangte Solo schon bekommen, doch weil es zu undeutlich geschrieben sei, müsse es vorher neu ausgeschrieben werden. Und ich bitte mir aus, das mir gegebene Versprechen zu halten und mir das Manuskript des Kapellmeister Dresen zu überschikken."

Johann Sebastian hatte seinem Vetter Johann Elias diese Zeilen in die Feder diktiert und wollte sich wieder seiner Arbeit zuwenden. Elias zögerte und fragte zurück, um welches Manuskript des Kapellmeister Dresen es sich wohl handele? Bach war in Eile und gab etwas unwirsch zur Antwort: „Ach, das war ein Versuch des alten Adam Drese; ein ‚Tractat von der Composition', darinnen gezeigt wird, wie man mit 32 Stimmen rein komponieren kann." Elias verschwand auf sein Zimmer, um den Brief fertig zu machen.

Entstandene und aufgeführte Werke

am Sonntag nach Neujahr mit Predigt zu Mt 2,13-15

1734: In allen meinen Taten, BWV 97
Ach Gott, wie manches Herzeleid, BWV 58
NK: M. Hoffmann

Persönliche und zeitgeschichtliche Ereignisse

1729: auf Anordnung des Leipziger Konsistoriums zwangsweise Trauung von Johann Siegismund Scholtze mit der Witwe des Halleschen Tracteurs, Heinrich Ludwig Boße, Christiana Dorothea, geb. Poetzsch, in der Thomaskirche zu Leipzig. Scholtze gab sich als Sammler und Herausgeber der „Singenden Muße an der Pleiße", einem Kunstliederbuch, das 1736 im Verlag Breitkopf erschien, das Pseudonym Sperontes. Frau Scholtze starb am 12. 2. 1738 in Leipzig

1738: Anfang Januar veröffentlicht Johann Abraham Birnbaum, ein Leipziger Magister der Philosophie, anonym seine Verteidigungsschrift mit dem Titel „Unpartheyische Anmerckungen über eine bedenckliche stelle in dem sechsten Stück des Critischen Musicus" gegen Johann Adolph Scheibes Angriffe auf Bachs Kompositionsweise, die dieser im Vorjahr herausgebracht hatte, vgl. 14. 5. 1737

1741: Johann Ludwig Krebs weist im Vorwort zur Druckausgabe seiner a-Moll-Suite auf die Klavierkompositionen Bachs hin

Januar 1738

Birnbaum ließ auf das zweite Blatt seiner Schrift folgende Widmung abdrucken:

> Dem Hoch-Edlen Herrn, HERRN Joh. Sebastian Bachen / Sr. Königl. Maj. in Pohlen und Churfl. Durchl. zu Sachsen hochbestallter Hoff Compositeur und Capell-Meister, wie auch Directoren der Music und Cantoren an der Thomas Schule in Leipzig widmet diese Ihn selbst angehende blätter mit viel ergebenheit der Verfasser.

Über den Beginn seiner Gedanken setzte er ein Zitat von Horaz:

Quid uerum atque decens curo, & rogo, & omnis in hoc sum.

Was soviel heißt wie: Ich sorge mich um das, was wahr und würdig ist, ich verlange dies alles ebenso zu erfahren wie auch in ihm zu sein.

4. JANUAR

Entstandene und aufgeführte Werke

am Sonntag nach Neujahr mit Predigt zu Mt 2,13-15

1733: Ach Gott, wie manches Herzeleid, BWV 58
[womöglich auch erst 1734 aufgeführt]
ThK: D. Weise

Persönliche und zeitgeschichtliche Ereignisse

1730: Tod der vierten Tochter Bachs aus zweiter Ehe, der vier Tage alten Christiana Benedicta Louise

1749: Johann Christoph Altnickol, Organist von St. Wenzel in Naumburg, lädt Abgeordnete des Naumburger Rates zu seiner Hochzeitsfeier nach Leipzig ein

Entstandene und aufgeführte Werke

am Sonntag nach Neujahr mit Predigt zu Mt 2,13-15

1727: Ach Gott, wie manches Herzeleid, BWV 58
ThK: D. Carpzov

Persönliche und zeitgeschichtliche Ereignisse

1728: Honorar von 24 Talern für Bachs Gastspiel in Köthen

1730: Begräbnis der Tochter Christiana Benedicta Louise

1740: Johann Adolph Scheibe behandelt in einer Abhandlung seines „Critischen Musicus" die Bedeutung der Mathematik für die Musik und versucht durch eine rhetorische gestellte Frage zu antworten: „Ja man frage einen grossen Bach, der doch alle musicalische Kunststücke in seiner völligen Gewalt hat, und dessen verwunderungswürdige Arbeiten man nicht ohne Erstaunen sehen und hören kann, ob er bey der Erlangung dieser grossen Erfahrung und Geschicklichkeit nur einmahl an das mathematische Verhältniß der Thöne gedacht, und ob er bey der Verfertigung so vieler musicalischen Kunststücke die Mathematic nur einmal um Rath gefragt hat?"

1749: Sonntag nach Neujahr: Erstes Aufgebot von Elisabeth Juliana Friderica Bach und Johann Christoph Altnickol im Frühgottesdienst der Thomaskirche zu Leipzig

1750: Johann Friedrich Agricola bewirbt sich um die durch den Tod Gottfried Heinrich Stöltzels freigewordene Hofkapellmeisterstelle in Gotha: „Ich habe von Kindheit auf die Musik zu meinem Haupt-Studio erwehlet. Ich habe in Leipzig, drey und ein halbes Jahr, unter Anführung des Capellmeister Bachs das Clavierspielen weiter geübet, und von demselben die Composition erlernet. Seit dieser Zeit habe ich mich beständig in Berlin aufgehalten"

1751: Anna Magdalena Bach erhält anstatt des beantragten Gnadenhalbjahres eine Beihilfe in Höhe eines Quartalsgehaltes, vgl. 15. 8. 1750

5. 1. 1730

Der Unterleichenschreiber griff in das Regal mit den Leichenbüchern. Dann legte er den Folianten auf den Tisch – Band 25, begonnen anno domini 1728 –, schlug die letzte Seite mit Eintragungen auf, tauchte den Federkiel ein und schrieb: „Ein Mägdlein 4. Tage, Christiana Benedicta, Louise, Herrn Johann Sebastian Bachs, Cantoris an der Thomas Schule, starb am Mittwoch." Dann fügte er die Rechnung zu: „dem Thürmer 18 Groschen, dem Leichenschreiber 12 Groschen, ins Almosen 6 Groschen, dem Küster 4 Groschen; macht summa summarum 1 Reichstaler, 16 Groschen." „Nichts ist umsonst, nicht einmal der Tod nach nur vier Tagen", seufzte er etwas fröstelnd. Andreas Gottlob Bienengräber war selbst erst 23 Jahre alt.

6. JANUAR

Entstandene und aufgeführte Werke

am Epiphaniasfest, früh mit Predigt zu Mt 2,1-12,
nachmittags mit Predigt zu Jes 60,1-6

1724: Sie werden aus Saba alle kommen, BWV 65 (vgl. 30.1.1724)
ThK: Lic. Sieber; NK: H. Rücker

1725: Liebster Immanuel, Herzog der Frommen, BWV 123
ThK: D. Weise; NK: M. Wagner

1735: Herr, wenn die stolzen Feinde schnauben, BWV 248 VI
ThK: D. Weise; NK: M. Hoffmann

Persönliche und zeitgeschichtliche Ereignisse

1728: Ende der Landestrauer nach dem Tode der sächsischen Kurfürstin Christiane Eberhardine

1732: Peter Hohmann, einflußreicher Leipziger Kaufmann, stirbt

1745: die Leipziger Zeitungen melden den Mitvertrieb der Cembalosonate D-Dur von Wilhelm Friedemann Bach durch seinen Vater in Leipzig und seinen Bruder in Berlin, vgl. 16. 3. 1745

7. JANUAR

Entstandene und aufgeführte Werke

am 1. Sonntag nach Epiphanias mit Predigt zu Lk 2,41-52

1725: Meinen Jesum laß ich nicht, BWV 124
NK: D. Deyling

Persönliche und zeitgeschichtliche Ereignisse

1730: die verfolgten Salzburger Protestanten geben ein Memorial an das Corpus Evangelicorum in Regensburg

1749: Andreas Christoph Jonne wird im Leipziger Rat auf Bachs Vorschlag und nach dessen Prüfung als Kunstgeiger verpflichtet, vgl. 21. 12. 1748

Entstandene und aufgeführte Werke

1738: Johann Abraham Birnbaums gedruckte Verteidigung Bachs gegen die Kritik Johann Adolph Scheibes an Freunde und Bekannte verteilt

1748: Veröffentlichung der Cembalosonate Es-Dur von Wilhelm Friedemann Bach; Mitvertrieb bei seinem Vater in Leipzig und seinem Bruder in Berlin

1751: Brief Georg Friedrich Einickes aus Frankenhausen an Johann Mattheson in Hamburg wegen der Rezension des Schulprogrammes „De vita musica" von Johann Gottlob Biedermann, Freiberg

8. 1. 1751

Der Frankenhausener Kantor Einicke erklärt Mattheson das Zustandekommen der umstrittenen Fassung einer Rezension des Biedermannschen Gymnasialprogrammes „De vita musica" aus dem Jahr 1748: Es „überschickte, einige Zeit danach, der sel. Kapellmeister Bach aus Leipzig ein Exemplar davon an den Herrn Organisten Schrötern in Nordhausen, und bat denselben, daß er solches recensiren und widerlegen mögte, weil er in hiesiger Gegend niemand dazu geschickter wüste, noch finden könnte. Hr. Schröter fand sich hiezu alsobald bereit, verfertigte eine Recension, und übersandte dieselbe dem Hrn. Bach nach Leipzig; stellte ihm auch frey, ob er solche in die gelehrten Zeitungen, oder in eine andre Wochenschrift, mit einschalten lassen wollte. Hr. Bach schrieb darauf den 10. Dec. 1749. folgendes an mich:

> Die schröterische Recension ist wohl abgefaßt, und nach meinem *goût* [Geschmack], wird auch nächstens gedruckt zum Vorschein kommen — Herrn Matthesons Mithridat hat eine sehr starke Operation [Wirkung] verursachet, wie mir glaubwürdig zugeschrieben worden. Sollten noch einige *Refutationes* [Widerlegungen], wie ich vermuthe, nachfolgen, so zweifle nicht, es werde des *Autoris* Dreckohr gereiniget, und zur Anhörung der Musik geschickter gemacht werden."

Der genannte Johann Mattheson hatte in einer eigenen Schrift folgende Fußnote zu Bachs Begriff „Dreckohr“ angebracht: „Expression basse & dégoutante; indigne d’un Maître des Chapelle; pauvre allusion au mot: Rector“ [ein niederer und verdrießlicher Ausdruck; unwürdig eines Kapellmeisters; eine armselige Anspielung auf die Bezeichnung „Rektor“].

Entstandene und aufgeführte Werke

am 1. Sonntag nach Epiphanias mit Predigt zu Lk 2,42-52

1724: Mein liebster Jesus ist verloren, BWV 154
NK: Lic. Schütz

Persönliche und zeitgeschichtliche Ereignisse

1729: „Den 9. Januar kamen Ihro Durchlaucht der Herzog von Weißenfels Christianus auf die Messe in beliebter Schlittenfahrt und *logi*rten bei Herrn *Dr.* Dondorfen in der Hainstraße, und gingen den 17. wieder von hier ab nach Weißenfels" (Riemers Jahrbuch), vgl. 12. 1. 1729

1742: Johann Elias Bach schreibt an seinen Vetter Johann Ernst Bach in Eisenach, der sein Jurastudium in Leipzig hatte abbrechen müssen, um seinen Vater an der Eisenacher Orgel zu vertreten; nun ermutigt er ihn zur künftigen Übernahme der Organistenstelle in Eisenach und regelt Geldangelegenheiten, die offenbar nach Johann Ernsts Abreise zwischen diesem und Johann Sebastian Bach offen geblieben waren

1746: „Am 9ten Wurde in allen Kirchen nach der Predigt, ein DanckGebet wegen des wiederhergestellten Friedens abgelesen und das Te Deum laudamus angestimmet", notiert der Obervoigt Johann Gottfried Schmiedlein

9. 1. 1724

BWV 154, Satz 4, Cembalostimme (Jesu, laß dich finden)

„Komm, ach komm, ich warte dein, komm, o liebstes Jesulein!" Mitten in der Kantate war soeben der Choral verklungen. Bach blätterte am Cembalo die Noten um. Jetzt mußte die Altarie folgen „Jesu, laß dich finden". Er hatte ein eigenes Blatt der Cembalostimme neu geschrieben. Altist, Kunstgeiger, Kontrabassist und die Oboisten schauten auf ihn und erwarteten den Einsatz. Wo steckte nur das Blatt? „... laß dich finden!" Lautlose Stille herrschte in der vollen Kirche. Langsam wurde er nervös. Er blätterte hin und her, nichts! Fast unbemerkt winkte er dem Continuo-Spieler am Baß.

Der begriff, legte seine Stimme auf das Pult des Cembalos und stellte sich mit dem Baß neben ihn; Bach spielte aus der Baßstimme und seinem Gedächtnis das Accompagnement am Cembalo: Zwölf-Achtel, leicht und wiegend spielten die beiden Oboi d'amore, nach sechs Takten setzte der Altist ein und sang sicher bis zum Ende. Als der Schlußchoral verklungen war – „Selig, der mit mir so spricht: Meinen Jesum laß ich nicht!" – und die Gemeinde Luthers Glaubenslied sang, fiel sein Blick auf das vermißte Notenblatt: Da lag es am hinteren Stützbein des Cembalos. Diesen Sonntag – es war der 9. Januar 1724 – würde er nicht so schnell vergessen.

10. JANUAR

Entstandene und aufgeführte Werke

1734: Canon a 2. perpetuus, BWV 1075

Persönliche und zeitgeschichtliche Ereignisse

1720: Bach als Pate bei Sophia Charlotta Abel in Köthen
1739: Johann Elias Bach berichtet einem Briefpartner von der bevorstehenden Veröffentlichung des 3. Teils der Klavierübung
1742: am 10. oder 11. Januar endete der Thomasschul-Konrektor Siegmund Friedrich Dresig durch Selbstmord, vgl. 25. 1. 1742

10. 1. 1734

Dieser in ein Stammbuch eingetragene Kanon trägt folgende Widmung:

> Dieses wolte seinem Herrn Pathen
> zum Andencken beyfügen
> Joh: Seb: Bach
> Leipzig. den 10. Januar: 1734.

Wegen zeitlicher Nähe zur jüngst geschehenen Taufe Johann August Abraham Bachs (getauft am 5. 11. 1733, gestorben am 6. November) hat man dieses lose Stammbuchblatt mit dem Thomasschulrektor Johann Matthias Gesner in Verbindung gebracht, der Leipzig im September 1734 verlassen würde. Daß nicht er, sondern seine Frau Pate stand, ist kein Hinderungsgrund für eine solche Annahme. Doch schwerer wiegt die Frage, ob im Januar 1734 schon bekannt war, daß Gesner acht Monate später Leipzig verlassen und nach Göttingen gehen werde?

10. 1. 1742

Den 10. Januar erhing sich Herr *Mag.* George Drößig, *Conrector* auf der Thomasschule, früh zwischen 7 und 8 Uhr im Barfüßerzwinger, an des Herrn L. R. A.[pels] Garten an eine Latte mit seiner Halskrause, auf einem Stein stehend, [und ist] den Horatium [evl. die Satiren des Horaz] auf der Erde liegend gefunden worden. Nach erfolgtem Vergleich, indem [1.] er in dem Amtsgebiete gehangen, 2. in des hohen hochedlen Raths Diensten gestanden, 3. eine *Universi*tätsperson gewesen, ist die Latte nicht von dem Schinder, sondern von einem Stadtknecht abgebrochen worden, woran er gehangen, und der Körper auf das *Theatrum anatom.[icum: Anatomisches Institut]* zur *Section* geliefert worden, da man denn befunden, daß das *Cadaver* [Leichnam] in dem *cerebro* [Gehirn] und *diaphragmate* [Zwerchfell] vieles Wasser gehabt. Die *Section* verrichtete Herr *D.* Hebenstreit, *Anat. P. P.* [öffentlicher Professor der Anatomie], und wurde der Cörper in dem Pauliner=Creuzgang an der Kirche bis auf hohe königl. Verordnung in das sogenannte finstre Begräbniß beigesetzet behalten, derselbe aber auf Königl. Maj. Befehl den 17. *huj. [us: den 17. Januar]* auf dem *Lazareth*kirchhof in einem platten Sarg in aller Früh begraben. (Riemers Jahrbuch)

Persönliche und zeitgeschichtliche Ereignisse

1714: Sitzung des Kirchenkollegiums der Marktkirche Unser Lieben Frauen in Halle mit dem Ziel, sich auf die Organistenbestallung für Bach zu einigen

11. 1. 1714

Wieder ging die Tür. Die Anwesenden schauten auf; es war der Vorsitzende, Herr Ratsmeister Johann Adolph Matthesius. Er murmelte eine Entschuldigung, die keiner verstand. Mit einem Blick überprüfte er wegen der Abstimmungsfähigkeit die Zahl der Erschienenen. Dann meinte er, man müsse heute sich auf den endgültigen Text der Organistenbestallung für den Weimarer Hoforganisten Bach verständigen. Da waren ja einige Fragen offen geblieben. „Lese er den projektierten Text vor, Becker!"

„Wir Endes unterschriebene Kirch-Väter und Achtmanne zu Unserer Lieben Frauen allhier, vor uns und unsere Nachkommen im Kirchen-Collegio, uhrkunden hierdurch und bekennen; daß wir dem Ehren-Vesten und Wohlgelahrten HErrn Johann Sebastian Bachen zum Organisten bey der Kirche zu unserer Lieben Frauen krafft dieses dergestalt bestellet, und angenommen haben, daß Er ..." – August Becker, der Dienstjüngste unter den Mitgliedern las den langen Text vor. Nach einem ausführlichen Gespräch war man sich einig, die Besoldung nicht qualifizieren zu können. Als Begründung sollte gelten, daß die Aufgaben in Weimar ja von den Hallensern nicht sehr unterschieden seien. Doch solle vorher der Herr Vorsitzende nochmals mit Bach schriftlich verhandeln.

Entstandene und aufgeführte Werke

zum Besuch des Herzogs Christian von Sachsen-Weißenfels in Leipzig

1729: O angenehme Melodei, BWV 210a (Erstfassung) womöglich im Hause D. Christoph Donndorfs, Hainstraße, wo der Herzog vom 9. bis zum 17. Januar wohnte

Persönliche und zeitgeschichtliche Ereignisse

1742: Johann Elias Bach bittet den Hofmeister des russischen Botschafters von Keyserlingk, Haase, in Dresden um den Gefallen, Wilhelm Friedemann Bach ein kleines Päckchen mit einem Neujahrswunsch zu übergeben

1747: Zeugnis für Heinrich Andreas Cuntzius

1749: am 1. Sonntag nach Epiphanias zweites Aufgebot von Elisabeth Juliana Friderica Bach und Johann Christoph Altnickol im Frühgottesdienst der Thomaskirche

12. 1. 1747

Er legte den Bittbrief des Hallenser Orgelbaumeisters Heinrich Andreas Cuntzius beiseite; natürlich war das der Sohn des Meisters der Hallenser Marktkirchenorgel, die er 1716 geprüft hatte. 30 Jahre war das schon her! Und natürlich kannte er den jungen Cuntzius auch. Bach griff zur Feder und formulierte:

„Da der Herr Cuntzius, Kunstberühmter Orgel- und Instrument-Macher in Halle mich endes benandten um ein Glaubwürdiges attestat wegen seiner Geschicklichkeit in Verfertigung der Orgeln und Instrumenten ersuchet hat; als habe nicht umhin gekont, ihm dergleichen hiermit auszustellen; Ich bekenne also hierdurch, nach meinem Gewißen, daß gedachter Herr Cuntzii seine Arbeit in gedachten Orgeln und Instrumenten dergestalt gut und Regelmäßig sey, daß nichts dargegen einzuwenden ist, und nichts mehr zu wünschen wäre, als daß alle dergleichen Arbeiten so tüchtig verfertigt würden, damit die Gottes Häuser sowohl als alle andere Liebhaber von dergleichen Musicalischen-Instrumenten hinführo nicht mehr durch Stümper betrogen würden."

Rasch setzte er Datum – es war der 12. Januar 1747 – und Unterschrift in dem Bewußtsein unter das Papier, Cuntzius dadurch behilflich gewesen zu sein. Dann versiegelte er den Brief.

13. JANUAR

Entstandene und aufgeführte Werke

am 1. Sonntag nach Epiphanias mit Predigt zu Lk 2,42-52

1726: Liebster Jesu, mein Verlangen, BWV 32
NK: D. Deyling

1737: Mein liebster Jesus ist verloren, BWV 154
NK: D. Deyling

Persönliche und zeitgeschichtliche Ereignisse

1722: Einweihung des neuerbauten Gymnasiums zu Mühlhausen; Rektor Gregorius Fritschler weiht das Haus

DeM zVVoeLflaehrigen SChVLknaben IesV,

einem Eteostichon, das die Jahreszahl 1722 enthält und mitteilt

1730: Bachs Schüler David Nicolai wird mit Empfehlung Bachs interimistisch als Organist der Görlitzer Peterskirche eingesetzt, vgl. 25. 2. und 6. 6. 1730

1737: Probespiel Johann Gottfried Bernhard Bachs um die Figuralorganistenstelle in Sangerhausen

13. 1. 1726

Mein Gott, öffne mir die Pforten
Solcher Gnad und Gütigkeit,
Laß mich allzeit allerorten
Schmecken deine Süßigkeit!
Liebe mich und treib mich an,
Daß ich dich, so gut ich kann,

Wiederum umfang und liebe
Und ja nun nicht mehr betrübe.

Jetzt, da der letzte Ton der Kantate verklungen war, war er sich restlos sicher, die richtige Wahl getroffen zu haben. Bei der Vorbereitung der Kantate, ja selbst noch einmal als er die Texte an Immanuel Tietze zum Drucken gab, zweifelte er, ob nicht eine andere Strophe die Kantate hätte beschließen sollen. Im veröffentlichten Kantatentext von Georg Christian Lehms gab es, wie so oft, keine Liedstrophe am Schluß.

Sachlich hatte Lehms das Evangelium vom zwölfjährigen Jesus im Tempel (Lk 2,41-52) im Sinne der Sehnsucht nach Jesu Gegenwart ausgelegt. Schon in der ersten Arie kam das zum Ausdruck: „Sage mir, wo find ich dich?“ Oder in der Bitte: „Laß dich höchst vergnügt umfangen.“ Später war von der „Stätte des Vaters“ und von der „Wohnung des Herrn Zebaoth“ die Rede. Beim Blättern durch das Gesangbuch fiel sein Blick auf die 12. Strophe von Paul Gerhardts Lied „Weg, mein Herz, mit den Gedanken“. Vorteilhaft erschien ihm auch, daß dieses Lied auf die Melodie „Freu dich sehr, o meine Seele“ zu singen war.

Entstandene und aufgeführte Werke

am 2. Sonntag nach Epiphanias mit Predigt zu Joh 2,1-11
1725: Ach Gott, wie manches Herzeleid, BWV 3
ThK: D. Weise

Persönliche und zeitgeschichtliche Ereignisse

1714: Reise des Kanzleiboten, Tobias Christian Francke, von Halle nach Weimar, um Bach im Auftrag des Kirchenkollegiums der Marktkirche Unser Lieben Frauen die Organistenbestallung in zweifacher Ausfertigung zu überbringen; Brief Bachs an den Vorsitzenden des Kirchenkollegiums in Halle; der Küster der Marktkirche Unser lieben Frauen in Halle quittiert die Honorierung für die Anfertigung einer Reinschrift mit Doppel der Organistenbestallung Bachs: „Zwölff groschen hat der Wohlverordnete Vorsteher Herr Rathsworthalter L. Aug Becker bezahlet, die Organisten bestallung des H. Bachens in Duplo zu mundiren [in Reinschrift zuzustellen], so hiermit bescheiniget Halle d 14. Jan 1714. Ernst Fr. Bretnütz Cust.[os]"

1730: Zeugnis für Johann Christian Weyrauch für dessen erfolglos gebliebene Bewerbung um die Kantorenstelle an St. Jakobi in Chemnitz, die durch den Weggang Conrad Küffners an die Nürnberger Sebaldusschule freigeworden war; Weyrauch übertrug Bachsche Lautenkompositionen in Tabulatur, vgl. 30. 5. 1732

1737: Wahl des Sohnes Johann Gottfried Bernhard zum Organisten an St. Jakobi zu Sangerhausen, vgl. 17. 8. 1731

14. 1. 1737

Der Stadtrat von Sangerhausen wählte Bachs dritten Sohn aus erster Ehe, Johann Gottfried Bernhard, zum Organisten von St. Jacobi. Bach hatte seinen Sohn rechtzeitig beim Sangerhäuser Bürgermeister Johann Friedrich Klemm empfohlen und dabei an ein

Versprechen erinnern können, das man ihm nach seiner eigenen gescheiterten Bewerbung 1702 gemacht hatte:
„Und wer weiß?, ob nicht hierunter Göttliche Schickung mit im Spiel, daß Eu:[er] HochEdler Rath voritzo ehe im Stande sind, das meiner Wenigkeit vor bey nahe 30 Jahren, gethane Versprechen, in *conferir*ung des damahlen *vacanten Figural* Organisten Dienstes, in *vocir*ung eines meiner Kinder, halten zu können …"

Persönliche und zeitgeschichtliche Ereignisse

1714: vermutliche Rückkehr des Kanzleiboten, Tobias Christian Francke, von seiner Reise nach Weimar; in seinem Gepäck hat er nicht die von Bach unterschriebene Organistenbestallung, aber einen Brief Bachs an den Ratsmeister Johann Adolph Matthesius

1723: in der Ratssitzung zu Leipzig gibt der Ratsherr Gottfried Wagner „zu überlegen, ob man Rollen und Bachen noch zur probe *admittir*en solle“

1734: endgültige Beisetzung Augusts des Starken in der Kathedrale zu Krakau im Beisein seines Sohnes und dessen Frau

15. I. 1714

Matthesius nahm kopfschüttelnd und brummend den Inhalt des Briefes des Weimarer Hoforganisten zur Kenntnis:

„Jedoch wolle mein hochgeehrtester Herr nicht ungütig nehmen, daß meine endliche *resolution* voritzo nicht *notificie*ren kan, aus ursachen, weiln erstlich meine völlige *dimißion* noch nicht erhalten, (2) weiln in ein und anderen gerne möchte einige änderung haben, sowohl wegen des *salarii* als auch wegen derer Dienste; welches alles noch diese Woche schrifftlich berichten werde. Intzwischen *remitti*re das eine *exemplar*, und weilen meine völlige *dimißion* noch nicht habe, als wird mein hochgeehrtester Herr nicht ungütig nehmen, daß noch zur zeit mich durch unterzeichnung meines Nahmens anderwerts zu *engagie*ren nicht vermag, bevor erstlich würcklich außer Diensten. Und sobald mann dann wird einig werden können wegen der *station*, so werde mich sofort selbsten persöhnlich melden und mit meiner unterschrifft zeigen, daß mich zu Dero Diensten würcklich verbindlich zu machen gesonnen.“

Hilft mir nicht, hilft mir nicht, mein lieber Bach, dachte er immer wieder. Doch wolle er hoffen, da doch der Hoforganist angekündigt hatte, noch diese Woche einen weiteren Brief zu schikken, daß mit einiger Verspätung die nun schon zu lange währende Organistenwahl unter Dach und Fach käme.

Entstandene und aufgeführte Werke

am 2. Sonntag nach Epiphanias mit Predigt zu Joh 2,1-11

1724: Mein Gott, wie lang, ach lange, BWV 155
ThK: Lic. Sieber

Persönliche und zeitgeschichtliche Ereignisse

1734: Bach bestellt den Textdruck der Huldigungskantate „Blast Lärmen, ihr Feinde! Verstärket die Macht!" (BWV 205a) anläßlich der Krönung Friedrich Ausgusts II. zum König von Polen, vorgesehen zur Aufführung im Collegium musicum am 17. Januar, dann aber erst am 19. Februar aufgeführt

1737: Aufnahme Johann Ernst Bachs, Enkel des Eisenacher Organisten Johann Christoph Bach und Patenkind Johann Sebastians, unter die Alumnen der Thomasschule, vgl. 30. 1. 1722

Entstandene und aufgeführte Werke

im Zimmermannischen Kaffeehaus

1734: Aufführung eines unbekannten Werkes Bachs anstelle der verschobenen Huldigungskantate für den erwarteten neuen polnischen König und sächsischen Kurfürsten Friedrich August II., vgl. 19. 2. 1734

Persönliche und zeitgeschichtliche Ereignisse

1698: Georg Erdmann aus Leina, Bachs künftiger Freund, tritt in die Tertia des Ohrdrufer Lyceums ein

1711: Bach als Pate bei Magdalena Dorothea Becker, der Tochter des Weimarer Strumpfwirkers Johann Caspar Becker und seiner Ehefrau Anna Maria, geb. Hartung, in der Jacobskirche

1742: frühmorgens Begräbnis des Thomasschulkonrektors Siegmund Friedrich Dresig auf dem Lazarethkirchhof, vgl. 10. 1. 1742

17. 1. 1734

Die Leipziger Riemer-Chronik berichtet: „Den 17. huj.[us: dieses Monats] ersahe man an den Zimmermannischen Cofféе Hause in der Catharinen Straße an der Ecke des Böttger Gäßgen an dem Hohen Crönungs Tage Sr. Königlichen Majestät in Pohlen und Churfürstlichen Durchlaucht zu Sachßen bey dem daselbst gehaltenen Collegio Musico, so unter Trompeten und Paucken Schall gehalten wurde, eine herrliche Illumination."

Entstandene und aufgeführte Werke

Dienstag nach dem 2. Sonntag nach Epiphanias

1729: Der Herr ist freundlich dem, der auf ihn harret, BWV deest Trauungskantate für Johann Friedrich Höckner, Professor Juris, mit Jacobina Agnetha Bartholomaei, Tochter des Dresdner Leib- und Garnisonarztes Dr. Jacob Bartholomaei, zu Hause: Lic. Werner (NK)

Persönliche und zeitgeschichtliche Ereignisse

1724: jedes Jahr am 18. Januar hatten die Thomasschüler zum Gedächtnis an Dr. Polykarp Leyser, den Vater der Stifterin Euphrosyne Rechtenbach, die Motette „Ecce quomodo moritur iustus" zu singen, weshalb der Thomaskantor Bach 4 Gulden und den Rest der Zinserträge arme Thomasschüler erhielten, vgl. 9. 9. 1723, 26. 10. 1723 und 24. 4. 1724

1740: Beurteilung von drei Bewerbern für die Kollaboratorenstelle der Leipziger Thomasschule

1748: Eingang eines Zeugnisses Bachs für Johann Christoph Altnickol auf der Burg Tschocha bei dem Kollator der Kirche von Niederwiesa in Schlesien, dem Herrn Friedrich August von Uechtritz;
Wahl Johann Christoph Altnickols zum Organisten in Niederwiesa bei Greiffenberg/Schlesien durch den dortigen Magistrat und das Schulkollegium

18. 1. 1740

Bach erhielt vom Vizekanzler des Leipziger Konsistoriums, einer kursächsischen Behörde zur Regelung aller kirchlichen und schulischen Belange, den Auftrag, drei von insgesamt zehn Bewerbern um die letzte Lehrerstelle der Thomasschule, die in die engere Wahl gekommen waren, zu beurteilen. Dabei handelte es sich um den musikalischen Teil der Überprüfung künftiger Lehrer.

Von dem ersten, M. Christian Friedrich Roeder, einem gebürtigen Naumburger, berichtet Bach, er habe „die probe depreciret [die

Prüfung erbeten], weiln er seine resolution [Entscheidung] geändert u. eine Hoffmeister Stelle bey einer Adelichen Familie in Merseburg angetreten". Dieser stand also für die Kollaboratorenstelle nicht mehr zur Debatte.

Dem zweiten, M. George Irmler, seit 20 Jahren Praecentor und Cantor choralis an der Universitätskirche St. Pauli, bestätigt Bach „eine gar feine Singart"; er bemängelt allerdings, daß „es ihm in etwas am judicio aurium [musikalischen Urteil des Hörens]" fehle. Dennoch erhielt Irmler die Stelle und avancierte später sogar zum Quintus.

Der an dritter Stelle Genannte, Heinrich August Wildenhayn, erst Externer an der Thomasschule, später Student der Leipziger Universität, „spielet etwas auf dem Clavier, aber zum Singen ist er eigenem Geständniß nach, nicht geschickt."

19. JANUAR

Entstandene und aufgeführte Werke

am 2. Sonntag nach Epiphanias mit Predigt zu Joh 2,1-11

1716: Mein Gott, wie lang, ach lange, BWV 155
Schloßkapelle zu Weimar: Generalsup. J. G. Layritz

Persönliche und zeitgeschichtliche Ereignisse

1700: Johann Christoph Kiesewetter, Rektor des Ohrdrufer Lyceums, trägt zum Namen Georg Erdmann aus Leina, des Freundes Bachs, in die Schulmatrikel ein: *„valed.[ixit] ob defectum hospitiorum d.[ie] 19. Januar.[is] 1700. abiit Lüneburgum [hat sich verabschiedet wegen des Fehlens einer Freistelle am 19. Januar 1700 und ist nach Lüneburg gegangen]"*

1749: 2. Sonntag nach Epiphanias: Drittes Aufgebot von Elisabeth Juliana Friderica Bach und Johann Christoph Altnickol im Frühgottesdienst der Thomaskirche

Entstandene und aufgeführte Werke

am 2. Sonntag nach Epiphanias mit Predigt zu Joh 2,1-11

1726: Ach Gott, wie manches Herzeleid, BWV 3
Meine Seufzer, meine Tränen, BWV 13
ThK: D. Weise

Persönliche und zeitgeschichtliche Ereignisse

1734: Eintragung Carl Philipp Emanuel Bachs in das Stammbuch eines seiner Lehrer, eventuell des Rektors Gesner: „Nil sine fine. Hiscepaucis memoriae sui Professoris se commendare debuit [Nichts ist ohne Ende. Dieses wenige der Erinnerung schuldet seinem Professor sich zu empfehlen, Carl Philipp Emanuel Bach]"

1741: Johann Ludwig Gleditsch, Buchhändler zu Leipzig, stirbt im 78. Lebensjahr

1744: an diesem und den folgenden Tagen wurde die etwa 1800 Bände zählende Bibliothek Christian Weises d. J. im Roten Kolleg der Universität versteigert; sie enthielt auch die Bibliothek seines Vaters, Christian Weise d. Ä. † 10. 12. 1736, vgl. 25. 4. 1743

1749: Trauung von Elisabeth Juliana Friderica Bach und Johann Christoph Altnickol

20. I. 1749

Das Traubuch der Thomaskirche zu Leipzig verzeichnet unter dem Datum des ersten Aufgebots, Dominica post Circumcisionis Christi, d. h. Sonntag nach dem Festtag der Beschneidung Christi, dem 5.1.1749, die Brautleute:

Herr Johann Christoph Altnicol, Organist zu St. Wenzeslai in Naumburg.

Jungfer Elisabeth Juliana Friderica, Herrn Johann Sebastian Bachs, Königlich Pohlnischen und Churfürstlich Sächßischen Hoff-Compositeurs, Hochfürstlich-Sächßischen CapellMeisters, und Cantoris zu St. Thomas alhier eheliche älteste Jungfer Tochter, anderer Ehe.

Dann vermerkt das Traubuch durch die Ziffern 1. 2. 3. das dreimalige Aufgebot in den Sonntagsgottesdiensten des 5., 12. und 19. Januar, um dann mit dem Zeichen für „Montag“ fortzusetzen:

> den 20 Jan: h: 10 copul.[ieret: vormittags um 10 Uhr ehelich verbunden durch] Herrn D. Christoph Wolle, Archid:[iaconus] (Halbe BrautMeße.)

Danach feierte man eine „Halbe Braut-Messe“, bei der musikalisch nur vierstimmige Choräle vorgesehen waren.

Leipzig 1701, Stadtansicht von Südosten

Entstandene und aufgeführte Werke

am 3. Sonntag nach Epiphanias mit Predigt zu Mt 8,1-13
1725: Was mein Gott will, das g'scheh allzeit, BWV 111
NK: D. Deyling

Persönliche und zeitgeschichtliche Ereignisse

1721: Entschädigungszahlung von 12 Talern für Instandhaltung des Clavesins und die Probenarbeit im eigenen Hause für die Zeit vom 10. 12. 1719 bis 10. 12. 1720 in Köthen
1726: Antwortschreiben des Dresdner Hofes zur Eingabe der Universität vom 29. 10. 1725 die Gehaltsforderungen Bachs betreffend
1744: aus dem Stiftskonsistorium zu Zeitz geht ein Bericht über die Bewerber um die Schloßorganistenstelle in Zeitz an das Geheime Consilium nach Dresden; Christian Gottlob Wunsch und Johann Ludwig Krebs seien beide Schüler Bachs und hielten sich in ihrem Können die Waage

Persönliche und zeitgeschichtliche Ereignisse

1720: Clavier-Büchlein.
vor
Wilhelm Friedemann Bach.
angefangen in
Cöthen den
22. Januarij
Anno. 1720.

22. 1. 1720

Mit dem Klavierbüchlein für seinen ältesten Sohn Wilhelm Friedemann legte Bach eine Sammlung von Kompositionsmustern an und empfahl so seinem Sohn, eigenes Musizieren und Komponieren nicht durch Lehrsätze und Etudenübungen zu befördern, sondern durch Anschauen und Studieren von guten Beispielen. 62 Klavierstücke von Georg Philipp Telemann, Gottfried Heinrich Stöltzel, J. C. Richter u. a., darunter auch die zwei- und dreistimmigen Inventionen Johann Sebastian Bachs (BWV 772-801) in ihren Frühfassungen sind hier eingetragen. Schreiber ist weniger Bach selbst als viel mehr Wilhelm Friedemann.

23. JANUAR

Entstandene und aufgeführte Werke

am 3. Sonntag nach Epiphanias mit Predigt zu Mt 8,1-13

1724: Herr, wie du willt, so schicks mit mir, BWV 73
NK: D. Deyling

1729: Ich steh mit einem Fuß im Grabe, BWV 156
NK: D. Deyling

Persönliche und zeitgeschichtliche Ereignisse

1729: Bachs Schüler Christoph Gottlob Wecker bewirbt sich um das Kantorat bei der Kirche zur Heiligen Dreifaltigkeit in Schweidnitz, wozu er am 31. März die Vokation erhielt

1727: Teilnahme Bachs am Donnerstagsabendmahl bei D. Weise; die Predigt hielt H. Eichhorn, offenbar ein Student, zu Ps 72,17-19.

24. JANUAR

Persönliche und zeitgeschichtliche Ereignisse

1700: Christoph Wolle, späterer Leipziger Pfarrer und Beichtvater Bachs, in Leipzig geboren;
Hochzeit der Maria Salome, ältere Schwester Johann Sebastian Bachs, mit dem Kürschner Johann Andreas Wiegand in Erfurt

1722: Eingabe der Schwester Johann Sebastian Bachs, Maria Salome Wiegand, im Namen ihrer erbberechtigten Brüder an den Rat zu Erfurt in Sachen der Erbangelegenheit ihres Onkels, des Kürschnermeisters Tobias Lämmerhirt und dessen zweiter Frau, Martha Katharina verw. Brückner, die im September 1721 in Erfurt gestorben war

1738: J. G. Walther aus Weimar geht in einem Brief an den Wolfenbütteler Kantor H. Bokemeyer auf die Schrift Birnbaums ein, vgl. 3. 1. 1738, und schickt Bachs eigene Kanonauflösung von BWV 1074 mit, vgl. 3.8.1735

Entstandene und aufgeführte Werke

am 3. Sonntag nach Epiphanias mit Predigt zu Mt 8,1-13
1733: Herr, wie du willt, so schicks mit mir, BWV 73
[Aufführung auch möglich: 1732, 1734, 1735]
ThK: D. Weise

Persönliche und zeitgeschichtliche Ereignisse

1742: Johann Elias Bach, Bachs Vetter und Privatsekretär, schreibt an Gottlob Persigk in Dresden, berichtet von dem Selbstmord des Konrektors der Thomasschule, Siegmund Friedrich Dresig, der sich am 10. oder 11. Januar ereignet hatte, und überbringt Grüße Bachs.

1746: in Schweinfurt heiratet nach dem Tode seiner ersten Frau Johann Elias Bach, seit Mai 1743 Kantor der Johanniskirche, ein zweites Mal

25. I. 1742

„Ich wollte Ihnen auch gerne weitläuffige Nachricht von dem geweßenen *ConR.[ector]* Dreysig ertheilen, allein man weiß nicht eigentlich, was ihn zu dieser Judas That mag verleitet haben. Man giebt e. g. zur Ursache an, daß er bißhero unterschiedene Körbe von gewißen Frauenzimmern davon getragen, daß er viel Schulden gemacht, aber die wahre Ursache mag wohl seyn, daß er seinen Gott verlaßen, sintemal man sagt, er habe vielmals von der *religion* gar spöttisch gesprochen. Er hat sich in dem Zwinger sogleich hinter der Pastor Wohnung an dem Wagnerischen Garten an eine Krause gehangen, und ein Ende genommen mit Schrecken. Es ist indeßen allerdings ein merkwürdiges Exempel, welches ganz Leipzig in Erstaunen gesezt, und uns erinnert, daß wir die 6te Bitte [des Vaterunsers: „und führe uns nicht in Versuchung"] desto fleißiger und andächtiger beten."

Persönliche und zeitgeschichtliche Ereignisse

1700: Etwa gegen Ende Januar muß Elias Herda, Kantor in Ohrdruf, Bach und seinen Freund Georg Erdmann dazu ermuntert haben, so wie es ihm selbst einst ergangen war, nach Lüneburg zu ziehen

1736: Bach empfiehlt seinem Verwandten Johann Gottfried Walther in Weimar den Leipziger Kupferstecher Johann Gottfried Krügner als Verleger für Notendrucke, vgl. 4. 8. 1736

1737: Samstag nach dem 2. Sonntag nach Epiphanias, Nikolaikirche zu Leipzig, „hat H. M. Chr. Wolle, bißhero gewesener Sonnabendsprediger alhier, nunmehro aber beruffener Diac.[onus] an die Neue=Kirche, seine Abzugs=Predigt gehalten, der Text war genommen aus Phil 3,7-14“.

Ende Januar 1700

Elias Herda erzählte Bach und Erdmann von sich. Er sei während seiner Schulzeit in Lüneburg gewesen. Vierzehn Jahre sei das nun schon her. Kurz zuvor hatte sein Vater auf einer Reise auch in Lüneburg Station gemacht. Als er, der ein Hufschmied aus Leina bei Gotha war – auch Erdmann stammte von dort –, „bey einem Landsmann zu Lüneburg, wohin er gereiset war, zuffälliger Weise vernommen, daß man in Niedersachsen die Thüringischen Knaben wegen ihrer Geschicklichkeit in der Music, gerne habe, und der Cantor an der Michaelis-Kirche allda eben anietzo einen dergleichen suche, den er mit nöthigen Lebens-Unterhalt versorgen wolle, erwiederte er, daß er einen Sohn habe, der sich dazu schickte, worauf es geschehen, daß verschiedene Briefe deswegen an seinen Vater ergangen, den Knaben zu senden, welches derselbe auch gethan hat.“ Im Jahr 1686 sei er nach Lüneburg gegangen und drei Jahre dort geblieben. Damals lebte noch der alte Kantor Friedrich Emanuel Praetorius, „übrigens auch ein Thüringer, aus Mühlberg bei Gotha“, fügte Herda hinzu.

Wer denn jetzt Kantor sei, wollte Erdmann wissen. Herda setzte seinen Bericht fort: Nun, das sei August Braun, ein vorzüglicher Musikus. Damals, zu seiner Zeit, habe der das Positiv geschlagen, auch sei er erst Küster der Michaeliskirche gewesen. „Bei dem könnt ihr viel lernen, ebenso bei dem Michaelispastor Martin Georg Hülsemann, der die Professur für Theologie inne hat.“ Der sei der Nachfolger des großen Johannes Buno.

Entstandene und aufgeführte Werke

am 3. Sonntag nach Epiphanias mit Predigt zu Mt 8,1-13
1726: Alles nur nach Gottes Willen, BWV 72
NK: D. Deyling

Persönliche und zeitgeschichtliche Ereignisse

1735: J.G. Walther berichtet an H. Bokemeyer in Wolfenbüttel von den Verkaufsmodalitäten des Einzeldrucks der Sechs Partiten Bachs (BWV 825-830) und der Beurteilung seines Musikalischen Lexikons
1739: Thomaspastor D. Friedrich Wilhelm Schütz gestorben

27. 1. 1735

Walther schreibt:
Das beykommende Bachische Exemplar [der Sechs Partiten Bachs], wofür ich 12 g.[roschen] gezahlet, wollen Sie für 8 g. hingeben, ... sodann durch Gelegenheit an mich gütigst gelangen laßen. ... Übrigens habe noch zu melden: daß, da sich kein M.[attheson] aus dem Nordischen *H[amburg]* sich gefunden, mein Musical. *Lexicon* anzugreiffen; sich dennoch ein anders *M* aus dem Südlichen *H* eingestellet, solches zu thun: neml.[ich] ein aus *Haidenheim* im Anspachischen gebürtiger, u. bishero sich in Leipzig aufgehaltener *Magister*, Nahmens Lorentz Christoph ›Mizler‹, hat am 30 *Junii a. p. [anni praeteriti: des vergangenen Jahres]* eine *Dissertation: quod Musica Ars sit pars Eruditionis philosophicae [daß die Musik eine Kunst sei und ein Teil der philosophischen Bildung]* gehalten, selbige dem Hrn. Capellmeister *Mattheson*, dem Hr. Capellmeister Bach, dem Hrn. Capellm: Bümler, u. dem Hrn. *Music-Directori* Ehrmann in Anspach *dedici*ret [gewidmet], und unterm 25 *Octobr. a.p.* mir, nebst einem Handschreiben, zugeschicket. Sein gefälltes *judicium* [Urteil] bestehet in folgenden: *Waltheri Lexicon musicum sive Bibliotheca musica, Patris laude sua non defraudandi bonae spei filius, sed infans adhuc est, qui variis, ut fieri solet in infantibus, morbis laborat, opto ut, prudenti accerso Medico qui abundantes humores ad-*

imat, multos post annos robustior factus, semper in reipublicae musicae usum vivat! [Walthers Musicalisches Lexicon oder Musicalische Bibliothek: ein Sohn betrügt sich nicht der guten Hoffnung des Vaters, aber ein Kind bleibt weiterhin der, den verschiedene – wie es bei Kindern zu geschehen pflegt – Leidenschaften zugleich beschäftigen; so wünsche ich, daß einem klugen herbeigerufenen Arzt, von dem überfließende Ströme abgehen, weitere kräftige Jahre gegeben werden, damit immer lebe der rechte Gebrauch der öffentlichen Musik] Meine Antwort hierauf ist unterm 15 Nov. geschehen, und muß ich des fernern gewärtig seyn; solten MH. [mein Herr] selbige lesen verlangen, will sie künfftig übersenden.

Entstandene und aufgeführte Werke

am Sonntag Septuagesimae mit Predigt zu Mt 20,1-16
1725: Ich hab in Gottes Herz und Sinn, BWV 92
ThK: D. Weise

Persönliche und zeitgeschichtliche Ereignisse

1718: im Concilium Decemvirorum gibt der Rektor der Universität Leipzig einen Bericht über Bachs Orgelgutachten zur Scheibe-Orgel der Universitätskirche;
Daniel Vetter, Nikolaiorganist zu Leipzig, dem die Aufsicht über den Orgelbau übertragen worden war, äußert sich über die neue Scheibe-Orgel in der Universitätskirche St. Pauli zu Leipzig, daß „das werck von dem Kötischen Capell-Meister Herrn N. Bach, welcher daßelbe auf E. löblichen Universität begehren, am 16. Decembr. 1717. examiniren müßen, ohne eintzigen Haupt-defect, und dergestalt befunden worden, daß er solches nicht gnugsam rühmen und loben können, sonderlich deren Raran Register, welche neu verfertiget, und in sehr vielen Orgeln nicht zu finden“
1731: Um „13.30 hat M. Gottl. Gaudlitz, bißheriger [Subdiaconus-] Substitutus, zu St: Nicolai, nachdem er zum Mittags Prediger und Diacono zu St. Thomae vociret, hat heute seine AbzugsPredigt gehalten, Text: 2Kor 11,19-33; 12,1-9“
1739: Inskription Johann Gottfried Bernhard Bachs, dritter Sohn erster Ehe Bachs, für Rechtswissenschaft an der Universität Jena
1741: Johann Elias Bach, Bachs Vetter und Privatsekretär, schreibt an den Ronneburger Kantor Johann Wilhelm Koch

28. 1. 1741

Die Feder glitt über das Papier; Johann Elias mußte begründen, warum er auf des Kantors Koch Bitten um eine Kantate Bachs und um ein theologisches Kolleg des Jenenser Professors Rus nicht reagierte; bisher habe er nicht antworten können, „weil ich weder das verlangte *Basso Solo* [wahrscheinlich Kantate BWV 82], noch auch das *collegium Russian*[um] mitschicken konnte, zu ienen machte mir mein Herr Vetter Hoffnung, daß er es wollte ausschreiben laßen, allein da dieses bis dato nicht geschehen, kann den Herrn Bruder leider auch jezo noch nicht damit erfreuen, meinem Herrn Vetter kann ich es auch nicht verdencken, indem er die ausgeschriebenen Stimmen einem *Bassisten*, Nahmens *Büchner* geliehen, der sie ihm noch nicht zurücke geschickt, die partitur aber will er nicht aus den Händen geben, weil er auf solche Art schon um viele Sachen gekommen ist, indeßen soll von demselben ein ergebenstes compliment machen und zugleich die communicirten canones mit allem Dank remittiren, es soll nach seiner Außage keine Hexerei darbey seyn, und hat er zu dem großen eine Anmerkung geschrieben, sie sind auch durch Versehen des Fuhr Manns etwas naß geworden, indem es am selbigen Tage scharff regnete …".

Johann Elias Bach führte aus, was er soeben vom Herrn Kapellmeister als Diktat entgegengenommen hatte.

29. JANUAR

Persönliche und zeitgeschichtliche Ereignisse

1718: Georg Erdmann, Bachs Jugendfreund, begibt sich nach einem Jurastudium und einer juristischen Tätigkeit in der russischen Armee (Oberauditor) nach Danzig als Resident des Zaren

1733: eine Gruppe Thomasschüler nimmt geschlossen am Donnerstagsabendmahl bei D. Weise teil: Reichhardt, Nichelmann, Nagel, Landvoigt, Kull, Albrecht, Schemelli, Heße, Krause, Feller

30. JANUAR

Entstandene und aufgeführte Werke

am 4. Sonntag nach Epiphanias mit Predigt zu Mt 8,23-27

1724: Jesus schläft, was soll ich hoffen, BWV 81
ThK: Lic. Carpzov

1735: Wär Gott nicht mit uns diese Zeit, BWV 14
ThK: D. Weise

Persönliche und zeitgeschichtliche Ereignisse

1722: Pate bei Johann Ernst Bach in Eisenach; Bach nicht anwesend, vgl. 16. 1. 1737

1724: Skizzen zur Chorfuge der Kantate „Sie werden aus Saba alle kommen" (BWV 65,1) in der autographen Partitur der Kantate „Jesus schläft, was soll ich hoffen" (BWV 81) deuten auf die gemeinsame Entstehungszeit beider Werke etwa im Advent 1723

31. JANUAR

Persönliche und zeitgeschichtliche Ereignisse

1725: Thomasschulkonrektor a. D. Andreas Stübel gestorben

1740: Dienstantritt von M. Johann Paul Ram als Prediger und Katechet an St. Petri zu Leipzig

31. 1. 1740

Der Küster der Nikolaikirche hielt im Gottesdienstmanuale für den Vespergottesdienst folgende Nachricht fest: Heute

„hat H. M. Johann Paul Ramm, bisheriger Mittags=Prediger in Freyberg, nachdem er zum Prediger und Catecheten zu St: Petri alhier erwehlet worden, seine Probe=Predigt gehalten. Text: Röm XIII, v. 8. 9. 10."

Johann Paul Ram wird von Herbst 1740 an Bachs und seiner Familie Beichtvater sein.

Persönliche und zeitgeschichtliche Ereignisse

1714: Sitzung des Kirchenkollegiums der Marktkirche Unser Lieben Frauen in Halle und Beratung über Bachs Bedingungen für die Annahme der dortigen Organistenstelle

1733: Tod des Königs von Polen und Kurfürsten von Sachsen Friedrich August I. in Warschau

1746: in seinem Bewerbungsschreiben um die Organistenstelle an der Marktkirche Unser Lieben Frauen zu Halle schreibt der Organist der Ulrichskirche, Johann Gotthilf Ziegler: „Was das *Choral* Spielen betrifft, so bin von meinem annoch lebenden Lehrmeister dem *Capell*meister Bach so unterrichtet worden: daß ich die Lieder nicht nur so oben hin, sondern nach dem *Affect* der Wortte spiele“

1750: Johann Christian Hoffmann, Hoflauten- und Instrumentenmacher in Leipzig, stirbt, vgl. 11. 9. 1748

1. 2. 1714

Das Kirchen-Kollegium der Marktkirche zu Halle trat zusammen. Man mußte die entstandene Situation beraten. Bach hatte darum nachgesucht, die ihm in Aussicht gestellte Besoldung zu qualifizieren. Nach einigem Hin und Her faßte der Vorsitzende, der Ratsmeister D. Johann Adolf Matthesius, die Aussprache des Kollegiums zusammen und diktierte gleich den Entwurf des Antwortschreibens in die Feder:

„Einen Zusatz zu der Besoldung zu machen sey bey gegenwertigen wichtigen Außgaben und andern erheblichen Umbständen bedencklich, und möchte der Herr Bach sich binnen 2. tagen endlich heraußlaßen, weil doch die dortigen *labores [Arbeiten]* von denen hiesigen nicht sehr *differi*ren, hier aber weit mehrere *accidentia* als dort zu hoffen.“

Dann folgten Datum, 1. Februar 1714, und Anordnung, das Schreiben durch einen eigenen Boten nach Weimar bringen zu lassen.

Entstandene und aufgeführte Werke

am Festtag Mariae Reinigung früh mit Predigt zu Lk 2,22-32, nachmittags mit Predigt zu Mal 3,1-4

1724: Erfreute Zeit im neuen Bunde, BWV 83
NK: D. Deyling; ThK: Lic. Sieber

1725: Mit Fried und Freud ich fahr dahin, BWV 125
NK: D. Deyling; ThK: Lic. Sieber

1726: Johann Ludwig Bach, Mache dich auf, werde licht
ThK: D. Weise; NK: M. Wagner

1727: Ich habe genung, BWV 82 (erste Fassung)
Erfreute Zeit im neuen Bunde, BWV 83
NK: D. Deyling; ThK: Lic. Sieber

1730 (?): Ich habe genung, BWV 82
ThK: D. Weise; NK: M. Gaudlitz

1731: Ich habe genung, BWV 82 (zweite Fassung)
NK: D. Deyling; ThK: Lic. Sieber

1735: Mit Fried und Freud ich fahr dahin, BWV 125
Ich habe genung, BWV 82 (erste oder zweite Fassung)
NK: D. Deyling; Lic. Gaudlitz

1737 (?): Ich habe genung, BWV 82 (dritte Fassung)
[Entstehung nach 1735]
ThK: M. Weise; NK: M. Hoffmann

1747: Ich habe genung, BWV 82 (vierte Fassung)
ThK: D. Teller; NK: M. Huhn

1748: Ich habe genung, BWV 82 (vierte Fassung)
NK: D. Deyling; ThK: M. Sancke (?)

1750: Carl Philipp Emanuel Bach, Magnificat, Wq 215 (unter Leitung des Komponisten in Vertretung des Thomaskantors)

Entstandene und aufgeführte Werke

am 4. Sonntag nach Epiphanias mit Predigt zu Mt 8,23-27
1726: Johann Ludwig Bach, Gott ist unsre Zuversicht
NK: Lic. Werner

Persönliche und zeitgeschichtliche Ereignisse

1728: Archidiakonus Friedrich Wilhelm Schütz, Nikolaikirche, heiratet, nach dem Tode seiner ersten Frau, Johann Justina, verw. Bergner, aus Naumburg

1749: Lorenz Christoph Mizler macht in einem Brief an Meinrad Spieß in Irsee das Angebot, „Herrn Bachs Fuge, so er vor dem König in Preusen gespielt ist in Kupfer gestochen, u. ich kan sie künftige Ostermesse übermachen, wenn es beliebig"; als Postskriptum teilt er mit: „Hieher bitte nun keinen Brief mehr zu addressiren, sondern nach Leipzig, allwo ich 8 Tage nach Ostern eintreffen werde", vgl. 13. 4. 1749

Entstandene und aufgeführte Werke

in Mühlhausen mit Predigt zum Ratswechsel
Samstag, 4. Februar
1708: Gott ist mein König, BWV 71
Marienkirche: Superintendent Johann Adolf Frohne
Montag, 4. Februar
1709: [unbekanntes Werk von Bach]
Marienkirche: Superintendent Johann Adolf Frohne
am Sonntag Sexagesimae mit Predigt zu Lk 8,4-15
1725: Erhalt uns, Herr, bei deinem Wort, BWV 126
[Wiederaufführung am 29. September 1755, dem 200. Gedenktag des Augsburger Religionsfriedens, unter der Leitung eines Präfekten in ThK oder NK]
ThK: D. Weise
zur Gedächtnispredigt für Susanna Sophia Winckler, geb. Packbusch, mit Predigt zu Jes 43,1-5,
Montag, 4. Februar
1726: Fürchte dich nicht, ich bin bei dir, BWV 228 (?)
NK: D. Deyling

Persönliche und zeitgeschichtliche Ereignisse

1708: Bach widmet mit der Aufschrift „Dem jüngeren Herr D: Meckbachen dienstl. zu *insinuir*en.“, dem späteren Paten seines Sohnes Wilhelm Friedemann einen Textdruck zur Ratswechselkantate BWV 71
1732: zweiter Prüfungstermin der Schmieder-Orgel in Stöntzsch

4. 2. 1732

Bach atmete kräftig durch; dazu hatte er aber auch wirklich ein gutes Recht. Während die Kutsche schon Zwenkau, ein kleines Städtchen südlich von Leipzig, hinter sich gelassen hatte und in die immer noch leicht winterliche, aber doch recht anmutige Flußlandschaft der Elster hinausrollte, ließ er seinen Gedanken an die letzten Wochen und Tage noch einmal freien Lauf. Der Frühling war schon zu ahnen. Wegen des Thomasschulumbaus wohnte die Familie sieben Monate bereits zur Miete bei Christoph Donndorf auf der Hainstraße. Eigentlich sollten sie Weihnachten wieder zurück sein. Alles war dadurch anders geworden. Viel öfter suchte er in seinen Musikalien herum, um auch das Richtige zu finden. Im Herbst hatte Pfarrer Schilling aus Stöntzsch an ihn geschrieben und um die Orgelprüfung gebeten. In seiner Antwort wies er gleich darauf hin, daß es nur noch bis spätestens Mitte November möglich sein könnte, dann würden die Vorbereitungen für die Weihnachtszeit beginnen, da konnte er sich Sonderaufgaben nicht zusätzlich aufhalsen. Und tatsächlich: der Termin kam für den 12. November zustande. Damals hatte er die Fahrt hier heraus bereits einmal unternommen. Auch war es wie heute ein Montag gewesen, das ließ sich im Lauf der Woche am besten einrichten. Pfarrer Schilling, Kantor Botzer, ein Kirchvater und der Orgelbauer Schmieder hatten ihn herzlich empfangen; doch fertig war die Orgel nicht gewesen. Gerade 6 von 12 Registern und zwei Bälge konnte er überprüfen. Jedoch hatte er einen guten Eindruck von dem Werk gewonnen. Dann kamen Weihnachten, Neujahr und die Epiphanienzeit. Am vergangenen Samstag lag Purificatio mit zwei Kantatenaufführungen; gestern, am 4. Sonntag nach Epiphanias musizierte er in St. Nikolai. Nun standen nur noch die drei Vorfastensonntage vor ihm, dann kam das tempus clausum. – Eben rollten sie durch das Dörfchen Audigast, wo der Zeitzer Herr Diakonus Schultze einige Jahre Pfarrer war. – Er freute sich auf die Orgelprüfung, weil er von den handwerklich gut arbeitenden Kantorenkollegen viel hielt. Deshalb mochte er den Stöntzschern eigentlich auch gar nicht böse sein, ein zweites Mal herausfahren zu müssen. Er buchte es als Gelegenheit vergnügter Ferien, die sich so bald sicher nicht wieder ergeben würde.

Entstandene und aufgeführte Werke

am Sonntag Septuagesimae nachmittags mit Predigt zu 1Kor 9,24-27; 10,1-5, in der Kirche Divi Blasii zu Mühlhausen, Wiederholung des „Ratsstückchens", der Ratswahlkantate vom 4. Februar, im Vespergottesdienst

1708: Gott ist mein König, BWV 71
Sup. J. A.Frohne oder Archidiakonus Georg Christian Eilmar

1728: Vergnügte Pleißenstadt, beglückte Neißenstadt, BWV 216
Kantate zur Hochzeit von Johann Heinrich Wolf aus Leipzig und Susanna Regina Hempel aus Görlitz am Donnerstag, 5. Februar um 12 Uhr im Schelhaferschen Hause in Leipzig; Dichtung von Picander

Persönliche und zeitgeschichtliche Ereignisse

1718: Besoldungsquittung in Köthen für Monat Januar 1718 über die Summe von 33 Talern und 8 Groschen

1733: Leipzig erfährt, daß am 1. Februar der polnische König und sächsische Kurfürst Friedrich August, genannt August der Starke, in Warschau gestorben ist

1738: Verfügung des Leipziger Konsistoriums im Streit zwischen Bach und Ernesti; letzte greifbare Äußerung

5. 2. 1733

Der Nikolaiküster notiert: Donnerstag nach Septuagesimae, „d. 5. *Februarij* 1733. Nachmittags zwischen 1. und 2. Uhr ist durch eine *Staffetta*, welche durch Leipzig gieng, erschollen, als wenn unser König und Churfürst den 1. *Februarij* in Warschau gestorben wäre, weil man nun keine Gewißheit hatte, so wurde Freytags nach der ordentlichen Früh=Predigt [zu St. Nikolai] noch das allgemeine KirchenGebeth nebst dem Kriegs=Gebeth verlesen.

Eodem die [an ebendiesem Tage] nach der Predigt als um 9. Uhr wurde es dem Herrn *Superintenden*ten von Post Hauße gemeldet, daß es gewiß sey, es wäre unser König und Churfürst den 1. *Februarij.* 1733. früh gegen 5. Uhr in Warschau seelig gestorben.

Darauf hat man wahrgenommen, daß alsobald von E. HochEdlen und Hochw.[eisen] Rath denen Thürmern anbefohlen wurde, daß Sie in Zukunfft nicht mehr weder zu Mittage um 11. Uhr, noch Abends und Früh Morgens solten abblasen.

Weil nun Freytags nachmittags in der Neuen=Kirche Predigt gehalten wird, und aus dem Ober*Consistorio* [in Dresden] noch keine Verordnung da war, wie es mit dem GottesDienste solte gehalten werden, so ordnete das hiesige Hochlöbl.[iche] *Consistorium*, jedoch mit Genehmhaltung des damahligen regierenden Herrn Bürger Meisters, *Tit:* Herrn HoffRaths *Adrian* Stegers, daß nach der Predigt das allgemeine Kirchen Gebeth nicht mehr, sondern an deßen statt das Beth=Stunden nebst dem Kriegs=Gebeth solten verlesen werden."

Entstandene und aufgeführte Werke

am Sonntag Septuagesimae mit Predigt zu Mt 20,1-16

1724: Nimm was dein ist und gehe hin, BWV 144
ThK: M. Rabener

am Donnerstag, 6. 2. 1727, zur Trauerfeier für Johann Christoph von Ponickau in der Kirche zu Pomßen mit Predigt zu Gen 32,26

1727: Ich lasse dich nicht, du segnest mich denn, BWV 157
Liebster Gott, vergißt du mich, BWV deest
Pomßen: Pfarrer Johann Joachim Steinhäußer

Persönliche und zeitgeschichtliche Ereignisse

1706: wahrscheinliches Rückkehrdatum von der drei bis vier Monate dauernden Reise Bachs von Arnstadt nach Lübeck

1710: Entgelt für eine Cembaloreparatur aus den Rechnungsposten des Weimarer Hofes „Ausgabe Printz Johann Ernsts HochFürstl: Durchl: Vor allerhand“:
„2 Florin und 6 Groschen Dem Hofforganisten Herrn Bachen von einen Clavicymbel zurecht zu machen den 6. Febr: 1710“

1715: Leipzigs Superintendent D. Johann Dornfeld überträgt ohne Billigung des Stadtrates dem Thomaspfarrer Christian Weise d. Ä. das Inspektorat der Thomasschule, vgl. 23. 12. 1715

1737: Ratsverordnung im Präfektenstreit, die von Bach nicht anerkannt werden wird, weil sie sich auf die Thomasschulordnung von 1723 bezieht, die aber nach Bachs Meinung vom Konsistorium nie ratifiziert worden ist, vgl. 12. 2. 1737

Entstandene und aufgeführte Werke

am Sonntag Estomihi mit Predigt zu Lk 18,31-43
1723: Jesus nahm zu sich die Zwölfe, BWV 22
Du wahrer Gott und Davidssohn, BWV 23
[Kantaten zur Kantoratsprobe Bachs in Leipzig]
ThK: Lic. Sieber

Persönliche und zeitgeschichtliche Ereignisse

1706: am Sonntag Sexagesimae Teilnahme Bachs am Abendmahl in der Arnstädter Neuen Kirche
1709: Honorar- und Reisekostenzahlung für Komposition und Aufführung der Ratswechselkantate in Mühlhausen
1723: Bach legt am Sonntag Estomihi mit der Aufführung von zwei Kantaten in der Thomaskirche zu Leipzig seine Probe zum Thomaskantorat ab
1735: Herstellung eines Textdruckes für eine Kantatenaufführung in Merseburg, wahrscheinlich zur Hochzeit Lipsius/Langrock
1741: Christoph Wolle, Diakonus der Thomaskirche, erwirbt den Titel eines theologischen Licentiaten

7. 2. 1733

Der Nikolaiküster notiert: „Sonnabends als den 7. *Februarij* wurde von dem Herrn [Kirchen]Vorsteher, Herrn *D. Johann August* Hölzeln â *Sternstein pp.* zu Mittage um 1. Uhr [dem Küster] anbefohlen, die Kirche schwartz zu bekleiden, Weil nun die Herren Geistlichen schon Beichte hörten, so wurde doch eylends und geschwinde noch vor der Vesper Anfang, die Cantzel, Altar und EpistelPult, wie in der heiligen Fasten=Zeit und Buß=Tagen pfleget zu geschehen, bekleidet.

Die Vesper=Predigt wurde alsobald auf Befehl des Herrn *Superintendens* D. Salomon Deylings, wie zu finden [in der Anlage] *sub Lit:[era] A.* [unter Buchstabe A.] gehalten, und nach der Predigt wurde das Beth=Stunden nebst dem Kriegs=Gebeth verlesen."

Samstag „als den 7. *Februarij* Abends nach 8. Uhr kam der Befehl und die gedruckte Abkündigung [in der Anlage] *sub Lit: B.* aus dem Ober*Consistorio* alhier an, der Befehl und die gedruckte Abkündigung wurden alsobald dem regierenden Herrn Bürger Meister Herrn HoffRath *Stegern insinui*ret [mitgeteilt].“

Entstandene und aufgeführte Werke

am Sonntag Estomihi mit Predigt zu Lk 18,31-43

1728: Du wahrer Gott und Davids Sohn, BWV 23
[womöglich Aufführung erst in den Jahren 1729-1731]
ThK: D. Weise

am Dienstag, 8. Februar, Dom zu Merseburg „mit großer Procession" Trauung des Hofmusikers Johann Christoph Samuel Lipsius und der Christiana Augusta Langrock

1735: [unbekannte Hochzeitskantate von Bach]
Predigt wahrscheinlich durch Dom-Diaconus M. Johann August Segnitz

Persönliche und zeitgeschichtliche Ereignisse

1723: Empfang von Reise- und Verpflegungskosten anläßlich von Bachs Aufenthalt zur Kantoratsprobe in Leipzig in Höhe von 20 Talern;
daß Bach im Gegensatz zu anderen Mitbewerbern die Reisekosten erstattet bekam, bedeutet wohl, daß er einer Einladung des Leipziger Rates gefolgt war

1725: in St. Petersburg stirbt Zar Peter der Große

1731: Carl Friedrich Petzold, bisher Tertius der Thomasschule zu Leipzig, wird Konrektor, vgl. 30. 5. 1731

1733: Beginn der Landestrauer anläßlich des Todes Augusts des Starken

8. 2. 1735

„Nein, der Herr Stiftssuperintendent kann wegen seiner Beschwernisse die Trauung nicht vollziehen; er bat mich, an seiner Stelle tätig zu werden." Dom-Diaconus Johann August Segnitz plauderte mit Bach in der Sakristei des Merseburger Domes. Der freute sich, alte Erinnerungen auffrischen zu können, denn Segnitz hatte, nachdem er sieben Jahre unter Kuhnau Thomasschüler in Leipzig gewesen war, während seines Theologiestudiums zu Bach nach und nach gute Beziehungen aufgebaut und dann zu den unentbehrlichen studentischen Hilfskräften bei der Aufführung der Kirchenmusiken gehört. „Was tut denn der Herr M. Wolle", wollte Segnitz von Bach wissen. „Nun, der Herr Magister ist doch seit etwa vorm Jahre wohlbestallter Sonnabendsprediger zu St. Nikolai; aber warum fragt er nach Wolle?" Segnitz brachte seine Verehrung Wolles zum Ausdruck; „das war schon erstaunlich, wie er bereits als Zweiundzwanzigjähriger in Disputationen als Präsident fungierte. Ich habe selbst unter ihm disputiert, ich, der ich zwei Jahre älter bin als Wolle." „Ja, ja, der Herr Magister Wolle, der wird schon seinen Weg machen", meinte Bach, „klug ist er und Förderer hat er auch genug. Einige Zeit war er als Prediger und Catecheta an St. Petri. Die Leute liefen nur so zu ihm hin. – Aber wenn wir schon bei gemeinsamen Bekannten sind, wie geht es denn dem Herrn Bruder, lieber Herr Dom-Diaconus?" Segnitz wiegte seinen Kopf etwas hin und her; Bach wisse ja, daß Carl Friedrich schon auf der Thomasschule sich schwer tat. „Ja, er hätte sich in musicis noch weiter perfektionieren müssen", warf Bach dazwischen. „Schon, schon, doch mag wohl musica nicht seine Stärke sein. Er befindet sich noch in Leipzig auf der Universität. Mag aus ihm ein tüchtiger Theologus werden, wenn es schon nicht zum Musicus reicht." Das höre sich ja so an, hielt Bach dagegen, als ob ein guter Theologus kein guter Musicus und ein guter Musicus kein guter Theologus sein könne. Da gebe er, der Herr Dom-Diaconus, doch ein gutes Beispiel, wie sich beides vertrage.

Die Tür war aufgegangen und der Herr Organist stand im Raum. Wenige Sätze der Absprache wurden noch ausgetauscht und dann begann die große Prozession am Westportal des Domes unter Glockengeläut und dem Präludieren der Orgel. Bach sah von der Chorempore aus seinen Schüler Johann Christoph Samuel Lipsius mit dessen Braut Christiana Augusta Langrock hinter dem Herrn Dom-Diaconus und dem großen Brautzug in den Dom einziehen. Lipsius gehörte am Anfang von Bachs Leipziger Kantorat knapp vier Jahre lang zu den sichersten Stützen im Chor und war als Baßsolist eingesetzt worden. Nun hatte er hier in Merseburg die Stelle eines Hofmusikers erhalten. Alle hatten sich gesetzt. Der Präzentor stimmte den ersten Choral an.

Entstandene und aufgeführte Werke

am Sonntag Septuagesimae mit Predigt zu Mt 20,1-16
1727: Ich bin vergnügt mit meinem Glücke, BWV 184
ThK: D. Carpzov

Persönliche und zeitgeschichtliche Ereignisse

1713: Bestätigung des Orgelkontraktes durch das Weimarer Konsistorium, vgl. 1.10.1712
1741: Doktorpromotion der Leipziger Theologen Gottlieb Gaudlitz mit einer Arbeit „De iustificatione Dei coram hominibus" und Romanus Teller mit „De inaequalitate peccatorum"

9. 2. 1733

Der Nikolaiküster notiert: „Weil man den 7. *Febr:* nicht mehr als die Cantzel, Altar und EpistelPult bekleiden konte, so haben [Montag] als den 9. *Februarij* nach gehaltener Früh Predigt die ZimmerLeüthe und Handlanger in der Kirchen angefangen zu bekleiden, den Altar von oben an bis unten, das Chor [den Chorraum] durch und durch, umb Altar herum, in Priester, *Doctor:, Licent:[iaten]*, Bräutigams, Braut und *Mag:[ister]*Stühlen, Unter= und Ober=Empor Kirchen, Vor und hinter der Cantzel, Raths= und Fürsten=Stuhl in= und auswendig, Schüler=Chor und Orgel, Tauffstein inwendig und auswendig zu samt der Decke auf gleiche Art, auch die Cantzel mit Tuche überzogen."

Dann folgt die reiche Aufteilung von Wappen in der ganzen Kirche: „Auf dem Altar oben war eine güldene Crone mit schwartzen Tuch ausgeschlagen, hernach unter der Crone ein *Babylion* mit vielen Zierrathen, und unter dem *Babylion* war das weise Creütze" mit polnischen und sächsischen Wappen, auch am Fürstenstuhl, der „von allen und jeden *admi*riret [bewundert]" worden sei.

„Das Schüler Chor, welches eine Muschel *praesenti*ret, war gantz und gar vorn her mit Tuch überzogen, wo der *Praecentor* pflegt zu stehen, da war der ChurHuth zwischen 2. Reichs=Äpffeln, unter dem ChurHuth war ein *Babylion* mit schönen Zierrathen, und auf denen Seiten 2. kleine Sächß. W.[appen], unter dem ChurHuth und auf denen Seiten waren 3. grose Sächß. Wappen, gantz unten am Ende des Schüler=Chors wo das Seil vom Tauffstein[deckel] hinauf gehet, waren 3. kleine Sächß. Wappen. Das Seil vom Tauffstein bis an das Schüler Chor war mit Tuch überzogen.

An der Orgel und zwar am Rück *Positiv* war ein groses Sächß. Wappen zwischen 2.kleinen Sächß. Wappen. Der Orgel zur rechten Hand war ein groses zwischen 2. kleinen Sächß. Wappen, und zur Lincken Hand war auch ein groses zwischen 2. kl. Wappen. Ferner Was der Tapezierer, Bildhauer und Mahler, vor ihre Mühe haben bekommen, ingleichen auch was vor Breter, Latten und Nageln ist aufgegangen, das hat alles der Herr Vorsteher selbst bezahlet. In denen Vier Wochen über als die Trauer ist aufgemachet worden sind 2. ZimmerGesellen und 2. Handlanger darzu von Nöthen gewesen, 1. ZimmerGeselle bekam täglich 7. gr. und ein Handlanger 3. gr."

Entstandene und aufgeführte Werke

am Sonntag Estomihi nachmittags mit Predigt zu 1Kor 13,1-13 in Divi Blasii zu Mühlhausen, Wiederholung des „Ratsstückchens", der Ratswechselkantate vom 4. Februar

1709: [unbekanntes Werk Bachs zum Ratswechsel am 4. Februar]
Sup. J. A. Frohne oder Archidiakonus G. C. Eilmar

am 5. Sonntag nach Epiphanias mit Predigt zu Mt 13,24-30

1726: Johann Ludwig Bach, Der Gottlosen Arbeit wird fehlen
ThK: Lic. Sieber

Persönliche und zeitgeschichtliche Ereignisse

1714: Tobias Christian Francke, Kanzleibote aus Halle, quittiert dem Kirchenvorsteher August Becker über Botenlohn und Wartegeld, weil er Bach, wahrscheinlich am 14. Januar, die Organistenbestallung überbracht und einen Brief nach Halle wieder mitgenommen hatte:
„Ich endes unterschriebener beckenne hierdurch, daß mich Tit: H. Lic: Becker des organisten halber, nach Weimar verschicket, undt habe ich von Ihm 1 rth bothenlohn undt 12 gr. warthegeldt empfangen, Dat: Hall d 10 Febr. 1714."

1724: Teilnahme Bachs am Donnerstagsabendmahl in der Thomaskirche, Abendmahlsspender Lic. Weise, Prediger M. Ebelt zu Ps 119,20-22

1742: „M. Hülße hat heute nach dem er zum Conrectorat an die Schule zu St: Thomae beruffen worden, seine Abzugs=Predigt gehalten. Ps 73,24", Eintragung im Gottesdienstmanuale der Nikolaikirche zu Leipzig am Samstag nach Estomihi

10. 2. 1724

Bach ging während seiner Leipziger Zeit regelmäßig zweimal im Jahr zum Abendmahl. So berichtet auch die Eintragung des Kommunikantenregisters der Leipziger Thomaskirche vom 10. Februar 1724 von seiner Teilnahme. Es handelte sich um den Frühgottesdienst des Donnerstag um 6 Uhr. Am Tag zuvor war er zu seinem

Beichtvater Lic. Christian Weiß d. Ä. zur Beichte gegangen.

So hielten es auch die Thomasschüler, die sonntags wegen des Chordienstes nicht teilnehmen konnten. Die Predigt am Morgen über Ps 119,20-22 hielt Magister Ebelt, offenbar ein Student; man bediente sich seitens der Stadtprediger in den Wochenfrühgottesdiensten gern der Hilfe von Studenten. 1752 ist von einer gewiß schon länger geltenden Beichtpraxis die Rede:

„Unsere Thomas Schüler laßen sich ebenfalls jährlich 4 mahl bey uns, Mittwochs vormittags, zur Beichte angeben, und es hat mit diesen gleiche Bewandniß wie mit denen Soldaten.“

Entstandene und aufgeführte Werke

am Sonntag Estomihi mit Predigt zu Lk 18,31-43
1725: Herr Jesu Christ, wahr' Mensch und Gott, BWV 127
NK: D. Deyling

Persönliche und zeitgeschichtliche Ereignisse

1708: Honorarzahlung für die Ratswechselkantate „Gott ist mein König" in Mühlhausen

1726: ein kursächsisches Edikt regelt die Anstellungsfähigkeit für Studenten aus Sachsen: sie müssen zwei Jahre in Wittenberg oder Leipzig studiert haben; Ausnahmen können mit besonderer Erlaubnis gewährt werden

1730: das Corpus Evangelicorum verwendet sich für die verfolgten Lutheraner von Salzburg bei dem dortigen Erzbischof Firmian, aber dessen Gesandter nimmt das betreffende Schriftstück nicht entgegen; Kursachsen protestiert offiziell gegen das Verhalten Salzburgs, vgl. 7.1.1730

1731: „H. M. Gaudlitz hat heüt seine AnzugsPredigt, als Diaconus zu St: Thomae, und MittagsPrediger gehalten; Text: Mt 4, 1-11"

Februar 1733

Zur Landestrauer notiert der Nikolaiküster: „der gantzen Trauer Zeit über haben die Bräute keine Kräntze dürffen tragen weder in der Kirche noch beyn Hauß Trauungen, sondern an statt des Krantzes trugen sie eine Schleiffe von grünen Band oder wie sie sonsten Beliebten, Aber am Feste *Mariae*Heimsuchung da das Orgelschlagen und die *Music* so wol in als auch außer denen Kirchen ihren Anfang nahm, so trugen die Bräute wieder ihre Kräntze, obgleich die Trauer noch gienge."

Entstandene und aufgeführte Werke

zur Trauung des Floßverwalters Christoph Friedrich Lösner mit Johanna Elisabeth Scherl am Montag, 12.2.1725, 18 Uhr in D. Phillips Gasthof zu Leipzig

1725: Sein Segen fließt daher wie ein Strom, BWV Anh. 14
D. Weise (?)

Persönliche und zeitgeschichtliche Ereignisse

1733: Teilnahme von Thomasschülern am Donnerstagsabendmahl in der Thomaskirche bei D. Weise: Krebs, Thieme, Petzold, Dietze, Henckwerdt, Kretzschmar, Küttler, Winzer, Berger, Köpping

1737: Eingabe Bachs an das Leipziger Konsistorium im Zusammenhang mit dem sog. Präfektenstreit: Bach beschwert sich über den Rektor Ernesti, der seiner Meinung nach dem Chor einen untüchtigen Präfekten aufgezwungen habe und dazu veranlaßt hat, daß in den Kirchen nur unter diesem Präfekten zu singen sei. Bach konnte die Folgen vorerst nur dadurch abwenden, daß er einen Studiosus für die Aufgaben gewann, vgl. 21.8.1737; der Brief trug ursprünglich das Datum des 28.11.1736; wahrscheinlich wollte Bach prüfen, ob seine am 19.11.1736 erfolgte Ernennung zum Hofkomponisten auf den Fortgang des Präfektenstreites für ihn günstige Wirkungen haben würde;
Georg Christoph Seyffarth, ein Stöltzel-Schüler, beruft sich bei seiner erneuten Bewerbung um die Organistenstelle an der Marienkirche zu Mühlhausen auf eine beurteilende Bemerkung Bachs über seine Fähigkeiten

1742: Vorstellung des neuen Konrektors der Thomasschule, Conrad Benedict Hülse; Bach nicht anwesend, doch läßt sich denken, daß er die mit dem Sonntag Invokavit (11.2.1742) begonnene Fastenzeit für auswärtige Verpflichtungen nutzte

Entstandene und aufgeführte Werke

am Sonntag Sexagesimae mit Predigt zu Lk 8,4-15

1724: Leichtgesinnte Flattergeister, BWV 181
Gleichwie der Regen und Schnee vom Himmel fällt, BWV 18
NK: D. Deyling

1735: Leichtgesinnte Flattergeister, BWV 181
[Aufführung auch in einem späteren Jahr möglich]
NK: D. Deyling

Persönliche und zeitgeschichtliche Ereignisse

1726: Sup. D. Salomon Deyling hält am Mittwoch nach dem 5. Sonntag nach Epiphanias, 13.30 Uhr, in der Nikolaikirche die Leichenpredigt für Johann Gottlob Kirchhoff aus Lauban; der Predigttext war aus Ps 103,1-5 genommen

1737: Verfügung des Leipziger Konsistoriums im Streit zwischen Bach und Ernesti, die als Begleitschreiben zu Bachs Eingabe vom Vortag fungiert

1750: Giovanni Battista Pauli, bischöflicher Hofkapellmeister in Fulda, plant die Übersendung von Instrumentalwerken Bachs an Pater Giovanni Battista Martini in Bologna, vgl. 9.3.1750

Persönliche und zeitgeschichtliche Ereignisse

1738: „Communio privata: Caroli, der Kunstgeiger im Stadtpfeiffergäßl.[ein]“ bei Diaconus M. Gaudlitz am Freitag nach Sexagesimae, vgl. 26.2.1738

14. 2. 1725

Der plötzliche Tod des verehrten Conrectoris Thomani a. D., M. Andreas Stübel, im 72. Lebensjahr vor reichlich zwei Wochen ließ Bach nicht zur Ruhe kommen. Schließlich war er sein unentbehrlicher und treuer Verfasser von Texten für die Kirchenkantaten gewesen. Dienstag nach Septuagesimae war er gestorben, wenige Tage später beerdigt worden.

Am genannten Sonntag hatte Bach die Kantate „Ich hab in Gottes Herz und Sinn“ aufgeführt. Er erinnerte sich gut an das Gespräch mit Stübel nach dem Gottesdienst: Wie gut ihm die Umdichtung des Liedes von Paul Gerhardt gelungen sei, lobte Bach. Stübel aber klagte, er fühle sich gar nicht gut, was seine körperliche Konstitution betreffe. Besonderen Eindruck habe ihm aber die schöne Sopranarie am Schluß gemacht, der Junge habe so wunderbar gesungen, „wie aus der anderen Welt!“. Dabei schaute er Bach fest in die Augen, drückte ihm die Hand und sagte mit leiser Stimme: „‚Meinem Hirten bleib ich treu, freu dich Herz, du sollst erkalten, Jesus hat genug getan‘; – das hat Er so schön in die Töne gebracht“. Rasch verabschiedete er sich und winkte noch mit seinem Stock.

Stübel war eben an jenem Sonntag noch krank geworden und dann drei Tage später gestorben. Seitdem überlegte Bach hin und her, wie es denn mit den Texten weiter gehen sollte. Heute morgen sprach er mit Anna Magdalena während des Frühstücks. Er müsse ja die Kantaten von Ostern an vorbereiten. Welche Texte denn Stübel noch geliefert hätte, wollte Anna Magdalena wissen. „Nun, nur noch der bereits im laufenden Textheft gedruckte zu Mariae Verkündigung ‚Wie schön leuchtet der Morgenstern‘; die Passion – diesmal zu St. Thomae – ist schon vorbereitet“; für den 1. Ostertag habe er auch schon eine Idee in Verbindung mit der Schäferkantate für den Weißenfelser Hof – „in der nächsten Woche muß ich hin, am 23. huius fällt der Geburtstag des Herzogs ein“, doch wie es dann weitergehen solle, das quäle ihn beständig. „Sind denn keine Texte aus einem anderen Jahrgang mehr vorrätig“, fragte Anna Magdalena. Seine Antwort fiel eher ausweichend aus. Auch der Hinweis auf Leipziger Autoren, die Anna Magdalena noch nachschob, brachte keine Lösung.

Persönliche und zeitgeschichtliche Ereignisse

1725: D. iur. Paul Christian Schröter wird Stadtsyndikus von Dresden, nachdem er bereits im April 1723 zum Oberkonsistorialrat ernannt worden war, vgl. 7. 6. 1733

15. 2. 1733

Der Nikolaiküster bereitet die Abrechnung des für die nach sechs Wochen fällige Bezahlung des Sondergeläutes für die Türmer und ihre Gehilfen vor: „*Dominica Sexagesimae* als eben den 8. *Februarij* hat man nach der FrühPredigt, als es 11. Uhr war auf allen Thürmen mit allen Glocken angefangen zu lauten bis 12. Uhr und zwar 3. Pulse, der erste Puls von 11. Uhr an bis 1/4., der andere Puls eine halbe Viertel=Stunde hernach bis bald 3/4., der 3te Puls von 3/4 bis 12. Uhr, und hat Sechs Wochen lang als von 8. *Februarij* an bis den 21. *Martij inclusivè*, gedauert.

Wegen des Geläutes bey dieser [Nikolai]Kirche ist, laut des darüber gegebenen Thürmers Qvittung, von denen Kirchen=Geldern bezahlet worden, wie hernach folget,

5. Personen, so die grose Glocke getreten, jedem eine Woche 15. gr.[oschen] *facit* [ergibt] 18. rt. [Reichstaler] 8 gr.
item [ebenso] 3. Personen so die Mittel=Glocke getreten jedem eine Woche 12. gr. thut 6. Wochen 9.rt.
3. Personen so die übrigen 3. Glocken gelautet, jedem eine Woche 8. gr. thut SechsWochen 6. rt.
Item vor Baumöhl die Glocken zu schmieren 1. rt. 6. gr.

macht in der *Sum[ma]*:	18 rt.	18 gr.
	9 rt.	- -
	6 rt.	- -
	1 rt.	6 gr.
Sum[ma]:	35 rt.	- -“

Persönliche und zeitgeschichtliche Ereignisse

1711: Gutachten für den Rudolstädter Hof über die Arbeit des Orgelbauers Trebs auf der Grundlage der Taubacher Orgel
1735: Veranlassung einer Verfügung Sup. D. Deylings durch das Leipziger Konsistorium zur Unterbindung des Gebrauchs nichtapprobierter Lieder im öffentlichen Gottesdienst

16. 2. 1711

Es muß gegen Mitte Februar 1711 gewesen sein, als der Weimarer Orgelbauer Nikolaus Heinrich Trebs (1678 – 1748) Bach um ein Gutachten zu seiner Orgel in Taubach bat, die im Oktober 1710 solenn eingeweiht worden war. Er benötigte es, um in Rudolstadt ein Privileg als Orgelbauer zu erwirken. Am 16. Februar 1711 verfaßte Bach das gewünschte Schriftstück. Es ist zu spüren, daß er sich gern an das kleine gut geratene Werk in Taubach erinnerte: „… daß an seiner in hiesigen Landen verfertigten Arbeit er seinen recht rühmlichsten fleiß angewendet, Und da ich solche, alß ein zur Probe Verordneter *examinir*et, dergestalt befunden, daß sowol *in Contract*, als nachgehender Arbeit, er sich als ein *raisonabler* vnd dabey gewißenhaffter Mann erwiesen, indem er vns den leidlichsten Preis *accordir*et vnd mit höchsten fleis nachgehends die verdungene Arbeit verfertiget."

16. 2. 1735

Unser freundlich Dienst zuvorn,
WohlEhrwürdiger, Hochgelahrter, insonders
geliebter Collega, günstiger Herr u. guter Freund.

Demnach mann wahrgenommen, wasmaßen beym öffentlichen Gottes Dienste die Absingung des Symboli Nicaeni in abgewichener Advents Zeit unterlaßen, und biß anhero unbekandte neue Lieder gesungen und eingeführet werden wollen, dergleichen eigenmächtiges Unternehmen aber nicht zuverhängen seyn will;
Alß begehren, im Nahmen des Allerdurchlauchtigsten … Herrn

Friedrichs Augusti …, wir hiermit an Denselben, er wolle die Verfügung thun, daß auch in denen Kirchen dieser Stadt sich hiernach geachtet, und neue bishero nicht üblich gewesene Lieder, ohne seinem, und bedürffenden Falls Unserem Vorbewußt und Approbation, beym öffentlichen Gottes Dienste nicht gebrauchet werden sollen.

Mochten wir demselben nicht bergen und sind ihm zu dienen willig. Datum

Leipzig den 16 Febr: 1735

Die Verordnete des Chur u. Fürstl.
Sächs. Consistorii daselbst.

17. FEBRUAR

Entstandene und aufgeführte Werke

am Sonntag Septuagesimae mit Predigt zu Mt 20,1-16

1726: Johann Ludwig Bach, Darum will ich auch erwählen
NK: D. Deyling

Persönliche und zeitgeschichtliche Ereignisse

1738: nach dem Sturz des kursächsischen Premiers Alexander Joseph von Sulkowski wird Heinrich von Brühl faktisch dessen Nachfolger, vgl. 8.12.1746

1740: im Laufe des Februar war der Hirschberger Organist Johann Balthasar Reimann zu Besuch bei Bach in Leipzig; in seiner Selbstbiographie schreibt er dazu: „ … bin ich, auf Kosten eines vornehmen Gönners allhier in Hirschberg, nach Leipzig gereiset, um den berühmten Joh. Sebast. Bach spielen zu hören. Dieser große Künstler nahm mich liebreich auf, und entzückte mich dermaassen durch seine ungemeine Fertigkeit, daß mich die Reise niemahls gereuet hat"

Persönliche und zeitgeschichtliche Ereignisse

1731: Gottlieb Gaudlitz wird Subdiakonus der Thomaskirche zu Leipzig

1738: erste kürzere, aber polemische Entgegnung Johann Adolph Scheibes auf J.A. Birnbaums Verteidigung der Kompositionsweise Bachs, der im März im „Critischen Musicus" (undatiert) eine umfangreichere folgt, vgl. 3.1.1738

1740: Christian Weise d. J. erhält ein Extraordinariat an der Theologischen Fakultät der Universität Leipzig

19. FEBRUAR

Entstandene und aufgeführte Werke

1734: Blast Lärmen, ihr Feinde! Verstärket die Macht, BWV 205a Zimmermannisches Kaffeehaus an der Katharinenstraße

Persönliche und zeitgeschichtliche Ereignisse

1733: Teilnahme der Alumnen Stieglitz, Schönmann und Kaphan am Donnerstagsabendmahl in der Thomaskirche bei D. Weise

1734: nachgeholte Huldigungsmusik vom 17. Januar durch das Bachische Collegium Musicum, da sichere Nachrichten über den lange Zeit ungewissen Ausgang der Königswahl in Polen erst gegen Ende Januar in Sachsen eingetroffen waren, vgl. 16. und 17.1.1734

Entstandene und aufgeführte Werke

am Sonntag Estomihi mit Predigt zu Lk 18,31-43

1724: Jesus nahm zu sich die Zwölfe, BWV 22
Du wahrer Gott und Davids Sohn, BWV 23
ThK: Lic. Weise

1746: Du wahrer Gott und Davids Sohn, BWV 23 (?)
[Vermutung der Aufführung dieser Kantate aufgrund von Textzitaten im Eingangsgebet der Predigt Tellers vom gleichen Tag]
ThK: D. Teller

Persönliche und zeitgeschichtliche Ereignisse

1695: Tod des Vaters Johann Ambrosius Bach

1714: 18 Groschen Geldzuwendung „Zu Kohlen vor dem Hoforganisten", vgl. 5. 12. 1708

1724: Superintendent Deyling, Leipzig, regelt mit dem Leipziger Konsistorium die Übernahme der Aufgaben des Schulunterrichts Bachs durch den Tertius, Carl Friedrich Petzold, vgl. 22. 3. 1724

1745: Tod des Thomaspastors Gottlieb Gaudlitz

20. 2. 1695

Als Johann Sebastians Vater, Johann Ambrosius Bach, am 20. Februar 1695 starb, standen plötzlich die achtzehnjährige Maria Salome, der dreizehnjährige Johann Jacob und der elfjährige Johann Sebastian als Vollwaisen allein da. Johann Balthasar, inzwischen 22 Jahre alt, war zwar auch noch im Elternhaus gewesen, konnte sich aber wohl selbständig machen. Neun Monate früher war bereits die Mutter verstorben. Der Vater hatte nochmals geheiratet, doch die Witwe entschied sich für die Rückkehr in ihre Arnstädter Familie. Der Haushalt in Eisenach wurde aufgelöst. Als Kurator der Restfamilie und des kleinen Vermögens trat der Georgenkantor Andreas Dedekind ein.

Johann Ambrosius und sein Zwillingsbruder Johann Christoph in Arnstadt sollen sprichwörtliche Ähnlichkeit gehabt haben: „Diese beyden Brüder, waren einander in allem, auch so gar was den Gesundheitszustand, und die Wissenschaft in der Musik betrift, so ähnlich, daß man sie, wenn sie beysammen waren, blos durch die Kleidung unterscheiden mußte."

20. 2. 1746

Aus dem Predigteingangsgebet des Thomaspastors Romanus Teller zu Lk 18,31-43: „... laß mich niemals vergeblich rufen: Jesu, du Sohn David! erbarme dich mein! Versuche mich nicht mit solcher Frage: Was willt du, das ich dir thun soll? Meine Entschlüsselung ist dir, du Hertzenskündiger! wohl bekannt, von welcher ich nimmermehr abgehen werde: Was du willt, das sey mein Wille! Mir gnüget vollkommen, daß du mir zugesagt: Ich bin mit dir! Ich bin dein Gott! Ich stärke dich! Ich helfe dir auch! Ich bin bey dir in der Noth! Ich will dich herausreißen! Ich will dir zeigen mein Heil! Christe, du Lamm Gottes, der du trägst die Sünde der Welt, erbarm dich unser! Christe, du Lamm Gottes, der du trägst die Sünde der Welt, erbarm dich unser! Christe, du Lamm Gottes, der du trägst die Sünde der Welt, gib uns deinen Frieden! Amen."

Persönliche und zeitgeschichtliche Ereignisse

1706: kritisches Gespräch im Konsistorium zu Arnstadt wegen der Urlaubsüberschreitung im Zusammenhang der Reise Bachs nach Lübeck

1708: Vorlage und Beratung über Bachs „*Disposition* der neüen *reparatur* des Orgelwercks *ad D:[ivi] Blasii.*" zum Umbau der Orgel von Divi Blasii im Conventus Parochianum zu Mühlhausen

1713: Beginn des mehrtägigen Aufenthalts Bachs am Hof zu Weißenfels anläßlich des Geburtstages von Herzog Christian

21. 2. 1708

Die Beratung „in Conventu Parochiano" am heutigen Tage erschien ihre besondere Wichtigkeit zu haben. Der Herr Senator Dr. Meckbach eröffnete die Sitzung und gab bekannt, „Es hätte der neüe Organiste Herr Pache bey dem Orgel Werck der Kirche D. Blasij verschiedene defecte angemercket, wie solche zu remediren und das Werck zu perfectioniren ein schriftliches project übergeben". Er erinnerte weiter daran, wie man mit dem jungen Bach doch gar sehr zufrieden sei und wie er jüngsthin mit dem Ratsstückchen einen großen Erfolg eingefahren. Und nun spräche auch die Umsicht, die er im Blick auf den Zustand der Orgel an den Tag legte, außerordentlich für ihn. Es stünde ja in seinem Vertrag, daß er sofort Defekte bei der Orgel dem Rate anzuzeigen verpflichtet sei.

Nachdem er die Disposition zur Orgelreparatur vorgelesen hatte, kündigte er Anträge zum Beschluß an. Vorher aber sei noch mitgeteilt, daß der Orgelmacher Wender, bereits einen Kostenvoranschlag mitgeliefert habe, den er vorlesen wolle: „Vor obige angeführder arbeid und kosten der Maderialen werden von mihr Endes beNahmden erfodert Zwey hundert und funftzich thll". Aber zunächst müsse man beschließen, „ob es projectirter maßen anzurichten"? Dafür erhielt er die Zustimmung der Mitglieder; „Affirmatur", notierte der Protokollant. Dann war zu klären, wer in einer Kommission mitzuarbeiten bereit wäre, um den Vertrag mit dem

Orgelmacher auszuhandeln, den Orgelbau zu überwachen und das kleine Orgelwerk, das auf dem Singechor stünde, in Kommission zu geben oder zu verkaufen. Den Kommissionären Bellstedt, Reiß und Sebastian Vockerodt wurde die Instruktion gegeben, „so genau zu accordiren, alß Sie können, und allenfalß das kleine werck pro 50 Thlr. dem Orgelmacher an Zahlung statt anzugeben, wenn mit 200 Thlr. Er das [neue] werck zu verfertigen nicht annehmen wolte. Morgen solle die Kommission mit dem Orgelmacher verhandeln.

Nachdem man den Rahmen von 200 Talern beschlossen hatte, ging man auseinander.

Persönliche und zeitgeschichtliche Ereignisse

1708: Orgel-Kommissionssitzung in Mühlhausen mit Verhandlung der Vorstellungen des Orgelmachers Johann Friedrich Wender sowie Abschluß des Kontraktes

1721: Tod des ältesten Bruders, Johann Christoph Bach, in Ohrdruf, bei dem Johann Sebastian nach dem Tode seiner Eltern fünf Jahre seiner Jugendzeit zugebracht hatte

1731: Teilnahme der Alumni Thomani Eichel, Eberhard, Krause, Krebß, Senmann, Kittler, Roch am Abendmahl bei D. Weise in der Thomaskirche am Donnerstag nach Reminiscere; Predigt von H. Fritzsche über den Gang Jesu mit seinen Jüngern an den Ölberg (Teil der Passionsharmonie)

1742: Taufe der jüngsten Tochter Regina Susanna am Donnerstag nach Reminiscere in der Thomaskirche zu Leipzig; Taufpfarrer war Subdiakonus M. Christian Gottfried Eichler; die Patenstellen nahmen sämtlich Mitglieder der Familie Bose ein, u. a. der Jurist D. Heinrich Friedrich Graff und dessen Verlobte Susanna Elisabeth Bose;
Kündigungspläne Johann Elias Bachs, vgl. 3. 10. 1741

1747: Gottscheds Bedeutung in Sachsen befindet sich im Schwinden

22. 2. 1708

„Coram Commissione [vor der Kommission] erkläret sich H Wenter, über gegenseitige pta daß er noch

1. wolle die Claviere machen aus Elffenbein.
2. die Bälge von KaldLeder alß welche noch einmal so lange dauret alß SchaffLeder.
3. die Mixtur solle von 12lötigen Zinn gemachet werden.

Könte also von obig geforderten Quanto nichts ablaßen“.

Alles konnte man ausgiebig besprechen. Doch Wender blieb bei seinen Preisvorstellungen. Die Kommissionäre schlossen mit ihm den Kontrakt auf 230 Taler. Wender ließ noch zu Protokoll geben: „Er wollte hoffen, daß ihn die H.[erren] Eingepfarrten nach gäntzlich vollbrachten und projectirter maßen verfertigten Wercke noch einen thun würden.“ Seitens der Kommission gab man auch das noch zu. Außerdem quittierte Wender noch über 40 Taler, die er für das kleine Orgelwerk auf dem Singechor von Divi Blasii erhielt.

Entstandene und aufgeführte Werke

1713: Was mir behagt, ist nur die muntre Jagd, BWV 208
Kantate zum 31. Geburtstag des Herzogs Christian von Sachsen-Weißenfels

1725: Entfliehet, verschwindet, entweichet, ihr Sorgen, BWV 249a
Kantate zum 43. Geburtstag des Herzogs Christian von Sachsen-Weißenfels

Persönliche und zeitgeschichtliche Ereignisse

1713: Geburt der Zwillinge Maria Sophia und Johann Christoph, drittes und viertes Kind der Ehe Bachs mit Maria Barbara; Nottaufe des jüngeren Johann Christoph durch die Hebamme, Nottaufe der älteren Maria Sophia durch den Weimarer Diakonus Georg Wilhelm von der Lage;
Tod Johann Christophs

1713: Aufenthalt in Weißenfels, Aufführung der Kantate BWV 208 im Jägerhof

1725: Aufenthalt in Weißenfels, Aufführung der Kantate BWV 249a

1729: mehrtägiger Aufenthalt Bachs zum Geburtstag Herzog Christians in Weißenfels, eventuell Wiederaufführung von BWV 208; Bach wohnte beim Kammerdiener Christian Siegmund Ritter; bei dieser Gelegenheit waren u. a. auch anwesend „Herr Gerlach Altiste“, wahrscheinlich Carl Gotthelf Gerlach aus Leipzig, „Herr Krebs und dessen Frau“, wohl Bachs Schwager Andreas Krebs und dessen Frau Johanna Christina, geb. Wilcke

1737: Johann Gottfried Bernhard Bach bittet in Mühlhausen um die Entlassung aus seinem Dienst, nachdem er am 14. Januar zum Figuralorganisten in Sangerhausen gewählt wurde

Entstandene und aufgeführte Werke

am Sonntag Sexagesimae mit Predigt zu Lk 8,4-15

1715: Gleichwie der Regen und Schnee vom Himmel fällt, BWV 18 [womöglich bereits für 1713 oder 1714 entstanden]
Schloßkirche Zur Himmelsburg zu Weimar:
Generalsup. Johann Georg Layritz

1726: Johann Ludwig Bach, Drum säet euch Gerechtigkeit
ThK: D. Weise

Persönliche und zeitgeschichtliche Ereignisse

1695: Begräbnis des Vaters Johann Ambrosius Bach in Eisenach

1706: Besoldungsquittung Bachs für seinen Organistendienst in Arnstadt zum Quartal Reminiscere (Mitte Dezember bis Mitte März)

1713: Gehaltsaufbesserung in Weimar auf fürstlichen Befehl; Rückkehr vom Besuch aus Weißenfels

1735: Teilnahme der Alumni Thomani Köpping, Landvoigt, Berger, Kuhl, Albrecht, Tröger, Kretzschmann am Donnerstagsabendmahl bei D. Weise

1740: Zeugnis Bachs für Christian Friedrich Schemelli

24. 2. 1713

Seine Schwägerin trat ihm an der Haustür entgegen. Bach wunderte sich, war es doch sonst seine liebe Frau, die ihn begrüßte. Freilich die Schwangerschaft war bei seiner Abreise schon weit voran gekommen. Doch die Hebamme hatte als möglichen Geburtstermin erst etwa Anfang März genannt. Das war auch der entscheidende Grund gewesen, warum er sich dennoch für die Reise nach Weißenfels entschieden hatte.

„Gestern – gestern war die Geburt! Und zwar zweimal: ein Töchterchen und ein Söhnchen." Friedelena Margaretha zögerte. Bach mochte ahnen, daß nicht alles in Ordnung war. Maria Barbara sei noch sehr schwach und – das Söhnchen sei schon wieder verstorben. Friedelena weinte; die Hebamme habe es noch genottauft, und der Herr Diaconus, der den Wochendienst habe, habe am Nachmittag das Töchterchen zu Hause getauft. Heute Morgen habe man das Kind bei St. Jacob beerdigt.

Bach trat in das Zimmer ein, in dem seine Frau lag. Sie schlief. Er setzte sich neben sie, sah das kleine Töchterchen liegen und hörte in die Stille. Wie lang er so saß, wußte er später nicht mehr.

Persönliche und zeitgeschichtliche Ereignisse

1712: Entgelt für die Ausbildung des Pagen Adam Friedrich Wilhelm von Jagemann in Weimar, vgl. 28.7.1711

1714: Gehaltsaufbesserung in Weimar auf fürstlichen Befehl

1730: Bachs Schüler David Nicolai, seit 13. Januar interimistisch Organist der Peterskirche zu Görlitz, wird durch den Rat zum Probespiel zugelassen

1731: in der Vesper „hat M. Carl Gottl. Hoffmann, bißheriger Sonnabends Prediger zu St: Thomae allhier, als beruffener Diac:[onus] Substitutus u. VesperPrediger zu St: Nicolai allhier seine AnzugsPredigt gehalten. Text: Es erschien ihm aber ein Engel ... in Anfechtung fallet" (Teil der Passionsharmonie)

1737: in einem Umlauf an die „Eingepfarrten" in Mühlhausen berichtet der Ratsherr Johann Christian Starck von einem Gespräch mit Johann Sebastian Bach über seinen Sohn Johann Gottfried Bernhard; dieser hatte anläßlich seiner Bitte um Entlassung aus Mühlhäuser Diensten um Erstattung der Reisekosten gebeten, die ihm 1735 entstanden waren

1743: Bach soll durch den Rat zu Zeitz den Auftrag der Zeitzer Stiftsregierung zur Komposition eines Stadtpfeifer-Probestücks erhalten

25. 2. 1743

Man war sich im Rat zu Zeitz einig geworden, den Auftrag zur Komposition eines Stadtpfeifer-Probestücks an den Leipziger Kapellmeister Bach zu vergeben. Der Herr Stadtkantor, Wolfgang Christian Cramer, hatte von diesem Plan Kenntnis erhalten. Nun trieb es ihn um, diese Auftragsvergabe zu hintertreiben. Gern hätte er den Auftrag an seinen Lehrer, den Leipziger Universitätsmusikdirektor Johann Gottlieb Görner, gehen sehen. Schon einige Male hatte er versucht, mit Ratsherrn darüber zu sprechen. Entgegen kam ihm die Maßgabe, daß ausdrücklich Geheimhaltung befohlen worden war, damit keiner der Stadtpfeifer-Anwärter den Komponisten vorher erfahre. Kurz bevor der Brief endgültig fertiggestellt wurde, gelang es ihm, mit dem Stadtschreiber in ein Gespräch zu kommen. Sogar das Briefkonzept bekam er zu sehen; hastig las er:

Herrn Bachen, Königlichen *Capell* Meister u. *Cantorem* bey der St. Thomae Schule zu Leipzig.

P. P. Ew. etc. ersuchen wir hierdurch dienstlich, ein, auff alle Stadt-Pfeiffer *Instrumenta* gesetztes Kunst-Probe-Stück, welches noch niemand bekannt und noch nie *musiciret* worden, folglich ohnschwer ganz von neuem zu *componiren*, das *honrarium* davor uns zu *liquidiren* und gegen dankbarliche Bezahlung solch Probe Stück so bald möglich an uns unmittelbar verschloßen zu übersenden, auch niemanden, wer der auch sey, selbiges zu *communiciren*. Wir versichern Ew. etc. bey vorkommender Gelegenheit hinwiederum angenehm zu dienen, verharrende etc. B. u. R. d. ...

Zeitz den 25. Febr. 1743.

Dem Stadtschreiber konnte er schließlich plausibel machen, daß Görner schon deshalb die bessere Wahl sei, weil man sicher sein könnte, von ihm in der gewünschten Zeit auch das erbetene Stück zu erhalten. „Bei dem Herrn Hofkompositeur kann Er lange warten. Da ist keiner sicher, ob er überhaupt reagiert. Da gibt es einschlägige Erfahrungen“, meinte er hinter vorgehaltener Hand. Am Schluß des Gesprächs wurden Name und Adresse Bachs ausgestrichen und durch den Görners ersetzt: „An Herrn Görnern, Städt. Organisten zu Leipzig“.

Persönliche und zeitgeschichtliche Ereignisse

1724: Geburt des ersten Sohnes zweiter Ehe Johann Sebastian Bachs, Gottfried Heinrich

1727: Empfehlungsbrief Bachs an den Stadtrat zu Chemnitz für seinen Schüler Christoph Gottlob Wecker zu dessen Bewerbung um die Kantorenstelle an St. Jacobi, bei der er allerdings erfolglos blieb

1738: Johann Friedrich Caroli, seit 1730 Kunstgeiger in Leipzig, Mitglied des Bachschen Kantatenorchesters, stirbt mit 43 Jahren, vgl. 14.2.1738

Entstandene und aufgeführte Werke

am Sonntag Estomihi mit Predigt zu Lk 18,31-43

1729: Sehet, wir gehen hinauf nach Jerusalem, BWV 159
NK: D. Deyling

Persönliche und zeitgeschichtliche Ereignisse

1724: Taufe des ersten Sohnes zweiter Ehe, Gottfried Heinrich, am Sonntag Invocavit, durch Diaconus Lic. Urban Gottfried Sieber;
die Taufe kann erst am späteren Nachmittag stattgefunden haben, da Sieber von 13.30 Uhr an Vespergottesdienst zu halten hatte;
als Paten waren anwesend der Bürgermeister und Thomaskirchenvorsteher Gottfried Lange, die Ehefrau des Thomasschulrektors, Regina Maria Ernesti, und der Jurist D. Friedrich Heinrich Graff;
am gleichen Sonntag Invocavit predigt Thomaspastor Christian Weise d. Ä. erstmalig wieder nach langer Zeit einer Stimmkrankheit

1726: Mittwoch nach Sexagesimae hielt Sup. D. Salomon Deyling eine Leichenpredigt in der Nikolaikirche für den Waage-Einnehmer Gottfried Hoffmann; der Predigttext war Sir 1,12

1732: Romanus Teller, Frühprediger und Oberkatechet an der Peterskirche und späterer Beichtvater Bachs, heiratet Wilhelmine Sophia Schütz, Tochter des Archidiakonus von St. Nikolai zu Leipzig

1734: Christoph Wolle, später Beichtvater Bachs, wird Sonnabendsprediger an St. Nikolai zu Leipzig; sein Predigttext war Apg 17,30-31

1742: Brief Johann Elias Bachs an Gottlob Persigk in Dresden mit Grüßen Bachs

Persönliche und zeitgeschichtliche Ereignisse

1718: Besoldungsquittung in Köthen in Höhe von 66 Talern und 16 Groschen für die Monate Februar und März 1718

1719: gegen Ende des Monats Februar muß Bach von einer Reise nach Berlin zurückgekehrt sein, die dem Kauf eines Cembalos diente, vgl. 1.3.1719

1726: Teilnahme Bachs am Abendmahl im Frühgottesdienst des Donnerstag in der Thomaskirche bei D. Weise mit Predigt zu Ps 119,123-124 durch M. Windisch

1732: Johann Matthias Gesner unterbreitet einen Vorschlag zur Verteilung der Akzidentien nach dem Tod des Konrektors der Thomasschule, Carl Friedrich Petzold, bei dem Bach Berücksichtigung findet, vgl. 23.9.1730

1734: am Sonntag Sexagesimae wird in Dresden die neuerbaute Frauenkirche mit einer Predigt des Dresdner Stadtsuperintendenten D. Valentin Ernst Löscher zu Lk 8,4-15 und mit einer Kantatenmusik des Kreuzkantors Theodor Christlieb Reinholdt eingeweiht

Während Bachs beruflicher Lebenszeit kam dieser Tag in folgenden Schaltjahren vor:

1704: Freitag nach Oculi
1708: Mittwoch nach Invocavit
1712: Montag nach Oculi
1716: Samstag nach Estomihi
1720: Donnerstag nach Reminiscere
1724: Dienstag nach Invocavit
1728: Sonntag Oculi
1732: Freitag nach Estomihi
1736: Mittwoch nach Reminiscere
1740: Montag nach Estomihi
1744: Samstag nach Reminiscere
1748: Donnerstag nach Invocavit

29. 2. 1732

Bach verließ soeben das Kochische Haus am Markt. Hier waren die Alumnen untergebracht, hier fand auch der Schulunterricht während des Umbaus der Thomasschule statt. Im Begriff, sich zu seiner interimistischen Wohnung in der Hainstraße zu wenden, setzten Träger neben ihm eine Sänfte ab. Die Tür öffnete sich und Bach sah, wie Gesner ihn zu sich hinein winkte. „Wir haben für ein kurzes Gespräch sicher genug Platz“, meinte Gesner – indem er zur Seite rückte – hüstelnd, denn seine schwere Erkältung lag noch nicht lang zurück. Er beklagte den schleppenden Fortgang der Bauarbeiten an der Schule am Thomaskirchhof. Heute morgen habe er sich auf die Baustelle begeben, um den Stand selbst in Augenschein zu nehmen.

„Er erinnert sich sicher, erst sollten wir zu Michaelis im vorigen Jahr wieder einziehen dürfen, dann meinte man, es werde gewiß Weihnachten; nun fangen wir übermorgen schon das tempus clausum oder Fastenzeit an; es wird wohl Ostern werden“. Bach beklagte seinerseits die Ungelegenheiten, die ihm sein Provisorium brachte: „Immer muß man etwas suchen, immer kann man es nicht finden!“

Gesner gab dem Gespräch plötzlich eine andere Wendung: „Ach ja, das wollte ihm noch berichten: gestern habe eine Eingabe an die Stadt geschrieben wegen der Verteilung der Akzidentien nach des seligen Conrectoris Petzolds Tode. Die 79 Gulden und 3 Groschen, die gesammlet worden sind, könnten doch nach bisheriger Gewohnheit unter den Rectorem, Cantorem, Tertium und Quartum verteilet werden, da alle diese wegen der Inspektion [= Aufsicht] und Information [= Unterricht] im Kochischen Hause außerordentlich bemühet gewesen." Zwar werde man im Rathaus sagen, der Kantor habe keine zusätzliche Mühe damit gehabt, doch hoffe der – nach Meinung Gesners – zu Recht, diesmal in gleichem Teile mitzugehen, weil er bei der letzten Distribution übergangen worden.

Bach lehnte sich befriedigt zurück, „da danke ihm ganz ausdrücklich, daß er an mich gedacht hat! Und wie wird es mit den Petzoldschen Erben", wollte Bach wissen. Da solle man sich nicht besorgen, meinte Gesner, die bekämen auch ihren Anteil. Sie verabschiedeten sich, Bach verließ die Sänfte, die Träger hoben an und schritten im Gleichschritt davon.

Entstandene und aufgeführte Werke

1749: Siebenstimmiger Kanon, BWV 1078

Persönliche und zeitgeschichtliche Ereignisse

1714: im Protokoll der Sitzung des Kirchenkollegiums der Marktkirche Unser Lieben Frauen in Halle ist vermerkt: „Nachdem Herr Bach sich negative erklärt, so ist zu neuer Wahl eines Organisten geschritten ... und per maiora Herr Melchior Hoffmann aus Leipzig gewählt." Vgl. 14. 1., 19. 3. und 30. 7. 1714

1719: Zahlung von 130 Talern für den Kauf eines Cembalos in Berlin und für Reisekosten

1731: Teilnahme der Alumni Thomani Guffer, Heße, Nencke, Wintzer, Nitzsche, Dietze, Hillmeyer, und der Extranei Thomani Gäbler, Hauffe, Helm und Just am Abendmahl bei D. Weise, Donnerstag nach Oculi; Predigt durch M. Köpping über Befragung Jesu durch den Hohenpriester (Teil der Passionsharmonie)

1749: Bach trägt in das Stammbuch eines unbekannten Besitzers, womöglich ein gewisser Faber, einen Kanon, BWV 1078, ein

1. 3. 1749

Widmungseintragung zu dem Kanon BWV 1078, wahrscheinlich in ein Stammbuch eines gewissen D. P. Faber. Die Widmung lautet:

Domine Possessor
Fidelis Amici Beatum Esse Recordari,
tibi haud ignotum: itaque
Bonae Artis Cultorem Habeas
verum amIcum Tuum.

Die Großbuchstaben lauten: D P FABER : BACH I T
[= Isenaco Thuringum: aus Eisenach in Thüringen]

Herr Inhaber [des Stammbuches]
erinnere er sich, es sei gut, treue Freunde zu haben,
dir ist das nicht unbekannt: daher
mögest du in einen Verehrer guter Kunst
deinen wahren Freund haben.

2. MÄRZ

Persönliche und zeitgeschichtliche Ereignisse

1714: Ernennung Bachs zum Konzertmeister der Weimarer Hofkapelle

1740: um die Organistenstelle in Schmölln bewirbt sich der Bachschüler Gottlieb Daniel Naumann, vgl. 25. und 28. 3. 1740

2. 3. 1714

Am Freitag, dem 2. März 1714, hatte der Weimarer Hofsekretär Theodor Benedikt Bormann Anlaß, seine Aufzeichnungen mit folgendem Vermerk zu vervollständigen:

Heute „haben des regierenden Herzogs [Wilhelm Ernst von Sachsen-Weimar] Hochfl.[ürstlich] Dhl.[urchlaucht] dem bisherigen Hof*Organist*en Bachen, uf sein unterth[änig]stes Ansuchen, das *praedicat* eines *Concert*-Meisters mit dem angezeigten *Rang* nach dem *Vice*-Capellmeister Dreßen, gn[ädig]st *conferir*et, dargegen Er Monatlich neüe Stücke uffführen, und zu solchen *prob*en die Capell *Musici* uf sein Verlangen zu erscheinen schuldig v.[nd] gehalten seyn sollen."

Entstandene und aufgeführte Werke

am Sonntag Estomihi mit Predigt zu Lk 18,31-43

1726: Johann Ludwig Bach, Ja, mir hast du Arbeit gemacht
NK: D. Deyling

Persönliche und zeitgeschichtliche Ereignisse

1720: Teilnahme Bachs am Abendmahl in der Köthener Agnuskirche am Sonntag Oculi

1729: Pate bei Johann Georg Wilcke, Sohn des Bruders von Anna Magdalena in Zerbst; Bach konnte nicht teilnehmen, da er sich wahrscheinlich bis zu drei Wochen in Weißenfels aufhielt, vgl. 23. 2. und 20. 3. 1729

1735: Teilnahme der Alumni Thomani Kretzschmar, Nitzsche, Kittler, Auer, Richter, Schrey, Teuber am Donnerstagsabendmahl in der Thomaskirche bei D. Weise

1739: Johann Elias Bach erkundigt sich im Auftrag Johann Sebastians bei seinem Freund Friedrich Benedictus Pfennig in Jena nach der Vermittlung eines Auftrages an eine Jenenser Buchdruckerei

1743: in der Vesper „hat H. M. Schertzer, bisher gewesener Sonnabends=Prediger zu St: Thomae, als beruffener Zucht=Hauß=Prediger alhier in der Kirche zu St: Nicolai seine Probe=Predigt abgelegt, Der Text war aus der Passion[sharmonie]: Es war aber nahe ..., was sie gethan hat“, Eintragung im Gottesdienstmanuale der Nikolaikirche zu Leipzig am Sonntag Invocavit

Entstandene und aufgeführte Werke

am Sonntag Oculi mit Predigt zu Lk 11,14-28

1714: Widerstehe doch der Sünde, BWV 54
Schloßkapelle Zur Himmelsburg zu Weimar: Generalsup. Johann Georg Layritz

Persönliche und zeitgeschichtliche Ereignisse

1695: in einem langen Schreiben an den Rat zu Eisenach bitten die Hinterbliebenen Johann Ambrosius Bachs und der als Kurator der Familie wirkende Kantor Andreas Dedekind um das Gnadenhalbjahr

1703: Besoldung Bachs in Weimar als Lakai und Hofmusiker für das Quartal Reminiscere (19. 12. 1702 bis 28. 2. 1703)

1705: Besoldungsquittung in Arnstadt

1723: Bach übernimmt stellvertretend eine Patenstelle bei Johann Friedrich Bähr, Donnerstag nach Oculi, Agnuskirche Köthen

1734: die Alumni Thomani Landvoigt, Berger, Krause 2, Nagel, König, Dröger und Kuhl nehmen am Donnerstagsabendmahl in der Thomaskirche bei D. Weise teil

1737: Johann Andreas Wiegand, Bachs Schwager, verwitweter Ehemann seiner Schwester Maria Salome, verstirbt in Erfurt; Zeugnis für Bernhard Dieterich Ludewig, Informator der Kinder Bachs und Theologiestudent, vgl. 10. 10. 1734

1740: Bach quittiert im Mentzelschen Legatenbuch über den Empfang von 1 Taler und 8 Groschen

1749: Friedrich Wilhelm Marpurg schreibt über die Bekanntheit der musikalischen Vertreter der Bachfamilie: „... und die gelehrten Bachen, bey denen die tiefste Einsicht in die verstecktesten Geheimniße der Musick sich durch Erbgangsrecht fortzupflantzen scheinet, und welche durch ihre sinnreichen Thöne das ausgearbeiteste Ohr mit Vernunft zu überraschen, allein berechtigt sind, haben die Welt ja längst überführt, daß das kunstreiche auch disseits der Gebürge hervorzukeimen wisse." (Der Critische Musicus an der Spree. Erstes Stück, Berlin, Dienstags, den 4. Martii 1749).

4. 3. 1737

„Der Herr Capellmeister möchte freundlich zur Kenntnis nehmen, daß ich mich gern um die vakante Organistenstelle in Löbau beworben hätte." Der Herr Informator, ein Studiosus theologiae, auch in musicis nicht unerfahren, stand in der Komponierstube Bachs und versuchte mit vorsichtigen und umständlichen Formulierungen, seine Zukunftspläne zu entwickeln.

Bach wies ihm einen Stuhl an. „Dann sollten wir darüber sprechen – wie alt ist er eigentlich?" Bach hatte sich einen Zettel zur Hand genommen, um sich wenige Notizen zu machen; denn das Gespräch würde wohl auf die Bitte um ein Zeugnis hinauslaufen. Der Angesprochene zählte alles auf, was ihm notwendig erschien: Geboren sei er von Pfarrersleuten in Thonhausen am 7. November 1707, habe dann das Gymnasium in Altenburg frequentiert und seit sechs Jahren sich hier in Leipzig aufgehalten, um zu studieren. Dazu habe er bei den Kirchenmusiken und im Collegium musicum verschiedene Instrumente gespielt und auch gesungen. Der Herr Capellmeister habe ihn dann als Informator seiner Kinder angenommen und ihn so in Lohn und Brot erhalten. Während all dieser Zeit, so bekenne er dankbarlichst, habe er noch den Vorzug der Unterrichtung in musicis durch den Herrn Capellmeister gehabt.

Bach lehnte sich zurück. „Und nun will er eine Organistenstelle übernehmen? Wo soll das sein?" Ludewig beeilte sich, Löbau nochmals zu nennen; es liege in der Oberlausitz. „Ja, ja, er wird das schon gut machen", ermunterte Bach; „heut abend liegt das Testimonium zum Abholen bereit. Doch werde ich mich kümmern müssen, Ersatz zur Information für die Kinder zu bekommen."

Ludewig empfahl sich und verschwand nahezu lautlos.

5. MÄRZ

Persönliche und zeitgeschichtliche Ereignisse

1729: Johann Daniel Senfft bittet um Aufnahme in das Thomasalumnat; das von seinem Vater geschriebene Gesuch enthält die Mitteilung: „Wegen seines Singens wird das von dem Herrn Cantor mitgetheilte Attestat zeigen, daß er schon einigermaßen zum Singen geschickt sey, und nur noch auf das Exercitium, sich darinnen beßer zu excoliren ankommet"; Senfft wurde nicht aufgenommen;
Inskription Wilhelm Friedemann Bachs an der Universität Leipzig, vgl. 22. 12. 1723

1737: abschlägiger Bescheid des Antrages Johann Gottfried Bernhard Bachs zur Erstattung der Reisekosten, die ihm 1735 anläßlich seines Probespiels in Mühlhausen entstanden waren, vgl. 25. 2. 1737

6. MÄRZ

Persönliche und zeitgeschichtliche Ereignisse

1732: Teilnahme der Hautboisten Urban, Hermann, Thaue und Roth beim Donnerstagsabendmahl in der Thomaskirche bei M. Weise

1739: vermutlicher Eingang des Briefes von Depositeur Friedrich Benedictus Pfennig, Jena, mit negativer Antwort auf die Frage nach einer Druckerei, vgl. 3. 3. 1739

1740: Johann Paul Ram, späterer Beichtvater Bachs, wird zum Frühprediger und Oberkatechet von St. Petri zu Leipzig berufen

Persönliche und zeitgeschichtliche Ereignisse

1739: Übermittlung des Druckauftrages der zweiten Verteidigungsschrift Bachs durch Johann Abraham Birnbaum an Kantor Johann Wilhelm Koch in Ronneburg mit einem Brief von Johann Elias Bach, vgl. 3. 3. 1739

Samstag, 7. 3. 1739:

„Gestern ging der Brief des Jenenser Depositeurs Pfennig ein, leider mit negativer Nachricht bezüglich einer Druckerei. Was sollen wir nur machen?" Bach war ratlos. Er war sich mit Birnbaum darin einig, den Verteidigungstraktat noch vor der diesjährigen Ostermesse 1739 herausbringen zu müssen.

„Ich weiß, es ist meine Schuld", warf Birnbaum ein, „ich hätte den Text früher fertigstellen müssen, dann wäre auch in Leipzig noch eine Druckerei zu finden gewesen. Der Herr Hofcompositeur hat mich ja immer gemahnt. Doch jetzt, sechs Wochen vor der Ostermesse, ist da keiner mehr zu überreden." Birnbaum war sonst immer der Optimistischere von beiden. Jetzt wirkte er sehr niedergedrückt.

Bach ging Verschiedenes durch den Kopf. Man müßte in einer kleineren Stadt versuchen, eine Druckerei zu finden. Deren Qualität läßt zwar meistens zu wünschen übrig, aber man erreichte den Zweck. Vielleicht kommt dann die ganze Sache auch nicht zu teuer.

Im Moment klopfte es an der Tür. Es war Johann Elias. Man trug auch ihm die Sachlage vor. Zunächst war er überrascht, daß Pfennig nicht ihm, sondern sogleich Bach geantwortet hatte. Aber der erinnerte ihn daran, daß sie so verblieben waren, Pfennig um eine Antwort an den Herrn Capellmeister zu bitten. „Wir brauchen eine Druckerei in einer kleinen Stadt".

Johann Elias schlug Ronneburg vor. Birnbaum winkte ungläubig ab, „dort gibt es doch keine Druckerei!" Doch Elias beharrte auf seinem Vorschlag, der Herr Kantor Koch habe einst davon gesprochen, ihre Druckerei habe alle Zeit freie Kapazitäten. Dann sei es doch das Einfachste, Elias schreibe an Koch und übermittle den Auftrag dorthin. „Nur sollten wir genauere Anweisungen geben, wie der Traktat gedruckt sein soll. In Jena war das nicht nötig, die haben alle Tage damit zu tun", riet Bach. Was müsse in dem Brief stehen? Birnbaum faßte in vier Punkten das Nötige zusammen: 1. daß der Buchdrucker auf die instehende Ostermesse gewiß fertig ist; 2. daß alles korrekt gedruckt und die Orthographie wohl beobachtet werde, zumal in den nominibus substantivis [Hauptworten], welche mit kleinen Buchstaben gedruckt werden; 3. daß 200 Exemplarien aufgelegt werden, auf gutes mittleres Papier, sonst ist es zu teuer; 4. daß mit dem Buchdrucker ein moderater Preis auszuhandeln ist, der 10 Reichstaler und 16 Groschen nicht überschreite.

„Er setze sich gleich an den Brief", verfügte Bach; „er hat doch wohl die vier Punkta mitgeschrieben?" Elias bejahte und verließ die beiden.

Persönliche und zeitgeschichtliche Ereignisse

1714: Geburt des Sohnes Carl Philipp Emanuel in Weimar
1738: im Verlauf des März 1738 erscheint „Der Critische Musicus. Sechstes Stück" in Hamburg mit Johann Adolph Scheibes anonym abgedruckter Kritik an Bachs Kompositionsweise

März 1738

Im Vorwort seines „Critischen Musicus. Sechstes Stück" äußert sich Johann Adolph Scheibe über die Herkunft der Kritik an Bachs Kompositionsweise:

Das sechste Stück ist ein Brief, der mir von einem meiner Freunde zugeschickt worden, mit Verlangen, ihn in meine Bläter mit einzurücken. Ich trug zwar Anfangs Bedenken, diesem Begehren Genüge zu leisten, da aber niemand bey Namen genennet war, so sah ich endlich keine triftige Ursachen, dieses Schreiben zu verbergen; ich glaubte vielmehr, es könnte sehr nützlich seyn, wenn einige grosse und mittelmäßige Musicanten ihre Fehler darinn finden würden, dadurch aber zur Erkänntniß derselben kommen mögten. Was inzwischen dieses Schreiben bey einem gewissen grossen Musicanten für Wirkung gethan, erhellet aus dem Anhange zu diesen Blättern.

Erst 1745 wird Scheibe zugeben, daß er Verfasser des Briefs vom 14. 5. 1737 über Bach ist:

Wenn man mich denn endlich mit Gewalt zum Verfasser des Briefs machen will: so sey es denn also. Ich glaube, daß ich mich der Ehre gar nicht zu schämen habe.

Persönliche und zeitgeschichtliche Ereignisse

1744: „Den 9. März wurde der Jahrestag des großen *musicalis*chen *Concerts* mit einer *Cantata*, so Herr Doles *componir*et, mit Trompeten und Paucken gefeiert"; die Kantate „Das Lob der Musik" begann mit den Worten „Auf! und hört so Stimm als Sayten", vgl. 11. 3. 1743

1750: Giovanni Battista Pauli, bischöflicher Hofkapellmeister in Fulda, sendet „li qui specificati pezzi di Musica" [die aufgeführten musikalischen Stücke], vgl. 13. 2.1750

9. 3. 1725

In drei Wochen werde Ostern sein; das neue Textheft war vorzubereiten und zu drucken; Bach wollte endlich Klarheit finden, wie es denn mit den Texten weitergehe. Neulich traf er die Frau von Zieglerin, eine vornehme Witwe, die gut und galant dichte; sie sympathisierte mit dem Kreis um den jungen Magister Gottsched, der gerade sehr ins Gerede gekommen war. Er hatte im Januar mit der Herausgabe einer neuen Zeitschrift, einer Frauenzeitung, begonnen: „Die vernünftigen Tadlerinnen": Dort wurde unter Weglassung der wahren Namen sogar Kritik an dem Leipziger Prokonsul Hölzl geübt.

Bach sprach die Zieglerin sogleich an, erschrak aber im nächsten Moment über seine eigene Forschheit. Sie hatte auf seine Anfrage zugesagt, sich zu probieren; doch könne sie aufgrund bestimmter Vorarbeiten Texte erst für die Sonntage Jubilate bis einschließlich Exaudi liefern.

Zunächst mußte es ihm aber um die Ostertage und die zwei anschließenden Sonntage gehen. Zum Glück hatte er mit der Weißenfelser Geburtstagskantate neulich für den 1. Ostertag vorgesorgt [BWV 249]. Aus dem Vorjahr verfügte er auch noch über gute Texte, die er nehmen werde [BWV 6, 42, 85].

Es war allzu sehr zu bedauern, daß der alte Konrektor Stübel gestorben war; den würde niemand so rasch ersetzen können.

Persönliche und zeitgeschichtliche Ereignisse

1714: Taufe des Sohnes Carl Philipp Emanuel in der Stadtkirche zu Weimar

1728: Zahlung von 21 Groschen aus dem Legat des Johann Priesing, dessen Kapital sich auf zwei Häuser in Leipzig verteilte; diese Zahlung erhielt Bach jährlich

1731: Beschluß zu Umbau und Sanierung der Thomasschule zu Leipzig, vgl. 18. 4. 1731

10. 3. 1714

Am 8. März 1714, also wenige Tage nach der Ernennung zum Konzertmeister, hatte Maria Barbara einen Sohn zur Welt gebracht, der am 10. März in der Stadtkirche zu Weimar getauft und den Namen Carl Philipp Emanuel erhalten würde. Es war das fünfte Kind des Ehepaares Bach; nach Catharina Dorothea (1708 – 1774), der Ältesten, kam Wilhelm Friedemann (1710 – 1784) zur Welt; im Februar des Vorjahres hatte Maria Barbara Zwillinge geboren, doch waren sie sehr bald kurz nacheinander wieder gestorben.

Am Taufstein standen als Paten der Pagenhofmeister Adam Immanuel Weldig (1667 – 1716) aus Weißenfels; er war erst im Vorjahr vom Weimarer in die gleiche Funktion des Weißenfelser Hofes gewechselt. 1713 wohnten die Bachs jedenfalls noch in seinem Hause am Weimarer Marktplatz; neben diesem stand Georg Philipp Telemann (1681 – 1767), zu dieser Zeit Kapellmeister in Frankfurt am Main, und eine entfernte Verwandte, Catharina Dorothea Altmann (1676 – 1758).

Persönliche und zeitgeschichtliche Ereignisse

1734: Teilnahme der Alumni Thomani Nitzsche, Kretzschmer, Kittler und Auer am Donnerstagsabendmahl bei D. Weise in der Thomaskirche

1737: Zeugnis des Mühlhäuser Bürgermeisters Adolf Wilhelm Rothschier für Johann Gottfried Bernhard Bach mit Bezug auf den „Berühmbten Herrn Vater“

1743: „großes Concert“ in Leipzig begründet, eine Initiative von Bürgern und des Adels, die Begeisterung, Geschäftsklugheit und Finanzen zusammenführten; erste Aufführung am Montag nach Reminiscere im Hause des Bergrates Schwabe in der Grimmischen Gasse

1746: Leichenabkündigung der Henriette Köpping, geb. Brief, der um den 8. März verstorbenen Ehefrau des Thomasküsters Köpping, im Frühgottesdienst des ersten Bußtages, Freitag nach Reminiscere, in der Nikolaikirche

12. MÄRZ

Persönliche und zeitgeschichtliche Ereignisse

1729: der Greiffenberger Senator Hein bezieht in seinem Empfehlungsschreiben für Christoph Gottfried Weckers Bewerbung um die Kantorenstelle an der Friedenskirche zu Schweidnitz/Schles. Bachs Urteil ein: Wecker sei „von dem dasigen H. Capellmeister Bach ungemein aestimiret worden“.

1745: Tod von Bachs Schwägerin, Johanna Dorothea, geb. Vonhof, in Ohrdruf, Witwe von Bachs ältestem Bruder, Johann Christoph, der bereits 1721 gestorben war.

13. MÄRZ

Persönliche und zeitgeschichtliche Ereignisse

1709: Veranlagung zur Haushaltungssteuer in Weimar

1730: Johann Sebastian Bach übernimmt das Patenamt bei Maria Rosina Schramm, einer jüngeren Halbschwester des Leipziger Instrumentenbauers Johann Christian Hoffmann; die Taufe vollzog in der Thomaskirche Diakonus Urban Gottfried Sieber

1732: Abendmahlsteilnahme des Rektors Gesner bei D. Weise und des M. Weise bei Lic. Sieber am Donnerstag nach Reminiscere; Predigt durch D. Weise über Jesu Verhaftung in Gethsemane (Teil der Passionsharmonie)

1734: Besuch Franz Bendas bei Bach in Leipzig

1735: Abendmahlsteilnahme des Schulkollegen M. Schröer bei D. Weise und des Konrektors M. Dresig bei D. Sieber am Sonntag Oculi

14. MÄRZ

Persönliche und zeitgeschichtliche Ereignisse

1706: Teilnahme der Schwestern Maria Barbara, Friedelena Margaretha und Barbara Catharina Bach in der Arnstädter Neuen Kirche

1747: Bach quittiert im Mentzelschen Legatenbuch über den Empfang von 1 Taler und 8 Groschen

Persönliche und zeitgeschichtliche Ereignisse

1700: zusammen mit Georg Erdmann reist Bach nach Lüneburg ab; in die Ohrdrufer Schülermatrikel trägt der Rektor Johann Christoph Kiesewetter ein: *Jo. Sebast. Bach Lüneburgum ob defectum hospitiorum se contulit* [J. S. Bach hat sich wegen Fehlens einer Freistelle nach Lüneburg gewandt], vgl. 14. 8. 1700

1709: erste Rate der Haushaltungssteuer in Weimar

1713: Begräbnis der Tochter Maria Sophia in Weimar

1722: Brief Bachs an den Rat zu Erfurt in der Erbangelegenheit seines Onkels Tobias Lämmerhirt

1725: Bericht im Collegium Dominorum Decemvirorum [Kollegium der „Zehnmänner"] der Universität Leipzig wegen Bachs Gehaltsforderung: „Verlange der Cantor Bach vom neuen Gottesdienste in der Paulinerkirche ein Salarium [Gehalt]", und Beschluß: „Solle bey Herrn Prof. Junio [Ulrich Junius, Rechnungsführer der Universität] Erkundigung eingezogen werden."

1731: Teilnahme der Extranei Thomani Kaphahn und Bauer sowie des Rektors Gesner am Abendmahl, Donnerstag nach Judica; Predigt durch Herrn Grehn über die Kreuzigung Jesu und den Titulus „INRI" (Teil der Passionsharmonie)

1736: Teilnahme des Buchhändlers Gleditzsch bei D. Weise und des Stadtpfeiffers Genzmer bei D. Sieber am Abendmahl am Donnerstag nach Laetare; Predigt D. Weise über den Kreuzigungsbeschluß des Pilatus (Teil der Passionsharmonie)

Persönliche und zeitgeschichtliche Ereignisse

1711: Gutachten der Behörden in Frankenhausen über Heinrich Nicolaus Trebs an die Behörden in Rudolstadt mit dem Zeugnis Bachs vom 16. 2. 1711 als Anlage

1715: 12 und 6 Groschen Geldzuwendung „Zu Kohlen vor dem Hoforganisten", vgl. 5. 12. 1708

1729: Rückkehr von einer dreiwöchigen Reise, wahrscheinlich zu den Feierlichkeiten zum 46. Geburtstag des Weißenfelser Herzogs Christian

1736: Teilnahme am Abendmahl „Herr Bach der Cantor", donnerstags nach Estomihi in der Thomaskirche bei D. Weise mit Predigt zum Kreuzweg Christi (Teil der Passionsharmonie)

1740: Anna Magdalena Bach übernimmt Patenstelle bei Anna Margaretha, Tochter des Damastwirkers Johann David Lauterwaßer und seiner Frau Margaretha Judith, geb. Lange; die Taufe in der Thomaskirche zu Leipzig vollzog Diakonus M. Wolle

1745: Veröffentlichung der Cembalosonate D-Dur von Wilhelm Friedemann Bach, die längst angekündigt war und nun auch bei seinem Vater in Leipzig und seinem Bruder in Berlin zu erwerben ist, vgl. 6. 1. und 25. 3. 1745

Persönliche und zeitgeschichtliche Ereignisse

1729: Zeugnis Bachs für Johann August Landvoigt, einen Alumnen der Thomana von 1731 bis 1737;
Georg Balthasar Schott, Organist der Neuen Kirche zu Leipzig und Mitbewerber um das Thomaskantorat 1722/23, reicht sein Entlassungsgesuch ein, um das Stadtkantorat in Gotha zu übernehmen

1738: in einem Präsentationsschreiben des Rates zu Schmölln an das Konsistorium in Altenburg werden Bernhard Dieterich Ludewigs Theologiestudium in Leipzig und seine musikalische Ausbildung bei Bach hervorgehoben, vgl. 18. 3. 1738

1739: der Unterleichenschreiber Andreas Gottlieb Bienengräber überbringt Bach das Verbot der angesetzten Passionsaufführung bis zur ordentlichen Erteilung der Erlaubnis

17. 3. 1739

Soeben war er zurückgekommen, setzte sich, nahm Papier und Feder; denn darüber mußte er eine Aktennotiz verfassen, man konnte nie wissen, was für Verwicklungen aus solch heiklen Situationen entstanden. Das sagte ihm seine Erfahrung. Die Feder kratzte über das rauhe Papier:

„Auff E.[ines] E.[hrwürdigen] Hochweisen Raths Verordnung bin ich zu Herrn Bachen allhier, gegangen, und habe demselbst hinterbracht, wie die von ihm auf bevorstehenden Char-Freytage haltende *Music*, bis auf darzu erhaltene ordentliche Erlaubniß, unterbleiben solle; Worauf derselbe zur Antwort gab: es wäre ja allemahl so gehalten worden, er fragte nichts darnach, denn er hätte ohndem nichts darvon, und wäre nur ein *onus* [Mühe], er wolle es den Herrn *Superintenden*ten melden, daß es ihm wäre untersagt worden, wenn etwa ein Bedencken wegen des *Tex*tes gemacht werden wolle, so wäre solcher schon ein paar mahl aufgeführet worden. Welches also E. E. Hochweisen Rath gehorsamst melden wollen."

Dann überlegte er, welches Datum man habe: „Ach, ja: Leipzig, den 17. *Martii* 1739." Dann folgte mit Schwung die Unterschrift: „Andreas Gottlieb Bienengräber *m[anu] pr[opr]ia [= mit eigener Hand]* U[nter]l[eichen]schr[ei]ber".

Persönliche und zeitgeschichtliche Ereignisse

1731: Taufe der Tochter Christiana Dorothea durch Diakonus M. Justus Gotthard Rabener;
als Paten fungieren die Tochter des Handelsmannes Georg Heinrich Bose, Christiana Sibylla, der Theologe und Orientalist M. Andreas Winckler und die Ehefrau des Thomasschul-Konrektors Hebenstreit, Frau Christiana Dorothea

1734: Teilnahme der Thomasschüler Kaphahn, Köpping, Dietze, Kretzschmer und Mohrheim am Donnerstagsabendmahl bei D. Weise

1738: Johann Gottfried Bernhard Bach läßt sich in Sangerhausen durch Johann Augustin Kobelius d. J. in seinem Organistenamt vertreten und verläßt die Stadt mit unbekanntem Ziel; sein Vater in Leipzig erfährt erst am 22. Mai davon;
Johann Martin Angermann, Stadtorganist zu Altenburg attestiert dem Bewerber um die Organistenstelle in Schmölln, Bernhard Dieterich Ludewig, einen hohen Ausbildungsgrad in der Musik, er sei „von dem berühmten *Capell*-Meister Herrn Bachen zu Leipzig bisher ein *Scholar* gewesen, vgl. 17. 3. 1738

PERSÖNLICHE UND ZEITGESCHICHTLICHE EREIGNISSE

1714: Brief Bachs an den Kirchenvorsteher der Marktkirche in Halle, Licentiat August Becker

1733: Abendmahlsteilnahme des Rektors Gesner bei D. Weise und des Stadtpfeifers H. Reiche bei Lic. Sieber am Donnerstag nach Laetare; Predigt durch D. Weise über Pilatus und Jesus (Teil der Passionsharmonie)

19. 3. 1714

Das mußte er richtigstellen. Jetzt meinten die Mitglieder des Hallenser Kirchen Collegiums auch noch, er habe um die Stelle an der Marktkirche angehalten. Dabei verhielt es sich umgekehrt: Nicht er, sondern des Herrn D. Heineccii Befehl und höfliches Anhalten hatten ihn genötigt, eine Kantate zu komponieren und aufzuführen. „Zudem ist nicht zu *praesumir*en [erwarten] daß mann an einen Ohrt gehen solte, wo mann sich verschlimmert". Das war deutlich!

Er habe in so kurzer Zeit die exakten finanziellen Bedingungen nicht in Erfahrung bringen können, weshalb er zwar zuerst die Bestallung angenommen, dann aber wieder zurückgegeben. „Doch ist aus allen diesen noch lange nicht zu schließen als ob ich solche *tour* dem hochlöblichen *Collegio* gespielet hätte, um dadurch meinen Gnädigsten Herrn zu einer Zulage meiner Besoldung zu vermögen, da *Derselbe* ohne dem schon so viel Gnade vor meine Dienste u. Kunst hat, daß meine Besoldung zu vergrößern ich nicht erstlich nach Halle reisen darff."

Als Bach mit Schreiben fertig war, las er den Brief seiner Maria Barbara vor und fragte sie um ihre Meinung. Sie hielt den gerade 10 Tage alten Carl Philipp Emanuel auf den Armen und nickte ermutigend. „Recht muß doch Recht bleiben", er solle nur so schreiben, dann wüßten die Hallenser um so deutlicher, wie es ihm ums Herz sei.

Persönliche und zeitgeschichtliche Ereignisse

1715: Bach soll auf fürstlichen Befehl in Weimar an den Nebeneinkünften so beteiligt werden wie der Kapellmeister Drese und sein Sohn

1723: Honorierung einer Cembaloreparatur Bachs in Köthen

1729: Brief und Zeugnis für Christoph Gottlob Wecker in Schweidnitz; Bach berichtet von einer dreiwöchigen Abwesenheit von Leipzig, vgl. 23. 2. 1729;
Übernahme des Collegium musicum durch Bach

1735: Abendmahlsteilnahme des Thomasschülers Krebß bei D. Weise, Sonntag Laetare

1738: Donnerstag nach Laetare, Abendmahlsteilnahme in der Thomaskirche bei Subdiakonus M. Teller; neben „H. Bach, Cantor zu St. Thomas" nehmen der Stadtpfeifer Gleditzsch ebenfalls bei Teller und der Stadtpfeifer Genßmer bei D. Sieber am Abendmahl teil; die Predigt hielt M. Vogel, vermutlich ein Theologiestudent: Die Hohenpriester fordern die Kreuzigung Jesu (Teil der Passionsharmonie)

1748: Mahnbrief an den Gastwirt, Hochzeits- und Leichenbitter Johann Georg Martius, ein Clavesin zurückzugeben, das dieser sich bei Bach ausgeliehen hatte; Martius bewohnte das „Haus zum Goldenen Schiff" in der Fleischergasse, Nachbarhaus des „Coffeebaum"

Persönliche und zeitgeschichtliche Ereignisse

1685: Geburt Johann Sebastian Bachs als achtes Kind des Hausmanns Johann Ambrosius Bach und seiner Ehefrau Elisabeth geb. Lämmerhirt in Eisenach

1706: Teilnahme Johann Christoph Bachs am Abendmahl am Sonntag Judica in der Arnstädter Neuen Kirche

1734: Abendmahlsteilnahme des Tertius, M. Kriegel, und des Baccalaureus, M. Schröer, bei D. Weise am Sonntag Reminiscere

1735 (?): im Briefwechsel J. G. Walthers mit H. Bokemeyer in Wolfenbüttel ist ein Geburtstagsgedicht für Bach aufbewahrt:

O! Tag komm ofte noch o! froher Tag!
an dem uns GOTT Dich gab, o! theurer Bach!
Wir danken ihm für Dich, und flehen um Dein Leben,
denn selten wird der Welt ein solch Geschenk gegeben.

1737: Abendmahlsteilnahme des Kunstgeigers Beyer bei D. Sieber am Donnerstag nach Reminiscere; Predigt von H. Schumacher über Jesus mit den Jüngern am Ölberg (Teil der Passionsharmonie)

1744: Bach quittiert im Mentzelschen Legatenbuch über den Empfang von 1 Taler und 8 Groschen

Persönliche und zeitgeschichtliche Ereignisse

1714: Bach übernimmt das Patenamt bei Johann Friedrich Immanuel, Sohn des befreundeten Adam Immanuel Weldig, Pagenhofmeister und Kammermusikus in Weißenfels, doch war Bach nicht zur Taufe anwesend; als Vertreter fungierte ein Kollege Weldigs, der Pagenhofmeister Johann Christoph Eulenberg; bei den anderen beiden Paten handelt es sich um den Pronotarius des Merseburger Konsistoriums Zeidler und dessen Frau

1724: Verfügung des Leipziger Konsistoriums zum Bericht Sup. D. Deylings über Bachs Amtseinweisung am 1. Juni des Vorjahres und dessen Vereinbarung über den Schuldienst: danach wurde das Verhalten des Thomaspastors Weise bei der Einweisung Bachs, der den Superintendenten vertreten hatte, für Recht erkannt und die Regelung der Vertretung Bachs beim Schulunterricht durch den Tertius Carl Friedrich Petzold in Geltung gesetzt, vgl. 1. 6. 1723 und 20. 2. 1724

Entstandene und aufgeführte Werke

1729: Klagt, Kinder, klagt es aller Welt, BWV 244a
Musik zur Trauerfeier von Fürst Leopold von Anhalt-Köthen, der am 19. November 1728 im Alter von 34 Jahren gestorben war; Aufführung womöglich erst am 24. März

am Karfreitag mit Predigt zur Grablegung Jesu
(Teil der Passionsharmonie)

1731: Markuspassion, BWV 247
ThK: M. Justus Gotthard Rabener

Persönliche und zeitgeschichtliche Ereignisse

1685: Taufe Johann Sebastian Bachs durch Diakonus Johann Christoph Zerbst, Georgenkirche Eisenach

1714: „NB. Das *probir*en der *Musicali*schen Stücke im Hause oder eigenem *Logiament*, ist d. 23 *Mart.* 1714. geendert, v.[nd] das es jedesmahl uf der Kirchen-*Capelle* geschehen solle, *expresse* befohlen worden." Der Weimarer Hofsekretär Bormann fügte noch hinzu: „wonach sich auch der Capell-Mstr zurichten haben solle"

1729: abends 10 Uhr fand eine Trauerfeier für Fürst Leopold von Anhalt-Köthen in der Jacobskirche zu Köthen statt; sie begann mit der Ankunft des Trauerzuges an der Kirche, „hierauff ward die trauer Music eine ziehmliche Zeit gehöret", und endete gegen 1 Uhr nachts

23. 3. 1685

Am Montag nach Okuli begab sich in Eisenach eine kleine Gruppe auf den Weg zur Stadtkirche St. Georgen. Voran schritt der Stadtpfeifer Johann Ambrosius Bach; der gerade Vierzigjährige trug sein achtes und jüngstes Kind zur Taufe. Zwei Tage zuvor war es geboren worden, seine Frau lag noch im Wochenbett. Der alte Stadtpfeifer Sebastian Nagel aus Gotha weilte gerade in Eisenach. Man hatte ihn und den Forstbedienten Johann Georg Koch zu Paten gebeten. Koch hatte Mutter Elisabeth genannt, sie war Patin der letzten Tochter Kochs vor drei Jahren gewesen.

Nun standen sie um den Taufstein. Archidiakonus M. Johann Christoph Zerbst versah den Wochendienst. Er fragte die Paten, wie das Kind heißen soll. Der alte Nagel antwortete laut und vernehmlich: Johann Sebastian. Nach einem Gebet und der Lesung aus Markus 10 knieten alle am Taufstein nieder, Zerbst legte seine Hand auf den kleinen Kopf, zusammen beteten sie das Vaterunser. Dann folgte die Taufunterweisung und die Absage an den Teufel. Zerbst nahm das Kind auf seine Arme und tauchte es in die Taufe und sprach: Johann Sebastian, ich taufe dich im Namen Gottes des Vaters und Gottes des Sohnes und Gottes des Heiligen Geistes.

Entstandene und aufgeführte Werke

am Sonntag Oculi mit Predigt zu Lk 11,14-28

1715: Alles, was von Gott geboren, BWV 80a
Schloßkapelle Zur Himmelsburg zu Weimar: Generalsup. Johann Georg Layritz

1721: Brandenburgisches Konzert Nr. V (Neufassung), BWV 1050

zur Gedächtnispredigt über Ps 68,21 für den verstorbenen Köthener Fürsten Leopold

1729: Klagt, Kinder, klagt es aller Welt, BWV 244a
Stadt- und Kathedralkirche St. Jacob zu Köthen: Superintendent Johann Conrad Lobetan

Persönliche und zeitgeschichtliche Ereignisse

1695: Bach erlebt das Osterfest als Vollwaise, wahrscheinlich schon in Ohrdruf im Hause seines ältesten Bruders Johann Christoph

1721: Widmungsschreiben der Brandenburgischen Konzerte an Markgraf Christian Ludwig von Brandenburg

1724: Überstellung der Verfügung des Leipziger Konsistoriums zum Bericht Deylings über Bachs Amtseinweisung am 1. Juni des Vorjahres an den Leipziger Rat, vgl. 22. 3. 1724

24. 3. 1721

Immer wieder strich er bereits Geschriebenes aus – es war ihm nicht gut genug! – und ersetzte es am Rande durch neue Formulierungen. Nach der Anrede – so meinte er – müßte er Bezug nehmen auf sein Treffen mit dem Markgrafen vor einigen Jahren, „a une couple d'années", ihn daran erinnern, daß er sich auf seinen Befehl habe hören lassen, „me faire entendre à Votre Alteße Royalle, en vertu de ses ordres". Der Markgraf hatte Gefallen an seiner Musik gefunden; auch das formulierte er: „quelque plaisir aux petits talents que le Ciel m'a donnés pour la Musique". Dann hatte der ihm damals den Auftrag gegeben, einige Stücke zu übersenden, „envoyer quelques pieces de ma Composition".

Nun nehme er sich die Freiheit, ihm seine ergebensten Aufwartungen mit den vorliegenden Konzerten zu machen, die für mehrere Instrumente eingerichtet seien, „... pris la liberté ... par les presents Concerts, que j'ai accommodés à plusieurs Instruments".

Jetzt ging es ihm schon besser von der Hand. Die anfängliche Hemmung war überwunden. Zeile um Zeile wuchs das Schriftstück, „... de ne vouloir pas juger leur imperfection, à la rigueur du gout fin et delicat", deren Unvollkommenheit möge er nicht nach der Richtschnur des feinen und erlesenen Geschmacks beurteilen, und so weiter, und so weiter. Schließlich mit großem Schwung „Monseigneur De Votre Alteße Royalle Le tres humble & tres obeissant Serviteur Jean Sebastien Bach". Noch fehlte das Datum: „Coethen, d. 24 Mar 1721".

Endlich hatte er es fertig und konnte zufrieden sein.

24. 3. 1729

Gottesdienstordnung zur Gedächtnispredigt für den verstorbenen Köthener Fürsten Leopold in der Köthener Stadt- und Kathedralkirche St. Jacob

Einläuten um 7, um 8 und um 9 Uhr
Gesang von Sterbeliedern
Teil 1 der Trauermusik: „Klagt, Kinder, klagt es aller Welt" Anfang
Predigt zu Ps 68,21
Teil 2 der Trauermusik: „Wir haben einen Gott, der da hilft" Verhandelung und GeneralZueignung des Texts und Beschluß der Predigt
Teil 3 der Trauermusik: „Laß, Leopold, dich nicht begraben" Verlesung der Personalien und Gebet
Teil 4 der Trauermusik: „Bleibet nun in eurer Ruh"

Entstandene und aufgeführte Werke

am Festtag Mariae Verkündigung mit Predigt zu Lk 1,26-38

1714: Himmelskönig, sei willkommen, BWV 182
(zugl. Palmarum) Schloßkapelle Zur Himmelsburg zu Weimar: Generalsup. Johann Georg Layritz

früh mit Predigt zu Lk 1,26-38,
nachmittags mit Predigt zu Jes 7,10-15

1724: Siehe, eine Jungfrau ist schwanger, BWV deest
Himmelskönig, sei willkommen, BWV 182
ThK: Lic. Weise; NK: „H. Hagenbruch … v.[on] Schnellmannshaußen in Heßischen gelegen, hat auf Befehl des Cons.[istoriums] alh.[ier] die Pred.[igt] verr.[ichten] müßen."

1725: Wie schön leuchtet der Morgenstern, BWV 1
(zugl. Palmarum)
ThK: D. Weise; NK: M. Wagner

1732: Johann Friedrich Fasch, Gottes- und Marienkind
ThK: D. Weise; NK: M. Hoffmann

am 1. Ostertag früh mit Predigt zu Mk 16,1-8,
nachmittags mit Predigt zu 1Kor 5,6-8

1731: Der Himmel lacht, die Erde jubilieret, BWV 31
NK: D. Deyling, ThK: Lic. Sieber

1750: Carl Philipp Emanuel Bach, Magnificat, Wq 215
ThK: D. Teller; NK: M. Mathesius

Persönliche und zeitgeschichtliche Ereignisse

1729: Denen anhero verschriebenen CapellMeister Bachen, deßen Ehefrau und Sohne auß Leipzig Ingleichen denen *Musicis* auß Halle, Merseburg, Zerbst, Deßau und Güsten, so den 23 *Martij* abends bey der Beysetzung und am 24 *Martij* bey der Leichen Predigt die Trauer *Musiquen* des Hochseeligen Fürsten Leopolds, Hochfürstlichen Durchlaucht machen geholffen, zur abfertigung, inschließlich Kostgeldes und dergleichen gezehlet 230 Taler (Köthener Kammerrechnung 1728/29)

1740: in Schmölln besteht Gottlieb Daniel Naumann die Probe, vgl. 2. und 28. 3. 1740

1742: Bach quittiert über die Auszahlung aus dem Mentzelschen Legat

1745: Den Liebhabern des Claviers wird hiermit nochmahln bekannt gemachet, daß des Dreßdner Hrn. Bachens erste *Sonate* nunmehro fertig, und zu bekommen sey, bey dessen Hrn. Vater, dem Hof-*Compositeur* Bachen, auf der Thomas-Schule um bereits gemeldeten Preiß, à 21. gl. (Leipziger Zeitungen, IV. Stück, XIII. Woche, den 25. Mart. 1745).

26. MÄRZ

Entstandene und aufgeführte Werke

am Karfreitag mit Predigt zur Grablegung Jesu

1728: Johannespassion, BWV 245 (dritte Fassung)
NK: D. Schütz

am 2. Ostertag früh mit Predigt zu Lk 24,13-34, nachmittags mit Predigt zu Apg 10,34-43

1731: Erfreut euch, ihr Herzen, BWV 66
ThK: M. Rabener; NK: Lic. Werner

Persönliche und zeitgenössische Ereignisse

1723: *Anno* 1723. ward zum ersten mahl die Vesper zu St: Nicolai gehalten, die Predigt hielte der Herr *Superintend.* Herr D. Deyling. welche Fr. Koppin gestifftet (Merkbuch des Thomasküsters Rost).

1730: Maria Elisabeth Schelle, die Witwe des zweiten Amtsvorgängers Bachs, stirbt in Leipzig

Entstandene und aufgeführte Werke

am 3. Ostertag mit Predigt zu Lk 24,36-47

1731: Ein Herz, das seinen Jesum lebend weiß, BWV 134
NK: D. Schütz

Persönliche und zeitgeschichtliche Ereignisse

1738: etwa am 27. März muß Bach den Nachfolger des im Februar verstorbenen Kunstgeigers Caroli, Franz Joseph Christlieb, geprüft und das Ergebnis an den Rat zu Leipzig übermittelt haben

1739: gegen Ende März erschien Johann Abraham Birnbaums Verteidigung Bachs gegen Scheibes Angriffe, vgl. 3.1., 18. 2. 1738 und 7. 3. 1739

Persönliche und zeitgeschichtliche Ereignisse

1738: das Dekanskonzil der Universität Leipzig unter Vorsitz des Rektors, Prof. Jöcher, beschließt auf Antrag des sächsischen Kammerrates Johann Christian von Hennicke die Beauftragung Bachs mit einer Huldigungskantate für das sächsische Herrscherpaar, das zur Jubilatemesse Ende April in Leipzig sein werde, vgl. 28. 9. 1737, 10. und 28. 4. 1738

1740: Gottlieb Daniel Naumann wird als Nachfolger des verstorbenen B. D. Ludewig als Organist in Schmölln präsentiert; dabei wird besonders die sechsjährige musikalische Ausbildung bei Bach erwähnt, vgl. 2. und 25. 3. 1740

1750: zwischen dem 28. und 31. März fand in Leipzig die erste Augenoperation Bachs durch den englischen Arzt und Okulisten, Ritter John Taylor, statt

März 1733

Der Nikolaiküster berichtet aus der Landestrauerzeit: „In denen Sechs Wochen so lange als das Geläute von 11. bis 12. Uhr gewährt, sind die *Thomas*=Schüler auf denen Gaßen nicht herum singen gegangen, welchers sonsten sonntags, mittwochs und freitags geschiehet, und mit einem Worte *currente* gehen, benennet wird.

Nach denen Sechs Wochen als das Läuten zu Ende war, so haben die *Thomas*=Schüler Montag als den 23. *Martij. a.c.* das *Gregorij* Fest *celebri*ret, und waren eben die ordentlichen Gesänge zu hören. Nur die kleinen Knaben, welche sich sonsten mit Bunden Bändern ausputzen, sahe man an denen selben nur schwartze und weise Bänder.

28. 3. 1738

Noch wurde hin und her beraten; die vier Herren Dekane waren auf Bitten des Rektors erschienen, um ihn in einer wichtigen Entscheidung zu unterstützen. Der Universitätsaktuar Moritz Christian Eberhardt saß schreibbereit und erwartete das Protokolldiktat des

Rektors. Dann war es soweit. Der Rektor fragte ihn, ob er beginnen könne:

„*Magnif:[icus] Rector proponit [legt dar]*

Es hätten des Geheimbden Raths von Hennicke *Excellenz* Sr. *Magnificenz* dem Herrn *Rectori* in einem Brieffe gemeldet daß auf den 26. *Aprilis* nechstk.[ünftig] Ihro Maj[es]t:[ät] der König nebst Dero Frauen Gemahlin Majt: und der ältesten Königlichen Princeßin anhero kommen, Ihro Königlichen Majt: zu allergnädigsten Gefallen gereichen würde, wenn von denen *Studiosii* auf den Sonntag *Jubilate* als den 27. *Aprilis* eine Abend-*Music* gebracht würde, auch daß die Stadt *illuminir*et werden sollte, …

Worauff beliebet ward

1.) Es solle eine *Cantata* bestellet,
2.) solche von dem *Cantore* Herrn Bachen *componir*et, diesem
3.) die *Direction* der *Music* überlaßen und
4.) Wegen derer *Sumtuum [Kosten]* ein *Tenor [eine Bedingung]* an die *Studiosos* ausgefertiget werden."

Persönliche und zeitgeschichtliche Ereignisse

1727: 5 Taler und 20 Groschen zahlt die Stadtkasse dem Zimmermann Johann Christian Schmied „vor Arbeit in Herrn D. Weisens und des *Cantoris* Wohnung auf der Thomas-Schule

1733: M. Rudolph Christian Hesselbarth, Konrektor der Eisenacher Lateinschule während Bachs Schulzeit, stirbt als Pfarrer von Großenlupnitz b. Eisenach

1738: Diarium des Verlages Breitkopf in Leipzig: „dem Hn. Capellmeister Bach die Passions-Music gedruckt“

1739: im Frühgottesdienst des 1. Ostertages in der Nikolaikirche wird eine Danksagung für die Genesung der sächsischen Kurfürstin und Königin von Polen, Maria Josepha, verlesen

1739 und 1746: Bach quittiert über die Auszahlung aus dem Mentzelschen Legat

1742: Johann Ludwig Krebs, Bachs Schüler, bewirbt sich um die Organistenstelle an der Frauenkirche zu Dresden, vgl. 18. 4. 1742

1746: Bach quittiert im Mentzelschen Legatenbuch über den Empfang von 1 Taler und 8 Groschen

1750: Bach oder ein Vertreter quittiert über die Auszahlung aus dem Boseschen Legat

29. 3. 1739

Der Herr Superintendent hatte soeben seine Osterpredigt beendet und wandte sich den Abkündigungszetteln zu, die in einem Kästchen auf der Kanzelbrüstung bereitlagen. Mit wohl überlegten Worten leitete er die Fürbitten und Abkündigungen ein. Dann berichtete er von der Genesung der sächsischen Kurfürstin und verlas eine Danksagung. Als er geendet hatte, gab Bach das Zeichen zum Einsatz für das „Te Deum laudamus“, „unter Trommeten und Paucken Schall abgesungen“, währenddessen auf der Festung Pleißenburg die Kanonen gelöst wurden.

Entstandene und aufgeführte Werke

am Karfreitag mit einer Predigt zur Grablegung Jesu
1725: Johannespassion, BWV 245 (zweite) Fassung
ThK: Lic. Sieber
1736: Matthäuspassion, BWV 244
ThK: Lic. Gaudlitz

Persönliche und zeitgeschichtliche Ereignisse

1733: Daß aus Ihro Königlichen *Maj.* in Pohlen und Churf.[ürstlichen] Durchl.[aucht] zu Sachsen *General-Consumtions-Accis*-Einnahme mir endes benandten Drey Thaler als Viertel-Jähriges *Aequivalent*, neml.[ich] vom 1. Januar bis *ult:[imo] Martij*, richtig ausgezahlet worden; wird hiermit danckschuldigst *quittiret.* Leipzig. d. 30. *Martii* 1733.

J. S. B.
Direct:[or] Musices
v.[nd] *Cantor* zu
S. Thomae.

1738: Tod des Reichsgrafen Franz Anton von Sporck in Lissa

30. 3. 1738

Der Tod des Reichsgrafen Franz Anton von Sporck am 30. 3. 1738 in Böhmen muß für seine Umgebung als schwerer Verlust empfunden worden sein. Welche Rolle er für Bach spielte, ist bislang nicht bekannt. Bach stellte ihm jedenfalls die Stimmen seines Sanctus der späteren h-Moll-Messe zur Verfügung. In Leipzig kannte und verehrte ihn auch Bachs Kantatendichter Picander. Er widmete dem Grafen den ersten Band geistlicher Gedichte „Sammlung Erbaulicher Gedancken“, 1725. Diese Widmung lautet:

> Die Lieder, welche mir die Andacht helffen schreiben,
> Hielt ich ihr als ein Kind von einer Mutter für,
> Und bath, sie möchte doch ihr Schutz und Zierrath bleiben,
> Dieselben nahm sie auch mit guter Lust von mir.
> Dabey war ihr Befehl, ich solte sie nicht nennen,

Mein Nahme, fieng sie an, ist zwar der Welt bewust,
Doch wer mein innerstes, mein Wesen will erkennen,
Derselbe sehe mich in *Sporcks* entflammter Brust;
Nimm das zur Uberschrifft, wie ich dir werde lehren:
Dem frommen Grafen Sporck zu Ehren.

Entstandene und aufgeführte Werke

am Karfreitag mit Predigt zur Grablegung Jesu

1747: Reinhard Keiser/Georg Friedrich Händel, Passions-Pasticcio
NK: Lic. Eichler, hat anstelle vor M. Huhn gepredigt

Persönliche und zeitgeschichtliche Ereignisse

1716: nach Aussage des Orgelbauers Christoph Cuncius wolle er die Orgel in der Marktkirche Unser Lieben Frauen 8 Tage nach Ostern übergeben, das wäre der 19. April; zur Prüfung sollen Kuhnau aus Leipzig, Bach aus Weimar und Rolle aus Quedlinburg bestellt werden

1725: Johann Christian Hebenstreit, seit 1721 Sonnabendsprediger zu St. Nikolai in Leipzig, hält an diesem Karsamstag seine „Abzugspredigt" über 1Petr 2,24, um am 1. April seinen Dienst als Konrektor an der Thomasschule aufzunehmen

1729: Teilnahme am Abendmahl am Donnerstag nach Laetare in der Thomaskirche: „Herr Bach, *Cantor*" bei D. Weise, Predigt M. Glauche: Pilatus schickt Jesus zu Herodes (Teil der Passionsharmonie);
Bachs Schüler Christoph Gottlob Wecker erhält die Vokation zur Kantorenstelle an der Kirche zur Heiligen Dreifaltigkeit in Schweidnitz, um die er sich am 23. Januar beworben hatte; erfolgloser Mitbewerber war der Bach-Schüler Siegismund Freudenberg

1735: Teilnahme am Abendmahl am Donnerstag nach Judica in der Thomaskirche: „Herr Gleditzsch der Buchhalter [Buchhändler], Herr Bach der *Cantor*" bei D. Weise, der auch die Predigt hielt: Kreuzweg, Kreuzigung und Titulus des Pilatus (Teil der Passionsharmonie)

1747: M. Johann Christoph Olearius, Hymnologe und Numismatiker, Sohn des während Bachs Dienstzeit tätigen Superintendenten Johann Gottfried Olearius, stirbt als Superintendent in Arnstadt

Entstandene und aufgeführte Werke

am 1. Ostertag früh mit Predigt zu Mk 16,1-8,
nachmittags mit Predigt zu 1Kor 5,7-8
1725: Kommt, eilet und laufet, BWV 249 (erste Fassung)
Christ lag in Todesbanden, BWV 4 (spätere Fassung)
NK: D. Deyling; ThK: D. Carpzov
am Sonntag Quasimodogeniti mit Predigt zu Joh 20,19-31
1731: Am Abend aber desselbigen Sabbats, BWV 42
ThK: D. Weise

Persönliche und zeitgeschichtliche Ereignisse

1725: M. Johann Christian Hebenstreit tritt nach einer Vakanz von knapp einem Jahr das Amt des Konrektors an der Thomasschule an
1731: Quittung Bachs für die Auszahlung des Tranksteuer-Äquivalents, vgl. 20. 4. 1732
1734: Teilnahme am Abendmahl am Donnerstag nach Oculi in der Thomaskirche: „H. Bach, der *Cantor*, H. Gleditzsch, der Buchhändl:[er]" bei D. Weise; „H. Caroli, der Kunstgeiger" bei Lic. Sieber; die Predigt hielt D. Weise: Jesus vor dem Hohenpriester Kaiphas, Verleugnung des Petrus (Teil der Passionsharmonie)
1736: Bach quittiert über die Auszahlung aus dem Mentzelschen Legat
1738: Anstellung von Franz Joseph Christlieb als Kunstgeiger, Nachfolger von Johann Friedrich Caroli
1750: die „Berlinische Privilegirte Zeitung" berichtet vom Erfolg der Augenoperation Bachs durch John Taylor

1. 4. 1738

Dominus Consul regens [der regierende Bürgermeister] mahnte zur Eile. Es sei noch einiges im Rat zu beschließen, man könne sich nicht bei jedem Punkt so lange aufhalten. „Punctum sequens" – es wäre nach dem Absterben *Caroli* eine KunstGeiger Stelle *vacant* worden, darzu sich Schlick und Christlieb angegeben. Christlieben habe er in Dreßden loben hören, hätte auch bey dem *Cantor* Bach eine Probe gemachet und wäre gut bestanden.

„Der Herr *Proconsul* und Hoffrath Hölzl, ingleichen der Herr *Dr.* Baumeister Romanus und der Herr Baumeister Jöcher haben mir ihr *Votum* auf Christlieben schon communiciret", leitete der Herr *Consul regens* die Aussprache ein. Hofrat Mascow meldete sich: „Schlick wird aber auch gerühmet" – er bewegte den Kopf hin und her, wie er zu tun pflegte, wenn er sich nicht schlüssig war –; „weiln aber Christlieb schon einige *vota* und gutes Lob hat, will ich ihm auch das Meinige geben."

Ähnlich äußerten sich auch die Herren D. Brummer, D. Steger, D. Falckner und Hauptmann *Thomae.* „Hat er alles aufschreiben können", fragte der *Consul regens* den Stadtschreiber. Treffurth nickte. „Dann soll das nöthige nunmehro *expedir*et werden. – Punctum sequens", war schon wieder zu hören …

1. 4. 1750

Am verwichenen Sonnabende und gestern abends hat der Herr Ritter Taylor auf dem Concertsaale, in Gegenwart einer ansehnlichen Gesellschaft von Gelehrten und anderer Personen von Stande, öffentliche Vorlesungen gehalten. Es ist ein erstaunlicher Zulauf von Leuten bey ihm, welche seine Hülfe suchen. Unter andern hat er dem Capellmeister Bach, welcher durch den häufigen Gebrauch der Augen sich desselben beynahe ganz beraubet hatte, operiret, und zwar mit dem erwünschtesten Erfolge, so daß er die völlige Schärfe seines Gesichts wieder bekommen hat; welches unschätzbare Glück diesen weltberühmten Componisten viel tausend Menschen von Herzen gönnen und dem Herrn Taylor nicht genug verdanken werden. Wegen der vielen Verrichtungen, die dieser allhier gefunden, wird er sich nicht eher, als bis zu Ende dieser Woche, nach Berlin begeben können.

Entstandene und aufgeführte Werke

am 2. Ostertag früh mit Predigt zu Lk 24,13-35,
nachmittags mit Predigt zu Apg 10,34-41

1725: Bleib bei uns, denn es will Abend werden, BWV 6
ThK: Lic. Sieber; NK: Lic. Werner

Persönliche und zeitgeschichtliche Ereignisse

1673: in Gotha starb der einflußreiche Schulreformer Herzog Ernsts des Frommen, der Gymnasialrektor Andreas Reyher, dessen Schulprogramm für Bachs Ausbildung grundlegend ist

1703: in Eisenach stirbt Johann Christoph Bach, Organist an der Georgenkirche, Johann Sebastians Onkel

1718: Besoldungsquittung in Köthen für den Monat April über 33 Taler und 8 Groschen

1721: Philipp Samuel Alt bewirbt sich am Tage des Todes des Bachschülers Johann Martin Schubart um dessen Nachfolge als Hoforganist in Weimar; dabei beruft er sich auf Vertretungen, die er in der Vergangenheit für Bach und für dessen Nachfolger Schubart übernommen hatte; die Stelle erhielt im Mai Johann Caspar Vogler

1732: Beginn der Verhandlungen des Dresdner Rates mit Gottfried Silbermann wegen einer Orgel für die neu erbaute Frauenkirche

1739: Johann Adolph Scheibe äußert sich zur Kritik Birnbaums in Form eines fingierten Briefes vom 30. 12. 1737, der eine satirische Note trägt

Entstandene und aufgeführte Werke

am 3. Ostertag mit Predigt zu Lk 24,36-47

1725: Christ lag in Todesbanden, BWV 4
NK: D. Schütz

1742: O holder Tag, erwünschte Zeit, BWV 210
Kantate zur Hochzeit von Friedrich Heinrich Graff d. J. und Anna Regina Bose, wahrscheinlich im Sommersaal des Boseschen Hauses am Thomaskirchhof in Leipzig aufgeführt

Persönliche und zeitgeschichtliche Ereignisse

1723: Erstattung der Auslagen für den Textdruck zur Neujahrskantate in Köthen, BWV Anh. 8: Dem Kapellmeister Bach „vor die NeüJahrs *Poesie* fertigen zu laßen und dieselben zu binden …", 2 Taler (Köthener Kammerrechnung);
Johann Gottlob Görner hatte nach dem Tode des Thomaskantors Kuhnau das Amt des Director musices der Universität unentgeltlich verwaltet; nun ernannte man ihn aufgrund eines Gesuchs seinerseits zu diesem Amt

1724: Stadtschreiber Johann Zacharias Treffurth unterrichtet Bach im Namen des Rates von der Gepflogenheit des Wechsels der Passionsaufführung zwischen beiden Stadtkirchen. Bach soll auf Kosten des Rates eine Nachricht drucken und verteilen lassen:
„DA nach allbereit verfertigtem Drucke der Paßions-Texte, von E. Hoch-Edlen und Hochweisen Rathe beliebet worden, daß die Aufführung selbiger künfftigen Freytag, geliebt es Gott, in der Kirche zu St. Nicolai geschehen, und wie gewöhnlicher maßen mit denen Fest- und Sonntags-*Musiquen* hinkünfftig es gleichfalls *alterni*ren soll; so hat man solches denen *resp.* Herren *Auditoribus* hiermit wissend machen wollen."
Bach sagt das zu und erbittet im Gegenzug die Reparatur des Kirchencembalos in St. Nikolai und die Herrichtung der Chorempore für Chor und Orchester. Die Kosten erhält er erst am 23. 6. 1725 erstattet

1742: Hochzeit des Juristen und Advokaten am Oberhofgericht Friedrich Heinrich Graff d.J. mit Anna Regina, der Tochter des verstorbenen Handelsmannes Georg Heinrich Bose

Entstandene und aufgeführte Werke

am Karfreitag nachmittags mit Predigt zur Grablegung Jesu

1738: Passionsmusik [Komposition unbekannt], belegt durch Textdruck der Fa. Breitkopf
ThK: Lic. Gaudlitz

Persönliche und zeitgeschichtliche Ereignisse

1716: Johann Georg Layritz, Generalsuperintendent und Oberhofprediger in Weimar seit 1698, stirbt;
Gratifikation in Höhe von 45 Gulden und 15 Groschen für überreichte Gedichte, womöglich auch eine Vertonung Bachs: „*Dem Consistorial Secretario* Francken, *Mons: Castelli, Concert*mstr. Bachen, Herrn Cammer Schreiber Schnorrens beyden Söhnen und dem Buchdrucker, vor *praesentirte Carmina*“

1723: in Köthen stirbt die Ehefrau des Fürsten Leopold, Friederica Henrietta, eine Tochter des Fürsten Carl Friedrich von Anhalt-Bernburg, nach nur zweijähriger Ehe

1731: Zeugnis Bachs für Johann Adolph Scheibe als Anlage für dessen Bewerbung um die Organistenstelle am Dom zu Freiberg

1732: Johann Burchard Mencke, Professor für Historie, stirbt in Leipzig

1737: Johann Ludwig Krebs bewirbt sich mit Erfolg um die Organistenstelle an der Marienkirche zu Zwickau; in seinem Schreiben betont er, daß er unter der Anführung des Herrn Capell-Meisters Bachs auf dem Clavier und in der Composition zu profitiren das Glück gehabt;
Johann Gottfried Bernhard Bach erhält nach Vorlage von eingeforderten Mühlhäuser Zeugnissen die Vokation als Figuralorganist in Sangerhausen, vgl. 14. 1. 1737 und 24. 5. 1738

1741: am Osterdienstag besucht der elsässische Orgelbauer Johann Andreas Silbermann, Vetter des Freiberger Orgelbauers Gottfried Silbermann, die St. Peter und Paulskirche zu Görlitz;

dort führt ihm der Bachschüler David Nicolai die Casparini-Orgel von 1703 vor; davon schreibt er in seinen Aufzeichnungen: „Es sind 3 *Clavire [Manuale]* die aber auch jedes vor sich nicht zu trücken sind, ich trückte einige *Claves [Tasten]* hinab, sie waren aber so hart und zähe und fielen dazu noch so tief hinab, daß ich nichts darauf hätte spielen können. Der alte berühmte Herr Bach von Leipzig hat diesem Werck nicht unrecht gethan, als er davon mit meinem Herrn Vetter *discurir*te, und es eine PferdsOrgel hieße, weilen es eine Roßmäßige Arbeit ist droben zu spielen“

Persönliche und zeitgeschichtliche Ereignisse

1691: Begräbnis des Bruders Johann Balthasar in Eisenach

1726: Taufe der Tochter Elisabeth Juliana Friederica durch M. Rabener; Paten sind die Ehefrauen des Appellationsrates Küstner, Christina Elisabeth, und des Stadtrichters Romanus, Juliana, sowie der Jurist Johann Friedrich Falckner; der Subdiakonus Rabener war an jenem Tage besonders gefordert, da es sich um den 1. Bußtag des Jahres handelte, zu dem er die Vorbereitungs- und Schlußbetstunde zu halten hatte

1727: 4 Taler und 16 Groschen zahlt die Stadtkasse dem Zimmermann Johann Christian Schmied für Arbeiten „in des Herrn *Cantoris* Schul-Wohnung und auf dem Nikolas Thurme“

1734: Zeugnis Bachs für Paul Christian Stolle, Theologiestudent, langjähriger Alumnus und Präfekt

1750: Romanus Teller, Thomaspastor und Theologieprofessor in Leipzig, zwischen 1736 und 1740 Beichtvater der Familie Bachs, stirbt am Sonntag Quasimodogeniti; er hatte mehrfach davon gesprochen, „daß er an dem Sonntage in albis [= Weißer Sonntag, Quasimodogeniti] oft außerordentliche Freude empfunden habe“;
zwischen dem 5. und 8. April findet die zweite Augenoperation Bachs durch John Taylor in Leipzig statt, vgl. 28. 3. 1750

PERSÖNLICHE UND ZEITGESCHICHTLICHE EREIGNISSE

1714: Bach nimmt mit weiteren Mitgliedern der Hofkapelle an der Einführung der Hofmarschälle Friedrich Gotthilf Marschall, genannt Greif, und Christian von Uffel teil. Die Zeremonie fand nachmittags nach 2 Uhr im Tafelgemach des Weimarer Schlosses statt

1731: Theodor Christian Gerlach, Organist an der Kunigundenkirche zu Rochlitz, beruft sich anläßlich seiner Bewerbung um die Freiberger Domorganistenstelle auf Bach: „wie nicht weniger bey meinen 14.jährigen verrichteten Organisten Dienste durch Correspondenzen mit den weltberühmten Bachen zu Leipzig als andern exercirten [geübten] Musicis dermaßen geübet, daß ich mich nicht scheue, einem solchen vortrefflichen Wercke vorzustehen"; seine Bewerbung blieb erfolglos;
Johann Adolph Scheibe, Sohn des Leipziger Orgelbauers Johann Scheibe, bewirbt sich ebenfalls erfolglos um die Domorganistenstelle in Freiberg und legt das Zeugnis Bachs vom 4. 4. 1731 sowie eines des Leipziger Neukirchenorganisten Carl Gotthelf Gerlach bei

1737: „Auff E. E. Hochw. Raths Befehl habe eine Verordnung, den *general-Praefectum* auf der *Thomas* Schule betreffend, *insinuir*et [überbracht]
1) dem Herrn *Rectori*, M. Johann August Ernesti, und zwar ihm selbst auf der *Thomas* Schule den 6. *Aprilis* 1737. ... Johann Georg Lorentz, *Nunc.[ius] jur.[atus: vereidigter Bote]*", vgl. 6. 2. und 10. 4. 1737

1749: Bach erhält einen Brief des Konzertmeisters Johann Gottlieb Graun aus Berlin den Orgelbau in der Unterkirche zu Frankfurt/O. betreffend, vgl. 28. 12. 1749

6. 4. 1731

Ehrgeizig korrigierte Johann Adolph Scheibe an seinem Bewerbungsschreiben um die Domorganistenstelle in Freiberg herum. Gar zu gern sähe er sich dort. Attestate von Bach und Gerlach hatte er sich besorgt. Was stand eigentlich noch im Wege? Den Mittelteil müßte er nochmals überlesen und dann würde er die Reinschrift anfertigen:

„... immaßen ich mich nicht nur von Jugend auf zur Instrumental-Music appliciret [verstanden], sondern auch überdießes mich in der Composition sonder Ruhm so exerciret [geübt], daß ich dencke zur Beförderung der Music ein nicht geringes beyzutragen, auch bey Erbau- und Reparirung unterschiedener Orgel-Wercke, welche von meinem Vater als bekandten Orgelbauern an verschiedenen Orten vollführet worden, eine solche Connoisance [Kenntnis] von denen Orgeln erlanget, daß ich solche nach ihrer Force zu tractiren [je nach ihrer Stärke zu spielen], und mit selbigen bestens umzugehen weiß, wie ich denn auch hier in Leiptzig mich täglich auf Orgel Wercken geübet, auch zu desto beßerer Ausübung der Music, mit denen hier in Leiptzig sich befindenden Musicis täglichen Umgang gepflogen, wie meine Hochgeehrteste Herrn aus inliegenden Attestis meiner Capacitè mit mehrern gütigst ersehen können ..."

Ja, so wollte er es abschicken; der Hinweis auf seinen Vater war ihm sehr wichtig, konnte er ihm doch nur behilflich sein, ebenso, daß er dessen guter Schüler geworden sei. Es ärgerte ihn ein wenig, daß Bach davon in seinem Attestatum nichts erwähnt hatte, obgleich er es ihm nahezubringen versuchte.

Entstandene und aufgeführte Werke

am Karfreitag nachmittags mit Predigt zur Grablegung Jesu (Teil der Passionsharmonie)

1724: Johannespassion, BWV 245 (erste Fassung)
NK: Lic. Schütz

1730: [Anonymus], Lukaspassion, BWV 246
NK: Lic. Gaudlitz
der Thomasküster bemerkt im Kommunikantenregister der ThK ausdrücklich: „Dies Parasceve [Karfreitag], H. Lic. Sieber, Text Passional[ium = Teil der Passionsharmonie], Passions Music zu St: Nicolai"

1739: Schweigt stille, plaudert nicht, BWV 211 (?)
Frankfurt/M., Kaufhaus unter den Neuen Krämen

Persönliche und zeitgeschichtliche Ereignisse

1739: Die „Frankfurter Frag- und Anzeigungs-Nachrichten" (Frankfurt/M.) drucken eine Annonce ab, die sich wahrscheinlich auf die Wiederaufführung von Bachs Kaffeekantate (BWV 211) bezieht:
„Dienstags den 7. April wird ein fremder Musicus im Kauffhaus unter den N[euen] Krämen ein Concert aufführen, in welchem u. A. der Schlendrian mit seiner Tochter Lissgen in einem Dramate wird gemacht werden."

Entstandene und aufgeführte Werke

am Sonntag Quasimodogeniti mit Predigt zu Joh 20,19-31

1725: Am Abend aber desselbigen Sabbats, BWV 42
ThK: D. Weise

am Sonntag Misericordias Domini mit Predigt zu Joh 10,12-16

1731: Der Herr ist mein getreuer Hirt, BWV 112
NK: D. Schütz

am Karfreitag nachmittags mit Predigt zur Grablegung Jesu (Teil der Passionsharmonie)

1746: Johannespassion, BWV 245 (unklar in welcher Fassung)
ThK: [Prediger unbekannt]
BWV 245 erschlossen aus Textanklängen, die der Thomaspastor Teller im Eingangsgebet zu seiner Osterpredigt am 10. April verwendet, vgl. 10. 4. 1746;
vermutet wird auch die Aufführung von Georg Friedrich Händels Brockes-Passion

Persönliche und zeitgeschichtliche Ereignisse

1725: Kantatenentwurf, BWV deest, aufgegeben zugunsten von BWV 42

1738: in der Thomaskirche findet am 3. Ostertag eine Brautmesse zur Hochzeit des Universitätsprofessors Johann Erhard Kapp mit Dorothea Sophia Weise, Tochter des verstorbenen Thomaspastors Christian Weise, statt

1743: vier Wochen nach Einrichtung des „großen Concerts“ bezieht man einen größeren Raum im Hause des Buchhändlers Johann Friedrich Gleditzsch, der zugleich „*Directeur* und Stifter des großen *musicali*schen *Concerts*“ war

Entstandene und aufgeführte Werke

am 1. Ostertag früh mit Predigt zu Mk 16,1-8,
nachmittags mit Predigt zu 1Kor 5,7-8

1724: Der Himmel lacht, die Erde jubilieret, BWV 31
Sanctus D-Dur, BWV 238 [eventuell auch 25. 12. 1723]
Christ lag in Todesbanden, BWV 4
NK: D. Deyling; ThK: Lic. Carpzov

Persönliche und zeitgeschichtliche Ereignisse

1723: Bach wird in die engere Wahl derer einbezogen, die für das Amt des Thomaskantors in Leipzig kandidieren

1729: Gesuch des Gärtners Landvoigt aus Gaschwitz bei Leipzig um Aufnahme seines Sohnes Johann August ins Thomasalumnat: er habe „hiernächst in Vocal- und Instrumental-Music sich ziemlich geübet, dergestalt, daß nach beygehenden des Herrn Rectoris und Cantoris auf hiesiger Thomas-Schule gegegeben attestatis derselbe nicht ungeschickt zu Fortsetzung seiner vorhabenden Studien und application in Musicis erfunden worden"; Landvoigt ist 1730 als Externer, seit 1731 als Alumne nachweisbar, vgl. 21. 11. 1734

1731: Gottlieb Kortte, seit 1726 Professor der Rechte, stirbt in Leipzig; Bach hatte ihm zu Ehren die Kantate „Vereinigte Zwietracht der wechselnden Saiten" (BWV 207) zur Begrüßung komponiert, vgl. 11. 12. 1726

1750: Christoph Gottlieb Schröter, Organist in Nordhausen, schreibt an Georg Friedrich Einicke, Kantor in Frankenhausen, er solle an Bach berichten, „daß die gewaltsame Veränderung seiner Recension ihm sehr empfindlich gefallen sey. Ferner: Sein Trost hiebey wäre dieser, daß kein Leser, welcher seine Denk- und Schreib-Art, aus andern Umständen, kennen gelernet, ihn für den Verfasser einer solchen Vermischung halten könne; des unglücklich geratenen Rubri [Titels]: Christliche Beurtheilung etc. zu geschweigen. Denn obwohl sein flüchtiger Aufsatz nichts unchristliches in sich

enthalte, so schicke sich doch solches epitheton [Hinzufügung] keinesweges zur vorhabenden Sache".
Es handelt sich bei der genannten Rezension Schröters um eine von Bach veränderte Fassung zu der Programmschrift des Freiberger Rektors Biedermann „De vita musica", vgl. 10. 12. 1749, 26. 5. und 5. 6. 1750

Entstandene und aufgeführte Werke

am 2. Ostertag früh mit Predigt zu Lk 24,13-35, nachmittags mit Predigt zu Apg 10,34-41

1724: Erfreut euch, ihr Herzen, BWV 66
ThK: Lic. Sieber; NK: Lic. Werner

Persönliche und zeitgeschichtliche Ereignisse

1727: Die Stadtkasse zahlt 6 Taler, 11 Groschen und 3 Pfennige „Heinrich Ludwig Schmiedehammern, vor einen eisernen Ofen von 2 1/4 Centnern und 14 Pfd. in des Herrn *Cantoris* zu *St. Thomae* Wohnung"

1729: Christian Weise d. J. wird Frühprediger und Oberkatechet an der Peterskirche, nachdem M. Adam Bernd abgesetzt wurde

1735: Bach quittiert über die Auszahlung aus dem Mentzelschen Legat

1737: Aushändigung der Ratsverordnung vom 6. 2. 1737 zum Präfektenstreit an Bach durch den Oberleichenschreiber Johann Georg Lorentz, der als *„nunc.[ius] jur.[atus: vereidigter Bote]"* fungiert, vgl. 6. 4. 1737;
Vorladung Bachs in die Ratsstube wegen der Beschwerde über zu tiefes Anstimmen eines Präcentors während des Mittwochsgottesdienstes in der Nikolaikirche

1738: im Professorenkonzil der Universität Leipzig beschließt man unter dem Vorsitz des Rektors Prof. Jöcher, bei Bach die Huldigungskantate für das zu Jubilate anwesende Königspaar aus Dresden zu bestellen (BWV Anh. 13), vgl. 28. 3. und 28. 4. 1738

1746: Predigt des Thomaspastors Romanus Teller (Christi Tod, unsere Versöhnung; Christi Leben, unsere Seligkeit) mit einem Eingangsgebet, das deutliche Anklänge an den Sterbechoral in Bachs Johannespassion enthält

10. 4. 1737

Der Oberstadtschreiber begrüßte den Nikolaiküster: „Nun, lieber Geyer, was gibt es denn Dringliches?“

Geyer druckste etwas herum; der hochwürdige Herr Superintendens schicke ihn und wolle dem Rat vermelden, daß heute morgen, Mittwoch nach Judica, in dem Nikolaigottesdienst nach gehaltener Predigt ermeldten Superintendentis und unter währender Kommunion der Präcentor auf dem Chor das wunderbare Lied „Jesu Leiden, Pein und Tod“ so tief angestimmet habe, daß die Gemeinde gar nicht mitsingen können, sondern dieses schöne Lied mehr gebetet als gesungen werden müssen. „Und bedenke er, lieber Mierisch, das Lied hat nicht weniger als 34 Strophen“, setzte Geyer mit einiger Erregung nach.

„Was ist denn das für ein Subjectum, das sich also unfähig zeigt“, wollte Mierisch wissen. Geyer meinte, es sei wohl der junge Seyfferth, Sohn des Pastoris von Güldengossa, „sonst ein wohlgelittener Bursche – bloß hören kann er wahrscheinlich nicht! – Der Herr Superintendens schickt mich jedenfalls, und bittet den Rat, die nötige Verfügung zu treffen, daß dergleichen nicht mehr geschehe; er könne mit dem Kantor derzeit nicht gut sprechen.“

Christian Ludwig Mierisch nickte wissend, er wolle das Nötige veranlassen. Die beiden verabschiedeten sich und Mierisch fing mit der Niederschrift an: „Ließ der Herr *Superintendens* Herr *D. Salomon* Deyling, E.[ines] E.[hrwürdigen] Hochweißen Rathe allh.[ier] durch den Küster an der *Niclas* Kirche, Herrn Carl Gottfried Geyern vermelden, welchergestallt …“

10. 4. 1746

Tellers Eingangsgebet zu seiner Predigt am 1. Osterfeiertag, dem 10. 4. 1746, nimmt auffällig auf Choralzeilen der Johannespassion Bachs Bezug, die womöglich am 8. April in der Thomaskirche erklungen war:

„**Jesu, der du warest todt, lebest nun ohn Ende!** Dir ergebe ich mich, als dein Eigenthum, dir zu leben, dir zu sterben, durch dich wieder zu leben, in dir selig zu werden! Herr! wenn ich nur dich habe, so frage ich nichts nach Himmel und Erde! Wenn mir auch Leib und Seele verschmachtet, bist du doch allezeit meines Herzens Trost und mein Theil! **mein Theil und meines Herzens Trost, der mich durch sein Blut hat erlöst!** Was soll ich mir weiter von deiner Gnade ausbitten? **Gib mir nur, was du verdient! Mehr ich nicht begehre.** Amen.

Entstandene und aufgeführte Werke

am 3. Ostertag mit Predigt zu Lk 24,36-47

1724: Ein Herz, das seinen Jesum lebend weiß, BWV 134
NK: Lic. Schütz

am Karfreitag nachmittags mit Predigt zur Grablegung Jesu (Teil der Passionsharmonie)

1727: Matthäus-Passion, BWV 244 (frühere Fassung)
ThK: M. Frick

1732: Passionsmusik, Komposition unbekannt
NK: M. Hoffmann „vor H. D. Schütz"

am 2. Ostertag früh mit Predigt zu Lk 24,13-35, nachmittags mit Predigt zu Apg 10,34-41

1735: Erfreut euch, ihr Herzen, BWV 66 (spätere Fassung)
ThK: D. Weise; NK: M. Philippi

Persönliche und zeitgeschichtliche Ereignisse

1731: Siegmund Freudenberg beruft sich in der Bewerbung um die Freiberger Domorganistenstelle auf den Unterricht bei Bach

1734: Abendmahlsteilnahme von M. Weise bei Lic. Sieber und „H. Breitkopf, d. Buchdrucker" bei M. Gaudlitz in der Thomaskirche am Sonntag Judica

1737: Abendmahlsteilnahme des Stadtpfeifers Genzmer bei D. Sieber am Donnerstag nach Judica; Predigt von H. Wittig über Jesu Rede an die Frauen von Jerusalem (Teil der Passionsharmonie)

1746: Predigt des Thomaspastors Romanus Teller am 2. Ostertag zu Lk 24,13-35

(Die gnädige Gegenwart Jesu in den Versammlungen seiner Geliebten; Wir werden absonderlich zu erwägen haben I. Was das heiße: Im Namen Jesu versammlet seyn; II. Wie Christus mitten unter ihnen sey)

mit oftmaliger Zitation von Mt 18,20 und Anklängen an den Text der Kantate BWV 42, Am Abend aber desselbigen Sabbats

11. 4. 1727

Die erste Aufführung der Matthäuspassion in der Thomaskirche zu Leipzig fand am Karfreitag, dem 11. April 1727, nicht erst 1729 statt. Für viele der Arien- und Rezitativtexte legte Picander Heinrich Müllers (1631 – 1675) Passionspredigten zugrunde, die Bach besaß. In der ersten Predigt sagt Müller: „Auff dem Wege der Christen / der da hinführet in das neue Jerusalem / erbildet sich der gecreutzigte JEsus in den Hertzen der Glaubigen / als ein lebendiger Trost=Spiegel / daraus alle Erquickung kommt für mühseelige und beladene Hertzen.“

Entstandene und aufgeführte Werke

am 3. Ostertag mit Predigt zu Lk 24,36-47
1735: Ein Herz, das seinen Jesum lebend weiß, BWV 134
NK: D. Schütz

Persönliche und zeitgeschichtliche Ereignisse

1723: Beginn der Dacharbeiten auf der Südseite der Thomaskirche, die erst am 5. Juli beendet werden
1724: anläßlich der Amtseinweisung des neuen Konrektors der Thomasschule kommt es erneut zum Rückbezug auf den Kompetenzstreit bei Bachs Amtseinweisung 1723
1727: 6 Taler und 4 Groschen zahlt die Stadtkasse dem Maurer Adam Jacob für Arbeit „in des Herrn *Rectoris* und *Cantoris* Wohnungen";
gegen Mitte April muß der Konviktorist Christian Friedrich Haupt mit Bach wegen der Glückwunschkantate für August den Starken verhandelt haben, die am 12. 5. 1727 erklingen sollte
1732: durch Ratsbeschluß wird die Akzidentienverteilung geregelt wie vom Rektor Gesner vorgeschlagen, vgl. 28. 2. 1732
1749: Zeugnis für Johann Nathanael Bammler, gewesener Präfekt unter Bach auf der Thomasschule, zur Bewerbung in Eilenburg

12. 4. 1724

Deyling sah sich in der Pflicht, das Konsistorium von den immer noch bestehenden Animositäten in Kenntnis zu setzen, die bei der Amtseinweisung Bachs entstanden waren. Er saß über einem Brief und schrieb:

„Heüte *dato* ist vormittags um 10 Uhr Herr Ober-Stadt-Schreiber-Menser bey mir gewesen und *nomine* [namens] E: E. Hochweisen Raths anbracht, was maßen nach geschehener *Valediction* [Verabschiedung] Herrn *L. Ludovici*, und *Designation* Herrn *M. Hebenstreits* zum *Con-Rectorat*-Amt bey der Schule zu

S. Thomae ehest die *introduction* [Einweisung] vorzunehmen seyn werde. Wie aber in abgewichenem Jahr bey der *introduction* des dasigen *Cantoris* Bachen der *Pastor Thomanus* Herr *L. Weise* etwas neües *tenti*ret [angestrebt] hätte, so der bißherigen *Observanz* zuwieder, also hätte er *Ordre* mir ein und ander Registraturen zuzeigen, aus welchen zu ersehn, wie es seyd 80 und mehr Jahren in solchen Fällen gehalten worden."

12. 4. 1727

Bach führte den Herrn Studiosus Haupt herein und entschuldigte sich für die Unordnung, die noch herrsche. Es gehe hier drunter und drüber, am Gründonnerstag habe der Meister Schmiedehammer einen eisernen Ofen gesetzt, heute der Maurer Jacoben die restlichen Arbeiten vollführet. „Gestern war die große Passionsaufführung im Vespergottesdienst von St.Thomae, und morgen – Ostern – folgen die nächsten Musiken."

Haupt legte seine Dichtung auf den Tisch. „Es handelt sich um ein *Dramma per musica* mit den Personen Apollo, Mars, Philuris und Harmonia", begann er.

Entstandene und aufgeführte Werke

am 1. Ostertag früh mit Predigt zu Mk 16,1-6,
nachmittags mit Predigt zu 1Kor 5,7-8

1727: Kantate (unbekanntes Werk)
Sanctus D-Dur, BWV 232,III
NK: D. Deyling; ThK: D. Carpzov

Persönliche und zeitgeschichtliche Ereignisse

1723: Fürst Leopold von Anhalt-Köthen stellt die Entlassungsurkunde für Bach aus, die der Leipziger Rat erbeten hatte
1745: Bach quittiert im Mentzelschen Legatenbuch über den Empfang von 1 Taler und 8 Groschen
1749: Lorenz Christoph Mizler trifft in Leipzig bei Bach ein

13. 4. 1723

„Von Gottes Gnaden Wir Leopold F.[ürst] Z.[u] A.[nhalt] t. t. [= tum temporis – zur jetzigen Zeit] fügen hiermit männiglich zu wißen, wasgestalt Wir den Ehrenvesten und Wohlgelahrten Johan Sebastian Bachen seit den 5. *Augusti* 1717. alß Capellmeistern und *Director*en unserer Cammer *Music* in Diensten gehabt, da Wir dan mit deßen Verrichtungen jeder Zeit wohl zufrieden gewesen:

Wan aber derselbe anderweit seine *Fortun* vor itzo zu suchen willens, und Unß deshalb um gnädigste *dimission* unterthänigst angelanget:

Alß haben wir ihm dieselbe hier durch in gnaden ertheilen, und zu anderweiten Diensten bestens *recommendi*ren wollen. Uhrkundlich haben Wir diesen Abschied unter Unserer eigenhändigen Unterschrifft ausgestellet und mit Unserem Fürstlichen Insiegel bedrucken laßen.

So geschehen Cöthen den 13. *Aprilis* 1723."

Es war Dienstag nach Misericordias Domini. Bach kam soeben aus der Kanzlei seines Fürsten und hatte noch die Worte des Dimissionsscheines im Ohr. Man werde ihn dem Rat zu Leipzig zuschicken. Es ging ihm durch den Sinn, soeben eine Stellung beendet zu haben, die ihm seit sechs Jahren Sicherheit und Freude geboten hatte. Einst meinte er, hier in Köthen seine Lebenszeit zu beschließen. Doch inzwischen mußte nicht er, sondern seine Maria Barbara ihre Lebenszeit hier beschließen, was ihn und die Kinder immer noch bekümmerte.

Mit Anna Magdalena fühlte er sich wohl. Gerade war das erste Kind geboren worden: Christiana Sophia Henrietta. Am nächsten Montag müsse er in Leipzig sein, um dort noch vor seiner Wahl zum Thomaskantor zu versprechen, daß er den Dienst auch wirklich antreten werde.

Entstandene und aufgeführte Werke

am Karfreitag mit Predigt zur Grablegung Jesu

1713: Reinhard Keiser, Markus-Passion
Schloßkapelle zu Weimar: Generalsup. Johann Georg Layritz

Persönliche und zeitgeschichtliche Ereignisse

1708: seitens des Mühlhäuser Rates erhielten die „beyden Herren *Organist*en zusammen“ als Naturalgeschenk 6 Pfund Fische; gemeint waren Bach und sein Kollege von der Marienkirche, Johann Gottfried Hetzehenn.

1725: Taufe des dritten Kindes zweiter Ehe, des Sohnes Christian Gottlieb, am Samstag nach Quasimodogeniti, durch Subdiakonus M. Justus Gotthard Rabener;
als Paten waren anwesend der kurfürstlich-sächsische Geleitsmann Christian Wilhelm Ludwig, die Ehefrau des Handelsmanns Johann Taubert, Maria Elisabeth, und der Sohn des ehemaligen Bürgermeisters Paul Wagner, Gottlieb Christian Wagner

1733: 14 Uhr Nikolaikirche: Leichenpredigt für Friedrich August, König von Polen und Kurfürst zu Sachsen durch Superintendent D. Salomon Deyling zu Hos 6,1

1743: Quittung Bachs für Auszahlung aus dem Mentzelschen Legat

1748: Quittung Bachs für Auszahlung aus dem Sinnerschen Legat

1750: G. B. Martini bestätigt den Empfang der übersendeten Werke Bachs und schreibt von der großen Bekanntheit und Bedeutung Bachs, vgl. 13. 2. und 9. 3. 1750

Entstandene und aufgeführte Werke

am Sonntag Misericordias Domini mit Predigt zu Joh 10,12-16

1725: Ich bin ein guter Hirt, BWV 85
NK: D. Deyling

am 3. Ostertag mit Predigt zu Lk 24,36-47

1727: Bleib bei uns, denn es will Abend werden, BWV 6
NK: D. Schütz

am Karfreitag nachmittags mit Predigt zur Grablegung Jesu (Teil der Passionsharmonie)

1729: Matthäus-Passion, BWV 244 (zweite Fassung)
ThK: M. Teller

am Sonntag Jubilate mit Predigt zu Joh 16,16-23

1731: Ihr werdet weinen und heulen, BWV 103
ThK: D. Weise

Persönliche und zeitgeschichtliche Ereignisse

1731: Bach nimmt bei D. Weise am Abendmahl im Gottesdienst des Sonntags Jubilate in der Thomaskirche teil, einzige Ausnahme, da Bach sonst ausschließlich beim Donnerstagsabendmahl anzutreffen ist

Entstandene und aufgeführte Werke

am Sonntag Quasimodogeniti mit Predigt zu Joh 20,19-31
1724: Halt im Gedächtnis Jesum Christ, BWV 67
ThK: Lic. Weise
am Karfreitag nachmittags mit Predigt zur Grablegung Jesu (Teil der Passionsharmonie)
1745: [Anonymus], Lukas-Passion, BWV 246
NK: Lic. Lechla

Persönliche und zeitgeschichtliche Ereignisse

1722: Tod des vierzigjährigen Bruders Bachs, Johann Jacob Bach, in Stockholm, der seit 1704 Hautboist in einem schwedischen Regiment Karls XII. war, seit 1713 Mitglied der Hofkapelle in Stockholm
1723: August der Starke reist nach Leipzig zur Ostermesse
1727: Superintendent und Rat aus Eisenberg/Thür. berichten an das Leipziger Konsistorium, der Organist der Kirche zu Schkölen, Johann Christoph Baumgarten, der sich als Schüler Bachs bezeichnet, habe sich schriftlich gemeldet
1731: Theodor Christian Gerlach, Organist an der Rochlitzer Kunigundenkirche, berichtet anläßlich seiner Bewerbung um die Freiberger Domorganistenstelle von seinem Briefwechsel mit Bach
1746: Abschiedsgesuch Wilhelm Friedemann Bachs in Dresden mit Empfehlung Johann Christoph Altnickols als Nachfolger; Bewerbungsschreiben Altnickols mit Berufung auf Schülerschaft bei Bach;
Bestallung Wilhelm Friedemann Bachs an der Marktkirche Unser Lieben Frauen in Halle/S.

Entstandene und aufgeführte Werke

am Sonntag Quasimodogeniti mit Predigt zu Joh 20,19-31
1735: Am Abend aber desselbigen Sabats, BWV 42 [Aufführung auch 1736 oder 1737 möglich]; ThK: D. Weise

Persönliche und zeitgeschichtliche Ereignisse

1707: Abendmahlsteilnahme von Johann Christoph, Johann Ernst, Maria Barbara, Friedelena Margaretha und Barbara Catharina Bach am Sonntag Palmarum in der Arnstädter Neuen Kirche
1716: Beschluß des Kirchenkollegiums der Marktkirche Unser Lieben Frauen in Halle zur Orgelprüfung am 29. April
1740: [1. Ostertag] in der dem Osterfest vorangegangenen Fastenzeit unternahm Bach eine Reise nach Halle, die nicht genauer zu datieren ist
1742: Johann Elias Bach übermittelt Grüße Johann Sebastians an Gottlob Persigk in Dresden
1745: Johann Adolph Scheibe entschuldigt sich bei Bach wegen der gegen ihn erhobenen Vorwürfe

17. 4. 1716

Herr R[ats]m[ei]st[e]r D. *Matthesius proponi*ret [legt dar], daß nunmehr mit Herrn *Cuncio* endlich Abrede wegen Übergabe der Orgel zu nehmen, und zu Verschreibung derer Herren *Examinatorum* [Prüfer] beständige *resolution* [Entscheidung] zu faßen, weshalb Herr *Cuncius* ins *Collegium* erfodert welcher nach ihme geschehener Vorstellung sich erkleret:

Er sey bereit, in acht Tagen die Orgel in solchem vollkommenem Stande zu übergeben und zur *examination* zulieffern.

Darauff *Collegialiter* geschloßen worden, daß den 29. *April c.[urrentis] a.[nno]* [= laufenden Jahres] die *examination* ihren Anfang nehmen, hierzu auch Herr Bach durch *express*en Bothen, Herr Rolle und Herr *Cuno* [Kuhnau] durch Brieffe zu *inviti*ren [einzuladen] besorget werden solle.

Entstandene und aufgeführte Werke

am Sonntag Jubilate mit Predigt zu Joh 16,16-23

1728: Wir müssen durch viel Trübsal, BWV 146 (?)
ThK: D. Weise

am 2. Ostertag früh mit Predigt zu Lk 24,13-35,
nachmittags mit Predigt zu Apg 10,34-41

1729: Ich bin Pilgrim auf der Welt, BWV deest
[Fertigstellung und Aufführung nicht nachweisbar]
ThK: Lic. Sieber; NK: Lic. Werner

Persönliche und zeitgeschichtliche Ereignisse

1716: ein Bote überbringt Bach in Weimar die Einladung zur Orgelprüfung nach Halle

1729: in den Leipziger Post-Zeitungen ist zu lesen, daß Bach mit anderen zusammen den Vertrieb der Generalbaßlehre des Dresdner Kapellmeisters Johann David Heinichen und des Probeausdruckes des Waltherschen Musicalischen Lexicons mit übernommen hat

1731: Behandlung einer Eingabe des Thomasschulvorstehers zum Problem der Ausweichquartiere für Rektor und Kantor während des Thomasschulumbaus durch den Stadtrat:
Rektor Gesner wohnt schon seit seiner Ankunft in Leipzig am 1. 10. 1730 in einem Privathaus zur Miete; Bach soll Ende April in das Donndorfische Haus in der Hainstraße umziehen; die Alumnen werden in Kochs Haus am Markt untergebracht, die Lektionen sollen im Schulhaus fortgesetzt werden

1742: Bachs Schüler Johann Ludwig Krebs wird vom Rat zu Dresden in das Amt des Frauenkirchenorganisten gewählt; er nimmt jedoch die Stelle wohl wegen zu geringer Besoldung nicht an, vgl. 4. 4. 1737, 29. 3. 1742 und 29. 12. 1743

1742: Kündigungspläne Johann Elias Bachs, vgl. 3. 10. 1741

1743: Bach als Pate bei Johann Sebastian Weyrauch, Sohn des Musikers und Notars Johann Christian Weyrauch, einem Schüler Bachs; die Taufe in der Thomaskirche hielt Subdiakonus M. Christian Gottlob Eichler; neben Bach waren Paten die Ehefrau des Rentenverwalters Steltzner und der Instrumentenmacher Johann Christian Hoffmann

19. APRIL

Entstandene und aufgeführte Werke

am Karfreitag nachmittags mit Predigt zur Grablegung Jesu (Teil der Passionsharmonie)

1726: Reinhard Keiser, Markus-Passion
NK: Lic. Werner

am 3. Ostertag mit Predigt zu Lk 24,36-47

1729: Ich lebe, mein Herze, zu deinem Ergötzen, BWV 145
NK: D. Schütz

Persönliche und zeitgeschichtliche Ereignisse

1718: Maria Barbara Bach als Patin bei Christiana Renata, Tochter des Organisten der Ulrichskirche in Halle, Johann Gotthelf Ziegler; Maria Barbara kam nicht nach Halle, sie ließ sich vertreten; die Taufe fand abends 20.30 Uhr in der Ulrichskirche statt und wurde von M. Semler vollzogen

1723: Bach unterschreibt in Leipzig den provisorischen Revers zur Übernahme des Thomaskantorats

1725: die Leipziger Universität bietet Bach eine (einmalige ?) Ausgleichszahlung wegen des Verlustes des sogenannten „neuen Gottesdienstes“ an, den der Nikolaiorganist Görner während der Kantoratsvakanz sich hatte sichern können

1735: in Gießen stirbt Johann Jacob Rambach, aus dessen „Geistlichen Poesien“ von 1720 Vorlagen für Kantatentexte stammen, die Bach in seinem ersten Amtsjahr in theologisch bearbeiteter Form vertont hat

1742: Elisabeth Juliana Friederica Bach übernimmt das Patenamt bei Juliana Christiana Böhme, Tochter des Unteroffiziers

Johann Böhme von der Pleißenburg und seiner Ehefrau Juliana Christiana; die Taufe vollzieht Diaconus Petzold in der Thomaskirche

20. APRIL

Persönliche und zeitgeschichtliche Ereignisse

1716: in den Belegen zu der Kirchrechnung der Marktkirche Unser Lieben Frauen in Halle:
„Einen thlr Hat der Herr Vorsteher der Kirchen zur Lieben Frauen, Herr Ratsworthalter *Lic.* Aug. Becker, dem Bothen nach Weimar Andreas Noacken bezahlet, welcher an den Herrn *Concert* Meister Bachen, wegen der *examination* der hiesigen *orgel*, Briefe dahin getragen, so hiermit bescheiniget wird. Halle den 20. *April* 1716. Ernst Friedrich Bretnüz."

1732: Quittung Bachs für die Auszahlung des Tranksteuer-Äquivalents

1737: Stadtschreiber Johann Zacharias Treffurth überbringt Superintendent Deyling die Ratsverordnung zum Streit zwischen Bach und Ernesti in Abschrift, „den *General-Praefectum* auff der *Thomas* Schule betreffend":
„welcher davor danckte und meldete, wie er bey den hochlöblichen Consistorio der Sache schon eingedenck seyn wolte."

Entstandene und aufgeführte Werke

am 1. Ostertag früh mit Predigt zu Mk 16,1-8

1715: Der Himmel lacht, die Erde jubilieret, BWV 31
Schloßkapelle zu Weimar, Generalsup. Johann Georg Layritz

am 1. Ostertag früh mit Predigt zu Mk 16,1-8,
nachmittags mit Predigt zu 1Kor 5,7-8

1726: Johann Ludwig Bach, Denn du wirst meine Seele nicht in der Hölle lassen, BWV 15
NK: D. Deyling; ThK: D. Carpzov

Persönliche und zeitgeschichtliche Ereignisse

1732: Mietzahlung der Ratseinnahmestube von 20 Talern pro Quartal für die Interimswohnung Bachs bei Christoph Dondorff in der Hainstraße

1733: Erbhuldigungspredigt für Friedrich August, König von Polen und Kurfürst von Sachsen in der Nikolaikirche zu Leipzig, Prediger Sup. D. Deyling

1737: Quittung Bachs für Auszahlung aus dem Mentzelschen Legat

1740: Donnerstag nach Ostern Tod des Theologieprofessors D. Johann Gottlob Pfeiffer während der Ausübung des Dekanates der Theologischen Fakultät

1739: gegenüber vier Briefpartnern äußert sich Johann Elias Bach zu seiner Absicht, in Diensten Johann Sebastian Bachs zu bleiben

1741: Tod des Archidakonus der Nikolaikirche D. Friedrich Werner

1743: Quittung Bachs für Auszahlung des Tranksteuer-Äquivalents

21. 4. 1733

Anordnung des Gottesdienstes bey der ErbhuldigungsPredigt zu St. *Nicolai* alhier in Leipzig,

1. als es 7. Uhr war und der 3te Puls ausgelautet ward, wurden die Weisen Wachs=Kertzen brennend auf die silbern Leüchter auf dem Altar gestecket. Darauf wurde zuerst gesungen
2. Komm Heiliger Geist, Herre Gott

3. *Collecte pro pace.* und abzusingen vor dem Pult den 28. Psalm gantz.
4. Ich dancke dir demüthiglich [DG S. 462, 16 Strophen]
5. Der Glaube [Nizänisches Glaubensbekenntnis]
6. Die Predigt
7. Auf der Cantzel vor dem Vater unser: Beschirm die Policeyen, bau unsers Fürsten Thron [Zeuch ein zu deinen Toren, DG S. 137, Strophe 10]
8. *Text [zur Predigt]*: 28. Psalm. V. 8.9.
9. Nach der Predigt 1.) die Beicht und *Absolution*, 2.) das aufgesetzte DanckGebet sub *Lit: O.* [Beilage zur Verordnung unter Buchstabe O], als nun dieses Gebet zu Ende war, wurde darauf das Vater unser: gebetet und mit dem Wunsch, der Friede Gottes welcher höher ist etc. beschloßen.
10. Darauf wurde wiederum gesungen:Es wolt uns Gott genädig seyn
11. Vers.[ikel] Gott gieb Fried in deinem Lande, Glück und Heyl zu allen Stande, *Collecte pro Magistratu* und Seegen.
12. Verleih uns Frieden gnädiglich

Der H. *Superintendens* als Er die Predigt that, war mit einem weisen ChorMandel bekleidet, ingleichen auch die Beyden Herren *Diaconi* der so wol die *Collecte* als auch der den 28 Ps. absung.

Entstandene und aufgeführte Werke

am Sonntag Jubilate mit Predigt zu Joh 16,16-23

1714: Weinen, Klagen, Sorgen, Zagen, BWV 12
Schloßkapelle zu Weimar: Generalsup. Johann Georg Layritz

1725: Ihr werdet weinen und heulen, BWV 103
ThK: D. Weise

am 2. Ostertag früh mit Predigt zu Lk 24,13-35,
nachmittags mit Predigt zu Apg 10,34-41

1726: Johann Ludwig Bach, Er ist aus der Angst und Gericht genommen
ThK: D. Weise; NK: Lic. Werner

Persönliche und zeitgeschichtliche Ereignisse

1716: Brief Bachs an August Becker in Halle mit Zusage der Orgelprüfung in der Marktkirche Unser Lieben Frauen

1722: Begräbnis des Bruders Bachs, Johann Jacob Bach in Stockholm

1723: Wahl Bachs zum Thomaskantor zu Leipzig durch die „Drey Räthe";
Annahme Bachs der Berufung zum Thomaskantor in Leipzig

1725: Besuch des Musikdirektors Johann Francisci aus Neusohl/Ungarn bei Bach in Leipzig

1733: Dr. Caspar Bose, Medicus und Schularzt der Thomasschule zu Leipzig, stirbt

1736: zur Frankfurter und Leipziger Ostermesse kündigt der Verlag Breitkopf das Zeitzer Schloßgesangbuch, Schemellisches Gesangbuch, an, vgl. 24. 4. und 29. 9. 1736

22. 4. 1725

Er wedelte immerzu mit dem Kantatentextheftchen hin und her, wenn er Bach ansprach oder ihm antwortete. Voll Lobes über Gottesdienst und Kantate, fand er gar nicht so leicht zu einem anderen Thema. Bach ließ ihn gewähren.

„Wie macht Er das nur, so scheene Musica und so scheene Texten; wer schreibt so scheene Texten? Ist es der ährwirdige Herr Pfahrer, derr heit die Predigt halten tat?“ Nein, der Herr Thomaspastor habe den Text nicht geschrieben, eine vornehme Dame sei die Dichterin, gab Bach zur Antwort.

Seit Freitag Abend war er nun schon Gast in Bachs Hause, der Musikdirektor Ján Francisci aus Neusohl in Oberungarn. Seit mehr als eineinhalb Jahrzehnten hatte er dort das Amt als Kantor und Chordirigent inne. „Ja, Kantor und auch Organist ich bin; Organist nicht an der evangelischen Schloßkirchen – da ich bin Kantor, sondern bei die Jesuiterkirche mit scheene große Orgel“, betonte er. „Aber is großes Glick vor mir, ihn, den berihmten Herrn Capellmeister Bach, dirfen kennen lernen“. Vor drei Jahren habe er Wien besucht, den großen Johann Joseph Fux – „is schon aalter Man“ –, und sei jetzt auf einer langen Reise; ein Kaufmann aus Neusohl begleite ihn, man wolle noch nach Halle und nach Breslau. „Scheen, daß der Herr Kaufmann hier auch gutt Logie haben tut durch Freundlichkeit von Herrn Kaufmann gegeniber“; „Bose“, ergänzte Bach.

Dann wollte Francisci mit Bach über die aufgeführte Kantate „Ihr werdet weinen und heulen“ sprechen: Er hatte wohl bemerkt, wie Bach in dem Eingangssatz in experimentierender Weise eine Instrumentalsinfonie mit einer Fugenexposition kombiniert hatte, dann mit einer zweiten Fuge fortsetzte, diese abbrach, um im Adagio ein Baßrezitativ erklingen zu lassen: *Ihr aber werdet traurig sein …* Der Satz schloß dann mit der wiederholten zweiten Fuge auf neuem Text ab. Bewunderung äußerte er auch für den Flötisten und dessen Instrument. „Hat großen Umfang die Flete, is das iblich hier?“ Bach erklärte ihm, daß er Glück habe, einen außergewöhnlich talentierten Flötisten mit einem guten Instrument zu haben, „dem kann ich das zutrauen!“ Aber das sei nicht immer so.

Jetzt mußten sie unterbrechen, weil man zum Mittagessen rief.

Entstandene und aufgeführte Werke

am Sonntag Misericordias Domini mit Predigt zu Joh 10,12-16

1724: Du Hirte Israel, höre, BWV 104
NK: D. Deyling

am 3. Ostertag mit Predigt zu Lk 24,36-47

1726: Johann Ludwig Bach, Er machet uns lebendig
NK: M. Wagner

zur Trauung, womöglich eines Geistlichen

1726: O Ewiges Feuer, o Ursprung der Liebe, BWV 34a
[Ort unbekannt; entstanden bis spätestens Mitte April, doch kann die Trauung wegen der Fastenzeit erst nach Ostern stattgefunden haben]

1741: Beginn der Ostermesse: vermutlich Huldigungskantate für Friedrich August III. und dessen Familie, Komposition unbekannt, vgl. 29. 4. 1741

Persönliche und zeitgeschichtliche Ereignisse

1723: Zeitungsmeldung vom Erhalt und der Annahme der Berufung zum Thomaskantor zu Leipzig durch Johann Sebastian Bach

1741: Huldigung für die zur Ostermesse anwesende polnisch-königliche und sächsisch-kurfürstliche Familie in Leipzig

Entstandene und aufgeführte Werke

am 1. Ostertag mit Predigt zu Mk 16,1-8
1707: Christ lag in Todesbanden, BWV 4 (Frühfassung)
Divi Blasii in Mühlhausen: Sup. Joh. Adolph Frohne

Persönliche und zeitgeschichtliche Ereignisse

1724: zum Andenken an Dorothea Reuter, geb. Leyser, hatten die Thomasschüler in jedem Jahr das Kirchenlied „Herr Jesu Christ, meins Lebens Licht" zu singen; dafür erhielt Bach aus den Zinsen des Legats der Euphrosyne Rechtenbach 4 Gulden, den Rest die Schüler, vgl. 9. 9., 26. 10. 1723 und 18. 1. 1724,

1732: 3 Taler und 6 Groschen weist die Stadtkasse zur Zahlung an „zweyen Lohn-Kuschern, welche mit ihrem Geschirr den Haußrath und dergleichen aus des Herrn *Rectoris*, *M.* Geßners und des *Cantoris* Bachs *Logi*en auf die Thomas-Schule in ihre angewiesene Wohnungen geschaffet, den 24. dito"

1736: Stiftssuperintendent D. Friedrich Schultze in Zeitz schreibt seine Vorrede zum geplanten Schloßgesangbuch des Stiftskantors Georg Christian Schemelli, vgl. 1. 6. und 3. 7. 1736

24. 4. 1707

Zum 1. Ostertag lud man Bach zu einer Probemusik nach Mühlhausen ein. Aus diesem Anlaß führte er wohl eine Frühfassung seiner Osterkantate BWV 4 „Christ lag in Todesbanden" auf. Ebenfalls beworben und eine Probekantate eingereicht hatte Johann Gottfried Walther (1684 – 1748); dieser berichtet reichlich 30 Jahre später von dem Verfahren, das für ihn in Anwendung kam; daraus kann auf Bachs Probemusik geschlossen werden:

„Hierauf sollte am Sonntage *Sexagesimae* An.[no] 1707. auf Veranlassung des mülhausischen Orgelmachers, Herrn Wenders, und zweier dorthingesendeter Kirchen-Stücke von meiner Arbeit, mich daselbst einfinden, und die an der S. Blasius-Kirche, durch den Tod des seel.[igen] Joh. Rudolph Ahlens, lediggewordene OrganistenStelle, mittelst einer öffentlich-abzulegenden Probe, zu erlangen." – Bach wurde gewählt und trat seinen Dienst reichlich zwei Monate später an.

24. 4. 1736

Stiftssuperintendent D. Friedrich Schultze rät dem christlichen Benutzer des „Musicalischen Gesangbuches":

„Wie du so viele schöne auserlesene Geistreiche Lieder in solchem antriffst, so singe sie auch, singe sie öffentlich in der Gemeinde, aber auch zu Hause in deiner Privat=Andacht, singe sie fleißig und offte, halte deine Horas Canonicas [Stundengebete] und Singe=Stunden, nach Art der unaufhörlichen Opffer im Alten Testament, des Tages wenigstens zweymal."

Zeitz, 1736, Frontispiz des Schemellischen Gesangbuches

Persönliche und zeitgeschichtliche Ereignisse

1733: Tod der viereinhalbjährigen Tochter Regina Johanna

1734 bis 1750:
Bach empfängt aus dem Mentzelschen Legat den für Ostern ausgezahlten Zinsbetrag von jeweils 1 Taler und 8 Groschen; die Quittungseintragungen liegen an unterschiedlichen Terminen um das Osterfest herum, vgl. Zahltermin Michaelis 29. 9. 1734

1743: Christian Weise d. J., Professor extraordinarius theologiae und Archidiakonus an St. Nikolai, stirbt in Leipzig; sieben Stunden nach seinem Tod wird seine Frau von Zwillingen entbunden

1744: Johann Christoph Dorn beruft sich bei seiner Bewerbung um die Organisten- und Lehrerstelle in Torgau auf den Unterricht bei Bach: „und ein Lehrling des berühmten *Capell*meisters Herrn Bachs zu Leipzig gewesen"

Persönliche und zeitgeschichtliche Ereignisse

1733: am Sonntag Jubilate begrub man auf dem Johannisfriedhof „Ein Mägdlein 4 1/2 Jahr, Regina Johanna, Herrn Johann Sebastian Bachs, *Cantoris*, auf der Thomas-Schule“

1739: am Sonntag Kantate gedenkt die Stadt Dresden der Einführung der Reformation vor 200 Jahren

1747: Eingabe Johann Christoph Altnickols, des späteren Schwiegersohns Bachs an den Leipziger Rat, in der er angibt, er habe „auf drey Jahr anher unter dem Herrn Capell-Meister Bachen, bey der von ihm in hiesigen zwey Haupt Kirchen aufgeführten vocal und instrumental Music, als Bassiste gesungen und, wie derselbe es attestiren“ werde, sich „darbey iederzeit fleißig eingefunden und zu rechter Zeit besorget“, vgl. 19. und 25. 5. 1747

Entstandene und aufgeführte Werke

am 3. Ostertag mit Predigt zu Lk 24,36-47

1734 (?): Der Friede sei mir dir, BWV 158
[Entstehung und Aufführung auch 1732, 1733 möglich]
NK: D. Schütz

am Sonntag Jubilate mit Predigt zu Joh 16,16-23

1738: Wir müssen durch viel Trübsal, BWV 146
ThK: D. Schütz
(Aufführung erschlossen aus textlichen Anklängen im Brief Bachs vom 24. 5. 1738 an Johann Friedrich Klemm in Sangerhausen)

Persönliche und zeitgeschichtliche Ereignisse

1713: Philipp David Kräuter, späterer Musikdirektor und Kantor zu St. Anna in Augsburg, beantragt bei dem evangelischen Scholarchat seiner Heimatstadt einen Ausbildungsurlaub bei Bach zu verbringen: „sucht schrifftlich an, daß Ihme erlaubt sein möchte, noch etwas längers über das bereits verfloßene Jahr zu Weymar bey Herrn Bachen sich zu verweilen. Wird ihme aus den in seinem bittschreiben beygebrachten *motiven* vnd ursachen bewilliget etc."

1724: Thomaspastor Christian Weise d. Ä. und andere Leipziger Theologen – Christian Ludovici, Johann Gottlob Carpzov, Friedrich Wilhelm Schütz, Georg Philipp Olearius, Johann Gottlob Pfeiffer, Christian Friedrich Wilisch, Johann Andreas Walther – werden zu Doctores theologiae promoviert; Weise mit einer Schrift „De affectu amoris Christi"

1727: trotz des Protestes seiner Ärzte reist August der Starke von Warschau zur Messe nach Leipzig, vgl. 2. 1. 1727

1738: eine geplante Nachtmusik für das zur Ostermesse anwesende Königspaar Friedrich August III. und Maria Josepha sowie die Prinzessinnen Maria Amalia und Maria Anna Josephina wurde aus Witterungsgründen auf den folgenden Abend verschoben

Entstandene und aufgeführte Werke

am Sonntag Quasimodogeniti mit Predigt zu Joh 20,19-31

1726: Johann Ludwig Bach, Wie lieblich sind auf den Bergen
ThK: D. Weise

1738: Willkommen! Ihr herrschenden Götter der Erden, BWV Anh. 13
Dichtung von Johann Christoph Gottsched, Aufführung am Markt vor dem Apelschen Hause, heute Markt 17, abends 9 Uhr

Persönliche und zeitgeschichtliche Ereignisse

1716: das Hallenser Kirchenkollegium beschließt, mit den Orgelprüfern am nächsten Tage zusammenzutreffen, jedem 16 Taler Reise- und Zehrungskosten zu überreichen und dem Orgelmacher ein Essen zu geben

1722: Dienstag nach Jubilate: Hochzeit der Kusine Bachs, Christina Sophia, Tochter seines ältesten Bruders Johann Christoph Bach, mit Konrektor Johann Christian Happ in Ohrdruf

1732: Buchung der Rechnung für den Umzug Bachs und Gesners in die renovierte Thomasschule (vgl. 24. 4. 1732) in den Kassenbüchern der Ratseinnahmestube: „Gottlob Dietrichen u.[nd] Cons:[orten] Fuhrlohn, des Herrn Rect:[oris] Geßners u.[nd des Herrn Cant:[oris] Bachs, ihren Hauß-Rath auf d:[ie] Thomas-Schule zu führen"

1738: „Den 28. vormittags um 9. Uhr hat auf die bevorstehende Vermählung der Printzeßin *Amalia* Königliche Hoheit, mit Ihr.[o] Majestät dem Könige beyder *Sicilien*, der Baron Woldemar von Schmettau, in hiesiger Pauliner Kirche eine *solenne* Rede gehalten. Abends um 9. Uhr aber brachten die auf hiesiger *Vniversi*tet Studirende eine schöne Nacht *Musique* mit vielen Wachs Fackeln, unter Trompeten und Paucken Schall vor dem Apelischen Hause am Marckte ein unterthänigstes Drama so von dem Herrn *Capell*Meister Joh. Sebastian Bachen *componir*et und aufgeführet wurde. wobey der Herr Graf von *Zierotin*, Herr *Baron* von Schmettau, und die Herren von Leipnitz, und von Marrschall die Gnade hatten, an beyde Königlichen Majestäten, und beyder Printzeßinen Königliche Hoheiten, die *Cantata* aller unterthänigst zu überreichen, und zum Hand Kuß gelaßen worden."

1741: Nikolaikirche zu Leipzig: „Mittag, wurde wegen Absterben Hrn: D. Friedrich Werners Archi=Diaconi und Freytags=Predigers bey hiesiger St: Nicolai=Kirche eine Leichen=Predigt von Hrn: Sup. Hrn: Dr: Salomon Deylingen gehalten; der Text war genommen aus Offb 3,5"

Entstandene und aufgeführte Werke

am Sonntag Jubilate mit Predigt zu Joh 16,16-23

1708: Nach dir, Herr, verlanget mich, BWV 150 (?)
Divi Blasii in Mühlhausen: Sup. J. A. Frohne oder Archidiakonus G. Chr. Eilmar; evl. Wiederaufführung der frühesten bekannten Kantate Bachs aus der Arnstädter Zeit

am Sonntag Kantate mit Predigt zu Joh 16,5-15

1725: Es ist euch gut, daß ich hingehe, BWV 108
NK: D. Deyling

Persönliche und zeitgeschichtliche Ereignisse

1716: Halle/S., Marktkirche Unser Lieben Frauen, morgens 7 Uhr: „Nachdem die Herren *Musici*, Herr Bach und Herr Rolle sich auff der *Bibliotheque* auff Erfodern eingefunden *proponi*ret ihnen Herr R[ats]m[ei]st[e]r *Matthesius, praevia grat: actione* [= nach vorherigem einvernehmlichen Beschluß] die vorseyende übergabe der Orgel und bittet deren *examenation* zu übernehmen und davon dem *Collegio* unpartheyischen Bericht zu erstatten."

1725: Bericht in der Universität: „Beträffe des Cantoris, Herrn Bachs petitum wegen des Salarii vom neuen Gottes-Dienste, so Herrn Görner gegeben worden, und glaubten Magnificus Dn. Rector, daß er mit der Helffte zufrieden seyn würde. Conclusum: ihm sollen 6. thlr. gegeben werden", vgl. 15.3.1725

1738: Johann Elias Bach bittet seine Mutter in Schweinfurt um Geschenke für Johann Sebastian und Anna Magdalena Bach: „Wenns angeht, so hätte auch gerne eine Flasche von rechten guten Hefen Brandewein vor meinen Herrn Vetter u. etliche Stücke *NB.* gelbe Nelcken vor unsere Frau Muhme, welche eine große Liebhaberin von der Gärtnerey ist, ich weiß gewiß, ich würde eine große Freude damit machen, und mich desto mehr bey beyden *insinui*ren [empfehlen], weswegen ich nochmahls gar sehr darum bitte ..."

1741: Bernhard Christoph Breitkopf trägt unbezahlte Druckkosten für einen Kantatentext „auf die Königlichen Majestäten" ein

29. 4. 1741

Der Verleger Breitkopf griff hinter sich in ein Regal, wo er die Geschäftsbücher stehen hatte. Vor vielen Jahren hatte er es sich angelegt, und immer einmal wieder mußte er es hervorholen. Jetzt lag es vor ihm: „Handbuch, dahinein ich die per Accidens [durch Zufall] zu drucken vorkommende Carmina [Glückwunschgedichte] und andrer dergl. Kleinigkeiten, wenn sie nicht alsbald bezahlt werden, notire. Vor Leute, die nicht ordentlich Conto bey mir haben." Dann nahm er die Feder und schrieb die Daten, Mengen und Preise, neulich flüchtig auf einem Zettel notiert, in die vorgesehenen Rubriken: den 29. Aprilis, vor eine „Cantate auf die Königlichen Majestäten", 4 Exemplare auf Atlas gedruckt, macht 1 Taler; erst 200, dann noch 300 und noch weitere 100 Exemplare auf Papier, machen insgesamt 7 1/2 Taler. Er schüttelte den Kopf; das war er nicht gewöhnt. Was war da nur los? Alle Welt lobte ihn, und dann Schulden. Breitkopf kam aus der Verwunderung nicht heraus, als er sich die Lage klarmachte. Herr Gottsched äußerte vor wenigen Monaten erst in seinen „Beyträgen Zur Critischen Historie Der Deutschen Sprache, Poesie und Beredsamkeit", die Breitkopf im Verlag hatte, sich lobend über Bach. Er würde Gottsched fragen, beschloß er bei sich selbst, klappte das Handbuch zu und stellte es weg.

30. APRIL

Entstandene und aufgeführte Werke

am Sonntag Jubilate mit Predigt zu Joh 16,16-23

1724: Weinen, Klagen, Sorgen, Zagen, BWV 12
ThK: D. Weise

Persönliche und zeitgeschichtliche Ereignisse

1718: Besoldungsquittung in Köthen für das Gehalt in Höhe von 33 Talern und 8 Groschen für den Monat Mai 1718

1724: in der Leipziger Nikolaikirche predigt zum Frühgottesdienst M. Rabener „vor dem [= anstelle des] Hn. Superintendenten wegen seiner plötzlichen Unpäßlichkeit“

1. MAI

Persönliche und zeitgeschichtliche Ereignisse

1700: wahrscheinlich als Discantisten eingeteilt, zahlt August Braun, der Lüneburger Michaeliskantor, bei der Verteilung des Mettengeldes den beiden Neuankömmlingen Bach und Erdmann den dritthöchsten Satz von 12 Groschen für die Zeit vom 3. April bis zum 1. Mai 1700

1714: Wahl von Melchior Hoffmanns zum Organisten der Marktkirche zu Halle, nachdem Bach abgesagt hatte

1716: Gottesdienst am Freitag nach Misericordias Domini, dem Tage Philippi und Jacobi, in der Hallenser Marktkirche Unser Lieben Frauen mit Einweihung der Cuncius-Orgel; Oberpfarrer Johann Michael Heineccius hielt die Festpredigt, Organist Gottfried Kirchhoff führte mit Unterstützung der Stadtpfeifer und dem Collegium musicum zwei Kantaten auf;
Gutachten über die Orgel der Marktkirche Unser Lieben Frauen in Halle, erstellt von Johann Kuhnau aus Leipzig, Christian Friedrich Rolle aus Quedlinburg und Johann Sebastian Bach aus Weimar;

ausgiebiges Festessen, das als Orgelschmaus in die Bachliteratur eingegangen ist

1730: in den Leipziger Post-Zeitungen, I Stück der XVIII Woche, den 1 Maji 1730, zeigt Bach seine Partita V, BWV 829, an: „Da nunmehro die fünffte *Svite* der Bachischen *Clavier-*Übung fertig, und mit denen annoch restirenden zweyen letztern künfftige Michelis-Messe das gantze Wercklein zu Ende kommen wird, als wird solches denen Liebhabern des *Clavieres* wissend gemacht."

1735: Beginn der Jubilate-Messe: Johann Gottfried Walther trägt im Handexemplar seines „Musikalischen Lexicons, Leipzig 1732" zur Kurzbiographie Bachs das Erscheinen des Zweiten Teils der Klavierübung nach: „Der Clavier-Ubung 2ter Theil bestehet aus einem nach Italiänischen *gusto* eingerichteten *Concerto* aus dem *F dur,* und einer *Ouverture* aus dem *H moll* für ein *Clavicymbel* von 2 *Manualen.* Diese zwo *Piéces* betragen 14 Blätter in groß *Folio,* v.[nd] sind an der Oster-Meße 1735. in Joh. Weigels Verlag, durch Kupfferstich ans Licht getreten."

1739: Dresden gedenkt anläßlich des Bürgermeisterwechsels erneut der Einführung der Reformation vor 200 Jahren

PERSÖNLICHE UND ZEITGESCHICHTLICHE EREIGNISSE

1716: Teilnahme an der Beratung des Hallenser Orgelgutachtens; Quittung Bachs für die Reisekosten von 6 Talern anläßlich der Hallenser Orgelprüfung
1724: Quittung Bachs für das ausgezahlte Tranksteuer-Äquivalent
1729: Gesuch des Stiefvaters von Johann Heinrich Hillmeyer aus Geringswalde um Aufnahme in das Alumnat
1735: Bach empfiehlt in einem Schreiben an den Bürgermeister Tobias Rothschier seinen dritten Sohn erster Ehe, Johann Gottfried Bernhard, als Nachfolger des verstorbenen Johann Gottfried Hetzehenn als Organist an die Marienkirche zu Mühlhausen, vgl. 21. und 23. 5. 1735
1743: Nikolaikirche zu Leipzig, Donnerstag nach Misericordias Domini „wurde wegen Absterben des seel. Hn. D. Christian Weisens, gewesenen Archi=Diaconi und Freitags=Predigers, von den Hn. Superintendenten, Hn. D. Salomon Deylingen eine Leichen=Predigt gehalten, der Text war genommen aus den Propheten Jesajae 12,1-3"
1748: in den Leipziger Zeitungen, IV. Stück, XVIII. Woche, den 2. May 1748, zeigt Bach den Mitvertrieb der Cembalosonate Es-Dur von Wilhelm Friedemann Bach an, vgl. 8. 1. 1748

2. 5. 1716

Der Küster ging voran, schloß die Tür zur Bibliotheca Mariana auf, und ließ die Herren eintreten: Die Mitglieder des Kirchenkollegiums gingen mit dem Orgelbauer Cuncius voran, D. Matthesius, D. Reichhelm, D. Becker, Lic. Reichhelm, Lic. Möschel folgten, dazu die Examinatoren Kuhnau, Bach und Rolle; den Schluß bildete der Organist Kirchhoff.

Dann bat der Herr Ratsmeister D. Matthesius darum, an dem großen ovalen Tisch in der Mitte des Raumes Platz zu nehmen, und eröffnete die Sitzung des Kirchenkollegiums:

„Nachdem die neue Orgel von 3. *Musicis* und *Organi*sten, Herrn Bachen, Herrn *Cuno*en und Herrn Rollen drey Tage nacheinander *examini*ret und untersucht, den 1. *Maij* durch eine Predigt und schöne *Musique* dem großen Gott vor die darzu verliehene Genade öffentlich danckgesaget, von denen Herren *Musicis* auch ein Bericht schrifftlich dem *Collegio* eingelieffert worden," soll heute „in Gegenwart des Orgelbauers, Herrn *Cuncii* und derer *Examinatorum item* des *Organi*sten Herrn Kirchhoffs der Bericht verlesen, und über jeden Punct *conferir*et" werden.

Nun wandte sich Mathesius an Becker und bat ihn, den Bericht vorzutragen.

Becker las langsam und deutlich: „Nach dem es dem Hochlöblichen *Collegio Mariano* der Stadt Halle uns EndesUnterschriebene in Schrifften zu ersuchen beliebet, daß wir ...".

Entstandene und aufgeführte Werke

am Fest der Himmelfahrt Christi früh mit Predigt zu Mk 16,14-20, nachmittags mit Predigt zu Apg 1,1-11

1731: Wer da gläubet und getauft wird, BWV 37
NK: Lic. Werner, ThK: M. Rabener

Persönliche und zeitgeschichtliche Ereignisse

1686: Begräbnis der sechsjährigen Schwester Bachs, Johanna Juditha, in Eisenach

1694: Begräbnis der Mutter Bachs, Maria Elisabeth geb. Lämmerhirt, in Eisenach

1722: Sonntag Kantate: Teilnahme Bachs und seiner Frau Anna Magdalena am Abendmahl in der Agnuskirche zu Köthen

1727: Ankunft Augusts des Starken in Leipzig, Anwesenheit bis zum 18. Mai, vgl. 27. 4. 1727

1728: Elias Herda, Bachs früherer Ohrdrufer Kantor, an der schwarzen Gelbsucht gestorben

1729: Bach empfiehlt Carl Gotthelf Gerlach als Nachfolger Georg Balthasar Schotts zum Organisten an der Leipziger Neukirche; von der Empfehlung Bachs ist auch im Ratsprotokoll vom 10. Mai zu lesen, an dem Gerlach dann gewählt wird

1742: Anfang Mai schreibt Johann Elias Bach aus Leipzig, Hauslehrer und Privatsekretär bei seinem Vetter Johann Sebastian Bach, einen Brief an seinen Freund und ehemaligen Jenenser Studienkollegen Johann Wilhelm Koch, Kantor in Ronneburg, mit deutlichen Anzeichen der Auseinandersetzung eines Theologen mit der Philosophie Leibnizens

3. 5. 1742

Seit dem letzten Sonntag quälte ihn der Brief mit all den bedrückenden Nachrichten, die ihn aus Ronneburg erreichten. Sein Freund Koch hatte ihm mitgeteilt, welches Unglück in den letzten Wochen ihn erneut ereilt habe. Dabei war das Kochische Haus nun schon ein reichliches Jahr mit Todesfällen und schlimmen Krankheiten heimgesucht. Das machte ihm das Herz schwer.

Sollte er ihm schreiben, doch womit wollte er ihn trösten? In den philosophischen Vorlesungen hörte er in diesen Wochen viel von Leibnizens Theodicee. Die Herren Professoren Jöcher und Winckler hatten die Studenten damit bekannt gemacht. Auch der verehrte Professor Teller flocht dies und jenes in seine theologischen Vorlesungen ein. Manches verwirrte ihn, das gestand er sich selbst ein; bei manchen Äußerungen Tellers war er aber auch dankbar für kritische Hilfen.

Aus seinen Fragen und Unklarheiten heraus fing er nun doch an, den Brief an seinen Freund zu schreiben:

> HochwohlEdler Herr, Hochgeehrtester Herr Bruder, Redlicher Herzens Freund,
> Heiset denn das die beste Welt, in welcher wir Menschen so empfindlich angegriffen werden, oder bringt es der *nexus rerum* [Zusammenhang der Dinge] also mit sich, daß mein werthgeschäzter Herr Bruder eben so kurz auf einander mit so vielfältigem Haus Creuz heimgesucht werden? Ich leugne diese neue Wahrheiten keines wegs, ob ich sie aber dem Herrn Bruder dermalen als Trostgründe dürffte überschreiben, daran zweifle um so mehr, da sich der Herr *Cantor* selbsten auf ein bekanntes Exempel der Heiligen aus der Schifft beziehen wollen.

Ja, das konnte er doch nur bestätigen, was Koch in seinem Brief mit Bibelstellen aus Hosea 6 und Hiob 5 umschrieben hatte: „der Herr hat uns geschlagen, er wird uns auch verbinden", und „aus sechs Trübsalen wird dich der Herr erretten, und in der siebenten wird dich kein Übel rühren". Also schrieb er weiter:

> Recht so, die Hand deßen, der uns zu unserm Besten manches mal eine und die andere Wunde schlägt, kann uns auch wiederum am kräfftigsten verbinden, und also wird auch Dich, mein lieber Bruder, der Herr aus solchen Trübsalen ganz gewiß erretten, und in der siebenden wird Dich kein Übel rühren.

Wieder kam er ins Nachdenken: Wenn er zurück dachte, so erinnerte er sich, sehr lange von seinem Freund Koch keine angenehmen Nachrichten erhalten zu haben, ohne mitfühlend nachgefragt zu haben, so, als ob er ihn offiziell für tot gehalten hätte. Das mußte er ihm gestehen, auch, daß er selbst ebenso Verluste habe hinnehmen müssen:

> Ich nehme indeßen als ein unveränderlich aufrichtiger Freund allerdings den größten Antheil an Deinen Bekümmernißen, die ich mir fast vermuthend war, da ich nunmehr seit Jahr und Tagen keine angenehme Zuschrifft von dem Herrn Bruder gesehen und mithin denselben mit allem Recht für einen *civiliter mortuum* gehalten habe. Der starke Herr Zebaoth stärke und rüste Dich immer mehr und mehr mit neuer Krafft aus, wie er nach seiner großen Barmherzigkeit an mir Armen gethan hat, nachdem ich vor einigen Monathen nicht nur meine innigstgeliebte *Mama* und einen fast so sehr geliebten Freund durch den Todt, einen andern guten Freund durch seinen Abzug aus Leipzig eingebüßet …

Als der Brief im Konzept fertig war, fühlte er sich innerlich erleichtert; auch durch schweigendes Verhalten darf man niemanden gleichsam abmelden, gleichsam offiziell für tot erklären.

Persönliche und zeitgeschichtliche Ereignisse

1705: Besoldungsquittung Bachs für seinen Organistendienst in Arnstadt zum Quartal Reminiscere (Mitte Dezember bis Mitte März)

1723: Christoph Graupner, Hofkapellmeister beim Großherzog zu Hessen-Darmstadt, teilt dem Leipziger Rat seinen Rücktritt von der Bewerbung um das Thomaskantorat mit und empfiehlt zugleich Bach: „ein Musicus, ebenso starck auf der Orgel, wie erfahren in Kirchensachen und Capell-Stücken, der honeste und gebührlich zugeeignete Funktion versehen" werde

1746: Sachsen lehnt eine europäische Allianz gegen Preußen ab; unter Johann Christian von Hennicke formiert sich eine gewisse Gegenpartei gegen Brühl

1750: Anweisung des Herzogs Christian II. Ludwig von Mecklenburg-Schwerin für seinen Hoforganisten Johann Gottfried Müthel:
Pro Memoria
Für den *Organisten Müthel*, welcher von hier nach *Leipzig* zu dem berühmten *Organisten* und *Componisten Bachen*, sich in seinem *Metier* zu *perfectioni*ren, auf ein Jahr verreisen will, soll ein *Pass* aufgesetzet werden. *Suerin* den 4ten *May* 1750.
CL. HzM [Christian II. Ludwig, Herzog zu Mecklenburg]

Aufnahme Müthels in Bachs Hause nach dem 4. 5. 1750

In seinem siebzehnten Jahre, ward unser Müthel bey Sr. Durchl. dem regierenden Herzog von Mecklenburg-Schwerin, Kammermusikus und Hoforganist ... Nachdem er einige Jahre in diesen Diensten gestanden, erhielt er die Erlaubniß vom Herzoge, andre Höfe, mit Beybehaltung seiner Bedienungen und seines Gehalts, zu besuchen. Seine Hauptabsicht war, bey dem grossen Seb. Bach in Leipzig, sowohl im Spielen als in der Komposition noch ein Mehres zu erlernen, und sich die zur Musik erforderlichen Wissenschaften zu erwerben. Zu diesem Ende erhielt er von seinem Fürsten und

Herrn, ein sehr gnädiges Empfehlungsschreiben. Der Kapellmeister Bach, nahm ihn sehr freundschaftlich auf, räumte ihm eine Wohnung in seinem Hause ein, und Herr Müthel machte sich seines Unterrichts mit der grössesten Aufmerksamkeit zu nutze. Zu gleicher Zeit machte er auch die Bekanntschaft mit den würdigen Söhnen dieses Mannes, die ihm durch die Unterredungen und Kompositionen vielen Vorteil schaften. Nach Sebastians Tode, hielt sich Herr Müthel noch einige Zeit bey dessem Schwiegersohne in Naumburg, Herrn Altnicol (welcher ein Scholar des seligen Seb. Bachs, und ein starker Orgelspieler war) mit vielem Nutzen auf.
(Charles Burney, The Present State of Music in Germany, the Netherlands, an United Provinces, London 1773)

5. MAI

Entstandene und aufgeführte Werke

am Sonntag Misericordias Domini mit Predigt zu Joh 10,12-16

1726: Johann Ludwig Bach, Und ich will ihnen einen einigen Hirten erwecken
NK: D. Deyling

Persönliche und zeitgeschichtliche Ereignisse

1723: Bach unterzeichnet im Leipziger Rathaus den endgültigen Revers zu seiner Anstellung als Thomaskantor, vgl. 19.4. 1723

1735: die „Leipziger Zeitungen" geben bekannt, daß Bach zu den Mitvertreibern von Cembalowerken des Kapellmeisters Conrad Friedrich Hurlebusch gehört, vgl. 19. 11. 1735, 29. 5. 1736 und 16. 6. 1736

1738: Bach quittiert bei der Universität Leipzig über den recht ansehnlichen Betrag von 58 Talern für Komposition und Aufführung der Kantate „Willkommen, ihr herrschenden Götter der Erden", BWV Anh. 13, anläßlich des Besuches von Friedrich August III., seiner Ehefrau und der beiden Prinzessinnen am 28. April 1738: „50 rthl. vor mich, und 8 rthl. vor die StadPfeifer“

1739: in einer Erzählung eines Traumes zählt Scheibe die Namen von 12 berühmten Komponisten auf, unter denen Bach die fünfte Stelle einnimmt

1741: Anfang Mai bewirbt sich Gottlieb Benjamin Geier aus Eisleben, der von 1732 an 1 1/2 Jahre in Leipzig Theologie studiert und Unterricht bei Bach hatte, um das Kantorat in der Neustadt bei St. Nikolai zu Eisleben

Besuch Hurlebuschs bei Bach in Leipzig vor dem 5. 5. 1735

Bach kriegte einsmals einen Besuch von Hurlebusch, einem Clavier- und Orgelspieler, welcher damals sehr berühmt war. Dieser letztere setzte sich auf Ersuchen an den Flügel; und was spielte er Bachen vor? Eine gedruckte Menuet mit Veränderungen. Hierauf spielte Bach ganz ernsthaft nach seiner Art. Der Fremde von Bachs Höflichkeit und freundlicher Aufnahme durchdrungen, machte Bachs Kindern mit seinen gedruckten Sonaten ein Geschenk, damit sie daraus, wie er sagte, studiren sollten, ohngeachtet Bachs Söhne schon damals ganz andere Sachen zu spielen wußten. Bach lächelte für sich, blieb bescheiden und freundlich.

Entstandene und aufgeführte Werke

am Sonntag Rogate mit Predigt zu Joh 16,23-30
1725: Bisher habt ihr nichts gebeten in meinem Namen, BWV 87
ThK: M. Rabener

Persönliche und zeitgeschichtliche Ereignisse

1718: Besoldungsquittung in Köthen über 33 Taler und 8 Groschen mit der Zufügung „Zur CarlsBader Reyse"; nachgeheftet ist ein Quittungsblatt mit Unterschriften von sechs Mitgliedern der Köthener Hofkapelle mit dem Vermerk: „Obstehende Posten Seind Ihnen mit zur CarlsBader Reise gezahlet worden", vgl. 9. 5. 1718

1731: Johann Michael Steinert, Organist der Leipziger Johanniskirche, stirbt

1749: Bach quittiert die Zahlung von 115 Talern über den Verkauf eines Pianofortes an den französischen Kaufmann Barthelemy Valentin, der das Instrument für den Wojwoden von Krakau, Jan Klemens von Branicky, besorgte

6. 5. 1749

„Der Herr Hofcompositeur würde das Instrument für 115 Taler hergeben?"

Noch etwas ungläubig schaute der Herr Kaufmann Valentin in die Runde. Neben ihm saßen seine Geschäftspartner Gervinus und Zimann. Gegenüber hatte der angesprochene, Kapellmeister Bach, Platz genommen, an der Seite hatte er seinen sechzehnjährigen Sohn.

Bach nickte bestätigend. „Wie sollte ich es teurer verkaufen als ich es erworben habe?" Valentin, der die Verhandlung führte, erinnerte daran, daß man ein sehr gutes Instrument zu kaufen gedenke. Das habe er von Anfang an zum Ausdruck gebracht. Bach bestätigte auch das; „wollen Sie es hören?" Valentin beeilte sich zu betonen, sie seien weder Musiker noch Instrumentenmacher; sie seien Kauf-

leute. Bach habe man ihnen empfohlen, und darauf verließen sie sich.
Bach bereitete das Instrument zum Spielen vor. Dann setzte er sich und begann. Erst ein Thema, dann ein paar Variationen. Nach einiger Zeit unterbrach er: „Der Herr Instrumentenmacher hat es auf meine Bitte hin gleich hierher ins Kochische Haus geliefert, weil Er, der Herr Kaufmann Valentin, hier seine Niederlassung hat. – Die Stimmung hat es gut gehalten."

„Ja, wollen wir dann zum Geschäftlichen kommen", erinnerte nun Valentin. „Bestellt hat es der Wojwode von Krakau; bedenke Er, es handelt sich bei dem Auftraggeber um seine Exzellenz, den polnischen Magnaten in Bialystok und Kron-Unterfeldherr im polnischen Senat. Er hat uns gebeten, mit Ihm, dem Herrn Kapellmeister Bach, in Verbindung zu treten und ein solches Instrument zu kaufen. Ihn würde ich nun bitten, mir eine Quittung über die erhaltenen 115 Taler auszustellen." Bach wandte sich an seinen Sohn Johann Christoph Friedrich. „Nimm Papier und schreibe:

> Daß mir Endes benandten von Herrn *Valentin*, allhier, vor ein *Instrument, Piano et Forte* genant, welches an Ihro *Excellentz* Herrn Grafen *Branitzky* nach *Bialastock* soll geliefert werden, die Zahlung von 115: Rthlr. schreibe Hundert und Funfzehn Rthlr. an *Lui blanc* richtig eingehändigt worden, bescheinige hiermit, Leipzig. den 6: *Maij*. 1749.

So, nun gib mir die Feder", wies Bach seinen Sohn an; dann las er das Schriftstück und setzte seine Unterschrift darunter:

„Joh: Sebast: Bach.
Königlich Pohlnischer und
Churfürstlich Sächsischer Hoff-*Compositeur*."

Valentin zählte das Geld vor, Bach dankte und übergab die Quittung; man verabschiedete sich.

Entstandene und aufgeführte Werke

am Sonntag Kantate mit Predigt zu Joh 16,5-15
1724: Wo gehest du hin?, BWV 166
NK: Lic. Werner

Persönliche und zeitgeschichtliche Ereignisse

1741: in der ersten Hälfte des Monats Mai bewirbt sich Gottlieb Benjamin Geier um das Amt des Kantors an St. Nikolai in Eisleben; in seinem Schreiben weist er u. a. auf die Ausbildung bei Bach hin
1747: Besuch Bachs am Hofe Friedrichs II. in Potsdam in Begleitung seines Sohnes Wilhelm Friedemann

7. 5. 1747, Sonntag Rogate

Die „Berlinischen Nachrichten von Staats- und gelehrten Sachen" berichten in ihrer Ausgabe vom 11. Mai 1747 folgendes:

„Aus Potsdamm vernimt man, daß daselbst verwichenen Sontag der berühmte Capellmeister aus Leipzig, Herr Bach, eingetroffen ist, in der Absicht, das Vergnügen zu geniessen, die dasige vortrefliche Königl. Music zu hören. Des Abends, gegen die Zeit, da die gewöhnliche Cammer-Music in den Königl. Apartements anzugehen pflegt, ward S[eine]r. Majest[ät]. berichtet, daß der Capellmeister Bach in Potsdamm angelanget sey, und daß er sich jetzo in Dero Vor Cammer aufhalte, allwo er Dero allergnädigste Erlaubniß erwarte, der Music hören zu dürfen. Höchstdieselben ertheilten sogleich Befehl, ihn herein kommen zu lassen, und giengen bey dessen Eintritt an das sogenante *Forte* und *Piano,* geruheten auch, ohne einige Vorbereitung in eigner höchster Person dem Capellmeister Bach ein Thema vorzuspielen, welches er in einer *Fuga* ausführen solte. Es geschehe dieses von gemeldetem Capellmeister so glücklich, daß nicht nur S[ein]e. Majest[ät]. Dero allergnädigstes Wohlgefallen darüber zu bezeigen beliebten, sondern auch die sämtlichen Anwesenden in Verwunderung gesetzt wurden. Herr Bach fand das ihm aufgegebene Thema so ausbündig schön, daß er es in einer ordentlichen *Fuga* zu Papiere bringen, und hernach in Kupfer stechen lassen will."

Persönliche und zeitgeschichtliche Ereignisse

1723: Präsentationsschreiben Sup. D. Deylings an das Leipziger Konsistorium im Verfahren der Wahl Bachs zum Leipziger Thomaskantor;
theologische Prüfung Bachs vor dem kurfürstlichen Konsistorium zu Leipzig durch die Assessoren Prof. D. Johann Schmid und Superintendent und Professor D. Salomon Deyling;

1743: Johann Gottlieb Haase, ein Schüler Bachs aus Zeitz, verliert ein von Bach um 1736 ausgestelltes Zeugnis durch einen Stadtteilbrand in Zeitz (Stephansgasse), worauf er sich bei seiner Bewerbung um die Organistenstelle der Zeitzer Schloßkirche 1756 beruft

1747: Orgelkonzert Bachs auf der Wagner-Orgel der Potsdamer Heiligegeistkirche;
am Nachmittag dieses Tages reisten Bach und seine Söhne Wilhelm Friedemann und Carl Philipp Emanuel offenbar weiter nach Berlin

8. 5. 1723

Anfang Mai 1723 hatte Bach vor zwei Assessoren des Kurfürstlichen Konsistoriums in Leipzig eine theologische Prüfung abzulegen, um seine Tauglichkeit als Lehrer und Kantor unter Beweis zu stellen. Dabei traf er auf den Theologen, Prof. D. Johann Schmid (1649 – 1731), einen gebürtigen Schlesier, der schon seit 1669 in Leipzig war. Schmid stellte verschiedene Fragen zur Bibel und zur Dogmatik. Nach dem Abschluß schrieb er gleich das Zeugnis aus:

> D[omi]n.[us] Jo.[hann] Sebastianus Bach ad quaestiones a me propositas ita respondit, ut eundem ad officium Cantoratus in Schola Thomana admitti posse censeam.

Was soviel heißt wie, Bach habe auf die von ihm gestellten Fragen so geantwortet, daß er meine, ihn zum Thomaskantorat zulassen zu können. „Consentit" lautet die Zustimmung des anderen Assessors, des Superintendenten D. Salomon Deyling (1677 – 1755).

8. 5. 1747:

[Fortsetzung des Berichtes aus den „Berlinischen Nachrichten von Staats- und gelehrten Sachen" vom 11. Mai 1747, vgl. 7. 5. 1747:] „Am Montage ließ sich dieser berühmte Mann in der Heil. Geist-Kirche zu Potsdamm auf der Orgel hören, und erwarb sich bey den in Menge vorhandenen Zuhörern allgemeinen Beyfall. Abends trugen S[ein]e. Majest[ät]. ihm nochmals die Ausführung einer *Fuga* von 6 Stimmen auf. welches er zu Höchstderoselben Vergnügen, und mit allgemeiner bewunderung, eben so geschickt, wie das vorige mahl, bewerckstelligte."

Persönliche und zeitgeschichtliche Ereignisse

1707: in Lübeck starb Dietrich Buxtehude im Alter von 70 Jahren

1718: Abreise Bachs und weiterer Mitglieder der Köthener Hofkapelle im Gefolge von Fürst Leopold zu einem fünfwöchigen Kuraufenthalt in Karlsbad

1729: Erdmann Gottwald Petzold und Johann Christoph Schmied bewerben sich um Aufnahme ins Thomasalumnat und legen beide Zeugnisse Bachs bei, der dem einen „eine feine Stimme und ziemliche *Profectus*" bestätigt, dem anderen „eine feine *Tenor* Stimme und singt vom Blat fertig"

1750: im Jahr 1752 veröffentlicht der Rostocker Arzt Christian Friedrich Eschenbach den „Auszug eines Schreibens von einem öffentlichen Lehrer der Medicin in Leipzig, im May 1750", wahrscheinlich des Leipziger Professors der Medizin Samuel Theodor Quellmaltz, mit kritischen Tönen

Mai 1750

M.[eine] H.[erren] Hier haben sie eine gegründete und unpartheiische Nachricht von des Ritter Taylors nachgelassenen Patienten; Denn so oft mir schwer verbundene Augen oder solche Personen vorgekommen, die sich seiner Cur unterworfen, habe ich mich ihrer Umstände wegen erkundigt. Verschiedene aber sind bis jezzo noch nicht zum Vorschein gekommen. Darunter Hr. B--, welchen er am Stahr operirt, und etliche Tage drauf in den öffentlichen Zeitungen gerühmt, daß er vollkommen sehen könte: da doch derselbe wegen wieder aufgetretenen Stahrs des Gesichts beraubet gewesen, bis er ihn zum andern mahl wieder operiret, von welcher zeit an er doch immer Zufälle von Entzündungen und dergleichen erlitten. Hr. K-- sol zwar etwas, jedoch nicht anders als gleichsahm durch einen Flohr, sehen. Hr. M. sieht des Vormittags, und wenn er vorher ruhig geschlaffen, besser als des Nachmittags, wo ihm das Auge sehr matt dünket.

Entstandene und aufgeführte Werke

zum Fest der Himmelfahrt Christi früh mit Predigt zu Mk 16,14-20, nachmittags mit Predigt zu Apg 1,1-11

1725: Auf Christi Himmelfahrt allein, BWV 128
NK: Lic. Werner, ThK: Lic. Sieber

10. 5. 1725

Der Aufführung seiner Himmelfahrtskantate sah Bach in diesem Jahr mit besonderer Spannung entgegen. Kurz nach Ostern wandte er sich Texten der Leipziger Dichterin Christiane Mariane von Ziegler zu. Sie war freundlich auf seine Bitte eingegangen und hatte ihm kurzfristig Texte zur Verfügung gestellt. Doch machten ihm diese doch rechte Mühe. Deshalb auch hatte er die Fertigstellung des Textheftes von Jubilate bis Exaudi immer erneut hinausgezögert. Eines Tages war Immanuel Tietzes Lehrjunge angelaufen gekommen und hatte im Auftrag seines Meisters gefragt, ob denn der Herr Kapellmeister nicht die nächsten Gottesdienstkantaten drucken lassen wolle. Er hatte ihn beruhigt und sagen lassen, noch am gleichen Nachmittag werde er das Manuskript bringen. Das war nun schon vor mehr als drei Wochen gewesen. Inzwischen waren nicht nur bereits drei Kantaten nach Texten der Frau von Ziegler musiziert worden, inzwischen hatte er auch das bewußte Heft für die Pfingstfeiertage und folgende Gottesdienste zusammengestellt; eben auch wieder mit Texten der von Ziegler.

Mit Thomaspastor Weise konnte er die Textprobleme immer recht gut besprechen. Da waren Textänderungen vorzunehmen. Diesmal gar mußte er in die Struktur des Gesamttextes eingreifen. Weise hatte erst recht barsch geurteilt: Das sei eine schlechte Theologie, die hier gelehrt werde. Damit meinte er die Unterscheidung von Gott und Jesus Christus, die in der Textvorlage verwischt sei, ein für die Theologie des Himmelfahrtsevangeliums wichtiger Gegenstand.

Nun war das Himmelfahrtsfest gekommen: Morgens musizierte er die Kantate in St. Nikolai. Wie würde die Konstruktion des Mittelsatzes wirken? Ritornell – instrumentiert mit Trompete, Streichern und Continuo –, dann der gesamte Arientext – leicht geändert –, dann mitten in der Arie ein abrupter Übergang in ein recitativo accompagnato „dahin kommen, wo mein Erlöser lebt … “, dem er weitere Zeilen zufügte; und zum Schluß nur die Wiederholung des Ritornells vom Anfang. Daran schloß sich eine Arie an, die er erst nur mit obligater Orgel besetzen wollte, doch dann entschied er sich, eine Oboe d'amore einzusetzen; dem D-Dur der vorangehenden Arie stand nun das h-Moll des verhaltenen Satzes „Sein Allmacht zu ergründen, wird sich kein Mensche finden …“ gegenüber, um dann mit einem sechsstimmigen Choral in G-Dur zu schließen.

Als der Frühgottesdienst zuende ging, war er sich sicher und freute sich nun um so mehr auf den Nachmittagsgottesdienst in St. Thomas: „und mir als deinem Kind ein gnädig Urteil fällen“, kam ihm aus dem Schlußchoral in den Sinn.

Persönliche und zeitgeschichtliche Ereignisse

1715: Geburt des Sohnes Johann Gottfried Bernhard in Weimar
1731: Zeugnis Bachs für Johann Christoph Dorn, wohl für dessen Bewerbung um die Organistenstelle an der Leipziger Johanniskirche; möglicherweise verwendete Dorn es erneut für die Bewerbung um die Organistenstelle in Belgern bei Torgau
1738: Danksagungsgebet für die Vermählung des königlichen Paares in Dresden
1750: Bach quittiert im Mentzelschen Legatenbuch über die Zahlung von je 1 Taler und 8 Groschen für Ostern 1749, 1750 und Michaelis 1749

11. 5. 1731

„Das halte ich für sehr erfreulich, daß Er sich für die Organistenstelle an St. Johannis interessiert; der alte Steinert war mehr als 35 Jahre auf dieser Stelle, da ist es gut, wenn junges Blut tätig wird." Bach sprach mit Johann Christoph Dorn, einem jungen Mann, der seit reichlich sechs Jahren die Thomasschule als Externer besucht hatte. Er war noch von dem alten Rektor Ernesti aufgenommen worden. In den zurückliegenden Jahren hatte Bach sich des öfteren von der musikalischen Leistungsfähigkeit Dorns überzeugen können: „Auf dem *Claviere* als auch auf anderen *Instrumen*ten hat Er doch einen ziemlichen *habitum* erlanget, wie sollte ich seinem *petito* entgegen seyn", munterte er Dorn auf. Ob er ihm wohl etwas vorspielen könne? Bach wies ihn auf die Sitzbank am Cembalo. Dorn spielte ein Präludium. Bach unterbrach ihn: „Mache Er über den Choral ‚Komm, Heiliger Geist, Herre Gott' – übermorgen haben wir Pfingsten – einige *variationes*!" Es gefiel ihm. „Bey zunehmenden Jahren kann man bei seinem *naturel* einen gar *habilen Musicum* sich versprechen." Er forderte ihn auf, noch ein wenig zu präludieren, „währenddessen will ich sein *attestatum* schreiben", nahm Papier und Feder und schrieb.

11. 5. 1738

Riemer berichtet in seiner Chronik „wurde wegen der hohen Vermählung Ihro Königl. Hoheit Prinzessin Braut Marien Amalien mit Don Carlo Könige beider Sicilien und Neapolis, so den 9. *huj.[us montis: diesen Monats]* in Dresden vollzogen worden, allhier das *Te Deum laudamus* unter Trompeten= und Paukenschall und Lösung derer Stücke [Kanonen] von der Vestung Pleißenburg abgesungen; jedoch ereignete sich folgender Umstand darbei, daß der Anfang des Stückschusses vor sich ginge, als die catholische Gemeinde den *Ambrosiani*schen Lobgesang anstimmte, sonsten aber gewöhnlich gewesen, daß sie sich nach der evangelischen St. Thomas=Kirche haben richten müssen."

Der Nikolaiküster schrieb zur Verlesung der Danksagung: „Dominica Rogate als den 11. Maij. 1738. nur in der Früh=Predigt, nach denen Gebethen, Auffgebothen, Vorbitten und Dancksagungen und anderen Abkündigungen abgelesen, und darauf das *Te Deum laudamus*, unter Trommeten und Paucken Schall nebst der Lösung der *Canonen* auf der Festung Pleißenburg, abgesungen worden".

Entstandene und aufgeführte Werke

am Sonntag Jubilate mit Predigt zu Joh 16,16-23

1726: Johann Ludwig Bach, Die mit Tränen säen
ThK: D. Weise

1727: Entfernet euch, ihr heitern Sterne, BWV Anh. 9, Kantate zum 57. Geburtstag Augusts des Starken am Leipziger Markt vor dem Apelschen Haus

Persönliche und zeitgeschichtliche Ereignisse

1715: Taufe des Sohnes Johann Gottfried Bernhard in der Stadtkirche zu Weimar

1727: während seines Besuches vom 3. bis 18. Mai 1727 in Leipzig bringen die *Convictores* der Universität Leipzig unter Bachs Leitung dem polnischen König und sächsischen Kurfürsten mit der Kantate „Entfernet euch, ihr heitern Sterne" eine Geburtstagsmusik dar

1742: Johann Elias Bach zeigt sich in einem Brief an Carl Philipp Emanuel Bach in Berlin interessiert an dessen Ergehen, worüber er regelmäßig durch Johann Sebastian Bach gehört habe; nun bittet er um die Besorgung eines Kataloges und eines Buches aus der Rüdigerschen Buchhandlung durch die „Bedienung" Carl Philipp Emanuels

1749: Johann Gottlob Biedermann, Rektor des Gymnasiums in Freiberg, veröffentlicht sein Schulprogramm „De Vita Musica" mit heftigen Angriffen auf die schulische Musikpflege; er reagierte damit auf ein Singspiel zur Erinnerung an den 100. Jahrestag des Westfälischen Friedens, dessen Musik von dem Bachschüler und Freiberger Kantor Johann Friedrich Doles stammte, vgl. 14. 10. 1748, 9. 4., 26. 5. und 5. 6. 1750; Bach schreibt nach Bekanntwerden des Biedermannschen Schulprogramms an den Nordhäuser Organisten und Musikgelehrten Christoph Gottlieb Schröter, wie Bach Mitglied der Mizlerschen Musikalischen Sozietät, und bittet diesen um eine Rezension

1750: Filippo Finazzi, ein Sänger, kritisiert Friedrich Wilhelm Marpurgs Eintreten für Bach

12. 5. 1727

Es führeten nemlich die *Convictores* Abends nach 8 Uhr, als ihnen, daß es nunmehro Zeit sey, durch den Hof-*Fourier* gemeldet worden war, eine *Music* auf, welche von dem Capell-Meister und Stadt-*Cantore*, Hr. Johann Sebastian Bachen, *componir*et worden, und dieselbe persönlich *dirigi*rte. Das Haupt-*Exemplar* von dem *Dramate Musico*, welches Ihro Königl. Maj.[estät] *praesentir*et werden sollen, hatten die *Convictores* in *Ponceau*-farbenen Sammet mit güldenen Dressen und goldenen Fransen einbinden, sonst aber auf weißen Atlas drucken lassen, und wurde von dem *Autore* desselben, nahmens [Christian Friedrich] Haupt, den das Loß darzu erwehlet hatte, auf einer silbernen Schaale getragen.

Entstandene und aufgeführte Werke

am Sonntag Exaudi mit Predigt zu Joh 15,26-27; 16,1-4

1725: Sie werden euch in den Bann tun, BWV 183
ThK: D. Weise

am 1. Pfingsttag früh mit Predigt zu Joh 14,23-31,
nachmittags mit Predigt zu Apg 2,1-13

1731: Erschallet, ihr Lieder, BWV 172 (zweite Leipziger Fassung)
Wer mich liebet, der wird mein Wort halten, BWV 59
NK: D. Deyling; ThK: Lic. Sieber

Persönliche und zeitgeschichtliche Ereignisse

1723: Bach unterzeichnet als künftiger Lehrer der Thomasschule zu Leipzig im Kurfürstlichen Konsistorium zu Leipzig die Affirmativa (Bekräftigungen) und Negativa (Verneinungen) der kursächsischen Visitationsartikel von 1593; es handelt sich bei diesem Schriftstück um eine Verpflichtung zur lutherischen Lehre;
Bestätigung der Wahl Bachs zum Thomaskantor durch das Leipziger Konsistorium

1725: Kantatenentwurf, BWV deest, zugunsten von BWV 183 verworfen

1728: Teilnahme Bachs am Abendmahl in der Thomaskirche am Donnerstag nach Exaudi bei D. Weise; die Predigt, deren Text nicht angeben ist, hielt M. Glück

1742: Beginn der einwöchigen Landestrauer wegen des Todes der Kaiserin-Witwe Maria Amalia

1744: Zeugnis für Johann Georg Heinrich, das dieser einen Tag später seiner erfolglosen Bewerbung um die Organistenstelle an der Stadtkirche St. Marien in Torgau beilegte

Entstandene und aufgeführte Werke

am Sonntag Rogate mit Predigt zu Joh 16,14-30
1724: Wahrlich, wahrlich, ich sage euch, BWV 86
ThK: D. Weise
am 2. Pfingsttag früh mit Predigt zu Joh 3,16-21,
nachmittags mit Predigt zu Apg 10,42-48
1731: Erhöhtes Fleisch und Blut, BWV 173
ThK: M. Rabener; NK: Lic. Werner

Persönliche und zeitgeschichtliche Ereignisse

1708: Aktennotiz des Arnstädter Bürgermeisters Martin Feldthaus zur abschließenden Regelung der Gehaltszahlung an Bach

1719: am Sonntag Rogate Teilnahme Bachs am Abendmahl in der Köthener Agnuskirche: ob seine Frau Maria Barbara auch teilnahm, läßt der Eintrag nicht erkennen;
in den Folgetagen Reise nach Halle mit dem vergeblichen Versuch, Georg Friedrich Händel anzutreffen

1737: erste scharfe Kritik Johann Adolph Scheibes an Bachs Kompositionsweise, die er in seiner Hamburger Zeitschrift „Der Critische Musicus" im März 1738 anonym veröffentlichte, vgl. 8. 3. 1738

1744: Johann Georg Heinrich beruft sich bei seiner Bewerbung um die Torgauer Organistenstelle auf seine Schülerschaft bei Bach

1748: Bach quittiert im Mentzelschen Legatenbuch über den Empfang von 1 Taler und 8 Groschen

14. 5. 1737

Der Herr = = [Bach] ist endlich in = = [Deutschland] der Vornehmste unter den Musicanten. Er ist ein ausserordentlicher Künstler auf dem Clavier und auf der Orgel, und er hat zur Zeit nur einen angetroffen, mit welchem er um den Vorzug streiten kan. Ich habe diesen grossen Mann unterschiedene mahl spielen hören. Man erstaunet bey seiner fertigkeit, und man kan kaum begreifen, wie es möglich ist, daß er seine Finger und seine Füsse so sonderbahr und so behend in einander schrencken, ausdehnen, und damit die weitesten Sprünge machen kan, ohne einen einzigen falschen Thon einzumischen oder durch eine so heftige Bewegung den Körper zu verstellen.

Dieser grosse Mann würde die Bewunderung gantzer Nationen seyn, wenn er mehr Annehmlichkeit hätte, und wenn er nicht seinen Stücken durch ein schwülstiges und verworrenes Wesen das Natürliche entzöge, und ihre Schönheit durch allzugrosse Kunst verdunkelte. Weil er nach seinen Fingern urtheilt, so sind seine Stücke überaus schwer zu spielen; denn er verlangt die Sänger und Instrumentalisten sollen durch ihre Kehle und Instrumente eben das machen, was er auf dem Claviere spielen kan. Dieses aber ist unmöglich. Alle Manieren, alle kleine Auszierungen, und alles, was man unter der Methode zu spielen verstehet, druckt er mit eigentlichen Noten aus; und das entziehet seinen Stücken nicht nur die Schönheit der Harmonie, sondern macht auch den Gesang durchaus unvernehmlich. Alle Stimmen sollen mit einander, und mit gleicher Schwierigkeit arbeiten, und man erkennet darunter keine Hauptstimme. Kurtz: Er ist in der Music dasjenige, was ehemals der Herr von Lohenstein in der Poesie war. Die Schwülstigkeit hat beyde von dem natürlichen auf das künstliche, und von dem erhabenen auf das Dunkle geführet; und man bewundert an beyden die beschwerliche Arbeit und eine ausnehmende Mühe, die doch vergebens angewendet ist, weil sie wider die Natur streitet.

Entstandene und aufgeführte Werke

am 3. Pfingsttag früh mit Predigt zu Joh 10,1-11
1731: Erwünschtes Freudenlicht, BWV 184
NK: D. Schütz

Persönliche und zeitgeschichtliche Ereignisse

1707: Teilnahme Bachs am Abendmahl: am Sonntag Jubilate in der Neuen Kirche zu Arnstadt

1723: erste Gehaltszahlung an Bach als Thomaskantor zu Leipzig in Höhe von 100 Talern; dieser Zahlung setzt sich quartalsweise fort bis an Bachs Lebensende; Bachs Fixum setzte sich zusammen aus 87 Talern 12 Groschen jährlich, 13 Talern und 3 Groschen Holz- und Lichtgeld, 16 Scheffel Korn, 2 Klafter 6/4 Scheite, je 2 Kannen Wein zu Ostern, Pfingsten und Weihnachten, nicht eingerechnet die Zahlungen aus Legaten und Stiftungen; 1730 schätzte Bach sein Jahreseinkommen auf etwa 700 Taler;
Entrichtung von Gebühren in Höhe von 1 Taler für die Kirchenstühle Nr. 4 und Nr. 34 in der Köthener Agnuskirche

1747: „Den 15. Mai wurden im großen *musicalischen Concert Arien* von einem großen *Maître* aus *Itali*en von denen hier seienden *Operist*en *Signor* Canini und *Signora* Forcellini mit größtem *Applausu* gesungen und *musicir*et";
Ausgabe eines Avertissements zur Neuregelung des Eintritts zum großen Concert

15. 5. 1747

Avertissement. [Zur Beachtung] Nachdem die Gesellschaft des großen Leipziger *Concerts* wahrgenommen, daß die bisherige Einrichtung vielen Mißbrauch der *Billet*en unterworffen gewesen, so hat man dieserwegen eine Veränderung zu verfügen vor nöthig befunden, es hören nehmlich die bißherigen umsonst ausgegebenen *Billets* völlig auf, hingegen ist der Preiß desjenigen, was bishero jährlich bezahlt worden, so weit vermindert, das ins künfftige, nur 3

*Ducat*en vor das gantze Jahr *praenumeri*rt wird, nehmlich zu verstehen von den Einheimischen, frembde *Cavaliers* und auswärtige Herrn *Studiosi* aber zahlen 4 *Ducat*en, davor wird ein gesiegeltes und *numeri*rtes *Billet* gegeben, welches von Anfang des Monaths da es bezahlet wird bis wieder dahin übers Jahr gültig ist, auf dieses *Billet passir*et jeder Zeit nur eine Person, und so jemand sein *Billet* an jemanden anders abgiebt, kan er selber denselben Tag nicht hinein kommen, es sey denn er habe ein ander *Billet* von jemandem anders, kurtz, es wird ins künfftige niemand *passi*rt, ohne Vorzeigung eines ordentlichen *avthenti*schen *Billets*, Frembde durchreisende ausgenommen, welche auf Anzeigung an die *Directeurs* oder *Assist*enten, oder so sie von ein und andern mitgebracht und als Frembde angezeigt würden, frey *passir*en. Daß Frauenzimmer betreffend, bleibt es bey der vorigen Einrichtung, daß selbige nehmlich keines *apart*en *Billets* benöthigt, doch aber wird man ins künfftige auch keine andern zulassen, welche nicht durch einen Führer so ein ordentliches *Billet* hat hinein gebracht werden, ein solcher aber kan so viel mitbringen als ihm beliebt, eine mehrere Nachricht ist zu erfragen in den 3 Schwanen, bey den an dem *Concert*-Saale wohnenden *Concert-Copisten* Herrn J. S. Riemern. Das *Concert* wird den 1. *Junii c. a.* seinen Anfang nehmen, und wird des Sommers alle 14 Tage, im Winter aber als von Michael bis Ostern aller 8 Tage, Donnerstags um 5 Uhr gehalten. Leipzig im Monath Maji 1747.

Entstandene und aufgeführte Werke

am 1. Pfingsttag mit Predigt zu Joh 14,23-31

1723: Wer mich liebet, der wird mein Wort halten, BWV 59 (?) Universitätskirche St. Pauli zu Leipzig: Prediger unbekannt

Persönliche und zeitgeschichtliche Ereignisse

1716: Geldzuwendung für Notenpapier in Weimar „2 fl. 6 gr. Vor 1 Ries DoppelPapier vor Herrn *Concert*Mstr Bachen"

1723: vom 1. Pfingsttag an kann der stimmkranke Thomaspastor Lic. Christian Weise in Leipzig bis gegen Jahresende wieder predigen;
Bach stellt noch in Köthen vor der Übersiedelung nach Leipzig die Antrittskantate BWV 75 fertig, die am 1. Sonntag nach Trinitatis, dem 30. Mai 1723, erstmalig erklingen wird

1724: nach ihrer Doktorpromotion Ende April halten Thomaspastor D. Christian Weise und Professor D. Johann Gottlob Pfeiffer Antrittsvorlesungen an der Theologischen Fakultät und beginnen so ihre regelmäßige Lehrtätigkeit

Entstandene und aufgeführte Werke

am 2. Pfingsttag früh mit Predigt zu Joh 3,16-21, nachmittags mit Predigt zu Apg 10,42-48

1728: Erhöhtes Fleisch und Blut, BWV 173
ThK: Lic. Sieber; NK: Lic. Werner

Persönliche und zeitgeschichtliche Ereignisse

1724: Zacharias Hildebrandt, Orgelbauer, beruft sich in einem Schreiben an den Rochlitzer Amtmann Weidlich auf Bachs Orgelprüfung und positives Urteil am 2. 11. 1723 in Störmthal

1729: Prüfung von Alumnenanwärtern durch Bach

1743: Vorsprache von Johann Friedrich Doles bei Bach und Bitte um ein Empfehlungsschreiben für das Kantorat in Salzwedel

17. 5. 1729

Bach schaute aus seiner Componierstube über die Gärten westlich vor der Stadt und freute sich an der untergehenden Sonne. Dieser Blick schaffte ihm oft Erholung und Erquickung, denn auch dieser Tag war sehr anstrengend gewesen; 21 Alumnenanwärter mußten geprüft und beurteilt werden; auch ein Neffe aus der Familie Meißner aus Weißenfels war dabei: „… hat eine gute Stimme und feine profectus [musikalische Anlagen], … hat eine ziemlich starke Stimme, … hat eine passable Altstimme, die profectus sind aber noch ziemlich schlecht, usw. usw." Nun mußte er noch den Bericht schreiben, denn morgen wollte der Herr Thomasschulvorsteher Stieglitz seine Eingabe an den Rat fertig machen. Er ordnete seine Notizzettel und fing zu schreiben an:

„Diejenigen Knaben zu bey itziger *vacanz* auf die Schule zu *S. Thomae* als *Alumni recipiret* zu werden verlangen, sind folgende: als (1) Zur Music zu gebrauchende, u. zwar [acht] *Soprani*sten … [und zwei] *Alti*sten … (2) Die, so nichts in *Musicis praestiren* [sind elf]. *Joh: Sebast: Bach, Direct: Musices v[nd] Cantor zu S. Thomae.*"

Neun Stellen waren zu besetzen, doch wollte Bach mit 10 Empfehlungen es probieren. Morgen würde er dem Herrn Thomasschulvorsteher ganz deutlich sagen, daß er 44 Knaben benötige, um die Bestellung des Gottesdienstes zu gewährleisten. Es sei unbedingt auf solche Subjecta zu reflectiren, die zur Music und zum Singen geschickt, andere hätten nach seiner Überzeugung kein Recht auf eine Alumnatsstelle. Der alte Herr Rector Ernesti nahm in der Vergangenheit aus Schwachheit zu oft unmusikalische Knaben an. Das mußte ein Ende haben.

Dann nahm er noch ein Blatt zur Hand, skizzierte die Einteilung der vier Chöre, die er zu bestellen hatte. Wenn er 44 Choristen zur Verfügung hatte, dann mußten unbedingt in den ersten drei Chören je Stimme drei Sänger sein. Für die einstimmigen Choralsänger in der Peterskirche konnte er nur je 2 Sänger pro Stimme vorsehen. Auf einem weiteren Blatt fertigte er nun die Reinschrift an:

In die Kirche zu *S. Nicolai* als:	Zu *S. Thomae* als.	Zur neüen Kirche als:
Zum ersten *Chor* gehören.	Zum 2 *Chor.*	Zum 3 *Chor.*
3 *Discantisten*	3 *Discantisten*	3 *Discantisten*
3 *Altisten*	3 *Altisten*	3 *Altisten*
3 *Tenoristen*	3 *Tenoristen*	3 *Tenoristen*
3 *Bassisten.*	3 *Bassisten.*	3 *Bassisten*

Zum 4 *Chor.*
2 *Sopranisten*
2 *Altisten*
2 *Tenoristen*
2 *Bassisten* etc.

Und dieses leztere Chor muß auch die Petri Kirche besorgen. etc.

17. 5. 1743

Gelassen hörte der Achtundfünfzigjährige dem enthusiastischen Bericht seines achtundzwanzigjährigen Schülers zu: Er hätte vernommen, daß in Salzwedel das Kantorat auf der Altstadt durch Dahintritt des alten Dietrich Lemme erledigt sei, und nun wolle er sich beim dortigen Rate bewerben. In der Music fühle er sich durch die Unterrichtung in der contrapunctischen Setzart des Herrn HofCompositeurs schon recht sicher. Außerdem sei er noch unbeweibt und ohne Familie, da könne er sich noch ungezwungen entscheiden. Nun bitte er um ein Attestatum des Herrn HofCompositeurs, was er der Bewerbung für Salzwedel beilegen wolle.

Bach hatte nicht ohne Amusement die Gewandtheit und Beweglichkeit Doles' im Denken und im Ausdruck wahrgenommen, wenn ihm auch nicht alles gefiel, was dieser inzwischen tat. Als membrum [Mitglied] des „großen Concerts“ war er nicht selten Bachs Zugriff entzogen, denn innerhalb der letzten zwei Monate erfreute sich dieses Collegium bei der Bürgerschaft und beim Rat großer Beliebtheit. Das aber hatte eben Folgen für die Kirchenmusik. Insofern blickte Bach mit kritischer Miene auf diese Entwicklung. Hatte der Rat nicht ihn zum Director musices berufen und damit mit jeder Musik in der Stadt beauftragt außer der Universität? Das bekümmerte ihn, doch ließ er sich nichts von seinem Verdruß anmerken.

Stattdessen bemerkte er ironisch zu Doles – auf dessen Anfang zurückgreifend: „Alt war der gute Lemme so sehr wie ich selber, aber das Kantorat auf der Altstadt zu Salzwedel wäre eine schöne Stelle, da stimme ich ihm zu.“ Erschrocken lenkte Doles ein, daß Bach alt sei, wolle er natürlich nicht sagen, doch bäte er sehr herzlich um eine Empfehlung.

Morgen sei das Attestatum fertig, bestätigte Bach. Als Doles gegangen war, setzte er sich hin und schrieb: „Vorzeiger dieses … zu dem erledigten Cantorate bei der Altstadt zu Salzwedel zu empfehlen …“.

Entstandene und aufgeführte Werke

am Himmelfahrtsfest früh mit Predigt zu Mk 16,14-20, nachmittags mit Predigt zu Apg 1,1-11

1724: Wer da gläubet und getauft wird, BWV 37
NK: D. Deyling; ThK: M. Krantz

Persönliche und zeitgeschichtliche Ereignisse

1727: Zeugnis Bachs für Friedrich Gottlieb Wild, vgl. 19. 5. 1727

1729: Übergabe des Prüfungsberichtes über 21 Alumnenanwärter an den Thomasschulvorsteher Christian Ludwig Stieglitz, der diesen in eine Eingabe an den Rat zu Leipzig einbindet; Notiz Bachs zur Einteilung des Schülerchores der Thomasschule;
Zeugnisse für Erdmann Gottwald Petzold und Johann Christoph Schmied

1740: Johann Elias Bach bittet den Wittenberger Prof. Dr. Georg Matthias Bose um Unterstützung bei einer eigenen Bewerbung und beruft sich dabei auf die „Hochschäzbare Gewogenh.[eit], deren das sämtliche Haus meines Herrn Vetters in Leipzig von Ew. HochEdlen ieder Zeit gewürdiget worden"

1747: Teilnahme „Herr CapellMstr. Bach. u 2. Söhne" am Abendmahl am Donnerstag nach Exaudi bei Archidiakonus D. Christoph Wolle;
im Alter von 63 Jahren stirbt der Stadtpfeifer Johann Caspar Gleditsch

18. 5. 1747

Am 18. 5. 1747 nahm Bach am Donnerstagsabendmahl teil. Schon fast sechs Jahre zuvor hatte er sich Archidiakonus Christoph Wolle (1700 – 1761) zum Beichtvater erwählt. Das Kommunikantenverzeichnis der Thomaskirche nennt: „Herr CapellMstr Bach. u 2 Söhne." Wer von den Söhnen mag das gewesen sein? Es kommen nur Gottfried Heinrich, inzwischen 23 Jahre alt, und Johann Christoph Friedrich, 15 Jahre alt, infrage. Johann Christian war zu diesem Zeitpunkt noch nicht einmal 12 Jahre alt.

Das Verzeichnis schweigt sich bei den Angaben der öffentlichen Abendmahlsfeiern über Frauen aus. Man darf aber annehmen, daß auch Anna Magdalena, Catharina Dorothea, inzwischen 38 Jahre alt, und die fast einundzwanzigjährige Elisabeth Juliana Friederica mit am Abendmahlsaltar standen.

Entstandene und aufgeführte Werke

am Sonntag Cantate mit Predigt zu Joh 16,5-15

1726: Johann Ludwig Bach, Die Weisheit kommt nicht in eine boshafte Seele
NK: D. Deyling

am Himmelfahrtsfest früh mit Predigt zu Mk 16,14-20, nachmittags mit Predigt zu Apg 1,1-11

1735: Lobet Gott in seinen Reichen, BWV 11 (Himmelfahrtsoratorium)
NK: D. Deyling; ThK: Lic. Gaudlitz

Persönliche und zeitgeschichtliche Ereignisse

1721: Johann Caspar Vogler wird zweiter Amtsnachfolger Bachs als Hoforganist in Weimar, vgl. 2. 4. 1721

1727: Bachs Schüler Friedrich Gottlieb Wild bewirbt sich mit einem Empfehlungsschreiben seines Lehrers um die Kantorenstelle an St. Jacobi in Chemnitz, vgl. 18. 5. 1727

1729: Gesuch um Aufnahme in das Alumnat durch den Schkeuditzer Kantorensohn Johann Samuel Berth

1734: Hermann Carl Reichsgraf von Keyserlingk, seit 1733 russischer Gesandter am Dresdner Hof, trifft in Leipzig ein, während der Kurfürst und polnische König mit Gemahlin schon seit dem 15. Mai anwesend sind

1735: am Abendmahl beim Thomaspastor D. Weise im Frühgottesdienst des Himmelfahrtsfestes nahmen der Archidiakonus D. Sieber, der Theologieprofessor D. Klausing und der Thomasschüler Machts teil

1747: Verordnung des Leipziger Rats auf die Eingabe Johann Christoph Altnickols vom 26. 4. 1747, ausgefertigt durch den Bürgermeister Christian Ludwig Stieglitz: Altnickol solle „praevio Testimonio [nach vorausgehendem Beleg], daß er die Dienste würcklich gethan", je 6 Taler aus den Mitteln der Thomas- und Nikolaikirche für seine Mitwirkung erhalten, „jedoch sollte es der Cantor allezeit vorher melden, wen er darzu brauchen wollte"

Entstandene und aufgeführte Werke

am 1. Pfingsttag früh mit Predigt zu Joh 14,23-31,
nachmittags mit Predigt zu Apg 2,1-13

1714: Erschallet, ihr Lieder, BWV 172 (Weimarer Fassung)
Schloßkapelle zu Weimar: Generalsup. Joh. Georg Layritz

1725: Wer mich liebet, der wird mein Wort halten, BWV 74
NK: Diak. Lic. Werner; ThK: Archidiak. D. Carpzov

am Trinitatisfest früh mit Predigt zu Joh 3,1-15,
nachmittags mit Predigt zu Röm 11,33-36

1731: Höchsterwünschtes Freudenfest, BWV 194
ThK: D. Weise; NK: M. Hoffmann

20. 5. 1725

Seit der Woche nach Kantate, bald drei Wochen schon, war der hochwürdige Herr Superintendent krank. Seine Gesundheit hatte sich zwar leidlich wieder eingestellt. Doch die Kräfte waren noch nicht zurückgekehrt. Der Herr Medicus riet zu einer Kur. Doch Deyling fürchtete die Strapazen der Reise. „Da komme ich in größerer Maladie zurück als ich Leipzig verlassen habe." In der vergangenen Woche hatte er sich zur weiteren Verteilung seiner Predigtpflichten entschlossen: Pfingsten, das Trinitatisfest und die folgenden Sonntage; dann kamen auch bald Johannis und Mariae Heimsuchung. Wer weiß, wie lange es noch dauern würde. Er hörte die Glocken der Thomaskirche, in deren Nähe er wohnte, wie sie die Mittagspredigt des ersten heiligen Pfingsttages einläuteten. Die Frühpredigt in Nikolai, bei der der Kantor die Kantate musizierte, hatte er dem Diacono Werner übergeben, der auch morgen die Vesper übernommen. Die Namen derer, die die Mittagspredigten in Thomas und Nikolai heute hielten, fielen ihm trotz großer Mühe nicht ein. Die Vesper in Nikolai heute wie auch den Frühgottesdienst am dritten Pfingsttag würde der Archidiakonus Schütz halten. Und M. Wagner würde morgen früh und in der Vesper am dritten Feiertag predigen. So hatte alles seine gute Ordnung. Die Aufgaben im Konsistorium waren verteilt, seine Vorlesungen in der Fakultät fielen aus.

So einiges ging ihm durch den Sinn. Am Nachmittag nach der Vesper würde der Herr Magister Wagner ihn besuchen. Dem Pastori Thomano hatte er schon die Gedächtnispredigt für die jüngst verstorbene und begrabene Mangoldtin aufgetragen. Das sollte am 8. Juni sein. Und zwei Tage vorher müßten die Circular=Predigten beginnen. Der Röthische Kreis war in diesem Jahr an der Reihe, und der alte M. Schultze aus Markkleeberg machte den Anfang; auch da werde ihn der Pastor Thomanus Weise vertreten.

Seine Frau trat ein und brachte ihm den Tee. Ob er zu Mittage ein weniges speisen wünsche, wollte sie wissen. „Dann kommt er besser wieder zu Kräften", meinte sie. „Ja, ja, das Alter macht sich bemerkbar, und man sollte sich auf den letzten Gang vorbereiten; bin halt keine 40 mehr." Aber 60 sei er auch noch nicht, widersprach sie vorsichtig und verschwand.

Entstandene und aufgeführte Werke

am Sonntag Exaudi mit Predigt zu Joh 15,26-27; 16,1-4

1724: Sie werden euch in den Bann tun, BWV 44
ThK: D. Weise

am 2. Pfingsttag früh mit Predigt zu Joh 3,16-31,
nachmittags mit Predigt zu Apg 10,42-48

1725: Also hat Gott die Welt geliebt, BWV 68
ThK: Lic. Sieber; NK: Lic. Werner

am 1. Pfingsttag früh mit Predigt zu Joh 14,24-31,
nachmittags mit Predigt zu Apg 2,1-13

1747: O ewiges Feuer, o Ursprung der Liebe, BWV 34
Marktkirche Unser Lieben Frauen zu Halle: [Prediger unbekannt], Aufführung durch Wilhelm Friedemann Bach

Persönliche und zeitgeschichtliche Ereignisse

1711: Johann Gottfried Olearius, Superintendent zu Arnstadt stirbt

1729: Zeugnis Bachs für Carl Heinrich Scharff, der sich um Aufnahme in das Alumnat bewarb

1733: Teilnahme am Abendmahl Donnerstag nach Exaudi: „Herr Bach der Cantor, … des Herrn Cantoris 3. Söhne", ebenso Lic. Sieber bei D. Weise

1735: Empfehlungsbrief Bachs für seinen Sohn Johann Gottfried Bernhard an Bürgermeister Christian Petri in Mühlhausen

1742: Bachs Nichte in Ohrdruf, Johanna Maria Bach, Tochter seines verstorbenen Bruder Johann Christoph, stirbt

Entstandene und aufgeführte Werke

am 3. Pfingsttag mit Predigt zu Joh 10,1-11
1725: Er rufet seinen Schafen mit Namen, BWV 175
NK: D. Schütz

Persönliche und zeitgeschichtliche Ereignisse

1685: Begräbnis des zehnjährigen Bruders Bachs, Johann Jonas, in Eisenach
1723: Übersiedelung der Familie Bach von Köthen nach Leipzig
1724: Teilnahme Bachs an der Amtseinweisung des Konrektors der Thomasschule Johann Christian Hebenstreit
1735: am 1. Pfingsttag Teilnahme des Thomasschülers Krebß am Abendmahl bei D. Weise; am gleichen Tage erhält ein offenbar kranker Thomasschüler auf dem Alumnat die Privatkommunion durch D. Weise
1738: Rückkehr Bachs von einer Reise nach Dresden; Kenntnisnahme eines Briefes von Johann Friedrich Klemm aus Sangerhausen wegen des spurlosen Verschwindens von Bachs Sohn Johann Gottfried Bernhard seit März, vgl. 24. 5. 1738

22. 5. 1723

„Am vergangenen Sonnabend [22. Mai] zu Mittage kamen 4. Wagen mit Haus-Rath beladen von Cöthen allhier an, so dem gewesenen dasigen Fürstl. Capell-Meister, als nach Leipzig vocirten Cantori Figurali, zugehöreten; Um 2. Uhr kam er selbst nebst seiner Familie auf 2 Kutschen an, und bezog die in der Thomas-Schule neu renovirte Wohnung. Leipzig, den 29. May."

Meldung der „Stats- u. Gelehrte[n] Zeitung Des Hollsteinischen unpartheyischen CORRESPONDENTEN, Anno 1723, Num. 89, LXXXIX. Stück / am Freytage / den 4. Junii."

Persönliche und zeitgeschichtliche Ereignisse

1724: Unterredung mit Superintendent D. Deyling wegen der Passionsaufführung und Erteilung eines Verweises

1726: im Collegium Decemvirorum der Universität kommt es zur Vorlage des Antwortschreibens des Dresdner Hofes vom 21. 1. 1726 im Collegium Decemvirorum auf die Eingabe der Universität vom 29. 10. 1725 die Gehaltsforderungen Bachs betreffend

1729: Gottlieb Gaudlitz, seit 1726 Substitut des Subdiakonus der Nikolaikirche, heiratet Sophia Elisabeth Thomasius; Brautmesse in St. Nikolai zu Leipzig

1734: Johann Matthias Gesner, Rektor der Thomasschule, bittet um Entlassung beim Rat zu Leipzig, um eine Professur an der neugegründeten Universität Georgia-Augusta in Göttingen antreten zu können

1735: Bürgermeister Adolph Wilhelm Rothschier fügt den Bewerbungen um die Marienorganistenstelle in Mühlhausen einen Zusatz hinzu, der besonders auf die Bewerbung des Bachsohnes hinweist, vgl. 9. 6. 1735

23. 5. 1724

Superintendent D. Deyling hatte vor sich den gedruckten Zettel liegen und überflog ihn eben nochmals:

> DA nach allbereit verfertigtem Drucke der Paßions-Texte, von E. Hoch-Edlen und Hochweisen Rathe beliebet worden, daß die Aufführung selbiger künfftigen Freytag, geliebt es GOtt, in der Kirche zu St. Nicolai geschehen, und wie gewöhnlicher maßen mit denen Fest- und Sonntags-*Musiquen* hinkünfftig es gleichfalls *alterni*ren soll; so hat man solches denen *resp[ective]*. Herren *Auditoribus* hiermit wissend machen wollen.

Dann machte er sich eine Notiz zum Gespräch, das er soeben mit Bach wegen der Passionsaufführung am 7. April geführt hatte:

„Als mir beygelegte Schedula [Zettel] ohngefehr in die Hände kommen, und dabey verlauten wollen, es habe der Herr Thomas

Cantor Bach denselben distribuirt, habe ich heute dato darüber vernommen, und zur Antwort erhalten, es sey an dem, daß er auctor davon wäre. Allermaßen er beym Abdruck der musicalischen Arien gemeynet, es wurde in der Charfreytags-Vesper zu S. Thomae die PassionsHistorie musicaliter abgesungen werden. Nachdem er aber von E. E. Hochweisen Rath verständiget worden, es müste die Musiqve in den beyden Hauptkirchen umwechseln, und also der Titel geändert, oder es der Gemeinde durch einen aparten Zeddel kund gethan werden, so habe er dergleichen wie hier vorhanden, abdrucken und austheilen laßen. Auf befragen, ob ihm denn a Senatu befohlen worden, diese Anordnung mit diesen Formalien zu publiciren, und expresse zu setzen, es sey von E. E. Hochweisen Rath also beliebet worden, andwortete er mit Nein, erkennet auch, daß er geirret, hoffe aber man werde ihm als einen frembden, so hiesiger Gewohnheiten nicht kundig, perdoniren. Künfftig wolle er sich besser in acht nehmen, und in dergleichen Dingen mit mir seinem Superintendenten communiciren, welches ihm auch ernstlich iniungiret worden."

23. 5. 1735

„Habe Er besten Dank, lieber Hagedorn, für die Übermittlung des Briefes vom Herrn Thomaskantor in Leipzig". Der alte Mühlhäuser Bürgermeister Petri empfing den Kaufmann Hagedorn, weil dieser um eine Unterredung bat. Von dem Besuch der Ostermesse in Leipzig zurückgekehrt, hatte Hagedorn einen Brief Bachs überreicht.

„Der Herr Bach hat an unterschiedene Herren Eingepfarrte *en particulaîr* [privat] geschrieben. Freilich muß alles dem Herrn *Consul regens* [dem regierenden Bürgermeister] kommuniziert werden. Heute schon sind einige andere Schreiben Bachs in Copia bei mir eingelaufen, die der Herr Consul mit dem Bemerken dazu versehen hat, Herr Bach habe wegen der Stadtorganistenstelle dringend seinen Herrn Sohn empfohlen." Petri zeigte auf die Briefe, die auf dem Tisch lagen. „Man wird abwarten müssen, wer sich noch bewirbt und wer dann gewählt wird; ... alles Ding hat seine Zeit! Nächste Woche ist Pfingsten, dann wird wohl nach Trinitatis beraten und die *proba* angesetzt werden können. Ich habe keine Vorstellung, was der Herr Consul Rothschier für Pläne hat."

Hagedorn setzte noch einmal an und betonte, Bach habe großes Interesse und wisse sich in der Gunst der Mühlhäuser Ratsherren. Und außerdem „können tut er was, der junge Bach, das ist außer Frage. Ich hatte Gelegenheit, ihn präludieren zu hören! Für Mühlhausen nach der langen Dienstzeit des verstorbenen Organisten Hetzehenn gewiß ein Gewinn".

„Recht hat Er, recht hat Er", gab Petri zu, „bald sind es zwei Monate her, seit Hetzehenn gestorben ist. Wir werden sehen."

Persönliche und zeitgeschichtliche Ereignisse

1707: Bach wird von Ratsmitgliedern für die Organistenstelle zu Divi Blasii in Mühlhausen vorgeschlagen

1738: Brief Bachs an den Sangerhäuser Kaufmann und Ratsmitglied Johann Friedrich Klemm wegen des Verschwindens von Johann Gottfried Bernhard Bach aus Sangerhausen seit dem 18. März 1738

24. 5. 1738

Seit April 1737 war Johann Gottfried Bernhard Bach (1715 – 1739), dritter Sohn Bachs aus erster Ehe, Organist an der Sangerhäuser Jacobikirche. Doch mußte dieser schon vorher wegen seiner wenig „civilisirten Lebens=Arth" das Mühlhäuser Amt aufgeben. Da er nun auch „wieder hie und da aufgeborget", verließ er Sangerhausen mit unbekanntem Ziel. Ein Brief Bachs, einer der wenigen erhaltenen mit sehr persönlichen Tönen, läßt ein wenig in Bachs Herz schauen:

Immer noch waren Bach und Anna Magdalena fassungslos – Johann Gottfried Bernhard schon seit März aus Sangerhausen spurlos verschwunden! Jetzt klärten sich zwar jene merkwürdigen Zahlungsaufforderungen von Gläubigern, die seit einigen Wochen bei ihnen in Leipzig eingegangen waren. Immer hatte Bach sie nach Sangerhausen an seinen Sohn geschickt, den sie auch betrafen. Es hatte sie sehr bekümmert; da sie aber nie eine Antwort erhielten, meinten sie, die Dinge hätten sich erledigt. Nun war Bach vorgestern aus Dresden zurückgekehrt, und Anna Magdalena empfing ihn aufgeregt mit dem Brief des Herrn Rates Klemm aus Sangerhausen, der alle diese Nachrichten enthielt.

„Heute muß ich an den verehrten Herrn Rat Klemm schreiben, anders geht es nicht mehr", gab Johann Sebastian morgens bekannt. Der Brief liege schon einige Tage, länger könne er Klemm nicht warten lassen. Er nahm Papier und Tinte und schrieb die Anrede.

„Wie soll ich das nur anfangen?" Bach kamen Worte aus der Jubilate-Kantate „Wir müssen durch viel Trübsal in das Reich Gottes eingehen" in den Sinn, die er vor seiner Abreise nach

Dresden noch musiziert hatte: „Ich bin bereit, **mein Kreuz geduldig zu ertragen;** ich weiß daß alle meine Plagen nicht wert der Herrlichkeit ... denn Gott trägt keinen nicht mit Händen in den Himmel".

Fast unversehens hatte er zu schreiben begonnen, Klemm wolle es verstehen, daß er sich erst jetzt melde; seinen Sohn habe er zum letzten Mal vor einem Jahr in Sangerhausen gesehen; damals habe er ein paar Dukaten zurückgelassen, um damit einige Schulden zu tilgen; es bestürze ihn, daß sein Sohn kein anderes *genus vitae* [Lebensart] ergriffen habe und erneut Schulden gemacht, ja jetzt sogar einfach verschwunden sei.

„Waß soll ich mehr sagen oder thun? Da keine Vermahnung, ja gar keine liebreiche Vorsorge und *assistence* [Hilfe] mehr zureichen will, so **muß mein Creütz in Gedult tragen**, meinen ungerathenen Sohn aber lediglich Göttlicher Barmherzigkeit überlaßen, nicht zweiflend, Dieselbe werde mein wehmüthiges Flehen erhören, und endlich nach seinem heiligen Willen an selbigem arbeiten, daß er lerne erkennen, wie die Bekehrung einig und allein Göttlicher Güte zuzuschreiben. Da nun Eu: Hoch Edlen mich *expectoriret* [offen angesprochen], als habe das zuversichtliche Vertrauen, Dieselben werden die üble Aufführung meines Kindes nicht mir *imputiren* [anrechnen], sondern überzeüget seyn, daß ein getreüer Vater, dem seine Kinder ans Hertze gehen, alles suche zu bewerckstelligen, um Deroselben Wohl befördern zu helffen: Welches mich auch veranlaßet, bey damahliger Dero *vacance* [freien Stelle] Ihnen selbigen bestens zu empfehlen, in Hoffnung, die Sangerhäuser *civilisirtere* LebensArth u. die vornehmen Gönner würden Ihn gleichmäßig zu anderer Aufführung bewegen, Derowegen auch nochmahlen gegen Eu: HochEdlen als dem Urheber seiner Beförderung hiemit meinens schuldigsten Danck abstatte, auch nicht zweifle, Eu: HochEdlen werden nur in so lange Eu: HochEdlen Rath suchen zu *disponiren* [bestimmen] mit der gedroheten *mutation* [Veränderung] zu verzögern, biß ausfündig zu machen ist, wo er sich aufhalte: (Gott ist mein allwißender Zeüge, daß ihn seit vorm Jahre nicht wieder zu sehen bekommen:) Um zu vernehmen, was er gesonnen fernerhin zu thun? Zu bleiben, u. seine LebensArth zu ändern? oder sein *fortun* [Glück] anderwerts zu suchen? Ich will nicht gerne, daß Eu: Hoch Edler Rath mit selbigem soll belastiget seyn, sondern nur noch so viel *patience* [Geduld] mir ausbitten, biß er wieder zum Vorscheine komme, oder man sonsten erfahren könne, wohin er sich gewendet. Da auch verschiedene *creditores* [Gläubiger] sich bey mir gemeldet, ich aber ohne meines Sohnes mündliche und schrifftliche Geständniß zu derenselben Zahlung nicht wohl verstehen kan (wie in allen Rechten gegründet) als ersuche Eu: HochEdlen gantz dienstlich, daß dieselben die Gütigkeit haben u. genaue Erkundigung seines Aufenthaltes einziehen u. mir so dann sichere Nachricht zu ertheilen belieben mögen, um so dann die letzte Hand anzulegen, u. zu versuchen ob unter Göttlichem Beystand das verstockte Hertz gewonnen u. zur Erkändniß gebracht werden könne. Da Er auch bißher das Glück gehabt bey Eu: Hoch Edlen zu *logiren*, als will mir zugleich ausbitten mich zu benachrichtigen, ob er seine wenigen *meublen* mit genommen, oder was noch von denenselben vorhanden. In Erwartung baldigster Antwort, auch anwünschung vergnügterer *Ferien* [Feiertage] weder ich haben werde, beharre nebst gehorsamsten Empfehl an Dero Frau Gemahlin Eu: HochEdlen gantz ergebenster Diener *Joh. Seb. Bach.* Leipzig. den 24. May. 1738."

Dann faltete er den Brief zusammen, siegelte ihn und versah ihn mit der Anschrift. Morgen war Pfingsten, das alles würde ihn weiter beschäftigen, das wußte er.

Persönliche und zeitgeschichtliche Ereignisse

1742: Vollmacht Bachs unbekannter Bestimmung für Anna Magdalena
1747: Zeugnis für Johann Christoph Altnickol zur Vorlage bei dem Rat zu Leipzig, vgl. 26. 4. und 19. 5. 1747

25. 5. 1742

In einer bisher unbekannt gebliebenen Angelegenheit stellte Bach seiner Frau Anna Magdalena im Mai 1742 eine Vollmacht aus, von der nur der Schlußteil erhalten ist. Die zeitgenössisch bezeichnende rechtliche Unselbständigkeit von Frauen nötigte zur Hinzunahme eines männlichen Rechtsbeistandes, eines Kurators. Das Fragment nennt dazu ihren Schwager Johann Andreas Krebs, seit 1716 mit ihrer Schwester Johanna Christina verheiratet, teils in Weißenfels, teils in Zerbst als Hoftrompeter tätig:

> Zu Uhrkund habe ich mich benebest meinem EheManne und *Curator* eigenhändig unterschrieben.
> *Signatum* Leiptzig den 25. Maij. 1742.
> *Blanquet* zur Vollmacht in Sachen etc. wie obstehet
> Johann Sebastian Bach.
> Anna Magdalena Bachin
> gebohrne Wülckin
> Andreas Krebß
> Fr. CapellMstr. Anna Magdalenen Bachin
> geb: Wülckin, *Curator.*

25. 5. 1747

„Daß Vorzeiger dieses Herr Johann Christoph Altnickol seit *Michaelis anno* 1745. dem *Choro Musico* unausgesetzet *assistiret*, indeme Er bald als *Violiste*, bald als *Violoncelliste*, meistens aber als *Vocal-Bassiste* sich *exhibiret*, und also dem Mangel derer auf der *Thomas*-Schule sich befindenden *Baß*-Stimmen (weiln sie wegen alzu frühzeitigen Abzugs nicht können zur Reiffe kommen) ersetzet; wird hiermit eigenhändig bezeüget. Leipzig. den 25. *Maij.* 1747. *Joh: Sebast: Bach.*"

26. MAI

Persönliche und zeitgeschichtliche Ereignisse

1706: Besoldungsquittung Bachs in Arnstadt für die Summe von 6 Gulden, 5 Groschen und 6 Pfennigen zum Quartal Trinitatis (Mitte März bis Mitte Juni)

1738: Brief Bachs an die Ehefrau des Sangerhäuser Kaufmanns und Ratsherren Johann Friedrich Klemm, vgl. 24.5.1738

1750: Brief Bachs an Georg Friedrich Einicke in Frankenhausen in Sachen der Schröterschen Rezension, vgl. 9. 4. 1750, 8. 1. 1751

26. 5. 1750

Kantor Einicke aus Frankenhausen hatte an Johann Mattheson in Hamburg geschrieben:

„Einige Zeit hierauf überschickte der Hr. Kapellmeister Bach etliche gedruckte Exemplarien von besagter Recension; doch in solcher Gestalt, daß dieselbe dem Original des Hrn Schröters … im geringsten nicht mehr ähnlich sahe, sondern vieles theils hinzugethan, theils auch geändert worden war. …

Dieses überschrieb ich dem Hrn. Kapellmeister von Wort zu Wort, welcher darauf unterm 26. May 1750 mir folgende Antwort ertheilte:

> An Hrn. Schrötern bitte mein Compliment zu machen, bis daß ich selber im Stande bin zu schreiben, da ich mich alsdenn, der Veränderung seiner Recension wegen, entschuldigen will, weil ich gar keine Schuld daran habe; sondern solche einzig demjenigen, der den Druck besorget hat, zu imputiren [zuzurechnen] ist."

Entstandene und aufgeführte Werke

am Trinitatisfest früh mit Predigt zu Joh 3,1-15, nachmittags mit Predigt zu Röm 11,33-36

1725: Es ist ein trotzig und verzagt Ding, BWV 176
ThK: D. Weise; NK: M. Dornfeld

Persönliche und zeitgeschichtliche Ereignisse

1733: Christian Petzold, Sophienorganist in Dresden, wird spätestens an diesem Tage begraben; Wilhelm Friedemann Bach wird sich unter dem 7. Juni um die Stelle bewerben und sie später auch erhalten

1739: Johann Gottfried Bernhard Bach stirbt als Student der Rechtswissenschaft mit 24 Jahren in Jena am hitzigen Fieber

1743: Johann Elias Bach, zwischen 1737 und 1742 Bachs Privatsekretär und Hauslehrer seiner Kinder, wird Kantor an der Johanniskirche zu Schweinfurt

Entstandene und aufgeführte Werke

am 1. Pfingsttag früh mit Predigt zu Joh 14,23-31,
nachmittags mit Predigt zu Apg 2,1-13

1724: Erschallet, ihr Lieder, BWV 172 (erste Leipziger Fassung)
Wer mich liebet, der wird mein Wort halten, BWV 59
NK: D. Deyling; ThK: D. Carpzov

Persönliche und zeitgeschichtliche Ereignisse

1731: Berufung der Altaristen George Friedrich Rudolph (primus), Carl Gottfried Wagner (secundus), August Conrad Köttewitz (tertius) und Wilhelm Gottlob Schweinebraten (ultimus) aus der Nikolaischule durch Bach für den liturgischen Dienst in den Gottesdiensten der Nikolaikirche

1733: Christian Heinrich Gräbner, Sohn des Dresdner Frauenkirchenorganisten, bezieht sich in seiner Bewerbung um die Organistenstelle an der Sophienkirche auf die „geschickte Anführung des berühmten Organisten in Leipzig Herrn Kapellmeister Bachs"

1738: „H. Gleditsch, der StadtPfeiffer auf d. Pleißenburg", Privatkommunion bei M. Teller am Mittwoch nach Pfingsten

1739: Teilnahme Bachs am Abendmahl, Donnerstag nach Trinitatis, bei M. Teller

LEGES derer Altaristen zu St. Nicolai

α / / ω

Jene vortrefliche Ermahnung Pauli an die Corinthier [1Kor 6,20bc]:

Preiset Gott an eurem Leibe, und in eurem Geiste, welche sind Gottes,

gehet alle Christen an; vornemlich aber sollen die Altaristen dieses wohl bedenken, daß sie vor dem Angesichte Gottes stehen, wenn sie an heiliger Stätte dienen, und daß Gott allda vornemlich auf ein frommes und reines Herze sehe.

Sie sollen aber auch allda Gott an ihrem Leibe preisen, sowohl durch äußerliche Ordnung und Reinigkeit, als auch durch eine stille und sittsame Aufführung.

[Dieser Präambel schließen sich 20 Vorschriften einschließlich der Straftarife an, die bei Nichtbefolgung zur Anwendung kommen].

29. MAI

Entstandene und aufgeführte Werke

am 2. Pfingsttag früh mit Predigt zu Joh 3,16-21,
nachmittags mit Predigt zu Apg 10,42-48

1724: Erhöhtes Fleisch und Blut, BWV 173
ThK: Lic. Sieber; NK: Lic. Werner

1730: Erhöhtes Fleisch und Blut, BWV 173
ThK: M. Rabener; NK: Lic. Werner

Persönliche und zeitgeschichtliche Ereignisse

1700: Auszahlung des Mettengeldes an Bach und Erdmann in Höhe von je 12 Groschen durch Kantor August Braun für den Zeitraum 1. bis 29. Mai 1700

1729: Superintendent Deyling läßt sich vom Sonntag Exaudi (29. Mai) bis zum 3. Sonntag nach Trinitatis (3. Juli) bei seinen Predigten vertreten, wahrscheinlich wegen Krankheit

1731: Hochzeit des Neffen Bachs, Johann Bernhard Bach, Sohn seines ältesten Bruders in Ohrdruf, mit Anna Christina Roth aus Langenburg an der Jagst

1736: Der „Hamburger Relationscourier" gibt den Mitvertrieb der Cembalowerke des Kapellmeisters Conrad Friedrich Hurlebusch u. a. durch Bach in Leipzig bekannt, vgl. 5. 5. und 19. 11. 1735; 16. 6. 1736

Entstandene und aufgeführte Werke

am 1. Sonntag nach Trinitatis mit Predigt zu Lk 16,19-31
1723: Die Elenden sollen essen, BWV 75
NK: D. Deyling
am 3. Pfingsttag mit Predigt zu Joh 10,1-11
1724: Erwünschtes Freudenlicht, BWV 184
NK: Lic. Werner
am Himmelfahrtsfest früh mit Predigt zu Mk 16,14-20, nachmittags mit Predigt zu Apg 1,1-11
1726: Gott fähret auf mit Jauchzen, BWV 43
NK: D. Deyling; ThK: Lic. Sieber

Persönliche und zeitgeschichtliche Ereignisse

1707: großer Stadtbrand in Mühlhausen, bei dem in der Unterstadt (Nähe zur Blasiuskirche) mehr als 360 Häuser zerstört wurden
1723: Einladung von Sup. D. Deyling und Thomaspastor Lic. Weise zur Teilnahme an der Amtseinweisung Bachs in der Thomasschule am 1. Juni früh 1/2 9 Uhr
1731: Tod des Thomasschulkonrektors Carl Friedrich Petzold
1732: Urteil der Gottschedin zum Schwierigkeitsgrad der Klavierwerke Bachs und der Lautenwerke Johann Christian Weyrauchs, die ihr offensichtlich von Gottsched aus Leipzig zugeschickt worden sind
1743: Teilnahme am Abendmahl in der Thomaskirche am Donnerstag nach Exaudi bei Lic. Wolle: „Herr CapellMstr. Bach u Sohn."

30. 5. 1723

Von der ersten Sonntagsmusik Bachs in Leipzig am 30. Mai 1723, dem 1. Sonntag nach Trinitatis, mit der Kantate BWV 75 „Die Elenden sollen essen", berichtet der „Hamburger Relationscourier am 3. Juni:

„Am verwichenen Sonntage hat der, von E.[inem] E.[hrwürdigen] und Hochweisen Rath dieser Stadt, an des in vorigem Jahre allhier verstorbenen *Directoris Chori Musici* Hr. Kuhnaues vacante Stelle, von Köthen anhero vocirte Hochfürstl.[iche] Capellmeister Hr. Bach, zum Antrit seine Music vor und nach der Predigt gemachet."

30. 5. 1732

Louise Adelgunde Victorie Kulmus schreibt aus Danzig an „Ihren Freund und nachherigen Ehegatten" Johann Christoph Gottsched: „Die überschickten Stücke zum Clavier von Bach, und von Weyrauch zur Laute, sind eben so schwer als sie schön sind. Wenn ich sie zehnmal gespielet habe, scheine ich mir immer noch eine Anfängerin darinnen. Von diesen beyden großen Meistern gefällt mir alles besser als ihre Capricen; diese sind unergründlich schwer."

St. Thomas zu Leipzig, Kirche und Schule 1723

Persönliche und zeitgeschichtliche Ereignisse

1719: Johann Christoph Zerbst, Generalsuperintendent von Eisenach, einst Bachs Taufpfarrer, stirbt in Eisenach

1720: Reise des Anhalt-Köthenschen Fürsten Leopold nach Karlsbad; Bach gehört mit Mitgliedern der Hofkapelle zur Reisebegleitung des Fürsten

1723: Sup. D. Deyling bittet Thomaspastor Lic. Christian Weise um seine Vertretung bei der Amtseinweisung Bachs am 1. Juni

1731: Johann Schmid, Professor der Theologie an der Universität Leipzig und Assessor im Leipziger Konsistorium, 1723 theologischer Prüfer Bachs, stirbt in Leipzig

1740: Johann Elias Bach übersendet im Auftrag Johann Sebastians eine Ratswahlkantate an den Ronneburger Kantor J. W. Koch;
Friedrich der Große wird König von Preußen, proklamiert Toleranz und hebt die Folter bei Hexenprozessen auf

31. 5. 1723

„Als gestrigen Tages Herr HoffRath *Lange* ieziger *Consul Regens* mir und Herrn *L. Weisen, Pastori* zu *S. Thomae* durch einen *Actuarium* ansagen laßen, daß Morgen G.[eliebts] G.[ott] der neue *Cantor* zu *S. Thomae* in dasiger Schule *introduci*ret werden solte, und daß sich E.E. und Hochweisen Raths *Deputirte* vormittags gegen *IX* Uhr daselbst einfinden würden, auch heute Nachmittags eine *Consistorial*-Verordnung an mich einlief, des Inhalts, ich solte den nunmehro *confirmi*rten *Cantorem Thomanum* Herrn Sebastian Bach zu seinem Ammte dem Herkommen gemäs, an- und einweisen, faßete ich zwar den Vorsatz mich zu gesetzter Zeit dahin zubegeben. Nachdem ich mich aber erinnerte, welchergestalt um eben diese Zeit unterschiedliche Verrichtungen ein Hinderniß verursachten, habe ich diese *Expedition* Herrn *L. Weisen commitiret*, als *Pastori Thomano*, weil er sich ohnedem dabey einfinden dürffte. Es hat auch derselbe diese *Commission* willig übernommen. Leipzig d. 31 *May* 1723.
D. Salomon Deyling Smpp [Superintendent, manu propria]

31. 5. 1740

Johann Elias saß wieder einmal und erledigte Briefschaften. Einer sollte an seinen ehemaligen Studienfreund und jetzigen Ronneburger Kantor Koch gehen, mit dem ihn eine Brüderschaft verband. Offenbar hatte Koch die Noten für eine Ratswechselmusik in Ronneburg erbeten, die er im Falle der Rückgabe verbinden solle mit einem Besuch in Leipzig. Da könnte sich dann auch ein Ausflug nach Eutritzsch anbieten, um dort die Gose zu probieren:

„Ew. WohlEdl. wiederhohlte Zuschrifft vom 23ten May habe am 29. *ejusd.* [em: dieses Monats] Mittags um 11 Uhr erhalten, da wir nun nicht wißen können, ob die gedachte Raths Predigt vorbey oder nicht, so folget bey so zweifelhaften Umständen hiermit dies verlangte Stück, mit dem Wunsch, daß es der Herr Bruder gesund brauchen nach Gelegenheit selbsten wieder einhändigen möge, indem die Gose in Eiteritzsch anjezo von einer besonderen Güte ist, und vermuthlich die gesegnete Würkung haben möchte, auch die schlimmsten *Febricitanten* [Fieberkranken] glücklich zu *curi*ren. Der Herr *Capell* Meister, von dem und seinem ganzen Hause ich an das Hochwertheste Kochische Haus ein ergebenst *compliment* zu machen habe, hat den Herrn Bruder öffters hierbey erwehnet, wie vergnügt würde ich nicht ins besondere seyn, wenn Ew. HochEdl. das liebe Leipzig bald mit einer angenehmen Gegenwart beehren … wollten".

PERSÖNLICHE UND ZEITGESCHICHTLICHE EREIGNISSE

1723: 9 Uhr Amtseinweisung Bachs in der Thomasschule als neuer Thomaskantor;
Bericht des Oberstadtschreibers Carl Friedrich Menser an den Rat über den Verlauf der Amtseinweisung Bachs;
Bericht des Thomaspastors und Inspektors der Thomasschule, Lic. Christian Weise, an den Superintendenten über den Verlauf der Amtseinweisung Bachs;
5 Uhr nachmittags Unterredung Sup. D. Deylings mit Oberstadtschreiber Menser wegen Bachs Amtseinweisung

1728: Einweihung der Hildebrandt-Orgel in der Jacobikirche zu Sangerhausen

1736: Schloßkantor Georg Christian Schemelli schreibt die Widmung zu dem von ihm geplanten „Musikalischen Gesangbuch", an dem Bach mitarbeitete, vgl. 24. 4. und 3. 7. 1736

1741: Teilnahme am Abendmahl, Donnerstag nach Trinitatis, bei M. Johann Paul Ram, seinem dritten Leipziger Beichtvater: „Herr Bach, CapellMstr. u. Sohn"

1742: Beginn des Abrisses der Orgel in der Johanniskirche und Auftrag an Orgelmacher Johann Scheibe zum Neubau, vgl. 13. 12. 1743

1. 6. 1723

Johann Heinrich Ernesti, der Rektor der Leipziger Thomasschule, hatte die Vorstellung und Einweisung des neuen Thomaskantors gewissenhaft vorbereitet. Kurz vor 9 Uhr stand er vor der Schultür, bereit zum Empfang der beiden Abgesandten des Rats, Baumeister Gottfried Conrad Lehmann und Oberstadtschreiber Carl Friedrich Menser. Kurz zuvor hatte der Herr Schulinspektor mit einem freundlichen Gruß an Ernesti die Tür passiert.

Vor dem oberen Auditorium herrschte großes Gedränge. Einerseits kamen nach und nach alle Schulkollegen an und mühten sich bis in den Saal hindurch, andererseits versammelten sich vor der Tür die Schüler, um die Begrüßungsmusik darzubringen. Dann trafen die beiden Ratsdeputierten mit dem Rektor ein. Menser fragte sofort nach dem Herrn Superintendenten. Weise meldete sich bei ihm und nannte seinen Auftrag, nicht nur die Vertretung des Superintendenten wahrzunehmen, sondern auch das Vorhaben, dem Herkommen gemäß im Namen des Konsistoriums und des Herrn Superintendenten den neuen Kantor an- und einzuweisen. Baumeister Lehmann schaute Menser an und wandte sich an Weise, besage derer Akten sei es üblich, daß der Stadtschreiber den Vortrag zuerst tue. Weise meinte nur, das wolle er keinesfalls bestreiten. Doch nahm er sich vor, kein Aufsehen vor der Jugend zu machen und sich bei seinem Vortrag zu begnügen.

Dann war es allerhöchste Zeit sich zu setzen, denn draußen wurden schon die Töne angestimmt. Auf einer Reihe saßen die Schulkollegen mit dem Rektor und ihrem neuen Kantor, ihnen gegenüber nahmen die Ratsdeputierten und der Herr Schulinspektor und Pastor Thomanus, Weise, Platz.

Vor der Tür musizierten die Schüler zur Eröffnung; danach traten auch diese in das Auditorium ein und nahmen zum Teil auf den Stühlen, zum Teil an den Fenstern stehend gleichfalls Platz. Dann trat der Herr Oberstadtschreiber in den Türrahmen und zog einen Zettel hervor: „Wie wir alle wissen, hat es dem Allerhöchsten gefallen, den zu dieser Schule verordnet gewesenen Collegen und Cantorem Herrn Johann Kuhnauen von dieser Welt abzufordern; an deßen Stelle erwählte E. E. Hochweiser Rath dieser Stadt den gewesenen Capellmeister an dem Hochfürstlich Anhaltischen Hofe zu Cöthen, Herrn Johann Sebastian Bachen. Nun ist nur noch eines zu tun, nämlich denselben heute in solches Amt ordentlich ein- und anzuweisen. Das geschehe im Namen der Heiligen Dreifaltigkeit von wohlermeltem Rate, dem Patron dieser Schule. Den neuen Kantor weise ich an, sein Amt treu und fleißig zu verwalten, den Oberen und Vorgesetzten mit behörigem Respect und Willigkeit zu begegnen, mit seinen Herren Collegen gutes Vernehmen und Freundschaft zu pflegen, die Jugend zur Gottesfurcht und andern nützlichen Wissenschaften treulich zu unterrichten und mit diesem allen die Schule in gutem Aufnehmen unterhalten. Den Alumnen und den anderen, so diese Schule besuchen, ermahne ich zu Leistung, Gehorsam und Erweisung nötigen Respects gegen den neuen

Herrn Cantor. Allen wünsche ich im Namen des Rates Gutes; es blühe die Wohlfahrt der Schule!“

Menser setzte sich und erwartete die Dankrede des Kantors. Doch nicht der erhob sich, sondern der Herr Pastor Thomanus, stellte sich ebenfalls in den Türrahmen, zeigte ein größeres Blatt Papier vor und sagte:

„In den Händen halte ich eine Verordnung aus dem löblichen Konsistorium allhier zu Leipzig. Diese erging an den Herrn Superintendens mit der Beauftragung, den neuen Cantor Thomanus dem Herkommen gemäß an- und einzuweisen. Da aber der würdige Herr Superintendens durch andere wichtige Verrichtungen daran gehindert ist, dieses selbst zu tun, hat er mir, dem Inspectori der Schule, diese Kommission aufgetragen. Meinerseits möchte ich dem nur eine Ermahnung zu treulicher Beobachtung des Amtes beifügen und mit einem herzlichen Wunsche schließen.“ Er reichte Bach die Hand und setzte sich hin.

Dann erhob sich Bach und dankte dem Hochweisen Rate verbundenst, daß derselbe bei Vergebung dieses Dienstes auf ihn hochgeneigt Reflexion gemacht; und er verspräche, daß er dieses Amt mit aller Treue und Fleiß abwarten wolle, denen ihm Vorgesetzten mit schuldigen Respect begegnen und sich allenthalben so erweisen werde, daß man seine devoteste Bezeigung jederzeit spüren solle. Anschließend entstand vorn ein leichtes Durcheinander, weil jeder dem Kantor gratulieren und alles Gute wünschen wollte. Der Chorus musicus hatte sich vor der Tür erneut aufgestellt und beschloß den Aktus mit einem Musikstück.

Baumeister Lehmann benutzte die sich dann fortsetzende Gratulation dazu, – gleichsam vor einer begrenzten Öffentlichkeit, aber doch so, daß es Lehrer und Schüler hören konnten – sein Mißfallen zu bekunden, daß im Namen des löblichen Konsistoriums eine An- und Einweisung in das Kantorat geschehen sei; das sei bisher nicht üblich gewesen. Lehmann und Weise verließen gemeinsam heftig redend das Auditorium.

Persönliche und zeitgeschichtliche Ereignisse

1714: Christian Weise d. Ä. wird zum Thomaspastor in Leipzig berufen

1743: zum ersten Male wurde die neue Orgel der Johanniskirche, obwohl noch nicht ganz fertiggestellt, gespielt, vgl. 1. 6. 1742 und 13. 12. 1743

1749: Graf Heinrich von Brühl, Premierminister der Regierung in Dresden, empfielt dem Leipziger Bürgermeister Jacob Born den Kapellmeister seiner Privatkapelle, Gottlob Harrer, als Nachfolger Bachs im Amt des Director musices und Thomaskantors zu Leipzig;
Anfang Juni schreibt der Orgelbauer Heinrich Andreas Cuntius an den Bürgermeister von Frankfurt/O. und berichtet, daß er mit Bach in Leipzig zu dem geplanten Orgelbau sich beraten habe, vgl. 6.4. und 28. 12. 1749

Persönliche und zeitgeschichtliche Ereignisse

1703: Besoldung Bachs in Weimar als Lakai und Hofmusiker für das Quartal Trinitatis (1. 3. bis 30. 5. 1703)
1705: Besoldungsquittung Bachs in Arnstadt, vgl. 4. 5. 1705
1723: jedes Jahr am 3. Juni hatten die Thomasschüler nach der Predigt zu Ehren des ersten Ehemannes der verwitweten Frau Justina Meyer, des Dr. Hieronymus Kromeyer, das Sterbelied „Herr Jesu Christ, ich schrei zu dir" zu singen; dafür erhielt der Kantor 5 Groschen und jeder der Schüler 2 1/2 Groschen aus den Zinserträgen des Legates ausgezahlt
1729: Zeugnis Bachs für Gottlob Michael Wintzer
1742: Trauung des Thomasküsters Christian Köpping mit Henriette geb. Brief in der Thomaskirche
1749: Leipzigs zweiter Bürgermeister, Jacob Born, empfängt Gottlob Harrer, den von Graf von Brühl empfohlenen Nachfolger Bachs

3. 6. 1749

Born überflog das Schreiben des Grafen von Brühl, das ihm der Stadtschreiber soeben hereingereicht hatte:

HochEdelgebohrner, Hochgeehrter Herr *Vice*-Canzler
Überbringer dieses, der *Compositeur* bey meiner Cappelle, *Harrer*, ist dasjenige *Subjectum*, so ich Ew: HochEdelgebohrnen bey meiner Anwesenheit in Leipzig zu künfftiger *remplacir*ung [Wiederbesetzung] der dasigen Cappell-*Director*-Stelle, bey sich dereinst ereignenden Abgang Herrn Bachs, *recommendir*et [empfohlen] habe.

Da nun derselbe eine Probe-*Music* von seiner *Composition* daselbst aufzuführen, und dadurch seine *habilité* [Fähigkeit] in der *Music* zu zeigen willens ist; So habe Ew: HochEdelgebohrnen hiedurch bestens ersuchen wollen, bemeldeten Harrer nicht nur hierzu die Erlaubniß zu ertheilen, sondern auch sonst zur Erlangung seines Entzweckes allen gütigen Vorschub zu thun.

Ew: HochEdelgebohrnen können übrigens versichert seyn, daß ich meines Orts keine Gelegenheit verabsäumen werde, wo ich

Denenselben aufrichtige Kennzeichen derjenigen Hochachtung geben könne, mit welcher unausgesezt verharre

Ew: HochEdelgebohrnen
ergebener Diener
Dreßden den 2ten *Junii* 1749 *GvBrühl*

So rasch hatte er mit Brühls Reaktion nicht gerechnet. Freilich erinnerte er sich, beiläufig davon gesprochen zu haben, daß der Thomaskantor Bach nicht mehr der Jüngste und doch schon gelegentlich kränklich sei; neulich bei der Anwesenheit des Premierministers in Leipzig war das gewesen. –

Harrer durfte endlich eintreten. Born empfing ihn mit ausgesucht freundlichen Worten, auf dem Tisch sah Harrer das geöffnete Schreiben seines Brotherrn liegen. Mit diplomatischen Formulierungen umkreiste der Bürgermeister die heikle Situation. Darin war er Meister. Denn Born wußte sehr genau, daß er eine „Probe" Harrers in der Kirche, weder in Thomas noch in Nikolai, nicht zur Durchführung würde bringen können. Der ehrwürdige Herr Superintendent würde da keinesfalls mitspielen; da kannte er ihn gut genug. Doch ihm war eine Lösung eingefallen, die er vor der Kirche verantworten und zugleich gut vor den Stadträten vertreten konnte. – Nach gut einer Stunde verließ Harrer das Zimmer Borns. Der Stadtschreiber schaute ihm mit dem Abschiedswort auf den Lippen nachdenklich hinterdrein.

Entstandene und aufgeführte Werke

am Trinitatisfest früh mit Predigt zu Joh 3,1-15, nachmittags mit Predigt zu Röm 11,33-36

1724: O heilges Geist- und Wasserbad, BWV 165
Höchsterwünschtes Freudenfest, BWV 194
ThK: D. Weise; NK: H. Geyer [wahrscheinlich ein Student]

Persönliche und zeitgeschichtliche Ereignisse

1732: Bernhard Christoph Breitkopf stellt neben dem Textdruck für die am Folgetag aufgeführte Kantate zur Einweihung der Thomasschule, „Froher Tag, verlangte Stunden", BWV Anh. 18, zwei Schulprogramme im Auftrag des Rektors Gesner her

1741: D. Weiß, bisheriger Vesper=Prediger und mittlerer Diaconus zu St: Nicolai, hat heute, nachdem er zum Archi=Diac:[onus] und Freytags=Prediger erwählet worden, seine Abzugs=Predigt gehalten; Text 1Joh 4,16-21

4. 6. 1725

Über die Partitur der Kantate „Die Himmel erzählen die Ehre Gottes" für den nächsten Sonntag, den 2. Sonntag nach Trinitatis, gebeugt, erklärte Bach seinen Helfern den Sachverhalt: Nur den zweiten Teil könne er am nächsten Sonntag musizieren. Es fehlten im Moment vor allem Diskantstimmen, so daß die Aufführung einer Kantate mit großem Eingangschor zu riskant wäre; die solistischen Partien und der Schlußchoral seien zu schaffen. Doch müßten die Stimmensätze vervollständigt werden. Er selbst wolle sich über die Stimme für die Viola da Gamba machen, die solle nicht nur in der Sinfonia, in der Altaria und im Schlußchoral spielen, sondern auch das Continuo aller anderen Sätze verstärken helfen. „Ach, und noch was: Der gute Tietze drängt mich schon wieder mit dem neuen Textheft. Die Kantaten sind soweit vorbereitet, die Texte müssen nur abgeschrieben werden."

Entstandene und aufgeführte Werke

am Freitag nach Trinitatis zur Trauung

1708: Der Herr denket an uns und segnet uns, BWV 196 (?)
Dornheim, Bartholomäuskirche:
Trauung Johann Lorenz Stauber und Regina Wedemann

am 1. Pfingsttag früh mit Predigt zu Joh 14,23-31,
nachmittags mit Predigt zu Apg 2,1-13

1718: Erschallet, ihr Lieder, BWV 172 (Weimarer Fassung)
[vermutliche Aufführung dieser Kantate 1718 oder 1719]
Agnuskirche zu Köthen: Hofprediger Paulus Berger (?)

1729: Raset und brauset, ihr heftigen Winde, BWV deest
NK: Lic. Werner; ThK: D. Carpzov

am Donnerstag nach Pfingsten

1732: Froher Tag, verlangte Stunden, BWV Anh. 18
zur Wiedereinweihung der umgebauten Thomasschule

Persönliche und zeitgeschichtliche Ereignisse

1708: Bach führt anläßlich der Hochzeit des Arnstadt-Dornheimer Pfarrers Johann Lorenz Stauber mit der Tante seiner Frau Maria Barbara, Regina Wedemann, in der Dornheimer Bartholomäuskirche eine Kantate auf; Stauber war acht Monate zuvor der Traupfarrer Bachs und Maria Barbaras gewesen

1729: erst am 1. Pfingsttag beendet Bach die Partitur der Kantate für den folgenden 2. Pfingsttag: (BWV 174) *„Fine d:[ie] 5 Junii 1729. Lipsiae.“*

1732: Wiedereinweihung der erneuerten und umgebauten Thomasschule

1738: Bach beurteilt Christian Schlick und Johann Christian Oschatz als Anwärter für Stadtpfeiferstellen

1747: Bach quittiert dem Hofmeister des böhmischen Grafen von Würben, Ignatz Ratzsch, für die Miete eines Klaviers

1750: Brief des Nordhäuser Organisten Christoph Gottlieb Schröter an den Frankenhausener Musikdirektor Einicke in Sachen einer von Schröter im Auftrag Bachs geschriebenen Rezension, vgl. 10. 12. 1749 und 26. 5. 1750

Endlich war der Tag der Wiedereinweihung der Thomasschule gekommen. Voran gingen Klagen über Verzögerungen, zu denen es gekommen war: Ursprünglich bestand der Plan, bis Michaelis des Vorjahres alles geschafft zu haben. Doch dann wurde Verlängerung um Verlängerung nötig, erst bis Weihnachten, dann bis Ostern 1732, schließlich bis Pfingsten. Das entsprach jenen Verzögerungen, mit denen bereits die Beschlußfassung durch den Rat zustande kam: Schon im Dezember 1729 erstattete der Obervogt Johann Michael Senckeisen dem Rat Bericht, der mit der Empfehlung endete, ein neues Gebäude zu errichten. Dem folgte eine außerordentlich bedenkliche Zustandsschilderung Senckeisens über die leerstehende Rektorenwohnung im April 1730: „In dieser Wohnung, weil dieselbe sehr alt und bishero wenig darinnen gebessert worden, sind die Fußböden und Treppen aller Orten ausgetreten, die Thüren mit ihren Beschlägen sehr abgenutzet, die Fenster mehrentheils an Rähmen und Glase verdorben"; später berichtete er von der Engigkeit der Schulräume, doch wenn man mehrere Räume zu einem Auditorium vereinige, gäbe das im Unterricht Konfusion, wenn verschiedene Lehrer zu gleicher Zeit in demselben Raum unterrichteten; die Alumnen müßten in engen Kammern zu zweit beieinander liegen, die Kammern und Zugänge in dem obern Stock seien finster, dumpfigt und verbauet, was zu Krankheiten, Unlust und allerlei Bubenstücken Veranlassung gebe.

Erst am 2. September 1730 faßte der Rat den Beschluß zum Bau, nachdem bewußt geworden war, daß nur die Grundmauern stehen bleiben würden. Oben sollten zwei Stockwerke hinzukommen und die Treppen in Stein ausgeführt werden.

Nun hatten Rektor und Kantor am 24. April ihre Wohnungen bezogen. Im folgenden Monat lebte man immer noch wie auf einer Baustelle. Doch heute waren alle froh gestimmt.

Der Aktus war von Gesner sorgfältig geplant und vorbereitet worden. Er selbst würde mit einer lateinischen Weiheansprache die Veranstaltung eröffnen, Bach die Kantate aufführen und fünf Schüler kurze Reden halten. Trotz des vorausgegangenen Ärgers mit den Bauverzögerungen fand Gesner sich in seiner Ansprache bereit, dem Rat ausdrücklich zu danken; man habe so für ihn gesorgt, ut cui maiorem habitandi commoditatem, amoeniorem prospectum [daß er jedem Beliebigen eine bequemere Wohnung gönnen könnte, eine lieblichere Aussicht], positum salubriorem invideam [und eine der Gesundheit zuträglichere Lage], quin cui permutationem offerre velim, habeam plane neminem [ganz abgesehen davon, daß er niemandem eine Veränderung verursachen möchte]; er wollte mit keinem tauschen.

Entstandene und aufgeführte Werke

am 2. Sonntag nach Trinitatis mit Predigt zu Lk 14,16-24
1723: Die Himmel erzählen die Ehre Gottes, BWV 76
ThK: Lic. Weise
am 2. Pfingsttag früh mit Predigt zu Joh 3,16-21, nachmittags mit Predigt zu Apg 10,42-48
1729: Ich liebe den Höchsten von ganzem Gemüte, BWV 174
ThK: Lic. Sieber; NK: Lic. Werner
am 1. Pfingsttag früh mit Predigt zu Joh 14,24-31, nachmittags mit Predigt zu Apg 2,1-13
1745 (?): O ewiges Feuer, o Ursprung der Liebe, BWV 34
NK: D. Deyling; ThK: Lic. Wolle

Persönliche und zeitgeschichtliche Ereignisse

1730: Wahl des Bachschülers David Nicolai zum Organisten der Peterskirche zu Görlitz als Nachfolger für seinen am 1. Dezember 1729 verstorbenen Lehrer Christian Ludwig Boxberg, vgl. 17. 12. 1729, 13. 1. und 25. 2. 1730

1733: Martin Bernigeroth, sächsischer Hofkupferstecher, starb im Alter von 63 Jahren in Leipzig; er hinterließ zwei Söhne, die die Werkstatt des Vaters als Anstalt weiterführten: Johann Martin und Johann Benedictus Bernigeroth

6. 6. 1745

Der Kommentar des Pfingstevangeliums Joh 14,24-31 in Johann Olearius' „Biblischer Erklärung" von 1679 – 1681, die Bach besaß, enthält viele Bibelstellenangaben, die mit der Aufforderung NB. [= nota bene: merke gut!] versehen sind und so die Verknüpfung des Evangeliums mit biblischen Geschichten, Prophetien und Briefstellen zeigen:

Das Herz des Gläubigen „wird GOttes Cammer / COR. [= Herz] *Camera Omnipotentis Regis* [= Raum des allmächtigen Königs]. und kömt in seine Cammer NB. Hohel. 1/4. das heist nichts und alles NB. Ps. 144/3. wir sind dieser herrlichen Verheissung kaum werth / wie NB. *Lutherus* Esa. 46/3. redet / daß wir heißen eine Wohnung deß Allerhöchsten / gleichwie der Haus=Herr wohnet in seinem Hause NB. Gal. 3/26. davon wir wohl mit David sagen mögen: Dünket euch das ein Geringes? NB. 1. Sam. 18/23. Eine gesegnete Göttliche Wohnung seyn NB. 2. Mos. 20. 1. Kön. 8. NB. eine von GOtt selbst erbauete Matth. 16. gereinigte 1. Joh. 1. geheiligte Wohnung 1. Cor. 1. Eph. 5 und Tempel 1. Cor. 3. deß HERRN aller Herren 1. Tim. 6. deß Allerheiligsten Daniel. 9. Schöpfers / Erlösers und Heiligmachers Ps 33. und teilhafftig werden der Göttlichen Natur. NB. 2. Petr. 1. … GOttes Kind heissen. Johan. 1. Christi Bruder. Hebr. 2. und Braut. Eph. 5. und ein Tempel deß heiligen Geistes. 3. B. Mos. 26/11. NB. 1. Cor. 6."

Persönliche und zeitgeschichtliche Ereignisse

1733: Bewerbungsbrief Wilhelm Friedemann Bachs um die Organistenstelle an der Sophienkirche an den Rat zu Dresden, geschrieben von Johann Sebastian Bach;
Brief Wilhelm Friedemann Bachs an Oberkonsistorialrat Dr. Paul Christian Schröter in Dresden mit Bitte um Hilfe bei seiner Bewerbung um die Organistenstelle an der Sophienkirche, geschrieben von Johann Sebastian Bach

1736: Gottfried Theodor Kraußе, erster Präfekt Bachs, schreibt sich nach seiner Flucht von der Schule in die Matrikel der Universität Leipzig ein, vgl. 26. 7. 1736

7. 6. 1733

Bach saß mit seinem ältesten Sohn zusammen. Es war ein wenig mehr Zeit, da die Trauerzeit um den verstorbenen Kurfürsten und König nach den Regeln des tempus clausum noch einen Monat andauern würde. Wilhelm Friedemann hatte seinen Vater gebeten, ihm behilflich zu sein bei der Abfassung von Bewerbungsschreiben und Bittgesuchen um die Organistenstelle an der Sophienkirche zu Dresden. Neulich, in den letzten Maitagen, war der dortige Organist, Christian Petzold, gestorben, und gewiß erwartete man qualifizierte Bewerbungen. Auch war schon einige Zeit ins Land gegangen, weshalb sich Unsicherheit verbreitete, ob eine Bewerbung überhaupt noch rechtzeitig ankommen würde.

Friedemanns Interesse an der Dresdner Stelle war erst gewachsen, um so mehr drängte es ihn jetzt. In den letzten Tagen steigerte sich der Wunsch so sehr, daß seine Ungeduld fast schon unerträglich waren. „Nach der Bewerbung wirst du noch einige Wochen warten müssen, man kann nicht wissen, welch ein Verfahren der Rat zu Dresden einschlägt", mahnte Johann Sebastian zu Geduld. „Außerdem ist man bei solchen Verfahren vor Überraschungen nie sicher, gleich gar in Dresden; dort gehen die Uhren eh anders – doch das darf man nicht laut sagen", scherzte er.

Weil Friedemann die Frage, ob er denn eine Bewerbung schon entworfen habe, verneinte, setzten sie sich gemeinsam hin. „Das eine ist die offizielle Bewerbung, die geht an den Rat zu Dresden; zum anderen sollten wir uns überlegen, ob wir einen Gönner an einflußreicher Stelle haben, der bereit sein könnte, sein Votum einzusetzen". Man überlegte hin und her, kam auf Musiker und Persönlichkeiten des Hofes zu sprechen. Das Blatt Papier, das Bach vor sich liegen hatte, trug bereits mehr als zehn Namen. Nach mancherlei Abwägungen fiel dieser und jener wieder heraus. Schließlich blieb allein Oberkonsistorialrat Dr. Paul Christian Schröter übrig, seit 1728 Appellationsrat im Oberkonsistorium, vor allem aber länger schon Ratssyndikus in Dresden. Diese Doppelfunktion machte ihn besonders wichtig, außerdem konnte man sich auf die Begegnung mit ihm anläßlich von Bachs Konzert in der Sophienkirche vor knapp zwei Jahren berufen.

Bach tauchte die Feder ein und begann zu schreiben: „HochEdelgebohrner, Vest und Hochgelahrter Herr *Appellation*-Rath Hochgeneigtester Gönner."

Entstandene und aufgeführte Werke

am Trinitatisfest mit Predigt zu Joh 3,1-15,
nachmittags mit Predigt zu Röm 11,33-36
1727: Gelobet sei der Herr, BWV 129
ThK: D. Weise; NK: M. Gaudlitz

Persönliche und zeitgeschichtliche Ereignisse

1725: D. Christian Weise, Pastor Thomanus, hält [wahrscheinlich für den erkrankten Superintendenten Deyling in der Nikolaikirche] die Gedächtnispredigt für Catharina Dorothea Mangoldt, der Text war Gen 32,10

1727: in Halle stirbt August Hermann Francke

1730: im Zusammenhang mit der Wahl Johann Matthias Gesners zum neuen Rektor der Thomasschule kommt es im Rat durch den Prokonsul D. Johann August Hölzel, der auch Vorsteher der Nikolaikirche war, zur Kritik an Bachs Verhältnis zum Stadtrat: „wünschte aber, daß es beßer seyn möchte, als mit dem *Cantor*"

1749: Kantoratsprobe Gottlob Harrers im Konzertsaal des Gasthauses zu den drei Schwanen am Brühl, wo seit fünf Jahren wöchentlich das große Concert stattfand

8. 6. 1749

Am Sonntag, dem 8. Juni „ward auf Befehl E. Edlen Hochweisen Raths, dieser Stadt, welche meistens zugegen waren, auf dem großen *musicalischen Concert*-Saale im drey Schwanen aufm Brühl, durch Ihro *Excellenz* des Geheimbden Raths und *Premier Ministres* Grafens von Brühl *Capell Director* Herrn Gottlob Harrern, *Proba* zum künfftigen *Cantorat* zu *St. Thom:*, wenn der *Capell*meister und *Cantor* Herr *Sebast:* Bach versterben sollte, mit größten *Applausu* abgeleget. *vid.[e]* beygehendes Kirchen Stuck auf den 1. Sonnt.[ag] nach *Trinitatis.*" [= siehe der dem Riemerschen Jahrbuch beiliegende Textdruck einer Kirchenkantate zum Sonntagsevangelium Lk 16,19-31 mit dem Titel „Der Reiche starb, und ward begraben"]

Entstandene und aufgeführte Werke

am 6. Sonntag nach Trinitatis mit Predigt zu Mt 5,20-26
1747: Vergnügte Ruh, beliebte Seelenlust, BWV 170
[eventuell auch am 17.7.1747]
ThK: D. Teller

Persönliche und zeitgeschichtliche Ereignisse

1733: Ratsbeschluß in Dresden zur Organistenprobe am 22. Juni um die Stelle an der Sophienkirche, um die Wilhelm Friedemann Bach sich beworben hatte, vgl. 7. 6. 1733

1735: Probespiel Johann Gottfried Bernhard Bachs um die Organistenstelle der Marienkirche zu Mühlhausen; Johann Sebastian Bach anwesend, vgl. 23. 5. 1735

1738: Pfarrer Johann Christian Kuhn, Laucha, favorisiert den Orgelbauer Conrad Wilhelm Schäfer aus Kindelbrück für den neuen Orgelbau, weil dieser „ein großes neues Werk verfertiget, welches nachgehends von dem berühmten Componisten, herrn Bach in Leipzig examiniret, und mit einem großen Elogio justificiret [Lobrede beurteilt] worden", vgl. 16. 12. 1737

9. 6. 1735

Johann Gottfried Bernhards Bewerbung um die Organistenstelle der Marienkirche zu Mühlhausen war durch väterliche Briefe an Mühlhäuser Ratsmitglieder ausreichend vorbereitet worden. Am 9. Juni 1735 bestand er das Probespiel. Johann Sebastian war anwesend gewesen und zugleich um einen gutachterlichen Dienst gebeten worden. Als man eine Woche später im Rathaus der Freien Reichsstadt zusammenrechnete, kam ein stattliches Ergebnis an Kosten zusammen:

„Als der Herr Capell-Meister Bach von Leipzig hier gewesen, u. seinen Sohn bey der *vacanten Organ.[isten]* Stelle die *Proba* spielen laßen, auch auf Verlangen der Herren Eingepfarreten den Orgelbau ohne Endgeld in Augenschein genommen, u. seine Meinung über das, was noch gefehlet, eröffnet, ist auf Befehl kaumgedachter Herren Eingepfarreten demselben u. deßen Herrn Sohne als nunmehrigen *Organ.[isten]* Wohlstands halber eine kleine Mahlzeit von *Administratoribus* gegeben worden, *fac.[it: macht]* 6 r[eichs]-th[a]l.[er] 8 g[ute] gr.[oschen].“

10. JUNI

Entstandene und aufgeführte Werke

am 2. Sonntag nach Trinitatis mit Predigt zu Lk 14,16-24

1725: [Die Himmel erzählen die Ehre Gottes]
Gott segne noch die treue Schar, BWV 76, II (Sätze 8-14)
NK: D. Schütz

11. JUNI

Entstandene und aufgeführte Werke

am 1. Sonntag nach Trinitatis mit Predigt zu Lk 16,19-31

1724: O Ewigkeit, du Donnerwort, BWV 20
NK: D. Deyling

Persönliche und zeitgeschichtliche Ereignisse

1724: „in der Vesper [der Leipziger Nikolaikirche des 1. Sonntages nach Trinitatis] hat H. M. Wagner, der Cantor aus d, Schul=Pforta seine Gast=Predigt zur Substitution des H. M. Hoffmanns gethan“, Text der Predigt 1Joh 4,17-20

1725: in Weimar stirbt der Konsistorialsekretär Salomo Franck, Dichter von Weimarer Kantaten Bachs

1733: Teilnahme am Abendmahl, Donnerstag nach dem 1. Sonntag n. Trinitatis, bei D. Weise: die Thomasschüler Nagel, Siegel, Landvoigt und Krause, sowie Prof. Jöcher

Persönliche und zeitgeschichtliche Ereignisse

1729: Gedenken des Bachischen Collegium Musicum für das verstorbene einstmalige Mitglied Nicolaus Ernst Bodinus, Student der Rechtswissenschaften, mit einem Klagegedicht „Was spielt ihr denn, ihr straffen Saiten“; ob es sich dabei um eine Vertonung Bachs handelte, ist nicht festzustellen

1732: Teilnahme am Abendmahl am Donnerstag nach Trinitatis: „H. Bach, der Cantor u. Sohn“; außerdem nahmen bei D. Weise, der über einen Psalmtext predigte, folgende Alumni Thomani am Abendmahl teil: Krebß, Krause, Senmann, Nichelmann, Suppius, Hillmeyer, Steidel, Grußius, Nitzsche;
Salzburger Emigranten werden in der Stadt Borna, südlich von Leipzig, empfangen

1739: auf Anfrage Bachs beantragt der Vorsteher der Thomaskirche, Hofrat und Bürgermeister Gottfried Lange, die Anschaffung eines Positivs für die Kirche, es werde 100 Taler kosten; der Antrag wurde im Rat abgelehnt

1743: Johann Bernhard Bach, drittes Kind des Ohrdrufer Neffen Bachs, verstorben

Entstandene und aufgeführte Werke

am 3. Sonntag nach Trinitatis mit Predigt zu Lk 15,1-11

1723: Ich hatte viel Bekümmernis, BWV 21
NK: D. Deyling

Persönliche und zeitgeschichtliche Ereignisse

1747: in der „Kurtze[n] Nachricht, wie die Schule zu Chemnitz das hohe Vermählungs-Fest … Friedrich Christian Leopolds / Konigl. Printzens in Pohlen und Litthauen etc. Chur-Prinzens und Hertzogs zu Sachsen etc. gefeyret“, wird Johann Tobias Krebs als Bachschüler erwähnt: „Zu dieser Feyer hat der Herr *Rector* ein wohlgerathenes Singgedichte verfertiget, welches vor und nach der Redeübung unter dem Schall der Trompeten und Paucken abgesungen worden. Die *Composition* war unvergleichlich. Es hatte selbige der dasige *Con-Rector*, ein Schüler von dem berühmten Bach zu Leipzig, Herr M. Johann Tobias Krebs, verfertiget“

1748: „Herr Capellmeister Bach u 2. Söhne“ nehmen am Donnerstagsabendmahl bei Archidiakonus Christoph Wolle teil; dieser predigte über 1Joh 4,7-8

Persönliche und zeitgeschichtliche Ereignisse

1707: Verhandlungen Bachs mit Eingepfarrten (Ratsherren) in Mühlhausen wegen der Organistenbestallung

1723: Aufnahme Wilhelm Friedemanns in die Tertia und Carl Philipp Emanuels in die Quinta der Thomasschule zu Leipzig

1731: zum Donnerstagsabendmahl erscheinen bei D. Weise „H. Haußmann, Mahler und Sohn“; die Predigt hielt M. Wanckel [wahrscheinlich ein Student] zu Ex 15,13

1732: Ankunft einer großen Gruppe von Exulanten aus Salzburg in Leipzig

1740: Johann Elias Bach bittet den Kantor von Glaucha bei Halle, Johann Georg Hille, um Überlassung eines abgerichteten Singvogels für Anna Magdalena Bach

1742: in Weißenfels stirbt der fürstliche Kammerrat für Finanzen, Johann Leberecht Schneider, dem und dessen Mutter die Bachische Familie freundschaftlich verbunden war, vgl. 14. 7. 1741

14. 6. 1707

Coram Deputatis Parochiae D. Blasij [Vor den Abgeordneten der Blasiusparochie in Mühlhausen]

Herrn *Gottfriedt* Stüler

Herrn A. E. Reiß

Herrn J. C. *Stephan*

accessitus [ist erschienen] Herr *Joh: Seb. Bache* und wurde vernommen ob Er die bey der Kirche *D. Blas.* erledigte *Organi*stenstelle antreten wolle und was Er zur bestallung verlange.

Herr *Bache praetendiret* [beansprucht]

85 gfl [gute Gulden] so Er zur Arnstadt hette

Und das *Deputat* [die Anteile] Herrn Ahlen alß.

3 mltr [Malter] Korn

2 Cl.[Klafter] Holtz 1 buchenen und 1 ander.

6 sch.[Schock] reißig an statt des ackers, vor die thür geführet

Wolte hierauff folgen

Verhoffet anbey, daß seinen abzug und überkunfft zu *Facilitir*en [bewerkstelligen] zu überbringung seiner *mobili*en Ihme werde mit Fuhrwerck *assistiret* [beigestanden] werden.

bittet schließlich Ihme die bestallung schrifftlich außzustellen. [folgen Unterschriften von 17 Ratsherren]

14./15. 6. 1732

In der Woche nach Trinitatis, am Samstag, und am 1. Sonntag nach Trinitatis, 14. und 15. 6. 1732 berührte einer der großen Exulantenzüge Leipzig. Das Kommunikantenregister der Thomaskirche vermerkt ausdrücklich, daß am 15. Juni bei Thomaspfarrer Weise 63 Salzburger zum Abendmahl erschienen. Das wiederholte sich fast drei Monate später nochmals. – In der Samstagsvesper von St. Thomas predigte M. Johann David Küttner, seit dem 12. April Sonnabendsprediger. Er legte seiner Auslegung Mt 19,29 zugrunde:

> Wer verläßt Häuser oder Brüder oder Schwestern oder Vater oder Mutter oder Weib oder Kinde oder Äcker um meines Namens willen, der wirds hundertfältig nehmen und das ewige Leben ererben.

Kurz danach ließ er seine Predigt im Druck erscheinen.

Auch die Predigt des Subdiakonus der Nikolaikirche, M. Johann Georg Hoffmann, in der Vesper des 1. Sonntages nach Trinitatis, über 1Joh 4,17-20 gehalten, erschien unter dem Titel „Von den beständigen Liebhabern Gottes“ im Druck.

14. 6. 1740

WohlEdler Herr, Hochgeehrtester Herr *Cantor*, hochwehrter Gönner, Ich habe vor ein *par* Jahren die besondre Ehre gehabt, Ew. Hoch Edl. in dem Hause meines Herrn Vetters, des Herrn *Capell*Meisters Bach persönlich kennen zu lernen, und nunmehro wird mir auch die erwünschte Gelegenheit gegeben, Ew. HochEdl. schrifftlich auffzuwarten. Es hat nemlich nur gedachter Herr *Capell* Meister, als er in vergangener Faste von Halle zurücke kam, mit dem vielen Guten seiner Frau Liebste auch dieses *referir*t, daß Ew. WohlEdl. einen Hänfling besäßen, welcher durch die geschickte Anweisung seines LehrMeisters sich besonders im Singen hören ließe; weil nun meine Frau Muhme eine große Freundin von dergleichen Vögeln sind, als habe mich hierdurch erkundigen sollen, ob Ew. WohlEdl. diesen Sänger gegen billige Bezahlung an Sie zu überlaßen und durch dichere Gelegenheit zu übersenden etwa möchten gesonnen seyn. Ich kann gewiß versichern, daß die hiermit erwiesene Gefälligkeit, außer der willigen Bezahlung nicht nur bey gegebener Gelegenheit möglichst erwidert, sondern daß ich *en particulaire [was mich betrifft]* mit aller Hochachtung allstets seyn werde

Ew. WohlEdl.

den [14.] *Jun.* 1740. gantz ergebenster Diener.

Persönliche und zeitgeschichtliche Ereignisse

1707: Bach unterschreibt zwei Quittungen, z. T. rückdatiert, über vier Quartale seiner Besoldung in Arnstadt;
Verpflichtung Bachs zum Organisten an der Blasiuskirche; einzelne Ratsherrn stimmen dem Beschluß mit dem Zusatz zu, sie „hetten keine Fedder oder Dinten, weren wegen des unglücks [Stadtbrand am 30. Mai mit Zerstörung von 360 Häusern] so bestürtzet, daß Sie an keine *Music* dächten, wie es die andern Herren machten weren Sie zufrieden";
in Mühlhausen wird Bachs Bestallung als Organist der Blasiuskirche ausgestellt, vgl. 22. 6. 1707

1718: Rückkehr aus Karlsbad

1721: am 1. Sonntag nach Trinitatis Teilnahme Bachs am Abendmahl in der lutherischen Agnuskirche zu Köthen; an derselben Feier nimmt auch Anna Magdalena Wilcke teil

1730: Teilnahme Bachs mit 3 Söhnen am Abendmahl bei D. Weise am Donnerstag nach dem 1. Sonntag nach Trinitatis; die Predigt hielt der Student Graun über 2Kor 5,4-10

1732: Teilnahme der Salzburger Emigranten an den Früh- und Nachmittagsgottesdiensten der Stadtkirchen

1736: Einsetzung Johann Gottlob Krauses als 1. Präfekt des Schülerchores der Thomasschule, vgl. aber 22. 6. 1736

1741: in Leipzig stirbt Thomaspastor D. Urban Gottfried Sieber

15. 6. 1732

Der Petrikatechet Christoph Sancke berichtet in seiner „Ausführlichen Historie Derer Emigranten Oder Vertriebenen Lutheraner aus dem Ertz-Bißthum Saltzburg" (4 Teile, Leipzig 1732 – 1734):

„Am Sonntage waren sie wiederum alle beschäfftiget, diese Leute in ihrem Glauben zu unterweisen, und in dem Guten immer völliger zu machen. Alle Predigten wurden so eingerichtet, daß sie ihnen zur Erbauung gereichen konnten. Ihren Platz bekamen sie mitten in der Kirche, nicht weit von der Cantzel, welches man das Schiff zu nennen pfleget, damit sie alles desto deutlicher vernehmen möchten. Nun waren damahls die Kirchen gantz ausserordentlich angefüllet, so daß viel hundert Personen nicht hinein kommen konnten, sondern nur vor denen Kirch-Thüren die Predigt anhören musten … Sie hörten die Predigten meistentheils stehend an, und konnten nicht satt werden, dieselbigen recht zu fassen. Einige wurden dadurch so gerühret, daß sie anfiengen häuffige Thränen zu vergiessen. Die andern Zuhörer thaten desgleichen, und vermischten ihre mit jenen Thränen. Denn weil die Prediger mit brünstigem Geiste redeten, und die Saltzburger mit ihrem Lebens Wandel predigten, so war die Bewegung der Gegenwärtigen so groß, daß fast Niemand ohne Weinen aus dem GOttes-Hause gegangen ist. Unsere Emigranten aber, die gestern und heute gebeichtet hatten, genossen mit denen übrigen Communicanten das heilige Abendmahl. Hierbey war es so angeordnet, daß die Manns-Personen unter den Saltzburgern zuerst hinzu giengen, und mit dieser Seelen-Speise gestärcket wurden. Hernach kamen diejenigen Männer, welche zu denen Einwohnern der Stadt gehörten. Und eben so geschahe es auch bey denen Weibern, damit sie andern durch ihre Andacht ein gutes Exempel gäben."

Entstandene und aufgeführte Werke

am Trinitatisfest mit Predigt zu Joh 3,1-15

1715: O heilges Geist- und Wasserbad, BWV 165
Schloßkapelle Zur Himmelsburg in Weimar:
Generalsup. Johann Georg Layritz

am Trinitatisfest früh mit Predigt zu Joh 3,1-15,
nachmittags mit Predigt zu Röm 11,33-36

1726: Gelobet sei der Herr, mein Gott, BWV 129
Sprich ja zu meinen Taten [Höchsterwünschtes Freudenfest], BWV 194 mit Satzfolge 12, 2, 3, 4, 4, 7, 10
ThK: D. Weise; NK: M. Weise

Persönliche und zeitgeschichtliche Ereignisse

1735: Bach begutachtet den Orgelneubau in der Marienkirche zu Mühlhausen anläßlich des Besuches zum Probespiel seines Sohnes Johann Gottfried Bernhard, vgl. 9. 6. 1735

1736: die Leipziger Zeitung „Extract Der eingelauffenen Nouvellen" gibt erneut den Mitvertrieb von Cembalowerken Conrad Friedrich Hurlebuschs durch Bach bekannt, vgl. 5. 5. und 19. 11. 1735; 29. 5. 1736

1740: Bach nimmt am Donnerstag nach Trinitatis am Abendmahl in der Thomaskirche bei seinem Beichtvater Lic. Teller teil

Entstandene und aufgeführte Werke

am 3. Sonntag nach Trinitatis mit Predigt zu Lk 15,1-11

1714: Ich hatte viel Bekümmernis in meinem Herzen, BWV 21
Schloßkapelle Zur Himmelsburg in Weimar:
Generalsup. Johann Georg Layritz

1725: [Komponist unbekannt], Ich ruf zu dir, Herr Jesu Christ
NK: M. Wagner

1742 (?): Ich ruf zu dir, Herr Jesu Christ, BWV 177
ThK: D. Gaudlitz

Persönliche und zeitgeschichtliche Ereignisse

1714: Einweihung der Trinitatiskirche in Ohrdruf; Bachs Bruder, Organist und Schulcollege Johann Christoph Bach – so wird berichtet – „begann zu orgeln, auf dem Chore wurde uf das feinste musiciret"

1733: Bachs Collegium musicum nimmt sein Musizieren noch vor Ablauf der Landestrauer für den verstorbenen sächsischen Kurfürsten und König von Polen Friedrich August wieder auf, die am 8. Februar begonnen hatte und bis zum 2. Juli andauerte

1745: „Herr CapellMeister Bach u Sohn" nehmen am Donnerstag nach Trinitatis am Abendmahl bei ihrem Beichtvater Archidiakonus Lic. Wolle teil, der über Röm 8,1 predigte

Entstandene und aufgeführte Werke

am 2. Sonntag nach Trinitatis mit Predigt zu Lk 14,16-24

1724: Ach Gott vom Himmel sieh darein, BWV 2
ThK: D. Weise

19. JUNI

Persönliche und zeitgeschichtliche Ereignisse

1749: „Herr Capellmstr. Bach u 2 Söhne" nehmen am Donnerstag nach dem 2. Sonntag nach Trinitatis am Abendmahl bei ihrem Beichtvater Archidiakonus D. Wolle teil, der über Joh 17,3 predigte

20. JUNI

Entstandene und aufgeführte Werke

am 4. Sonntag nach Trinitatis mit Predigt zu Lk 6,36-42

1723: Ein ungefärbt Gemüte von deutscher Treu und Güte, BWV 24
Barmherziges Herze der ewigen Liebe, BWV 185
ThK: Lic. Weise

Persönliche und zeitgeschichtliche Ereignisse

1726: endgültig abschlägiger Beschluß der Universität auf Bachs Gehaltsforderungen: „Beträffe das allergnädigste Rescript, wegen des Cantoris zu St. Thomae Herrn Bachs gesuchten Salarii vom neuen Gottesdienste welcher mit seinen Suchen abgewiesen worden wäre"; der Beschluß lautete: „Hätte seine Richtigkeit"

Persönliche und zeitgeschichtliche Ereignisse

1726: Samuel Gmelin, seit 1719 Kantor in Elsterberg und Bachs Schüler in dessen letzten beiden Weimarer Jahren, beruft sich bei seiner Bewerbung um die Kantorenstelle in Plauen auf seinen Lehrer

1731: zum Donnerstagsabendmahl bei D. Weise erscheinen folgende Alumni Thomani: Frick, Heuckenrott, Eberhardt, Eichel, Krause, Bauer, Seymann, Krebß, Ruh; die Predigt hielt M. Unger [wahrscheinlich ein Student] zu Neh 9,5-8

1732: Geburt des Sohnes Johann Christoph Friedrich

1735: Hochzeit Johann Heinrich Bachs mit Marie Susanne Renner in Ohrdruf; Johann Heinrich hielt sich vom September 1724 bis wahrscheinlich 1728 in Leipzig auf und besuchte die Thomasschule; er gehörte zu Bachs Helfern beim Kopieren von Noten und bei der Aufführung der Kirchenmusik

21. 6. 1723

Seit seinem Leipziger Dienstbeginn stand Bach unter unermeßlichem Druck. Er hatte sich selbst zum Ziel gesetzt, an jedem Sonntag eine doppelteilige Kantate eigener Komposition aufzuführen: den ersten Teil als Evangelienmusik, den zweiten als musica sub communione [während der Austeilung des Heiligen Abendmahls]. Für die beiden ersten Trinitatissonntage war ihm das auch nach eigenem Urteil gut gelungen. Sogar der Hamburger Relationscourier hatte davon berichtet. Für den Folgesonntag fiel sein Blick noch rechtzeitig auf die Weimarer zweiteilige Kantate „Ich hatte viel Bekümmernis". Doch während der Vorbereitungen zum 4. Sonntag nach Trinitatis – vor 14 Tagen – wurde ihm schlagartig klar, daß er so nicht weiterarbeiten könne. Als Evangelienmusik benutzte er wieder eine Weimarer Kantate zum gleichen Sonntag „Barmherziges Herze der ewigen Liebe"; was sollte er als musica sub communione bereit halten? Beim Überlegen geriet er zu Neumeisters Fünffachen Kirchen-Andachten. Die Andacht zum Sonntag nahm er sich vor: „Ein ungefärbt Gemüte von deutscher Treu und Güte". Künftig würde er mit einem verminderten Anspruch arbeiten müssen. Zunächst standen zwei Feiertage – Johannis und Mariae Heimsuchung – bevor; da hatte er schon Kantaten vorbereitet. Freilich, auch da kam ihm wieder cigenes Weimarer Repertoire zu Hilfe.

21. 6. 1732

Bevor das Jahr noch seine Höhe erreichte, gebar Anna Magdalena am 21. Juni 1732 einen Sohn, Johann Christoph Friedrich Bach (1732 – 1795). Er war das neunte ihrer Kinder und der dritte Sohn. Seine Taufe fand zwei Tage später in der Thomaskirche statt. Zwischen Mutter und Sohn muß eine besonderes Verhältnis bestanden haben. Kurz vor seinem Abschied aus dem Vaterhaus schenkte sie dem dann noch nicht Achtzehnjährigen eine Handbibel und versah sie mit einer einfachen, aber eindrucksvollen Widmung, vgl. 25. 12. 1749

Persönliche und zeitgeschichtliche Ereignisse

1707: Bach nimmt die Bestallung, ausgestellt unter dem 15. Juni 1707, als Organist der Kirche Divi Blasii zu Mühlhausen entgegen;
in Eisenach wird am Mittwoch nach Trinitatis feierlich die neue Orgel, erbaut von dem Ohrdrufer Orgelbaumeister Georg Christoph Sterzing, in Gebrauch genommen, deren erste Baumaßnahmen Bach noch vor seiner Übersiedelung nach Ohrdruf als Kind miterlebt haben dürfte

1733: Probe Wilhelm Friedemann Bachs in Dresden zu seiner Bewerbung um die Organistenstelle an der Sophienkirche

1736: etwa an diesem Tag setzt Bach Johann Gottlob Krause als Nachfolger des von der Schule geflohenen ehemaligen ersten Präfekten Gottfried Theodor Kraußе ein, vgl. 26. 7. 1736

22. 6. 1707

Der bereits 1703 verstorbene Initiator der großen Eisenacher Sterzing-Orgel, Bachs Onkel Johann Christoph, schrieb 1697 die prophetischen Sätze nieder:

„Uff solche Weise bekommen wir mit Gottes hülffe ein zumal der Disposition halber schönes Orgelwerck, dessen Eisenach weit und breit, zumahl bey Orgell- und Music Verständigen ruhm und Ehre haben, hingegen aber an denen benachbarten Orten dergleichen so nicht zu finden seyn wird ... Ein solches Werck machet gar uff gewiße maße gute organisten, welches mir sehr viel in meinem thun und profession hette helffen sollen, wenn ich seit a[nn]o 1665 biß itzo ein solches Werck zu tractiren unter meinen Händen alhir gehabt hette; Gott gebe folgend zu diesem einen guten und endlichen Ausspruch."

Entstandene und aufgeführte Werke

am 1. Sonntag nach Trinitatis mit Predigt zu Lk 16,19-31
1726: Brich dem Hungrigen dein Brot, BWV 39
NK: D. Schütz

Persönliche und zeitgeschichtliche Ereignisse

1707: Andreas Börner, Arnstadt, bewirbt sich um die Nachfolge Bachs an der Neuen Kirche zu Arnstadt

1724: Tod Emanuel Kegels, des Reußischen Kapelldirektors und Organisten an St. Johannis zu Gera, zwei Tage vor der Orgelprüfung Bachs aus Leipzig

1725: Erstattung der Druckkosten für den Informationszettel zur Verlegung der Passionsaufführung in die Nikolaikirche, vgl. 3. 4. 1724

1732: Taufe des Sohnes Johann Christoph Friedrich in der Thomaskirche zu Leipzig durch Diakonus M. Gaudlitz; die Paten sind der Kammerkommissarius und Amtmann Johann Sigißmund Beiche aus Pegau, Dorothea Sophia Weise, Tochter des Thomaspastors Christian Weise, und der Assessor der Juristischen Fakultät D. Christoph Dondorff

1733: Wahl Wilhelm Friedemanns durch den Rat zu Dresden zum Organisten der Sophienkirche

1737: am 1. Sonntag nach Trinitatis Anzugspredigt von D. Friedrich Wilhelm Schütz als Pastor der Thomaskirche zu Leipzig als Nachfolger des im Dezember 1736 verstorbenen Christian Weise d. Ä., Predigt zu Lk 16,19-31

1744: Bachs Schüler Georg Gottfried Wagner, der seit Dezember 1726 Kantor in Plauen ist, bewirbt sich um eine Stelle in Freiberg, bleibt aber erfolglos

1747: Gottfried Lange, Vorsteher der Thomaskirche, unterschreibt den Kontrakt zur Reinigung und Reparatur der großen Orgel der Thomaskirche zu Leipzig durch Johann Scheibe, vgl. 28. 6. und 4. 11. 1747

Entstandene und aufgeführte Werke

am Johannistag früh mit Predigt zu Lk 1,57-80,
nachmittags mit Predigt zu Jes 40,1-5

1723: Ihr Menschen, rühmet Gottes Liebe, BWV 167
Sanctus in C, BWV 237
NK: D. Deyling; ThK: Lic. Sieber

1724: Christ, unser Herr, zum Jordan kam, BWV 7
NK: D. Deyling; ThK: Lic. Sieber

1725: Georg Philipp Telemann (?), Gelobet sei der Herr, der Gott Israels,
ThK: D. Weise; NK: M. Wagner

1726: Johann Ludwig Bach, Siehe, ich will meinen Engel senden,
ThK: D. Weise; NK: Hr. Geyer [Student]

1728 (?): Sei Lob und Ehr dem höchsten Gut, BWV 117
[Aufführung auch 1730 oder 1731 möglich]
NK: D. Deyling; ThK: Lic. Sieber

1729 (?): Ihr Menschen, rühmet Gottes Liebe, BWV 167
ThK: D. Weise; NK: Hr. Wollmann [Student]

1738: Freue dich, erlöste Schar, BWV 30
[Aufführung auch in den Jahren 1739 – 1742 möglich]
ThK: M. Teller; NK: M. Weise

Persönliche und zeitgeschichtliche Ereignisse

1728: Christian Friedrich Henrici, genannt Picander, widmet Bach einen Textjahrgang Kirchenkantaten: „Gott zu Ehren, dem Verlangen guter Freunde zur Folge und vieler Andacht zur Beförderung habe ich mich entschlossen, gegenwärtige Cantaten zu verfertigen. Ich habe solches Vorhaben desto lieber unternommen, weil ich mir schmeicheln darf, daß vielleicht der Mangel der poetischen Anmuth durch die Lieblichkeit des unvergleichlichen Herrn Capell-Meisters, **Bachs**, dürfte ersetzet, und diese Lieder in den Haupt-Kirchen des andächtigen Leipzigs angestimmet werden."

1741: Pläne Bachs, über Halle nach Berlin zu reisen

Entstandene und aufgeführte Werke

am 3. Sonntag nach Trinitatis mit Predigt zu Lk 15,1-11
1724: Ach Herr, mich armen Sünder, BWV 135
ThK: M. Rabener
am 1. Festtag des Jubelfestes der Augsburgischen Konfession (3. Sonntag nach Trinitatis) früh mit Predigt zu Röm 1,16-17, nachmittags mit Predigt zu Hebr 13,15-16
1730: Singet dem Herrn ein neues Lied, BWV 190a
NK: D. Deyling; ThK: D. Carpzov

Persönliche und zeitgeschichtliche Ereignisse

1708: Entlassungsgesuch Bachs an den Rat der Freien Reichsstadt Mühlhausen;
Berufung zum Organisten und Kammermusikus an den Hof der Herzöge Wilhelm Ernst und Ernst August von Sachsen-Weimar
1724: Bach prüft und weiht die neue Finke-Orgel in der Johanniskirche in Gera ein; womöglich liegt auf diesem Tag auch die Einweihung der neuen Orgel in der Salvatorkirche, zumindest aber spielt er auf deren Orgel;
an Honorar erhält er 30 Taler, an Kosten für Hin- und Rückreise 10 Taler, als Zehrungskosten einschließlich für Wein 24 Taler, 8 Groschen und 8 Pfennige;
Bach muß an diesem Sonntag eine kompetente Person zu seiner Vertretung haben gewinnen können, denn immerhin war in der Thomaskirche zu Leipzig die Choralkantate „Ach Herr, mich armen Sünder“ (BWV 135) aufzuführen
1730: Beginn des dreitägigen Jubelfestes der Augsburgischen Konfession
1739: Christian Weise d. J. gibt das Konkordienbuch erneut heraus

25. – 27. 6. 1730

Das Jubelfest der Augsburgischen Konfession beging man mit drei Feiertagen, 25. bis 27. 6. 1730, für die Bach Kantaten komponierte, deren Text Gedanken formulieren, die auch am Beginn des Kirchengebetes stehen: „Barmhertziger, ewiger GOTT und Vater unsers HErrn JEsu CHristi! Wir, das Volck deiner Weide, und die Schaafe deiner Heerde, kommen vor dein allerheiligstes Angesicht mit Dancken, und vor deine Göttliche Majestät mit Loben, daß du nicht nur, nunmehro vor Zweyhundert Jahren, durch öffentliche Ubergebung der (aus deinem heiligen Göttlichen allein seligmachendem Wort genommenen) Augspurgischen *Confession*, ein freudiges und hertzliches Bekäntnüs der Wahrheit deines Evangelii ablegen, und deinen Nahmen dadurch verherrlichen lassen; sondern auch solches diese gantze Zeit über, benebst dem richtigen und der Einsetzung deines lieben Sohnes alleinig gemäßen Gebrauch derer hochwürdigen Sacramenten, unter uns erhalten, das darinnen Hellscheinende Licht der Wahrheit in unserm Hertzen leuchten lassen, und wieder alle Anfälle väterlich beschützet hast.“

Martin Luther, Vignette im Dresdner Gesangbuch 1725/1736

Entstandene und aufgeführte Werke

am 2. Festtag des Jubelfestes der Augsburgischen Konfession früh mit Predigt zu Hebr 10,23-24,
nachmittags mit Predigt zu Ps 93,5

1730: Gott, man lobet dich in der Stille, BWV 120b
ThK: D. Weise; NK: Lic. Werner

Persönliche und zeitgeschichtliche Ereignisse

1708: „in Conventu Parochiano / Proponeb. D.[ominus] Cons.[onsul] Dr. Meckbach [im Rat der „Eingepfarrten legt der Herr Bürgermeister dar] es hette der organist Pach anderweite Vocation [Berufung] nach Weimar und solche angenommen, dahero umb seine dimission [Entlassung] schriftlich angesuchet. quaereb. [es wird beschlossen] Weil er nicht aufzuhalten müste mann wohl in seine dimission consentiren [einwilligen], iedoch Ihme bey deren apertur [Eröffnung] anzudeüten das angefangene werck helfen zum stande zubringen“, vgl. 31. 10. 1709

1738: Bericht über die Stadtpfeiferprobe, die Christian Schlick und Johann Christian Oschatz vor Bach abgelegt hatten, mit anschließender Ratsentscheidung für Oschatz, vgl. 17. 7. 1745

1741: Veränderung der Reiseabsichten Bachs, vgl. 24. 6. 1741

26. 6. 1734
(Rektorat der Thomasschule zu Leipzig)

Zaghaft klopfte er. Ganz in seine Arbeit versunken, rief Gesner dennoch kräftig „Herein!“ Die Tür ging, jemand stellte sich in den Raum, dann war es wieder völlig still. Der Rektor blickte von seinem Schreibpult auf, „ach ja, Zeymer“ – wieder eine Pause –, dann im Schreiben leise weiter, wie vor sich hinmurmelnd: „ein Ehrsamer und Wohledler Rat hat seine Exkludierung aufgeschoben.“ Nun wandte er sich direkt an ihn: „Das hat er alles seiner guten und braven Mutter zu verdanken; sie wird glücklich sein.“

Zeymer schwieg. Sogleich erinnerte er sich in rasch wechselnden Bildern: Seit neun Jahren war er an der Schule, erst als Externer – Tag um Tag weit zu Fuß gehen –, dann endlich nach der großartigen Passion 1729 hatten ihn Rektor und Kantor als Alumne angenommen. Es war noch der alte Rektor gewesen. Gern wollte er singen und mittun. Aber der Kantor hatte ihn zunächst zurückgestellt; noch klang es ihm in den Ohren, wie er geurteilt hatte: „Zeymer praestiret nichts in musicis“. Ein Jahr später hatte der Kantor ihn erneut rufen lassen: „Zeymer, brauchbare Vocalisten habe ich dringend nötig!“ Nach der Prüfung hatte er ihm wohlwollend auf die Schulter geklopft und gemeint: „Der alte Rektor hätte dich nicht aufnehmen sollen.“ Und dann folgten Tiefschlag auf Tiefschlag, bis zur Exkludierung durch den Rektor. Das war vor zwei Wochen gewesen: Er habe weder Fähigkeit noch Application zu denen studiis und zur music bewiesen, lautete das Urteil.

„Seine Mutter war vor vier Tagen hier und bat um Hilfe“, setzte Gesner erneut an. „Er hat sich seit einem Jahre her in moribus ziemlich gebessert. Auch den Cantorem habe ich mit dieser Meinung auf der Seite.“ Deshalb sei die Exkludierung aufgeschoben worden. Nun möge er wieder in die Tertia gehen und tüchtig sein.

Zeymer schloß die Tür hinter sich, und Gesner mußte für einen Moment an sein gestriges Gespräch mit Bach denken, dem die jetzige Sachlage nicht ganz entsprach: „Sein Antecessor hat zu viele untüchtige und zur music sich gar nicht schickende Knaben recipiret. Nun mußte sich die Music nothwendig vergeringern und ins abnehmen gerathen. Es ist doch gar wohl zu begreiffen, daß ein Knabe, so gar nichts von der Music weiß, ja nicht ein mahl eine secundam im Halse formiren kan, auch kein musicalisch naturel haben kann, consequenter niemahln zur Music zu gebrauchen sey.“ Recht hat er schon, dachte er, und machte sich wieder an seine Arbeit.

Entstandene und aufgeführte Werke

am 3. Festtag des Jubelfestes der Augsburgischen Konfession früh mit Predigt zu Joh 7,16-18,
nachmittags mit Predigt zu Röm 10,9-11

1730: Wünschet Jerusalem Glück, BWV Anh. 4a
NK: D. Schütz; ThK: Hr. Heins [Student] (ohne Musik)

Persönliche und zeitgeschichtliche Ereignisse

1731: Baubegehung in Thomasschule und Wohnungen von Rektor und Kantor in den letzten Junitagen

1736: Johann August Ernesti, Thomasschulrektor, erhält aus der Kirchenkasse St. Nikolai 10 Taler für ein *„Florilegium Hymnorum“*; Bach kaufte 1729 und 1737 das Florilegium Portense in mehreren Exemplaren neu an

1748: Beginn der Verhandlungen der sogenannten Herrnhuter Kommission des sächsischen Oberkonsistoriums um die Anerkennung der Herrnhuter Brüdergemeine als Augsburger Religionsverwandte; Teilnehmer sind: Landeshauptmann von Loeben, Oberkonsistorialpräsident von Holtzendorff, D. iur. Heydenreich, Oberhofprediger D. Hermann, Prof. D. Weickmann aus Wittenberg und Prof. D. Teller aus Leipzig

27. 6. 1731

Schon seit den Tagen nach der Jubilatemesse war keine Ruhe mehr zu finden. Umbau und Renovierung der Thomasschule hatten begonnen, und für Bach war es ebenso schwer, hier weiter zu leben wie für seine Familie. Längst wurde es Zeit, daß sie in ihre Interimswohnung umziehen könnten. In den nächsten Tagen würde das geschehen. Man saß buchstäblich auf den gepackten Kisten. Heute Morgen erreichte die Familie die Nachricht, daß im Laufe des Vormittages eine Baukommission des Rates zu erwarten sei. Kaum hatte man sich mit der Nachricht abgefunden, klopfte es auch schon. Vier Männer standen vor der Tür; sie trugen aufgerollte

Bauzeichnungen bei sich und erklärten, man müßte sich genau kundig machen, was denn nun an Umbauten nötig sei. Anna Magdalena machte sich mit ihnen auf den Weg. Zunächst blieb man im ersten Stock.

Der eine, den sie Lehmann riefen, mußte Notizen für ein Protokoll anfertigen; der andere Große diktierte: „... es wird auch in diesem Stock nichts verändert, als daß die bißherigen Scheide Wände die die Eingänge verfinstert, und dem *Cantori* eine Stube abgetheilet, so vormahls das *Auditorium 3.tiae Classis* gewesen, ausgebrochen und die Feuer Mäuern zusammen gerücket werden".

Anna Magdalena protestierte: „Da haben wir ja ein Zimmer weniger!" „Gemach, gemach, teuerste Bachin! - Lehmann, es geht weiter, schreibe er: dagegen der *Cantor* eine Stube im neuen Stock bekommet".

Man stieg in die vierte Etage. Hier werde alles abgebrochen, hieß es kurz entschlossen. Lehmann mußte schreiben: „in dem Stock, so neu zuerbauen, und im Riß mit No. 4. bemerckt, ist das *auditorium 3.tiae Classis*, daran des *Tertii* [Stube], gleich über des *Con-Rectoris* Stube und gegenüber die *Bibliothec*, ingleichen eine Stube vor den *Rector* und *Cantor*, welche ihnen in dem Thürmgen und ersten Stock zum Speise Zimmer genommen worden, angelegt. – Nun, zufrieden, Frau Bachin", wandte sich der Große an Anna Magdalena. Sie nickte.

Und schon diktierte er wieder: „Darauf folget der *Mezzanin* oder im Riß mit No. 5. bemerckte Stock, auf welchen in 2. Abschnitten des *Rectoris* und *Cantoris* Treppen zu ihren Boden Cammern angebracht." – Nach etwa 1 Stunde verabschiedeten sich die Herren. Anna Magdalena atmete auf.

Persönliche und zeitgeschichtliche Ereignisse

1707: Bach empfängt die letzte Besoldung als Organist der Neuen Kirche (heute Bach-Kirche) in Arnstadt

1721: Bach steht Pate am Samstag nach dem 2. Sonntag nach Trinitatis bei Johann Christian Bähr, dem Sohn eines Goldschmieds in der Köthener Agnuskirche

1731: zum Donnerstagsabendmahl erscheinen bei D. Weise folgende Alumni Thomani: Nencke, Heße, Steudel, Dietze, Ludewig, Meißner

1734: Datierung der Widmungsvorrede zur Dissertation von Lorenz Christoph Mizler, in der er Johann Mattheson, Johann Sebastian Bach, Georg Heinrich Bümler und Johann Samuel Ehrmann als *Viri clarissimi, nobilissimi, Fautores aestumatissimi [Berühmte und edle Herren, hochgeschätzte Gönner*] anredet, vgl. 30. 6. 1734

1736: Herzog Christian von Sachsen-Weißenfels stirbt in Sangerhausen

1747: Unterschrift Johann Scheibes unter den Kontrakt zur Orgelreinigung und -reparatur und Beginn der Arbeiten an der großen Orgel der Leipziger Thomaskirche; Überwachung der Arbeiten durch Bach und Johann Gottlieb Görner

Entstandene und aufgeführte Werke

1723: Jesu meine Freude, BWV 227
Motette zum Leichenbegängnis für Johanna Maria Keese, vom Trauerhaus aus (?)

Persönliche und zeitgeschichtliche Ereignisse

1707: Bach gibt den Orgelschlüssel der Neuen Kirche an den Rat zu Arnstadt zurück und bittet um seine Entlassung

1723: Johanna Maria Keese, geb. Rappolt, Witwe des Ober-Post-Meisters Johann Jacob Keese, stirbt in Leipzig; zum Leichenbegängnis könnte Bachs Motette „Jesu, meine Freude", BWV 227, erklungen sein, vgl. 2. und 18.7.1723;
Superintendent Deyling schreibt wegen der anläßlich Bachs Amtseinweisung aufgetretenen Kompetenzunklarheiten an das Leipziger Konsistorium

1724: am Donnerstag, dem Tag der Apostel Petrus und Paulus, nimmt Bach am Abendmahl in der Thomaskirche zu Leipzig bei D. Weise teil; die Predigt zum Evangelium des Aposteltages, Mt 16,13-20, hielt M. Krantz

1726: Tod Christiana Sophia Henriettas, der ersten Tochter der Ehe Bachs mit Anna Magdalena; in einem der bekannten Schulhefte Wilhelm Friedemann Bachs ist von unbekannter Hand zu lesen: „Christiana Sophia Henrietta Bachin mortua est die 29 Junio aeta:[tis] 3 1/4 1726" [Chr. S. H. Bach ist gestorben am 29. Juni, ihres Alters 3 1/4 Jahre, 1726]

1729: Georg Friedrich Händel hält sich in Halle zu Besuch auf; die Einladung nach Leipzig, durch Wilhelm Friedemann Bach überbracht, bleibt unbeantwortet;
Johann Sebastian Bach liegt krank darnieder

1745: Eingabe des Stadtpfeifers Johann Christian Oschatz an den Rat zu Leipzig, vgl. 6. 7. 1745

1747: Lorenz Christoph Mizler trifft in Leipzig ein, nachdem er tags zuvor in Erfurt zum Doktor der Medizin promoviert worden war

29. 6. 1707

Erscheinet Herr Johann Sebastian Baach, bißheriger *Organi*st zur Neuen Kirchen, Berichtet, daß er nach Mühlhausen zum *Organi*sten beruffen worden, auch solche *Vocation* angenommen habe. Bedankte sich demnach gegen dem Rathe gehorsambst, vor bißherige Bestallung, und bittet umb *Dimission*, wolte hiermit die Schlüßel zur Orgel dem Rathe, von deme er sie empfangen, wieder überliefert haben.

D. R. z. A. [Der Rat zu Arnstadt]

Entstandene und aufgeführte Werke

1747: *Einige canonische Veraenderungen über das Weynacht-Lied: Vom Himmel hoch da komm ich her. vor die Orgel mit 2. Clavieren und dem Pedal*, BWV 769

Persönliche und zeitgeschichtliche Ereignisse

1725: M. Friederici, „gewesener Catecheta zu St. Petri seine Anzugs=Predigt als Sonnabends=Prediger" zu St. Nikolai in Leipzig gehalten, Text Ps 40,6

1731: Bach zieht mit seiner Familie Ende Juni wegen des Umbaus und der Erneuerung der Thomasschule in das Haus D. Christoph Donndorfs in der Hainstraße um

1734: Lorenz Christoph Mizler verteidigt an der Philosophischen Fakultät der Universität Leipzig seine *Dissertatio quod musica ars sit pars eruditionis philosophicae [Studie zu der Frage, warum die Musik eine Kunst und ein Teil der philosophischen Bildung sei]* zur Magisterpromotion; als Respondent trat Liborius Oschmann auf, ein Student der Rechte und der Künste aus Engelsbach in Thüringen, vgl. 28. 6. 1734

1739: Lic. Gottlieb Gaudlitz tritt das Amt des Archidiakonus an der Thomaskirche zu Leipzig an, Predigt zu Spr 8,17;
in der Ausgabe des „Critischen Musicus" berichtet Johann Adolph Scheibe von einer Organistenprobe, die im Dezember 1729 in der Leipziger Nikolaikirche stattfand und bei der Bach als Juror anwesend war, vgl. 23. 12. 1729

1747: mit dem Besuch Lorenz Christoph Mizlers hängt offensichtlich Bachs Eintritt in die „Societät der musikalischen Wissenschaften" zusammen, der sich dann in den letzten Junitagen vollzogen haben dürfte;
Bach überreicht aus diesem Anlaß seine „Kanonischen Veränderungen", BWV 769, in einem handschriftlichen Exemplar

Entstandene und aufgeführte Werke

am 5. Sonntag nach Trinitatis mit Predigt zu Lk 5,1-11

1725: Georg Philipp Telemann, Der Segen des Herrn machet reich ohne Müh,
NK: M. Wagner

Persönliche und zeitgeschichtliche Ereignisse

1714: Bachs Schulfreund, Georg Erdmann, hatte Jura studiert und begibt sich als Oberauditor (Gerichtsrang in der russischen Armee) in russische Dienste, vgl. 29. 1. 1718

1723: Bach quittiert über 3 Taler, die ihm gemäß der Sächsischen General-Consumtions-Accis-Ordnung als Äquivalent zustehen, vgl. 30. 3. 1733

1726: Montag nach dem 2. Sonntag nach Trinitatis verzeichnet das Leichenbuch der Stadt Leipzig das Begräbnis: „Ein Mägdlein 3. Jahr, Christiana Sophia *Henrietta*, Herrn Johann Sebastian Bachs, *Cantoris* bey der *Thomas* Schule, am *Thomas* Kirchhofe, st.[arb] am Samstag"

1735: bei Christoph Weigel in Nürnberg ist Bachs Zweiter Teil der Klavierübung (BWV 971 und 831) zu haben

1738: Anordnung des Konsistoriums Leipzig, der Rat von Sangerhausen solle den Aufenthaltsort von Johann Gottfried Bernhard Bach ausfindig machen und darüber berichten, vgl. 24. 5. und 15. 10. 1738

1740: Johann Siegismund Liebe, Zeitzer Stadt- und Schloßorganist und Onkel Anna Magdalena Bachs, bittet nun in einer Eingabe den sächsischen Kurfürsten darum, ihm seinen Enkel Gottlob Ludwig Raden zum Adjunkten beizugeben, vgl. 1. 10. 1738 und 22. 8. 1739

1. 7. 1723

Die Professores auf Universitäten, wie auch die Geistlichen, Schul- und Kirchen-Bediente, nebst derer Witben, ingleichen die Spithäler und Wäysen-Häuser, sind vor ihre Haus-Consumtion zwar von der

Accise befreyet; jedoch haben sie um mehrer Richtigkeit willen, alles und iedes, was sie zur Haushaltung, auch Hochzeiten, Kindtauffen und Begäbniß derer Ihrigen gebrauchen, gleich andern zu veraccisiren, und dessen Wiederersetzung, so viel es beträget, oder nach Befinden ein AEquivalent dafür aus der Accis-Einnahme monatlich hinwieder zu gewarten. (Sächsische General-Consumtions-Accis-Ordnung vom 31.8.1707: Codex Augusteus, Bd. II, Leipzig 1724, Sp. 1939)

2. JULI

Entstandene und aufgeführte Werke

am Festtag Mariae Heimsuchung früh mit Predigt zu Lk 1,39-56, nachmittags mit Predigt zu Jes 11,1-5

1707 (?): Meine Seele soll Gott loben, BWV 223
Divi Blasii zu Mühlhausen: Sup. D. Johann Adolph Frohne (evl. auch Archidiakonus Georg Christian Eilmar)

1723: Herz und Mund und Tat und Leben, BWV 147
Sanctus C-Dur, BWV 237
NK: D. Deyling, ThK: Lic. Sieber

1724: Meine Seel erhebt den Herren, BWV 10
NK: D. Deyling; ThK: Lic. Sieber

1725: [Komponist unbekannt], Meine Seele erhebt den Herren
ThK: D. Weise; NK: M. Wagner

1726: JohannLudwig Bach, Der Herr wird ein Neues im Land erschaffen
ThK: D. Carpzov; NK: M. Cyriacus [wahrscheinlich ein Student]

1728 (?): Herz und Mund und Tat und Leben, BWV 147
[Aufführung auch 1729 – 1731 möglich]
NK: D. Deyling; ThK: Lic. Sieber

1733 (?): Magnificat in D, BWV 243
ThK: D. Weise; NK: M. Hoffmann

1736 (?): Herz und Mund und Tat und Leben, BWV 147
[Aufführung auch 1737 – 1740 möglich]
ThK: D. Weise; NK: Herr Junghans

1740 (?): Meine Seel erhebt den Herren, BWV 10
[Aufführung auch 1741 – 1747 möglich]
ThK: D. Sieber; NK: Herr Berger

1750: Carl Philipp Emanuel Bach, Magnificat, Wq 215 (?)
NK: Lic. Eichler; ThK: Prediger unbekannt

Persönliche und zeitgeschichtliche Ereignisse

1707: wahrscheinlich Bachs Antrittsmusik in der Blasiuskirche zu Mühlhausen mit der nur in geringen Resten nachweisbaren Kantate BWV 223

1723: Beisetzung von Johanna Maria Keese, geb. Rappolt, in der Universitätskirche „in der Stille“, vgl. 29. 6. und 18. 7. 1723

1725: predigt Deyling nach 9 Wochen Krankheit erstmalig wieder im Frühgottesdienst der Nikolaikirche

1730: in Arnstadt stirbt Regina Stauber, geborene Wedemann, die Schwester der Mutter von Maria Barbara Bach, erster Frau Johann Sebastian Bachs, vgl. 12. und 18. 9. 1731

1733: Aufhebung der Landestrauer, die nach dem Tode Augusts des Starken am 15. Februar begonnen hatte

1748: Quittung Bachs, des Konrektors Conrad Benedictus Hülse und des Tertius Abraham Kriegel für die Zinsausschüttung des Legatum Lobwasserianum von jeweils 2 Gulden

PERSÖNLICHE UND ZEITGESCHICHTLICHE EREIGNISSE

1703: Prüfung der Wender-Orgel durch Bach in der Neuen Kirche (heute Bach-Kirche) zu Arnstadt

1736: Fertigstellung des Schemellischen Gesangbuches

3. 7. 1733

Der Nikolaiküster notierte zur Landestrauer: „Was das Lied, Meine Seele erhebt den Herrn p. anbetrifft, so hat man dieses davon aufgezeichnet. Die ersten 3. Sonntage in der Trauer als *Dom:[inica] Sexages:[imae], Estomihi* und *Invocavit* ist das Lied Meine Seele erhebt p. so wol sonnabends als auch sonntags in der Vesper mit gesungen worden, Mittlerweile aber hat der damahls regierende Herr Bürger Meister Herr Hoff=Rath Steger erfahren, daß in Dreßden das obgemelde Lied nicht anjetzo in der Trauer mit gesungen würde, so wurde dieses dem Hn. *Superintenden*ten gemeldet, welcher alsobald Befehl ertheilte, daß das Lied Meine Seele erhebt den Herrn p. so wol sonnabends als auch sonntags in der Vesper solte weggelaßen werden, und solte dafür ein ander Lied, welches sich auf die Predigt schickte, gesungen werden. –

Wie nun das Fest *Mariae* Heimsuchung heranrückte, daß das obgemelde Lied solte wieder sein Anfang nehmen, so wurde auf *Intercessio*n vieler Vornehmer, Männlich: und Weibliches Geschlechts der H. *Superintendens* ersucht, daß das Lied Meine Seele erhebt den Hn. p. gantz und gar in Zukunfft möchte weg bleiben, welche *Intercessio*n auch statt funde, so wurde darauf von Hn. *Superintenden*ten *resolvi*ret und anbefohlen, daß so wol in der St. Nicolai, Thomas und Neü=Kirchen hohe Fest Tags über das *Magnificat* solte *musici*ret werden, aber an denen Sonntagen solte der Herr Vesper Prediger ein Lied, welches sich auf seine Predigt schickte, anordnen, wie denn auch sonnabends zur Vesper solte jederzeit auch ein Lied gesungen werden, daß sich auf die Predigt schickte."

3. 7. 1736

Zur Ostermesse 1736 bot der Frankfurter und Leipziger Bücherkatalog das sog. Schemellischen Gesangbuch mit einem Werbetext an, der auch Bachs Beteiligung hervorhob:

> Musicalisches Gesangbuch von 950. auserlesenen geistlichen Liedern und Arien. Die unbekanten Melodien sind von Herrn Capellmeister Bach entweder neu verfertiget, oder nach befinden verbessert und so dann sauber in Kupffer gestochen worden.

Doch das Erscheinungsdatum war nicht zu halten. Die Vorrede des Zeitzer Stiftssuperintendenten D. Friedrich Schultze trägt das Datum des 24. April, zwei Tage nach Beginn der Ostermesse; die Widmung des Herausgebers, des Zeitzer Schloßkantors Georg Christian Schemelli, ist sogar erst mit dem 1. Juni datiert. Etwa um den 3. Juli wurde man mit der Arbeit fertig.

Persönliche und zeitgeschichtliche Ereignisse

1708: Nachfolgeregelung des Organistendienstes in Mühlhausens, Einsetzung von Johann Friedrich Bach als Nachfolger seines Vetters

1714: Abreise des Prinzen Johann Ernst von Sachsen-Weimar, Schüler Bachs, zur Kur nach Bad Schwalbach, vgl. 1. 8. 1715

1733: spätestens seit Anfang Juli arbeiten Johann Sebastian Bach, seine Frau Anna Magdalena sowie seine Söhne Wilhelm Friedemann und Carl Philipp Emanuel an der Reinschrift des Stimmensatzes der Missa in h-Moll, BWV 232 I, den Bach Ende des Monats in Dresden dem sächsischen Kurfürsten überreichen will, vgl. 27. 7. 1733

1741: in den ersten Julitagen reiste Bach nach Berlin, vgl. aber 24., 26. 6. und 25. 7. 1741

1750: im Auftrag Bachs quittiert sein Sohn Johann Christian nach dem Festtag Mariae Heimsuchung über 2 Gulden aus dem Legatum Lobwasserianum

Entstandene und aufgeführte Werke

am 5. Sonntag nach Trinitatis mit Predigt zu Lk 5,1-11

1733: Wer nur den lieben Gott läßt walten, BWV 93
[Aufführung erwogen, aber unwahrscheinlich, vgl. 13. 7. 1732]
ThK: D. Weise

Persönliche und zeitgeschichtliche Ereignisse

1723: Beendigung der Dacharbeiten an Gebälk, Schalbrettern und Deckung auf der Südseite der Thomaskirche, die am 12. April begonnen hatten

1738: Vereidigung des Stadtpfeifers Johann Christian Oschatz, den Bach am 5. Juni geprüft hatte, vgl. 17. 7. und 18. 7. 1745

1745: in einer Eingabe an den Rat zu Leipzig beruft sich der Stadtpfeifer Johann Caspar Gleditsch mit seinem nachteiligen Urteil über den Kunstgeiger Johann Christian Oschatz auf Bach

5. 7. 1745

Im Nachgang zu seiner Kunstgeigerprobe im Jahr 1738, bei der er durch den Kapellmeister Bach für tauglich gehalten und empfohlen worden war, hatte man damals dem Bewerber Johann Christian Oschatz im Stadtrat die Zusicherung gegeben, bei nächster Vakanz zum Stadtpfeifer ernannt zu werden.

Daran erinnerte sich Oschatz jetzt, als er davon hörte, daß die beiden alten Stadtpfeifer Johann Caspar Gleditsch und Johann Cornelius Gentzmer Substituten zur Annahme beantragt hatten. Das würde sein Fortkommen erheblich erschweren. Tagelang quälte er sich herum, was er denn tun sollte. Es war ihm zudem zu Ohren gekommen, daß Gentzmer beim Rat seinen Substituten Pfaffe cum spe succedendi [mit dem Versprechen auf die Nachfolge] vorgeschlagen hatte. Wenn Gleditsch auch noch auf diesen Gedanken verfiele, dann könnte er sich seine berufliche Entwicklung aus dem Sinn schlagen, dann würden in Leipzig die Stadtpfeiferstellen wieder wie vordem auf ein Menschenalter unverändert besetzt sein.

Entstandene und aufgeführte Werke

am 4. Sonntag nach Trinitatis mit Predigt zu Lk 6,36-42
1732: Ich ruf zu dir, Herr Jesu Christ, BWV 177
ThK: D. Weise
am 5. Sonntag nach Trinitatis mit Predigt zu Lk 5,1-11
1738: [Kantatenaufführung unbekannt]
Te Deum laudamus
NK: D. Deyling

Persönliche und zeitgeschichtliche Ereignisse

1745: im Rat zu Leipzig anerkennt man die Argumentation Johann Christian Oschatz', der in seiner Eingabe vom 29. Juni darauf hingewiesen hatte, man habe ihm seit 1738 versprochen, daß er bei der nächsten Vakanz „würcklicher Stadtpfeifer" werden würde, vgl. aber 13. 7. 1745

6. 7. 1738

Im Frühgottesdienst der Nikolaikirche zu Leipzig wurde nach den Gebeten, Aufgeboten, Fürbitten und Danksagungen sowie anderen Abkündigungen eine Fürbitte für die Schwangerschaft der Gemahlin des sächsischen Kurfürsten durch den Herrn Superintendenten abgelesen. Danach erklang das „Te Deum laudamus, unter trommeten und Paucken Schall nebst der Lösung der Canonen auf der Festung Pleißenburg".

Persönliche und zeitgeschichtliche Ereignisse

1720: „den 7ten *Jul.* ist Herrn *Johann Sebastian* Bachens Hoch-Fürstl. *Capell*meisters Eheliebste [Maria Barbara Bach] beygesetzet bezahlet die gantze Schule, Jedoch nur 2 thl vor die Schule

1726: M. Gottlieb Gaudlitz wird am 3. Sonntag nach Trinitatis Substitut des kränklichen Subdiakonus der Nikolaikirche Johann Georg Hoffmann; er predigt im Vespergottesdienst zu 1Petr 5,6-11

1735: am Donnerstagsabendmahl bei D. Weise nehmen ein „Monsieur Bach“ [wohl nicht J. S. Bach] und folgende Alumni Thomani teil: Kretzschmar, Köpping, Kittler, Schrey, Richter, Teubner, Zengermann; bei D. Sieber der Kunstgeiger Beyer

1746: Bachs Beichtvater, Archidakonus Christoph Wolle, promoviert zum Doktor der Theologie

1747: Widmungsschreiben Bachs an Friedrich den Großen für sein „Musikalisches Opfer“ (BWV 1079), gedruckt vom Verlag Breitkopf in Leipzig

7. 7. 1747

Allergnädigster König,

E[hr]w.[ürdiger] Majestät weyhe hiermit in tiefster Unterthänigkeit ein Musicalisches Opfer, dessen edelster Theil Deroselben hoher Hand selbst herrühret. Mit einem ehrfuchtsvollen Vergnügen erinnere ich mich annoch der ganz besondern Königlichen Gnade, da vor einiger Zeit, bey meiner Anwesenheit in Potsdam, Ew. Majestät selbst, ein *Thema* zu einer *Fuge* auf dem Clavier mir vorzuspielen geruheten, und zugleich mir allergnädigst mir auferlegten, solches alsobald in Deroselben höchsten Gegenwart auszuführen. Ew. Majestät Befehl zu gehorsamen, war meine unterthänigste Schuldigkeit. Ich bemerkte aber gar bald, daß wegen Mangels nöthiger Vorbereitung, die Ausführung nicht also gerathen wollte, als es ein so vortreffliches *Thema* erforderte. Ich fassete demnach dem Entschluß, und machte mich sogleich anheischig, dieses recht

Königliche *Thema* vollkommener auszuarbeiten, und sodann der Welt bekannt zu machen. Dieser Vorsatz ist nunmehro nach Vermögen bewerkstelliget worden, und er hat keine andere als nur diese untadelhafte Absicht, den Ruhm eines Monarchen, obgleich nur in einem kleinen Puncte, zu verherrlichen, dessen Größe und Stärke, gleichwie in allen Kriegs- und Friedens-Wissenschaften, also auch besonders in der Musik, jedermann bewundern und verehren muß. Ich erkühne mich, dieses unterthänigste Bitten hinzuzufügen: Ew. Majestät geruhen gegenwärtige wenige Arbeit mit einer gnädigen Aufnahme zu würdigen, und Deroselben allerhöchste Königliche Gnade noch fernerweit zu gönnen

Ew. Majestät

Leipzig den 7. Julii
1747

allerunterthänigst gehorsamsten Knechte,
dem Verfasser.

8. JULI

Entstandene und aufgeführte Werke

am 6. Sonntag nach Trinitatis mit Predigt zu Mt 5,20-26

1725: Georg Philipp Telemann (?), Wer sich rächet, an dem wird sich der Herr wieder rächen,
NK: D. Deyling

Persönliche und zeitgeschichtliche Ereignisse

1720: frühester anzunehmender Rückkehrtermin Bachs von einem Kuraufenthalt in Karlsbad mit seinem Fürsten Leopold und weiteren Mitgliedern der Hofkapelle; Bachs Nekrolog weiß zum Tod seiner ersten Frau mitzuteilen: „Die erste Nachricht, daß sie krank gewesen und gestorben wäre, erhielt er beym Eintritte in sein Hauß."

1734: in Dresden kommt es zur Uraufführung der Oper „Cajo Fabriccio" von Johann Adolph Hasse

1745: Johann Cornelius Gentzmer, Leipziger Stadtpfeifer, beruft in seiner Eingabe an den Rat zu Leipzig, in der er eine Adjunktur des Stadtpfeifergesellen Carl Friedrich Pfaffe beantragt, sich auf Bachs Urteil, vgl. 10. und 24. 7. 1745

9. JULI

Entstandene und aufgeführte Werke

am 5. Sonntag nach Trinitatis mit Predigt zu Lk 5,1-11

1724: Wer nur den lieben Gott läßt walten, BWV 93
ThK: M. Rabener

Persönliche und zeitgeschichtliche Ereignisse

1702: Begräbnis des Stadtrichters und Figuralorganisten zu St. Jacobi in Sangerhausen, Gottfried Christoph Gräffenhayn

1724: im Vespergottesdienst des 5. Sonntages nach Trinitatis der Nikolaikirche zu Leipzig hielt M. Wagner seine Anzugspredigt zu 1Petr 3,8-15; er war zuvor Kantor an der Fürstenschule zu Schulpforta gewesen, vgl. 11. 6. 1724

1739: etwa ab Donnerstag, 9. Juli, weilt Wilhelm Friedemann Bach über vier Wochen zu Besuch in Leipzig

10. JULI

Persönliche und zeitgeschichtliche Ereignisse

1702: Bach bewirbt sich an diesem Tage oder wenig später um die Stelle des Figuralorganisten an der Sangerhäuser Jacobikirche
1729: Superintendent Deyling in Leipzig predigt erstmals wieder nach reichlich 5 Wochen, wahrscheinlich wegen einer Erkrankung
1736: Bach ersetzt den erst um den 22. Juni bestellten ersten Präfekten Johann Gottlob Krause durch Samuel Kittler; Ernesti läßt es geschehen, doch Krause beschwert sich bei ihm; Ernesti verweist ihn der Erklärung wegen an Bach
1745: Carl Friedrich Pfaffe, Stadtpfeifergeselle, bittet in einer Eingabe an den Rat zu Leipzig um die Einsetzung als Adjunkt des Stadtpfeifers Johann Cornelius Gentzmer, vgl. 8. und 24. 7. 1745
1747: Rechnungseintrag bei Breitkopf in Leipzig für 200 Exemplare des Widmungstextes für das „Musicalische Opfer", BWV 1079, vgl. 7. 7. und 30. 9. 1747;
Ausfertigung eines Zeugnisses für Zacharias Hildebrandt durch den Rat zu Naumburg, das Hildebrandt schon am 30. 9. 1746 beantragt hatte

11. JULI

Entstandene und aufgeführte Werke

am 7. Sonntag nach Trinitatis mit Predigt zu Mk 8,1-9
1723: Ärgre dich, o Seele nicht, BWV 186
NK: D. Deyling

Persönliche und zeitgeschichtliche Ereignisse

1706: Friedelena Margaretha und Maria Barbara Bach, Töchter des Gehrener Organisten Johann Michael Bach, nehmen am 6. Sonntag nach Trinitatis am Abendmahl in der Neuen Kirche zu Arnstadt teil

Persönliche und zeitgeschichtliche Ereignisse

1736: Gespräch Ernestis mit dem Vorstcher der Schule und mit Bach in Sachen Präfekteneinsetzung

12. 7. 1736

Im Morgengottesdienst des Donnerstag nahm er am Abendmahl teil. Wollte Gott, daß die Unstimmigkeiten mit dem Kantor sich bald ausräumen ließen, dachte er.

Am Vormittag hatte er mit dem Vorsteher der Schule, dem Bürgermeister Stieglitz, seinem Vertrauten, über die Sache gesprochen. Dann schickte er den Pedell zum Kantor und bat ihn um eine Unterredung.

Bach stand vor ihm. „Der Herr Schulvorsteher meint auch", setzte Ernesti an, „wenn er – Bach – keine andere Ursache für die Absetzung des Präfekten habe als die Reaktion auf meinen unrechten Eingriff in die Rechte des Kantors – was so ja auch nicht stimme –, so könne er in die Absetzung ebenfalls nicht einwilligen." Im übrigen sei er – Bach – unbedachtsam gewesen und habe das Ungeschick unter den Schülern bekannt werden lassen, was überhaupt nicht nötig war. Ernesti unterbrach und schwieg.

„Ich gestehe, wegen der genannten Ursache die Veränderung vorzunehmen", gab Bach kurz zu. Ernesti wurde scharf: „Dann untersage ich Ihm nomine Stieglitzii [im Namen Stieglitz'] die Absetzung des Praefecti."

Bach verließ wortlos das Zimmer des Rektors.

Entstandene und aufgeführte Werke

am 5. Sonntag nach Trinitatis mit Predigt zu Lk 5,1-11

1732: Wer nur den lieben Gott läßt walten, BWV 93
[Aufführung auch für 5. 7. 1733 erwogen]
NK: D. Deyling

Persönliche und zeitgeschichtliche Ereignisse

1703: Kostenerstattung von 8 Gulden und 13 Groschen für die Orgelprüfung in Arnstadt einschließlich Kost und Quartier

1733: dem sächsischen Herrscherhaus wird der Prinz Carl Christian Joseph geboren

1741: Brief Bachs an den Fürstlichen Kammerrat Johann Leberecht Schneider, Weißenfels, mit Dank für einen „schönen Wildpret Braten"

1745: im Rat zu Leipzig wird eine Stadtpfeiferprobe in Gegenwart Bachs festgelegt, bei der Pfaffe und Oschatz sich vorstellen sollen, vgl. 6. 7. 1745

1746: Brief des Zschortauer Pfarrers Cademann an den Delitzscher Superintendent Johann Paul Streng mit Meldung der Fertigstellung der neuen Orgel von Johann Scheibe und der Vorbereitung der Orgelprüfung durch Bach

13. 7. 1746

HochEhrwürdiger Hochachtbar und Hochgelahrter Hoher Patron.

Ihro HochEhrwürden habe gehorsamst zu melden, wie unser neües Orgel werck durch Gottes Gnade dahin gebracht ist, daß es von Hn Scheiben, so bald der Mahler vollends fertig ist, wird übergeben werden können. So haben Ihro Hochwohlgeboren der Hr von Sahrer, von welchem ein ergeben *Compliment* zu vermelden befehliget bin, beliebet, *Dom:[inica] IX p.[ost] Trinit:[atis]* die Ubernahme anzustellen; wo anders Ihro HochEhrwürden dieser Tag auch beliebig wäre, oder wo Ihnen auch der *X. p.[ost] Trinit:[atis]* bequemer wäre, wolten Sie es sich gefallen laßen, wiewohl Ihnen der erstere am angenehmsten. Zur *Examination* des wercks ist der

Hr *Capel*-Meister Bach aus Leipzig bestellet. Was nun von Ihro HochEhrwürden vor ein Tag beliebet werden wird, und ob Ihro HochEhrwürden die Einweihungs Predigt selbst halten, will mit gehorsamsten *Respect* erwarten.

Zu Ihro HochEhrwürden beständigen wohlwollen empfiehlet sich schließl. HochEhrwürdiger Hochachtbar und Hochgelahrter Hoher Patron Ihro HochEhrwürden zu Gebet und Dienst Ergebener

M. Johann Christoph Cademann

Zschortau d. 13 Jul: 1746

14. JULI

Entstandene und aufgeführte Werke

am 4. Sonntag nach Trinitatis mit Predigt zu Lk 6,36-42

1715: Barmherziges Herze der ewigen Liebe, BWV 185
Schloßkapelle Zur Wilhelmsburg: Generalsup. Johann Georg Layritz

Persönliche und zeitgeschichtliche Ereignisse

1708: Geldgeschenk anläßlich der Übersiedelung Bachs nach Weimar

1725: Beginn einer Reparatur und Erweiterung der großen Orgel der Nikolaikirche durch den Orgelbauer Johann Scheibe, währenddessen die Orgel durchweg spielbar blieb

1728: im Dresdner Oberkonsistorium beginnt das Verfahren auf Amtsenthebung des Leipziger Oberkatecheten an der Peterskirche, M. Adam Bernd, wegen falscher christlicher Lehre

15. JULI

Entstandene und aufgeführte Werke

am 7. Sonntag nach Trinitatis mit Predigt zu Mk 8,1-9

1714: Widerstehe doch der Sünde, BWV 54 (vgl. auch 4. 3. 1714)
Schloßkapelle Zur Himmelsburg: Generalsup. D. Johann Georg Layritz

1736: Es wartet alles auf dich, BWV 187
ThK: D. Weise

Persönliche und zeitgeschichtliche Ereignisse

1717: in Wertheim wird das Schreiben von Johann Lorenz Bach präsentiert, womit er sich um die dortige Kantorenstelle bewirbt; er kommt dabei auf den von Johann Sebastian Bach in Weimar seit Herbst 1713 erhaltenen Unterricht zu sprechen

1734: Beginn einer bis zum 22. September dauernden Orgelreparatur der Zschugk-/Thayssner-Orgel in der Wenzelskirche zu Naumburg durch Zacharias Hildebrandt, vgl. 23. 9. 1734

16. JULI

Persönliche und zeitgeschichtliche Ereignisse

1723: in jedem Jahr am 16. Juli erhielten zwei Geistliche, der Kantor und die Thomasschüler Zinserträge eines Kapitals unter der Bedingung ausgezahlt, daß des Begräbnistages des Dr. jur. Daniel Aegidius Heinrici in der Predigt zu St. Thomas oder St. Nikolai gedacht werde und die Thomasschüler das Lied „Herr Jesu Christ, wahr Mensch und Gott" singen

1750: Umhängung der Pastorenporträts der Thomaskirche aus dem Kirchenraum in die Sakristei

Entstandene und aufgeführte Werke

am 6. Sonntag nach Trinitatis mit Predigt zu Mt 5, 20-26
1735: Es ist das Heil uns kommen her, BWV 9
ThK: D. Weise

Persönliche und zeitgeschichtliche Ereignisse

1727: Teilnahme Bachs mit Sohn am Abendmahl bei D. Weise am Donnerstag nach dem 5. Sonntag nach Trinitatis; die Predigt zu 1Kor 10,16-17 hielt M. Windisch [wohl ein Student]
1729: am Mittwoch nach dem 5. Sonntag nach Trinitatis reicht Thomaspastor D. Christian Weise die „Privat Commun.[ion…] des H. Cantoris Jgfr. Schwägerin am Thomas Kirch Hoffe" [Friedelena Margaretha Bach, Schwester Maria Barbara Bachs]
1736: Thomasschulkonrektor Sigmund Friedrich Dresig vermittelt im Streit zwischen Ernesti und Bach, vgl. 12. 7. 1736; Bach will den von ihm abgesetzten Präfekten wieder einsetzen
1738: Romanus Teller wird Professor extraordinarius theologiae
1745: erste Eingabe des Kunstgeigers Johann Christian Oschatz an den Rat zu Leipzig mit Ablehnung einer nochmaligen Probe als künftiger Stadtpfeifer, vgl. 26. 6. 1738

17. 7. 1736

Ernesti empfing seinen Conrector. Dresig berichtete ihm, er habe mit dem Cantor gesprochen; der ließe sagen, er habe den Brief des Rectoris mit Vergnügen gelesen, und er wolle es selbst gerne sehen, wenn die Sache in der Güte abgetan werden könnte. „Ich konnte ihm deutlich machen", setzte Dresig fort, „er habe auch etwas zu einem Kompromiß beizutragen und schlug ihm vor, er möge in der erstbesten Singstunde den abgesetzten Präfekten wieder in das Amt einsetzen." – „Und das hat er ihm versprochen?" fragte Ernesti ungläubig. Dresig nickte bejahend; man habe die Sache gemeinsam hin und her erwogen und sei am Schluß zu dieser Konsequenz gelangt. Er habe keinen Zweifel an dem Willen und der Ernsthaftigkeit des Kantors. „Da müßten erst Himmel und Erde untergehen, wenn das geschehen sollte“, wandte Ernesti mit heftig schüttelndem Kopf ein, „das glaub ich nie und nimmer! Da kenn' ich ihn besser! Wir werden uns wieder sprechen, dazu wird es nicht kommen! Der Cantor treibt seinen Spott mit uns, lieber Herr Collega! – Doch ich bedanke mich recht sehr für seine treuliche Vermittlung; möge ihr Erfolg beschieden sein.“

17. 7. 1745

Jetzt mußte er sich zu Wort melden, denn er konnte die Dinge nicht auf sich beruhen lassen. Gestern war ihm, dem Kunstgeiger Johann Friedrich Oschatz, der Beschluß des Rates mitgeteilt worden, wonach er nochmals zur Probe antreten sollte. Das hatte er doch schon vor sieben Jahren erledigt. In alten Aufzeichnungen suchte er und fand das Datum. Dann überlegte er hin und her und entwarf verschiedene Schreiben. Schließlich wußte er annähernd, wie es sein sollte:

„Es hat E. E. Hochweiser Rath heute *dato* mir die Andeutung thun laßen, daß ich, nebst dem Stadt-Pfeiffer-Gesellen, Pfaffen, bey dem *Capell*-Meister, Bach, mich stellen, und meine *Probe in Musicis* allda ablegen sollte. Nachdem ich aber am 5 *July* 1738. bereits meine *Probe*, als Stadt-Pfeiffer, bey gedachten *Capell*-Meister, Bachen, abgeleget, selbiger auch E. E. Hochweisen Rath pflichtmäßig einberichtet, daß er mich in meiner abgelegten *Probe* vor tüchtig befunden, dieser Bericht auch in der Rath Stube annoch vorhanden seyn wird, worauf denn Ew. HochEdelgebohrne *Magnificenz* HochEdle und Hochweise Herren mich so fort zum Stadt-Pfeiffer erwehlet, und in Pflicht nehmen laßen, … Alß will … hierdurch gehorsamst bitten, mich mit der anderweitigen *Probe*, besonders mit meinem untergebenen Gesellen, in Ansehung meiner schon untern 5 *Jun [muß heißen: Juli]* 1738. abgelegten und tüchtig befundenen *Probe* hochgeneigt zuverschonen“.

Entstandene und aufgeführte Werke

am 8. Sonntag nach Trinitatis mit Predigt zu Mt 7,15-23

1723: Erforsche mich, Gott, und erfahre mein Herz, BWV 136
ThK: Lic. Weise

Persönliche und zeitgeschichtliche Ereignisse

1698: Bach ist als 5. Schüler in der Secunda des Lyceums in Ohrdruf verzeichnet

1723: Gedächtnispredigt zu Röm 8,11 für Johanna Maria Keese, geb. Rappolt, anstelle des Vespergottesdienstes am 8. Sonntag nach Trinitatis in der Nikolaikirche durch Sup. D. Deyling

1724: laut Cammer-Rechnung des Köthener Hofes wurden folgende Honorare gezahlt:
Dem *Director Musices* Bachen und seiner Ehefrauen, so sich hören laßen zu ihrer abfertigung rthl [Reichstaler] 60,
Dem *Organis*ten Schneidern [Hoforganist Johann Schn., Saalfeld] dergleichen rthl 20,
Dem *Tenor*sänger Vettern [Carl Friedrich V., Sohn des ehemaligen Leipziger Nikolaiorganisten Daniel V.], dergleichen rthl 20

1736: Ernesti läßt Bach an das am Vortag gegebene Versprechen erinnern, den abgesetzten Präfekten wieder einzusetzen; Bach gibt zur Antwort, er habe eine vierzehntägige Reise vor sich, der Rektor solle sich bis zu seiner Rückkehr gedulden, vgl. 1. und 11. 8. 1736

1745: zweite Eingabe des Kunstgeigers Johann Christian Oschatz mit Ablehnung einer nochmaligen Probe als künftiger Stadtpfeifer, vgl. 17. 7. 1745

18. 7. 1745

Auch heute kam er nicht zur Ruhe. Er sollte doch noch einen Brief nachreichen, um die Dringlichkeit zu unterstreichen. Er war sich ganz sicher, es war ein Musicus namens Schlick, der damals mit ihm die Probe gemacht und kläglich versagt hatte:

„Ew. Hochwohlgebohrenen *Excellenz* werden annoch in gnädigen Andencken ruhn, wasmaßen bey letzterer Entschließung E. E. Raths dieser hohe Befehl an mich ergangen, nochmals eine Probe mit dem Gesellen Pfaffen, welcher um die *Adjunctur* des Stadt-Pfeiffers Genßmers *emeriti* angehalten, abzulegen ... Weil mir aber dieser befehl als etwas gantz unerwartetes zu seyn vorkam, so erkühnte mich in einem unterthänigen Schreiben bey E. E. Rathe einige Vorstellung zuthun, die ich mit dero gnädigen Erlaubniß zuwiederholen nicht entstehen kann, als: 1) daß ich auf E .E. Raths Befehl mit zweyen *Musicis a[nn]o* 1738 auf allen denen Stadt-Pfeifern üblichen *Instrumen*ten meine Probe gethan, und nach erstatteten Bericht des Herrn *Capell*-Meisters Bachens E. E. Rath *resolvi*rete, mich aus diesen dreyen *Competentibus* als Kunstgeiger und Stadt-Pfeifer an und in Pflicht zu nehmen". Jetzt war es ihm wohler.

19. JULI

Persönliche und zeitgeschichtliche Ereignisse

1697: Bach als 1. Schüler der Tertia des Lyceums in Ohrdruf verzeichnet; späterer Vermerk zu seinem und folgenden Namen: In 2[secun]dam claßem translati [in die Sekunda versetzt]

1736: Teilnahme Bachs sowie der Alumni Thomani Albrecht, Krebs, Teichmann, Kuhl, Landvoigt, Küttler am Abendmahl bei D. Weise, Donnerstag nach dem 7. Sonntag nach Trinitatis mit Predigt zu Num 20,7-12;
Beginn einer vierzehntägige Reise Bachs, die er nach dem Abendmahlsgang auch antritt, deren Ziel jedoch unbekannt ist, vgl. 18.7. und 1.8.1736

1742: Teilnahme Bachs am Abendmahl bei Lic. Wolle, Donnerstag nach dem 8. Sonntag nach Trinitatis mit Predigt zu Jes 65, 13-14

Entstandene und aufgeführte Werke

am 6. Sonntag nach Trinitatis mit Predigt zu Mt 5,20-26

1732: Es ist das Heil uns kommen her, BWV 9
ThK: D. Weise

am 7. Sonntag nach Trinitatis mit Predigt zu Mk 8,1-9

1749: Es wartet alles auf dich, BWV 187
NK: Lic. Eichler

Persönliche und zeitgeschichtliche Ereignisse

1696: Bach als 4. Schüler der Tertia des Lyceums in Ohrdruf verzeichnet

1726: Zeugnis Bachs für seinen Schüler Jacob Ernst Hübner

1748: Christian Gottlieb Fritzsches Vater aus Zeitz schreibt im Namen seines Sohnes eine Bewerbung um die vakante Organistenstelle der Naumburger Wenzelskirche; er habe ihn „seine angefangenen Musicalischen Studia ferner fort zu setzen bereits vor 1 1/2 Jahren nach Leipzig gethan, woselbst er bey Herrn Capell-Meister Bachen und bey Herrn Organisten Schneidern seine Musicalischen Studia ferner proseqviret [fortgesetzt], und sich zugleich im componiren geübet."

Entstandene und aufgeführte Werke

am 5. Sonntag nach Trinitatis mit Predigt zu Lk 5,1-11
1726: Siehe, ich will viel Fischer aussenden, BWV 88
NK: D. Deyling

Persönliche und zeitgeschichtliche Ereignisse

1696: Geburt von Tobias Friedrich Bach, Sohn Johann Christoph Bachs und seiner Ehefrau Dorothea, geb. Vonhof, in Ohrdruf, Vetter Johann Sebastians
1728: Immanuel Tietze, Buchdrucker und Verleger der Texthefte für die Leipziger Kirchenmusik, in Leipzig gestorben
1738: womöglich zweiter Besuch Bachs in Weißensee/Thüringen, um die dort neuerbaute Orgel des Orgelbauers Conrad Wilhelm Schäfer aus Kindelbrück endgültig abzunehmen, vgl. 16. 12. 1737
1746: Teilnahme „Herr CapellMeister Bach u Sohn“ am Abendmahl bei Archidikonus Wolle, Donnerstag nach dem 6. Sonntag nach Trinitatis, mit Predigt zu Mt 5,7

Persönliche und zeitgeschichtliche Ereignisse

1714: am 8. Sonntag nach Trinitatis tritt Christian Weise d. Ä. sein Amt als Thomaspastor in Leipzig mit einer Predigt zu Mt 7,15-23 an

1750: am Mittwoch nach dem 8. Sonntag nach Trinitatis spendet Archidiakonus D. Wolle in einer Privatkommunion „H. *Cantor* Bach auf der Thomas Schule" das letzte Abendmahl

22. 7. 1750

Am Mittwoch nach dem 8. Sonntag nach Trinitatis, gegen Abend, rief man nach Bachs Beichtvater, Archidiakonus D. Christoph Wolle. Der völlig Erblindete verlangte nach dem Heiligen Abendmahl. Wolle kam, bereitete den Abendmahlstisch vor und schlug die Kirchen-Agenda auf. Dann las er aus Psalm 25: „Nach dir, Herr, verlanget mich ..., die Angst meines Herzens ist groß, führe mich aus meinen Nöten." Bei einzelnen Zeilen hatte der Kranke mitgebetet. Nun empfing er im Kreise der anwesenden Familienmitglieder das Heilige Mahl: Anna Magdalena, Gottfried Heinrich, Johann Christoph Friedrich, Johann Christian, auch Elisabeth Juliana Friederica mit Altnickol waren aus Naumburg herübergekommen. „Nehmet hin ...". Den beiden kleinen Mädchen, Johanna Carolina und Regina Susanna, legte Wolle segnend die Hand auf den Kopf.

Als er am 28. Juli gestorben war, ging mit Anna Magdalena die Erinnerung an dieses Mahl mit. Sie mußte daran denken, daß ihre Schwägerin 21 Jahre zuvor am gleichen Tage gestorben war.

Entstandene und aufgeführte Werke

am 7. Sonntag nach Trinitatis mit Predigt zu Mk 8,1-9
1724: Was willst du dich betrüben, BWV 107
ThK: D. Weise

23. 7. 1726

Endlich wurde er vorgelassen. Die Herren des Schönburg-Waldenburgischen Konsistoriums befragten ihn; man wollte wissen, was er bisher getan und betrieben habe.

Hübner gab bereitwillig Auskunft was seine Herkunft sei, er sei Sohn eines Handwerkers aus Löbau, und daß er in Leipzig einige Jahre studiert habe, sich auch in musicis perfektioniert. „Ist er da bei dem Kantor Bachen gewesen", wollte einer der Herren wissen. Hübner war glücklich darüber, nicht selbst seinen verehrten Lehrer und Mentor ins Spiel gebracht zu haben. Eigentümlich, er stellte immer das eigene Licht unter den Scheffel – sollte man nicht tun. Nun berichtete er, als ob es weder Raum noch Zeit gäbe. Zum Schluß zog er einen Brief heraus und reichte ihn dem Herrn Präsidenten über den Tisch.

„Muß ich das gleich lesen", fragte der, und Hübner bejahte dringlich; es sei ein Attestatum. Nachdem die ersten Zeilen überflogen waren, meinte dieser, alle sollten es hören:

> Da auf besonders verlangen Vorzeiger dieses Herr Jacob Ernst Hübner von Löbau mich endes benahmten ersuchet, Ihme wegen seiner *in Musicis* besonders auf dem *Claviere* habenden *profectum*, ein schrifftliches *Testimonium* zuerteilen; als habe solchen billigen Suchen nicht entgegen seyn, sondern vielmehr *attesti*ren wollen, daß Er zu einem *Organi*sten Dienste, diejenigen *Fundamenta* (so darbey vornehmlich *reqvirir*et werden) gar wohl inne habe. Wie dann die bey mir abgelegten *Speciminia* [Prüfungsstücke] davon sattsam Proben gezeiget haben. Ist auch nicht zuzweifeln, daß bey etwanigen bevorseyenden *avancement* derselbe mit überkommenden *Orgel*wercke seine habenden Wißenschafften fernerweit *excoli*ren, und in der Tat erweisen werde,

daß mann mit gegenwärtigen *Testimonio* nichts weiters als was der Wahrheit gemäß, bezeigen wollen. *Dat.[um]* Leipzig den 20 *Julij* 1726.

Johann Sebastian *Bach*, hochfürstlich Anhaltisch
Cöthenischer würcklicher CapellMeister,
auch *Direct: Chori Musici Lipsiensis*
und *Cantor* zu *S. Thomae.*

Die Herren nickten zustimmend; was wollten sie besseres als die Bestätigung der Fähigkeiten durch den Leipziger Director musices Bach, vgl. 20. 7. 1726.

Entstandene und aufgeführte Werke

am 6. Sonntag nach Trinitatis mit Predigt zu Mt 5,20-26
1740 (?): Es ist das Heil uns kommen her, BWV 9
ThK: D. Sieber

Persönliche und zeitgeschichtliche Ereignisse

1699: in die Schülermatrikel des Lyceums in Ohrdruf trug der Rektor, M. Johann Christoph Kiesewetter, Bach als zweiten Schüler der Sekunda ein: 2. *Jo.[hannes] Sebast.[ianus] Bach, Isennac.[ensis: aus Eisenach] … Ad primam translat[us: nach Prima versetzt]*

1736: Dienstag nach dem 8. Sonntag nach Trinitatis findet in der Thomaskirche eine Brautmesse statt: Christian Friedrich Henrici – Bachs Textdichter Picander – heiratet Johanna Elisabeth Mehlich

1745: Prüfung des Stadtpfeifergesellen Carl Friedrich Pfaffe und Zeugnis Bachs;
der Rat zu Leipzig erläßt Johann Christian Oschatz die Probe, da er nur um Berücksichtigung bei einer Vakanz, nicht aber um eine Adjunktur gebeten habe

1748: Brief Bachs an seinen zukünftigen Schwiegersohn in Niederwiesa bei Greifenberg / Schlesien, in welchem er ihn auf die vakante Organistenstelle der Wenzelskirche zu Naumburg aufmerksam macht;
Brief Bachs an den Rat zu Naumburg, in welchem er seinen zukünftigen Schwiegersohn für die vakante Organistenstelle an der Wenzelskirche empfiehlt;
Memoriale Johann Christoph Altnickols zu seiner Bewerbung um die Naumburger Stelle, das er erst an Bach in Leipzig und dieser dann mit dem Empfehlungsbrief weiter nach Naumburg schickte

Nun endlich waren die Würfel gefallen. Nicht Oschatz, sondern Pfaffe allein würde heute in Gegenwart aller Stadtmusiker die vom Rat verlangte Probe ablegen. Die Entwicklung der letzten Wochen hatte zu einiger Aufregung unter den Musikern geführt, da man befürchtete, es könne sich in die Ordnung der Nachfolge an irgendeiner Stelle Willkür einschleichen. Das wollte keiner der Musici, das konnte auch nicht im Sinne des Rates sein.
Man kam im Probenraum der Thomasschule zusammen. Der Herr Stadtschreiber machte den Anfang. Er betonte, er handele im Auftrag eines Hochweisen Rates und wolle folgendes erklären: Da Johann Christian Oschatz bereits anno 1738 um Berücksichtigung bei einer Vakanz unter den Stadtpfeifern gebeten habe, nicht aber um eine Adjunktur, sei der Sachverhalt heute klar; nicht Oschatz, sondern allein Pfaffe, der seit 3 Jahren Geselle sei, müsse heute die Probe ablegen. Dabei strebe ein Hochweiser Rat höchstmögliche Objektivität an. Deshalb habe man nach all den Diskussionen der vergangenen Wochen alle Stadtmusici zusammengerufen, der Probe um die Adjunktur beizuwohnen. Und nun gebe er das Wort an den Herrn Director musices, Bachen, der solle die Probe vornehmen.

Vorn saßen die ältesten Mitglieder der Stadtmusik: die beiden Stadtpfeifer Johann Cornelius Gentzmer und Johann Caspar Gleditsch; dieser bereits 26 Jahre, der andere gar schon 33 Jahre im Amt. Neben ihnen die beiden älteren Kunstgeiger Heinrich Christian Beyer und Johann Gottfried Kornagel, nicht minder lang in Diensten der Stadtmusik. In der zweiten Reihe folgten die jüngeren Stadtpfeifer Ulrich Heinrich Ruhe und Johann Friedrich Kirchhoff; daneben hatte Johann Christian Oschatz Platz genommen, und dann folgte Christian Ernst Meyer, bis 1730 Kunstgeiger, seitdem Thomastürmer.

Bach ließ zunächst die Vollständigkeit der Instrumente feststellen, auf denen Pfaffe vorspielen sollte: Streicher, Holzbläser und Blechblasinstrumente. „Hat er kein Basson", fragte Bach, als schon fast alle Instrumente bereit lagen. Doch Pfaffe war gut vorbereitet. Gentzmer hatte ihn auf vieles aufmerksam gemacht, und Pfaffe hatte nichts vergessen.

Auf dem Tisch lagen Stimmen aus Sonntagskantaten, meist mit obligater Stimmführung für die unterschiedlichen Instrumente. Eines folgte dem anderen; Bach achtete darauf, den Wechsel nicht nur unter den Blasinstrumenten einerseits und den Streichinstrumenten andererseits vornehmen zu lassen. Da gab es so manche Klippe. Auch der rasche Wechsel vom Streichinstrument zum Blasinstrument erforderte viel Konzentration und Aufmerksamkeit. Nichts wurde dem Probanden geschenkt. Anstrengung und Hitze des Tages trieben ihm die Schweißperlen auf die Stirn. Als Bach schließlich zufrieden den Abschluß bekannt gab, löste sich die Anspannung unter allen Anwesenden; man klopfte Beifall. Er würde sich gleich setzen und das Attestatum ausschreiben, bedeutete Bach dem Stadtschreiber. Der reichte ihm Papier und Feder, und Bach schrieb:

> Auff E. HochEdlen und Hochweisen Raths Verordnung hat derer StadtPfeiffer bißheriger Geselle, Carl Friedrich Pfaffe in Gegenwart derer anderen Stadt *Musicorum* seine verlangte Probe abgeleget; Da sich denn befunden, daß er auf jedem *Instrumen*te, so von denen StadtPfeiffern pfleget gebrauchet zu werden, als *Violin*e, *Hautbois, Flute Travers.[iere], Trompette, Waldhorn* und übrigen *BassInstrument*en, sich mit Beyfall aller Anwesenden gantz wohl habe hören laßen, und zu der gesuchten *Adjunctur* gantz geschickt befunden worden.

„Was ist für ein Datum?“, fragte Bach, schrieb rechts seinen Namenszug und fügte links den 24. Juli 1745 hinzu.

Oschatz trat vor und gratulierte Pfaffe: „Alle Achtung, bewundernswürdig!“ Doch dann machte er sich rasch aus dem Staub, denn er wollte heute nicht gern mit Gentzmer reden müssen.

Entstandene und aufgeführte Werke

am 9. Sonntag nach Trinitatis mit Predigt zu Lk 16,1-9

1723: Herr, gehe nicht ins Gericht mit deinem Knecht, BWV 105
NK: D. Deyling

am 5. Sonntag nach Trinitatis mit Predigt zu Lk 5,1-11

1734 (?): In allen meinen Taten, BWV 97
[Aufführung auch zum Sonntag nach Neujahr möglich]
NK: D. Deyling

Persönliche und zeitgeschichtliche Ereignisse

1706: am 8. Sonntag nach Trinitatis Teilnahme Bachs am Abendmahl in der Neuen Kirche zu Arnstadt; ebenso Johann Christoph Bach, der Zwillingsbruder des Vaters Ambrosius

1725: anläßlich der zweiten Heirat des Stadtpfeifers Christian Rother erklingt in der Thomaskirche eine „gantze BrautMeße"

1741: nach geänderter Planung muß Bach spätestens dieser Tage nach Berlin gereist sein, wenn er nicht schon Anfang Juli verreiste, vgl. 24., 26. 6. und 4. 7. 1741

Entstandene und aufgeführte Werke

Dienstag nach dem 6. Sonntag nach Trinitatis

1729: Vergnügende Flammen, verdoppelt die Macht, BWV deest
Hochzeitskantate bei der Trauung des Kaufmanns Christoph Georg Winckler mit Caroline Wilhelmine Jöcher
ThK: [Traupfarrer unbekannt]

Persönliche und zeitgeschichtliche Ereignisse

1723: in jedem Jahr am Annentag, dem 26. Juli – Geburtstag des Stifters, des kurfürstlich sächsischen Kammerates, Bürgermeisters, Assessors des Schöppenstuhls, Vorstehers der Thomasschule und -kirche zu Leipzig, Christian Lorenz von Adlershelm (1608 – 1684) –, kamen Zinserträge zur Ausschüttung und wurden an den Superintendenten, den Küster und die drei Diakonen der Nikolaikirche und den Thomaskantor verteilt; die Restsumme fand Verwendung für die Speisung von drei Tischen Thomasschülern, die dafür das Kirchenlied „Allein Gott in der Höh sei Ehr" und außerdem am Annentag drei weitere Choräle in der Nikolaikirche zu singen hatten

1733: spätestens an diesem Sonntag reist Bach nach Dresden, um am Folgetag den handschriftlichen Stimmensatz der Missa h-Moll, BWV 232 I, zu überreichen

1736: dem Rat zu Leipzig wird eine Eingabe des ehemaligen ersten Präfekten der Thomasschule, Gottfried Theodor Kraußе präsentiert, in welchem dieser seine Situation erklärt – Androhung einer öffentlichen Strafe, Flucht von der Schule –, die Herausgabe seines Hausrates und der gesammelten Kaution von 30 Talern erbittet, vgl. 7. 6. und 12. 8.1736

1741: beginnende Erkrankung Anna Magdalena Bachs, die erst nach dem 9. August wieder abklingt

26. 7. 1736

Aus der dem Rat präsentierten Eingabe des ehemaligen ersten Präfekten Krauße:

> Es wurde mir vor einiger Zeit, als ich das Amt eines ersten Praefecti auf der hiesigen Thomas Schule antrat, zu gleich von dem Herrn Cantore der ernstliche Befehl ertheilet, eine genaue Auffsicht, über die unter mir stehenden kleinern zu haben, und woferne in dessen Abwesenheit, bei heiligen und solchen Verrichtungen, so zum Gottes Dienst gehören, einige Unordnung oder Versäumniß von ihnen sollte verursachet werden, sie durch eine mir anständige Straffe ihres Amtes und Pflicht zu erinnern, und zu dessen genauer Beobachtung anzuhalten.

Während einer Traumesse, etwa Ende Mai/Anfang Juni, bestrafte Krauße einige Knaben mit Schlägen, weil sie sich ungebührlich aufführten; sie wehrten sich, was Krauße zu härterem Zuschlagen veranlaßte. Einer von ihnen beschwerte sich darauf beim Rektor, der deshalb die öffentliche Baculation [Stockstrafe] des Präfekten anordnete. Doch

> weder meine beweglichen Vorstellungen, noch die Intercession [Fürsprache] des Herrn Cantoris, welche meine Übereilung auf sich nehmen wolte, weil es auf seinen Befehl geschehen war konnten den Herrn Rectorem dahin bewegen, seine Meinung dießfals zu ändern.

Auch die Einwilligung zur Entlassung Kraußes aus der Schule gab Ernesti nicht, so daß dieser nur in seiner heimlichen Flucht den Ausweg fand.

Persönliche und zeitgeschichtliche Ereignisse

1733: Begleitbrief Bachs zum Stimmensatz der Missa h-Moll, BWV 232 I, an den sächsischen Kurfürsten mit Bitte um „ein *Praedicat* von Dero Hoff-*Capelle*", vgl. 27. 9. und 19. 11. 1736;
Bach überreicht dem sächsischen Kurfürsten in Dresden den handschriftlichen Stimmensatz seiner Missa h-Moll, Kyrie und Gloria

1745: Stadtschreiber Johann Zacharias Treffurth vermerkt auf dem Zeugnis Bachs über die Probe des Stadtpfeigergesellen Pfaffe: „Wurde in sizendem Rathe *resolvir*et, daß Carl Friedrich Pfaffe dem StadtPfeiffer Johann Cornelio Genzmern *cum Spe Succedendi adjungir*et werden solte", vgl. 24. 7. 1745

1748: Bewerbungsbrief Johann Christian Altnickols, Bachs zukünftigen Schwiegersohns, aus Niederwiesa bei Greifenberg in Schlesien, an den Rat zu Naumburg um die vakante Organistenstelle an der Wenzelskirche zu Naumburg, vgl. 24. 7. 1748

1750: Johann Florens Rivinus, Leipziger Professor der Rechtswissenschaft, dem Bach eine Glückwunschkantate zur übernahme des Rektorates der Universität am 31.10.1735 widmete, feiert unter großer Beteiligung den Eintritt in sein 70. Lebensjahr:
„Da RIVIN in LXX Tritt Freun sich Treue Kinder mit.
Leipzig den 27 Jul. 1750."

Entstandene und aufgeführte Werke

am 6. Sonntag nach Trinitatis mit Predigt zu Mt 5,20-26

1726: Vergnügte Ruh, beliebte Seelenlust, BWV 170
Johann Ludwig Bach, Ich will meinen Geist in euch geben
ThK: M. Rabener (D. Weise gestrichen)

Persönliche und zeitgeschichtliche Ereignisse

1711: Bach erhält als Entgelt für die Ausbildung des Pagen Herzog Ernst Augusts, Adam Friedrich Wilhelm von Jagemann, am Weimarer Hof: 2 Gulden und 6 Groschen und „1 Clfftr: [Klafter] Floßholtz dem *Organist* Bachen *pro Informatione* Deßelben auf dem *Clavier*"

1726: Bach schreibt seinem „ehemahligen Schul-Cammeraden und Reisegefährten", seinem Jugendfreund Georg Erdmann, der inzwischen als russischer Resident im Auftrag Peters I., des Zaren von Rußland, bei der Stadt Danzig tätig war, einen Brief und läßt diesen wegen einer *„favorablen occasion [günstigen Gelegenheit]"* von einem Mittelsmann direkt überbringen, vgl. 28. 10. 1730

1729: Tod von Friedelena Margaretha Bach, unverheiratet gebliebene Schwester der ersten Frau Bachs, Maria Barbara, die seit 1709 ständig im Hause Bachs gewohnt hatte

1750: Dienstag nach dem 9. Sonntag nach Trinitatis, abends um 8 Uhr stirbt Bach in seiner Wohnung in der Thomasschule zu Leipzig

28. 7. 1750

[Abraham Kriegel], Nützliche Nachrichten von denen Bemühungen derer Gelehrten, und andern Begebenheiten in Leipzig, Im Jahre 1750, bey Johann Christian Langenheim:
Den 28 Julii nach Mittage um 8 Uhr, gieng aus der Zeitlichkeit Herr Johann Sebastian Bach, Sr. Königl. Majest. in Pohlen, und Churfürstl. Durchl. zu Sachsen hochbestallter Hof-Compositeur, Hochfürstl. Anhältisch-Cöthischer und Hochfürstl. Sächsisch-

Weißenfelsischer würcklicher Capell-Meister, wie auch Director der Music und Cantor an der Thomas Schule in Leipzig. Eine übel ausgeschlagene Augen-Cur raubte diesen Mann der Welt, welcher sich durch seine ungemeine Kunst in der Music einen unsterblichen Ruhm erworben hat, und welcher solche Söhne hinterläßet, die gleichergestalt in der Music berühmt sind.

Entstandene und aufgeführte Werke

am 9. Sonntag nach Trinitatis mit Predigt zu Lk 16,1-9
1725: Tu Rechnung! Donnerwort, BWV 168
ThK: D. Weise
am 10. Sonntag nach Trinitatis mit Predigt zu Lk 19,41-48
1731: Herr, deine Augen sehen nach dem Glauben, BWV 102
NK: D. Deyling

Persönliche und zeitgeschichtliche Ereignisse

1733: Johann Gottfried Walther aus Weimar übersendet dem Wolfenbütteler Kantor Heinrich Bokemeyer zwei Kirchenkantaten Johann David Heinichens, des ehemaligen Dresdner Kapellmeisters, und bemerkt dabei: „Die Uberschrifft des einen ist von des Leipziger Herrn Bachs Hand"; bei diesem Stück handelt es sich möglicherweise um die Kantate zum 2. Ostertag „Einsamkeit o stilles Wesen"

1741: Beginn der kritischeren Phase der Krankheit Anna Magdalena Bachs, vgl. 26. 7. 1741

1747: Bach quittiert dem Hofmeister des böhmischen Grafen von Würben, Ignatz Ratzsch, für den Zeitraum 5. Juli bis 5. August über den Betrag einer Klaviermiete in Höhe von 32 Groschen

1750: Bachs Leichnam wird mit dem Leichenwagen von der Thomasschule auf den Johannisfriedhof überführt.

Entstandene und aufgeführte Werke

am 8. Sonntag nach Trinitatis mit Predigt zu Mt 7,15-23
1724: Wo Gott, der Herr, nicht bei uns hält, BWV 178
NK: D. Deyling

Persönliche und zeitgeschichtliche Ereignisse

1714: Wahl Gottfried Kirchhoffs zum Organisten der Marktkirche Unser Lieben Frauen in Halle, vgl. 1. 3. 1714
1729: Begräbnis der Schwägerin Bachs, Friedelena Margaretha Bach, Schwester seiner ersten Frau
1732: Bachs erster selbständiger Druckauftrag an Bernhard Christoph Breitkopf: Textdruck für BWV Anh. 11 „Es lebe der König, der Vater im Lande“, vgl. 3. 8. 1732
1738: J. G. Walther berichtet dem Wolfenbüttler Kantor H. Bokemeyer, er habe Bach ein Belegexemplar seiner Choralvariationen „Allein Gott in der Höh sei Ehr“ geschickt, die in Augsburg verlegt worden waren
1748: im Rat zu Naumburg, da „insonderheit der Herr Capellmeister, Bach, aus Leipzig ein düchtiges und qvalificirtes Subjectum, nemlich Herrn Johann Christoph Altnickoln ... vorgeschlagen hätte“, wählt man diesen einstimmig; Altnickol sagt seinen Amtsantritt für Ende September zu
1750: Eintrag im Leipziger Ratsleichenbuch: „Ein Mann 67. Jahr Herr Johann Sebastian Bach, CapellMeister und *Cantor* der Schulen zu *St. Thomas*, auf der Thomas Schule, st.[arb am Dienstag/Tageszeichen]. 4. unmündige Kinder, Leichen-Wagen *gratis*

Persönliche und zeitgeschichtliche Ereignisse

1716: Gutachten Bachs zur Schröder-Orgel in der Augustinerkirche zu Erfurt

1740: gegen Ende Juli beginnen die Arbeiten zur Restaurierung der Thomaskirche, die erst einige Monate später völlig abgeschlossen sein werden, vgl. 11. 9. 1749

1748: Brief Bachs an seinen Schüler und künftigen Schwiegersohn Johann Christoph Altnickol, in welchem er ihn auf die Organistenstelle an St. Wenzel in Naumburg hinweist;
Bachs Brief an Oberbürgermeister Christian Friedrich Schaller in Naumburg in Sachen Wiederbesetzung der Organistenstelle der Wenzelskirche in Naumburg, kam erst nach vollzogener Wahl an, vgl. 27. 7. 1748

1750: Abkündigung des Todes und der Bestattung Bachs im Frühgottesdienst der Thomaskirche zu Leipzig am zweiten Bußtag des Jahres 1750, Freitag nach dem 9. Sonntag nach Trinitatis;
der Totengräber, Adam Müller, zahlt 4 Taler Steuern an das Hospital St. Johannis für die Benutzung eines eichenen Sarges

31. 7. 1750

Der Predigt im Frühgottesdienst des zweiten Bußtages lag Hebr 4,16 zugrunde. Im Anschluß daran folgten die Danksagungen und Abkündigungen. Archidiakonus Wolle, der den Kanzeldienst hatte, nahm einen Zettel nach dem anderen aus dem Kästchen; dann las er vor: „Es ist in Gott sanfft und seelig entschlaffen, der Wohl- Edle und Hochachtbahre Herr Johann Sebastian Bach, Sr. Königlichen *Maj:* in Pohlen und ChurFürstlichen Durchlaucht zu Sachßen Hoff*Componist* wie auch HochFürstlich Anhald Köthenscher *Capel*-Meister und *Cantor* der Schule zu *St: Thomae* allhier am *Thomas* Kirchhoffe, Deßen entseelter Leichnamb ist heutiges Tages Christlichen Gebrauch nach zur Erden bestattet worden.“

Dann legte er den Zettel zurück und sprach ein kurzes Gedenkgebet. Als der Gottesdienst beendet war, notierte der Küster

Christian Köpping auf diesen Zettel: „Ist am andern Buß-Tage als dem 31 *Julii.* 1750 abgekündiget worden."

Im Chorraum der Thomaskirche zu Leipzig findet der Besucher seit 1949 das Grab Johann Sebastian Bachs. Am 31. Juli 1750 begrub man ihn auf dem Johannisfriedhof, östlich der Stadt. Kein Stein, kein Zeichen sollte den Hügel bezeichnen, so, daß Robert Schumann fast ein Jahrhundert später vergeblich nach dem Grabe Bachs suchte. Im Oktober 1894 fand man das Grab; nur zwei Indizien führten zum Ziel: die mündlicher Überlieferung, Bachs Grab befinde sich sechs Schritte von der Südtür der Johanniskirche entfernt, und die Steuernotiz von 1750 (vgl. 31. 7. 1750), die besagte, man habe Bach in einem eichenen Sarg beigesetzt. Die erneuerte Johanniskirche von 1897 barg in einer Krypta nebeneinander die Särge von Bach und Gellert. Nach der Zerstörung der Kirche durch das Bombardement auf Leipzig 1943/44 verfügte Leipzigs Superintendent, Oberkirchenrat Heinrich Schumann im Jahr 1949 die Überführung des Bachsarkophages in die Thomaskirche. Er kam damit Plänen der kommunistischen Stadtregierung zuvor, die zum Bachjahr 1950 ein „Bach-Mausoleum" in den Ringanlagen vor der Thomaskirche zu errichten beabsichtigte. So kehrte Bach in seine Kirche zurück.

Entstandene und aufgeführte Werke

am 10. Sonntag nach Trinitatis mit Predigt zu Lk 19,41-48
1723: Schauet doch und sehet, ob irgend ein Schmerz sei, BWV 46
ThK: Lic. Weise
am 7. Sonntag nach Trinitatis mit Predigt zu Mk 8,1-9
1745 (?): Ärgre dich, o Seele nicht, BWV 186
NK: Lic. Eichler

Persönliche und zeitgeschichtliche Ereignisse

1704: Zahlung des Kostgeldes von 34 Gulden und 6 Groschen an Bach aus den Einnahmen des St.-Georgs-Stiftes zu Arnstadt, so auch in den folgenden Jahren bis 1707
1707: Martin Feldthaus, Bürgermeister zu Arnstadt und Bachs Verwandter, quittiert über den Besoldungsanteil Bachs aus den Hospitaleinnahmen
1715: Johann Ernst, Prinz von Sachsen-Weimar, Schüler Bachs, stirbt im Alter von knapp 19 Jahren in Frankfurt/M.
1730: Johann Schneider tritt sein neues Amt als Nikolaiorganist in Leipzig an, vgl. 24. 12. 1729
1733: Wilhelm Friedemann Bach tritt sein Amt als Organist der Sophienkirche in Dresden an
1736: Rückkehr Bachs von der etwa am 19. Juli angetretenen Reise
1741: Bach in Berlin, Wohnung im Hause Hofrat Dr. G. E. Stahls

Entstandene und aufgeführte Werke

1713: *Canon à 4. Voc: perpetuus.*, BWV 1073
Stammbucheintrag mit Widmung des Kanons

am 9. Sonntag nach Trinitatis mit Predigt zu Lk 16,1-9

1733: Was frag ich nach der Welt, BWV 94
[Aufführung auch 1732, 1734 oder 1735 möglich]
NK: D. Deyling

Persönliche und zeitgeschichtliche Ereignisse

1713: Bach trägt sich in das Stammbuch eines Unbekannten mit dem Kanon BWV 1073 ein: „Dieses wenige wolte dem Herrn Besizer zu geneigtem Angedencken hier einzeichnen Joh: Sebast. Bach. Fürstlich Sächsischer HoffOrg. v. Cammer *Musicus.*"; gelegentlich wurde vermutet, der Kanon sei Bachs Großvetter und Freund Johann Gottfried Walther gewidmet

1725: in Berlin erhält Friedrich Rudolf Lüdecke in der Nachfolge seines Vaters die Bestallung für die Organistenstelle zu St. Petri durch Begünstigung, nachdem er seit Juni in Leipzig bei Bach Unterricht empfangen hatte; den Fall greift Johann Mattheson in seiner „Grossen General-Baß-Schule" von 1731 kritisch auf

1730: in der Sitzung des Rates zu Leipzig stellte man fest, „als der Cantor anhero kommen, er wegen der information dispensation [des Unterrichts Befreiung] erhalten, die Verrichtungen habe M. Pezold schlecht genug verwaltet"; später kommt es zu kritischen Äußerungen verschiedener Ratsherrn an Bachs Tätigkeit, vgl. 25. 8. 1730

1731: Donnerstagsabendmahl mit Predigt zu Ps 78,39-40; Teilnahme folgender Alumni Thomani bei D. Weise: Schöneman, Reichert, Krebß, Ludewig, Wintzer, Hauptman, Feller, Michelmann, Hillmeyer; außerdem ein stud. Ernesti sowie die Extranei Thomani Mentzel, Eschner, Langbein bei M. Gaudlitz

1733: Rechnungseintrag in Breitkopfs „*Diarium* und Verzeichniß der *Accidentien* so nicht alsofort bezahlet worden. Anfang

Jun. 1733": „Hn. *Capell. Meister Bach* ein *Drama* gedruckt", vgl. 3. 8. und 3. 10. 1733

1735: Rechnungseintrag bei Breitkopf: „Herrn Capellmeister Bach eine *Cantata* zu 150 auf Druckpapier in 4. nebst *Censur*", 1 Taler, 16 Groschen, vgl. 3. 8. 1735

1748: im Rat zu Naumburg wird ein Empfehlungsbrief des Dresdner Grafen Heinrich von Brühl für den Großenhainer Organisten Johann Friedrich Gräbner vom 27. Juli präsentiert; da er zu spät kam, legte man ihn ab; im Jahr 1759 wurde Gräbner Nachfolger des verstorbenen Bachschwiegersohns Johann Christoph Altnickol, vgl. 27. 7. 1748

Entstandene und aufgeführte Werke

am Namenstag von Prof. D. August Friedrich Müller
1725: Zerreißet, zersprenget, zertrümmert die Gruft, BWV 205
am Namenstag des Kurfürsten Friedrich August I. von Sachsen
1727: Ihr Häuser des Himmels, ihr scheinenden Lichter, BWV 193a
im Schottischen Collegium Musicum
1732: Es lebe der König, der Vater im Lande, BWV Anh. 11
Bachisches Collegium Musicum in Zimmermanns Caffee-Garten
am Namenstag des Kurfürsten Friedrich August II.von Sachsen
1733: Frohes Volk, vergnügte Sachsen, BWV Anh. 12
1734: [Komposition unbekannt]
1735: Auf, schmetternde Töne der muntern Trompeten, BWV 207a
1740: Schleicht, spielende Wellen, BWV 206 (zweite Fassung)
„im Zimmermannischen Garten vor dem Grimmischen Thore"
1742: Was mir behagt, ist nur die muntre Jagd, BWV 208a
mit handschriftlichem Textheft „Frohlockender Goetter-Streit" eventuell als Druckvorlage, geschrieben von Johann Elias Bach

Persönliche und zeitgeschichtliche Ereignisse

1733: „Das allhier in Zimmermannischen Garten zur Sommer-Zeit florirende Bachische *Collegium Musicum* wird den 3. Aug. *a.[nno] c.[urrentis: laufenden Jahrs]* Ihro Königl. Hoheit des Churfürstens zu Sachsens hohen Nahmens-Tag, mit einer solennen Music durch ein Concert von 4. bis 7. Uhr Nachmittage unterthänigst celebriren", meldet der „EXTRACT Der eingelauffenen NOUVELLEN"

1734: „Auf den hohen Nahmens-Tag Ihro Königl. Maj. in Polen, und Churfl. Durchl. zu Sachsen, wird heute nach Mittage um 4. Uhr das Bachische *Collegium Musicum* eine solenne Music, unter Trompeten und Paucken, im Zimmermannischen

Garten, vor dem Grimmischen Thore, unterthänigst aufführen", melden die Leipziger Zeitungen

1735: J. G. Walther übermittelte durch seinen Sohn dem Jenenser Theologieprofessor Johann Jacob Syrbius die Auflösung des Bachschen Rätselkanons BWV 1074;

„Auf den Hohen Nahmens-Tag Ihro Königl. Maj. in Polen und Churfl. Durchl. zu Sachsen etc. wird das Bachische *Collegium Musicum* heute Abends eine *solenne Music* bey einer *Illumination* im Zimmermannischen Garten vor dem Grimmischen Thore unterthänigst aufführen", berichten die Leipziger Zeitungen

1741: Brief Bachs aus Berlin an seine Frau Anna Magdalena

4. AUGUST

Entstandene und aufgeführte Werke

am 7. Sonntag nach Trinitatis mit Predigt zu Mk 8,1-8

1726: Es wartet alles auf dich, BWV 187
NK: D. Deyling

Persönliche und zeitgeschichtliche Ereignisse

1705: tätliche Auseinandersetzung Bachs mit dem Schüler Geyersbach in Arnstadt

1707: Geburt des sechsten Kindes Johann Christoph Bachs in Ohrdruf: Johann Christoph Bach d. J.

1736: J. G. Walther berichtet erneut dem Wolfenbütteler Kantor H. Bokemeyer, daß Bach den Leipziger Kupferstecher Krügner für einen Notendruck empfohlen habe, dieser aber die Kosten scheue, vgl. 26. 1. 1736 und 30. 7. 1738

Persönliche und zeitgeschichtliche Ereignisse

1705: Bach beschwert sich im Arnstädter Konsistorium über den Schüler Geyersbach, vgl. 14. 8. 1705
1717: Verpflichtung Bachs zum Hofkapellmeister des Fürsten Leopold von Anhalt-Köthen
1741: Brief Johann Elias Bachs an Johann Sebastian Bach in Berlin mit Meldung des Krankheitszustandes Anna Magdalenas; Bach möge Weisung wegen der Ratswahlmusik geben
1744: Friedrich II. von Preußen marschiert mit seinen Truppen durch Sachsen

5. 8. 1723

Inzwischen drängte die Zeit mächtig. Das neue Textheft, das am 13. Sonntag nach Trinitatis, dem 22. August, erstmalig ausgegeben werden sollte und dann die Kantatentexte bis zum 18. Sonntag nach Trinitatis enthalten mußte, konnte noch nicht endgültig zusammengestellt werden, da Bach mit der Überarbeitung der Texte noch nicht zufrieden war.

Immer wieder saß Bach mit dem Conrector emeritus Thomanus zusammen, dem ehrenwerten M. Andreas Stübel. Um die Sache zu beschleunigen, hatte er ihm vor sechs Wochen gedruckte Kantatentexte von dem Herrn Schwager des gelehrten Kapellmeisters Stöltzel in Gotha – Knauer hieß er – und von dem Hallenser Rambach in die Hand gedrückt. Doch waren sie durchweg zu lang, und heterodoxe Lehren enthielten sie auch. Da mußte schon gekürzt und überarbeitet werden, das ließ sich nicht vermeiden. Bach wußte sich bei Stübel in guten Händen, doch brauchte der seine Zeit.

Heute früh nach dem Donnerstagsgottesdienst stand Immanuel Tietze, der Buchdrucker, plötzlich – wie aus dem Erdboden gewachsen – neben ihm: „Nun, wird Er mir bald das manuscriptum liefern können? Die Zeit läuft; Er weiß, wir haben dann wenig Zeit, geheftet und beschnitten wollen die Bogen auch noch sein." Bach bestätigte ihm die Kürze der Zeit; man habe fälschlicherweise erst das Michaelisfest mit hineingerechnet, doch das wären dann ja 7

Texte; er wisse von ihm, daß möglichst nur 6 Texte in ein Heft kommen sollten.

„Ich spreche Ihn erneut an; Anfang der neuen Woche muß ich das manuscriptum haben. Sonst schaffen wir es nicht!“ Tietze ging seiner Wege, und Bach war froh, daß er ihm nicht gestehen mußte, wie knapp ihm die Zeit zum Komponieren war.

Entstandene und aufgeführte Werke

am 9. Sonntag nach Trinitatis mit Predigt zu Lk 16,1-9

1724: Was frag ich nach der Welt, BWV 94
ThK: D. Weise

Persönliche und zeitgeschichtliche Ereignisse

1721: „Jungfer *Anna Elisabeth*, in diensten bey dem Herrn Capellmeister Bachen allhier" nimmt Patenstelle bei der Taufe Johann Christian Kühnes in der Schloßkapelle wahr, Sohn eines fürstlichen Gardesoldaten in Köthen

1725: Schulabgangsvermerk für Johann Heinrich Bach in der Ohrdrufer Schülermatrikel von der Hand des Rektors M. Johann Christoph Kiesewetter: „Joh. Henr. Bach Ordr.[uviensis] Lipsiam à patruele [= a patruo!] vocatus rei Musicae vacat" [Johann Heinrich B. wurde von seinem Onkel nach Leipzig eingeladen, Musik zu betreiben]

1729: Johann Gottfried Walther, Organist der Stadtkirche zu Weimar, gibt in einem Brief an den Wolfenbütteler Kantor Heinrich Bokemeyer bekannt, daß er u. a. auch Bach-Handschriften besitzt

1741: Brief Bachs aus Berlin an Anna Magdalena in Leipzig mit dem Versprechen, den Tag seiner Rückreise bald bekannt zu geben

1750: Johann Christoph Friedrich Bach quittiert über die Auslieferung eines Musikinstrumentes aus dem Nachlaß des Leipziger Hof-Lauten- und Instrumentenmachers Johann Christian Hoffmann, vgl. 11. 9. 1748
Abdruck eines Nachrufes auf Johann Sebastian Bach unter dem Datum des 31. 7. 1750 von einem unbekannten Verfasser in den „Berlinischen Nachrichten von Staats- und gelehrten Sachen"

PERSÖNLICHE UND ZEITGESCHICHTLICHE EREIGNISSE

1712: in Halle stirbt der langjährige Organist der Marktkirche Unser Lieben Frauen, Friedrich Wilhelm Zachow, im Alter von 49 Jahren, vgl. 13. 12. 1713

1717: Geldgeschenk anläßlich des Dienstvertragsabschlusses in Köthen: 50 Taler „zum gnädigsten *Recompens [Ausgleich]* bey der *Capitulation [Vertragsabschluß]*"

1721: Honorar in Höhe von 6 Gulden und 18 Groschen aus dem Etat für die Hofmusik in Schleiz, gezahlt an Bach

1746: Bach prüft die Scheibe-Orgel in Zschortau bei Delitzsch; die Predigt zu Lk 16,1-9 hält Sup. Johann Paul Streng aus Delitzsch;
Abnahmegutachten Bachs vom 7. August 1746;
Teilnehmer an der Mahlzeit anläßlich der Zschortauer Orgelprobe: Superintendent Streng, Kapellmeister Bach, Gerichtsverwalter Andreas Christian Brandes, Kollator Heinrich August Sahrer von Sahr, Orgelbauer Scheibe und Ortspfarrer Johann Christoph Cademann;
in der Zschortauer Kirchenrechnung erscheinen als Ausgaben der Orgelprobe folgende Posten:

10 Taler	Superintendent J. P. Streng
5 Taler, 12 Groschen	„Herrn Hoff *Compos:* Bachen"
2 Taler, 18 Groschen	Gerichtsverwalter A. Chr. Brandes
10 Taler, 22 Gr., 5 Pfg.	Mahlzeit bei der Orgelprobe

1750: Niederschrift des Stadtschreibers Johann Zacharias Treffurths über die Übernahme eines Musikinstrumentes aus dem Nachlaß Johann Christian Hoffmanns durch Johann Christoph Friedrich Bach, vgl. 11. 9. 1748 und 6. 8. 1750;
am gleichen Tag kommt es zur Vorbereitung der Wahl des Nachfolgers Bachs durch den Rat zu Leipzig aus sechs Bewerbern, zu denen auch Carl Philipp Emanuel Bach, der Thomasorganist Görner und der Schloßorganist Krebs von Zeitz gehörten; Bürgermeister Christian Ludwig Stieglitz argumentiert: „Die Schule brauche einen *Cantorem* u. keinen CapellMeister, ohnerachtet er auch die *Music* verstehen müste", vgl. 8. 8. 1750

7. 8. 1746

Am 9. Sonntag nach Trinitatis – kam es in St. Nikolai zu Zschortau, nördlich von Leipzig, zu einem festlichen Gottesdienst. Superintendent M. Johann Paul Streng aus Delitzsch reiste an, um die neue Orgel des Leipziger Meisters Johann Scheibe, eines gebürtigen Zschortauers, einzuweihen. Was mag er wohl in seiner Predigt über das Sonntagsevangelium vom ungerechten Haushalter Lk 16,1-9 zu diesem Kasus gesagt haben? Interesse an dem Aktus hatte er vorher ausdrücklich bezeugt, ja er hatte sogar die hintergründig gestellte Frage des Ortspfarrers, ob er womöglich verhindert sei, ignoriert. Gar zu gern hätte Cademann die Predigt selbst gehalten. Einen Monat zuvor schrieb er an den Superintendenten, berichtete von Fertigstellung und Prüfung der Orgel und schlug den 9. oder 10. Sonntag nach Trinitatis als Einweihungstermin vor: „Zur *Examination* des wercks ist der Hr *Capel*-Meister Bach aus Leipzig bestellet. Was nun von Ihro HochEhrwürden vor ein Tag beliebet werden wird, und ob Ihro HochEhrwürden die Einweihungs Predigt selbst halten, will mit gehorsamsten *Respect* erwarten.“

Entstandene und aufgeführte Werke

am 11. Sonntag nach Trinitatis mit Predigt zu Lk 18,9-14

1723: Siehe zu, daß deine Gottesfurcht, BWV 179
Mein Herze schwimmt in Blut, BWV 199
(Leipziger Fassung)
NK: M. Werner

Persönliche und zeitgeschichtliche Ereignisse

1726: Bach nimmt am Abendmahl am Donnerstag nach dem 7. Sonntag nach Trinitatis bei D. Weise teil; die Predigt hielt ein M. Frick, wahrscheinlich ein Student

1741: lebensbedrohlicher Krankheitszustand Anna Magdalena Bachs

1748: Tod des Rhetorikdozenten der Leipziger Universität Johann Abraham Birnbaum im 46. Lebensjahr; Birnbaum hatte Bach bei seiner Verteidigung gegen die Angriffe Johann Adolph Scheibes im „Critischen Musicus" unterstützt, vgl. 14. 5. 1737

1750: in der Sitzung der drei Räte der Stadt Leipzig wird Gottlob Harrer zum Nachfolger Bachs gewählt; im Vorfeld der Wahl kommt es zu folgenden Begründungen: Oberbürgermeister Küstner meint zu Harrer, er habe „sich nicht nur einmahl hören laßen, sondern auch von hochgedachten *Ministre [Brühl] Recommendation* gebracht, hierüber geraume Zeit in Italien gewesen und darinnen die *Composition* erlernet, auch die *Information* [Schulunterricht], so einen *Cantori* zukäme, verrichten wolte ... Die übrigen wären zwar alle auch geschickte *Musici*, ob sie aber zur *Information* tüchtig, wäre zu zweifeln"; Bürgermeister Stieglitz kommt auf seinen Gedanken vom Vortag zu sprechen: „Herr Bach wäre zwar wohl ein großer *Musicus* aber kein Schulmann gewesen, müste dahero bey Ersezung deßen Diensts, als *Cantor* in der *Thomas* Schule auf eine Person gesehen werden, die zu beyden geschickt sey. und glaubte Er, daß bey Herrn Harrern beydes anzutreffen seyn werde"

Entstandene und aufgeführte Werke

zum Geburtstag des Fürsten Johann August von Anhalt Zerbst
1722: O vergnügte Stunden, BWV deest [Musik verschollen]
Festakt zum Geburtstag des Herzogs Friedrich II. von Sachsen-Gotha
1723: Lateinische Ode, BWV Anh. 20 [Musik verschollen]

Persönliche und zeitgeschichtliche Ereignisse

1703: Ausfertigung der Organistenbestallung Bachs durch den Rat zu Arnstadt, vgl. 14. 8. 1703;
Anweisung des Konsistoriums für die Besoldung Bachs

1722: Anwesenheit Bachs am Hof zu Anhalt-Zerbst, um anläßlich des Geburtstag des Fürsten die verwaiste Hofkapellmeisterstelle zu vertreten, vgl. 31. 8. 1722

1723: Festakt der Universität zum Geburtstag des Herzogs Friedrich II. von Sachsen-Gotha im Auditorium Philosophicum der Universität Leipzig, veranlaßt durch den Studenten Georg Grosch

1736: Donnerstagsabendmahl mit Predigt D. Weises zu Num 21,16-18; Teilnahme der Thomasschüler Kuhl, Schrey, Machts, Rühl, Richter bei D. Weise, sowie des Bürgermeisters Lange bei D. Sieber

1739: Anna Magdalena Bach wird Patin bei Johann Christian Berlich, dem Sohn eines Feldtrompeters, Taufe in St. Nikolai

1741: Brief Johann Elias Bachs aus Leipzig an Johann Sebastian Bach in Berlin, dringende Bitte um seine Rückkehr wegen der Erkrankung Anna Magdalenas

9. 8. 1723

Als der letzte Ton der lateinischen Ode verklungen war, fühlte er in sich eine große Befriedigung und Dankbarkeit. Auf den Rat des Herrn Kirchenrates Cyprian in Gotha, der ihm Leipzig zur Vervollständigung seiner Studien empfohlen hatte, weil die Lehre der Hallenser Gottesgelehrten "nicht rein sei", hatte er sowohl den Herrn Decanus der Philosophischen Fakultät als auch den neuen

Herrn Thomaskantor gewinnen können, bei dem Festakt zum 47. Geburtstag seines Landesherrn mitzuwirken. Der Decan Crell war der Sache äußerst gewogen, unterrichtete sofort den Herrn Rector magnificus und hatte mit einem gedruckten Programm solenn invitiert [feierlich eingeladen]. Ebenso stellte der das philosophische Auditorium auf dem Großen Fürstenkolleg zur Verfügung. Cyprian hatte seinen Schützling ermutigt, er könne so etwas Gutes gegen die allerorts aufblühende Heterodoxie [christliche Irrlehre] tun.

Der Herr Thomaskantor zeigte sich sehr interessiert als er hörte, daß es um den Gothaer Serenissimus gehe und daß der würdige Herr Kirchenrat Cyprian hinter der Sache stehe.

Seine Rede *de meritis Serenissimi FRIDERICI II. in rem litterariam & veram pietatem* [über die Verdienste Friedrichs II. in Sachen der Wissenschaft und wahrer Frömmigkeit] war ihm gut gelungen. Die Anwesenden – Rector, Decan, Doctores, Magistri und Studierende in großer Zahl – hörten aufmerksam zu.

Die lateinische Ode, deren Textblatt er noch in Händen hielt, war von Bach eigens komponiert worden. Er spürte, daß er etwas politisch Wichtiges veranlaßt hatte. Das bestätigte ihm auch der Herr Rector, der ihm jetzt gratulierend die Hand schüttelte: „Gut gegangen, lieber Grosch, kluge Gedanken, geschliffenes Latein! Sein Serenissimus darf sich über ein solches Landeskind freuen!“

9. 8. 1741

Hochgeehrtester Herr Vetter,
Der Herr Vetter haben zu unser aller Beruhigung Dero Fr. Liebste eine abermahlige gute Nachricht u. zugleich den Tag Ihrer Abreise bestimmen wollen; allein so viel Vergnügen uns hieraus erwachsen, so viel Schmerzen empfinden wir gleichwohl über die zunehmende Schwachheit unserer Hochwerthesten Fr *Mamma*, indem dieselbe schon seither 14 Tagen nicht eine einzige Nacht nur eine Stunde Ruhe gehabt, u. weder sizen noch liegen kan, so gar, daß man mich in vergangener Nacht geruffen u. wir nicht anders Meynten, wir würden sie zu unserm größten Leidwesen gar verliehren. Es dringet uns daher die äußerste Noth, solches in schuldigster Nachricht zu melden, damit dieselben Dero Reise *eventualiter* ohne Maaßgebung

beschleunigen u. uns insgesamt durch Dero erwünschte Gegenwart erfreuen möchten, unter welchen Wunsch u. Herzlichen Gruß von dem ganzen Hause ich *en particulierement [im besonderen]* mit geziemender Hochachtung u. Dienstgeflißenheit Zeit Lebens verharre etc. etc. [Johann Elias Bach]

10. AUGUST

Persönliche und zeitgeschichtliche Ereignisse

1707: Bachs Onkel, der Kürschnermeister Tobias Lämmerhirt, Bruder seiner Mutter, stirbt in Erfurt

1721: wahrscheinlich Rückreise Bachs von Schleiz nach Köthen, über Gera

1739: M. Wolle, „bisheriger Diac.[onus] Subst.[itutus] u. Montags= Pr.[ediger] zu St: Nicolai, nachdem er zum Mittags=Pr.[ediger] u. Diacono zu St: Thomae vociret, hat heüte seine Abzugs=Pr.[edigt] gehalten", der Text war Apg 20,32

1748: Beerdigung des Rhetorikdozenten Johann Abraham Birnbaum unter Beteiligung der „ganzen Schule", vgl. 14. 5. 1737 und 8. 8. 1748

10. 8. 1723

Bachs Frau und der Neffe des alten Kantors Kuhnau, Johann Andreas, saßen am Tisch und nahmen konzentriert Anweisungen Bachs entgegen. Sie sollten das Druckmanuskript für das neuen Textheft herstellen.

„Hier sind die Entwürfe des alten Conrectoris Stübel. Die Korrekturen sind genau zu beachten, er konnte keine Reinschrift anfertigen. Jeden Text bin ich mit ihm nochmals durchgegangen. Zunächst müssen wir die Musiken auf die beiden Hauptkirchen verteilen. Wo ist das laufende Heft? Es endet mit dem 12. Sonntag nach Trinitatis." Anna Magdalena hatte es vor sich. „Diese Kantate wird in St. Thomae musiziert".

„Dann findet am 13. Sonntag nach Trinitatis die Musik in St. Nikolai statt", setzte Bach fort; „bitte notiere die Kirchenverteilung", wies er Anna Magdalena an. „14. Sonntag in St. Thomae, 15. Sonntag in St. Nikolai, 16. Sonntag in St. Thomae, 17. Sonntag in St. Nikolai, 18. Sonntag in St. Thomae".

„Und was ist mit der Ratspredigt am Montag nach Bartholomäi? Die fällt in diese Zeit und ändert doch den Rhythmus", meinte der junge Kuhnau. Bach wehrte ab. Die Ratspredigt ändere den Rhythmus nicht, danach habe er sich genau erkundigt. Es bleibe so, wie angesagt. Das Heft ende vor Michaelis, mit diesem Text werde das neue Heft beginnen. Wenn nun alles erklärt sei, könnten sie zu schreiben beginnen. Der gute Tietze müsse das Manuscriptum noch heute erhalten.

Bach setzte sich an den Nachbartisch, um Papier zu rastrieren und sich an die nächste Kantate zu setzen. Es war die für den 13. Sonntag nach Trinitatis mit dem Textbeginn „Du sollt Gott, deinen Herrn, lieben von ganzem Herzen". Stübel erwähnte beiläufig, daß der Knauersche Text das Zehn-Gebote-Lied Luthers enthalte, er es aber nicht unterbringen könne. Seitdem erwog Bach einen Eingangschor zu dem Doppelgebot der Liebe in der Form einer kunstvollen Choralbearbeitung des Lutherliedes. Vielleicht würde es ihm gelingen.

Entstandene und aufgeführte Werke

am 11. Sonntag nach Trinitatis (?) mit Predigt zu Lk 18,9-14
1720: Mein Herze schwimmt in Blut (Köthener Fassung)
Agnuskirche zu Köthen: Hofprediger Paulus Berger (?)
am 8. Sonntag nach Trinitatis mit Predigt zu Mt 7,15-25
1726: Es ist dir gesagt, Mensch, was gut ist, BWV 45
ThK: D. Weise

Persönliche und zeitgeschichtliche Ereignisse

1720: am 11. Sonntag nach Trinitatis Teilnahme Bachs am Abendmahl in der lutherischen Agnuskirche zu Köthen

1728: Bach übernimmt das Patenamt bei Leopold Spieß, dem am 8. August geborenen Sohn des fürstlichen Kammermusikus Joseph Spieß und seiner Ehefrau Susanna Christina geb. Appeli; die anderen Paten sind der fürstliche Stallmeister Johann Heinrich Dildey aus Köthen und Frau Regina von Schnurbein, Ehefrau eines Augsburger Handelsmannes

1736: Ernesti schreibt an Bach wegen des Streites um die Einsetzung von Präfekten und kündigt an, wenn Bach den Präfekten Krause nicht wieder einsetze, werde er, der Rektor, es am morgigen Sonntag tun

1739: Johann Elias Bach berichtet dem Kantor Johann Wilhelm Koch in Ronneburg vom Besuch Wilhelm Friedemann Bachs aus Dresden sowie der beiden Lautenisten Silvius Leopold Weiß und Johann Kropffgans in Leipzig sowie von deren gemeinsamem Musizieren, vgl. 9. 7. 1739

Entstandene und aufgeführte Werke

am 11. Sonntag nach Trinitatis mit Predigt zu Lk 18,9-14

1714: Mein Herze schwimmt in Blut, BWV 199 (Weimarer Fassung)
Schloßkapelle Zur Himmelsburg zu Weimar: Generalsup. Johann Georg Layritz

Persönliche und zeitgeschichtliche Ereignisse

1715: Geldzuwendung von 12 Gulden für Trauerkleidung anläßlich des Todes von Prinz Johann Ernst von Sachsen-Weimar, vgl. 1.8.1715

1727: durch den Thomasschulvorsteher G. C. Lehmann wird eine gerechte Verteilung der Zinsen des Legates eines Dr. Philipp angemahnt, vgl. 6.9.1727 und 3.12.1729

1736: Ernesti verfügt die Restitution der Besetzung der Präfektenstellen nach dem Stand vom 10. Juli – erster Präfekt Johann Gottlob Krause, zweiter Präfekt Samuel Kittler – und droht den Schülern Strafen bei Zuwiderhandlung an;
Bach, der im Gottesdienst des 11. Sonntages nach Trinitatis in der Thomaskirche die Kirchenmusik leitete, erfährt von der Anordnung Ernestis, beschwert sich mündlich bei Superintendent Deyling und kündigt diesem an, die Sache am folgenden Mittwoch dem Konsistorium zu übergeben; Deyling will sich zuerst von Ernesti berichten lassen;
im Vespergottesdienst der Nikolaikirche, dessen Predigt über die Sonntagsepistel 1Kor 15,1-10 der Subdiakonus substitutus Karl Gottlob Hoffmann hielt, übernimmt auf Bitten Bachs der ehemalige Thomaner Johann Ludwig Krebs, seit Mai des Vorjahres Student an der Universität Leipzig, die Leitung der Motette, da keiner der Präfekten wegen der Androhung der Relegation dazu bereit ist;
Eingabe Bachs an den Rat zu Leipzig mit Beschwerde über Rektor Ernesti, der sich das Recht des Ab- und Einsetzens von Präfekten anmaßt, vgl. 10. und 12. 7. 1736

Morgens vor dem Gottesdienst redete Ernesti mit den Präfekten Krause und Kittler. Sie sollten jeder seine übertragene Präfektur versorgen, Krause die erste, Kittler die zweite. Sich seinem Befehl zu widersetzen bedeute, sich dem Befehl des Herrn Schulvorstehers zu widersetzen; „das zieht harte Strafen nach sich, und ich kann nur einen jeden davor warnen“, betonte Ernesti.

Krause erschien in St. Thomas zum Gottesdienst und berichtete Bach von dem Befehl des Herrn Rektors. Bach antwortete darauf nichts, sondern überließ unter dem Vorwand weiterer Besorgungen dem Präfekten Krause den Anfang der Kirchenmusik und eilte nach St. Nikolai. Dort traf er Deyling tatsächlich noch vor Beginn des Altardienstes in der Sakristei an. Deyling erkundigte sich ausführlich, zögerte aber mit einer Entscheidung; er müsse die Sache schon zuerst mit den Herren Patronen und dem Herrn Vorsteher erörtern.

Bach verließ die Sakristei und war fest entschlossen, die ganze Sache nun in die eigene Hand zu nehmen. Hier zählten nur Tatsachen, dessen war er sich sicher, und „niemand hilft mir!“. Er erschien auf dem Chor der Nikolaikirche, wies den Herrn Konrektor an, die Direktion der zweiten Kantorei hilfsweise zu übernehmen und eilte mit dem Präfekten Kittler in die Thomaskirche. Dort verjagte er stehenden Fußes den Präfekten Krause.

Für den Vespergottesdienst in St. Nikoilai konnte er seinen früheren Präfekten Krebs gewinnen; doch am Beginn des Vespergottesdienstes in St. Thomas traf er wieder Krause vor der ersten Kantorei an. Erboßt über so viel Dreistheit, jagte er ihn erneut davon und übertrug dem Alumnus Claus die Leitung des Singens als Präzentor.

[gegen Abend:] Immer noch aufgeregt, blätterte Bach in den Thomasschulordnungen hin und her. Das war wirklich zuviel, was Ernesti nun beanspruchte. Er suchte die Regelungen zur Berufung eines Präfekten. Die neueren Schulgesetze von 1733 enthielten dazu keine Aussage. Deshalb nahm er sich nochmals die Schulordnung von 1723 vor. Ihm war bewußt, daß es sich um sein Recht als Kantor handelte und nicht um ein Recht des Rektors. Bisher hatte er solche Regelungen nicht eigens nachschlagen müssen, weil es nie zu Differenzen gekommen war. Doch nun war Ungeheuerliches geschehen: Durch den Rektor war der von ihm bestimmte und berufene Präfekt entlassen und an dessen Stelle der Präfekt des zweiten Chores eingesetzt worden.

In Caput XIII, § VIII, fand er endlich die Vorschrift:

> Dieweil auch ietziger Zeit die Schul=Knaben, welche den Gottesdienst abwarten, in 4 Cantoreyen eingetheilet, in deren ieder von dem *Cantore*, mit Bewilligung des *Rectoris*, ihrer acht angenommen, so müssen in der ersten *Cantorey* keine andere als *Inquilini [Alumnen]*, und welche nach Befinden des *Cantoris* vor andern eine gute Stimme haben, auch in der *Music* geschickt und fertig sind, *recipir*et [angenommen] werden; wie dann auch der *Cantor* die, welche er vor tüchtig erachtet, als *Praefectos* gewöhnlicher maßen zu erwehlen, iedoch selbige iedesmahl dem Herrn Vorsteher zu *praesentir*en hat.

Was Wahl und Einsetzung der Präfekten anlangte, so war das eindeutig seine Sache; das fand er auch in Caput XIV bestätigt. Dort lautete § IV:

> Die vier *Praefecti Chororum*, welche der *Cantor* jährlich um Weynachten, iedoch mit Vorbewust und Genehmhaltung des Herrn Vorstehers, zu erwehlen hat …

Gut, den Vorsteher befragte er schon seit den Zeiten des alten Rectoris Ernesti nicht mehr. Das hatte er unter Gesner und dem jungen Ernesti auch so gelassen. Doch das gab jetzt keineswegs den Ausschlag, dachte er. Und die Aufnahme von vier mal acht Choristen, die mit Bewilligung des Rectoris geschehen solle, war im Falle der Bestimmung der Präfekten nicht berührt.

Was also tun? Er sollte an den Rat zu Leipzig schreiben. Die Herren des Rates sind die Vorgesetzten, die müßten ihn bei seinen Rechten schützen.

Entstandene und aufgeführte Werke

am 10. Sonntag nach Trinitatis mit Predigt zu Lk 19,41-48

1724: Nimm von uns, Herr, du treuer Gott, BWV 101
NK: D. Deyling

Persönliche und zeitgeschichtliche Ereignisse

1721: in den Hofhaltungsrechnungen zu Schleiz sind vermerkt „20 Gr[oschen] Passagegeld von hier nachher Gera wegen des H. Capellmeisters Bach dem Hn. Postmeister bezahlt", vgl. 7. 8. 1721;
Investitur des neuen Superintendenten Deyling in der Nikolaikirche zu Leipzig, Aufführung einer Kantate Johann Kuhnaus

1735: Anzeige der Klavierübung II in den Leipziger Zeitungen, BWV 971 und 831, vgl. 1. 7. 1735

1736: zweite Eingabe Bachs zum Präfektenstreit an den Rat zu Leipzig mit Ausdruck der Besorgnis um den Bestand seiner Amtsautorität und der Befürchtung des Verfalls der Kirchenmusik und des Alumneums

Entstandene und aufgeführte Werke

am 10. Sonntag nach Trinitatis mit Predigt zu Lk 19,41-48
1735: Nimm von uns Herr, du treuer Gott, BWV 101
ThK: D. Weise

Persönliche und zeitgeschichtliche Ereignisse

1700: Johann Christoph Kiesewetter, Rektor des Lyceums in Ohrdruf, trägt in die Schülermatrikel zu Bachs Namen nochmals ein *„ob defectum hospitiorum Luneburgum conceſsit [wegen des Fehlens einer Freistelle hatte er sich nach Lüneburg gewandt]"* und fügt frühestens nach 1708 hinzu: *„factus primum Musicus organicus Arnstatensis in aede Sophiae; deinde Mülhusinus: et paulo post aulicus Vinariae [er wurde zuerst Organist in Arnstadt an der Sophienkirche/Neuen Kirche; darauf Mühlhäuser Organist: und wenig später Hoforganist in Weimar]"*, vgl. 15. 3. 1700
1703: Entgegennahme der Organistenbestallung in Arnstadt durch Bach, vgl. 9. 8. 1703
1705: Gegenüberstellung Bachs mit dem Schüler Geyersbach im Konsistorium zu Arnstadt, vgl. 5. 8. 1705
1735: Abendmahlsteilnahme am 10. Sonntag nach Trinitatis bei Lic. Gaudlitz: Breitkopff, der Buchdrucker, und Caroli, der Kunstgeiger

14. 8. 1705

Der Konsistorialschreiber konnte sein Amusement kaum verbergen. Gleichwohl war die Situation alles andere als erheiternd. Um ein Haar wäre der Schüler Geyersbach auf Bach losgegangen, nachdem ihm der Bericht vom Mittwoch vergangener Woche vorgelesen worden war. Der Herr Konsistorialrat bemerkte: „Nun ist er an der Reihe, Geyersbach!"

Negat [verneint] daß er klagenden Bachen vorgepaßet [aufgelauert], sondern alß von dem Schuster *Jahnen* er zu seines Kindes Tauffmahl gebethen worden, vnd sie abends mit denen Gevatterinnen ein ständgen gemachet sey *Bach* mit der TabacksPfeiffe im munde über die straße gangen kommen, darauf Geyersbach selbigen gefraget, Ob ers geständig Ihn einen Zippel *Fagotti*sten geheißen haben, da er nun solches nicht läugnen können, hätte Er Bach den Degen alßbald gezogen, dagegen Er Geyersbach sich ja wehren müssen, würde sonst ihm einen schaden gethan haben.

„Welchen haben wir heute? Freitag, den 14. Augusti 1705. Bach mag sich am nechstkünftigen Mittwoch wieder melden", entschied der Herr Konsistorialrat und entließ sie.

15. AUGUST

Entstandene und aufgeführte Werke

am 12. Sonntag nach Trinitatis mit Predigt zu Mk 7,31-36

1723: Lobe den Herrn, meine Seele, BWV 69a
ThK: Lic. Weise

Persönliche und zeitgeschichtliche Ereignisse

1730: Trauung des Thomasschulkonrektors M. Johann Christoph Hebenstreit mit Christiana Dorothea, geb. Schütz, Tochter des Archidiakonus D. Friedrich Wilhelm Schütz in der Thomaskirche, vgl. 18. 3. 1731

1736: Bach will nach Angabe des Superintendenten Deyling die Streitsache mit dem Thomasschulrektor um die Präfekteneinsetzung dem Konsistorium übergeben;
dritte Eingabe Bachs an den Rat zu Leipzig in Sachen Präfektenstreit: Bach beschreibt die Unfähigkeit des ihm aufgezwungenen Präfekten Johann Gottlob Krause

1750: Anna Magdalena Bach bittet den Rat zu Leipzig um die Gewährung des Gnadenhalbjahrs, vgl. 17. und 28. 8. 1750

Persönliche und zeitgeschichtliche Ereignisse

1739: M. Christoph Wolle wird Mittagsprediger und Subdiakonus an der Thomaskirche; am 12. Sonntag nach Trinitatis hält er seine Predigt zu Mk 7,31-37

1741: Johann Elias Bach schreibt an Simon Friedrich von Meyern in Halle und berichtet von den veränderten Reiseplänen Bachs seit dem 26. Juni, vgl. 24. und 26. 6., 4. und 25. 7. 1741

1749: der Stadtschreiber bringt am Samstag nach dem 10. Sonntag nach Trinitatis folgende Aktennotiz zu Papier: „habe bey dem Herrn *Superintenden*ten D. Deyling die Predigt zur Aufführung eines Neuen Raths, auf nechstkünfftigen Montag, wie auch der ThürKnecht die *Music* bey dem Herrn *Cantor* bestellet“

PERSÖNLICHE UND ZEITGESCHICHTLICHE EREIGNISSE

1731: in Weißenfels stirbt Johann Augustin Kobelius, im Jahr 1702 Bachs Konkurrent bei der Besetzung der Figuralorganistenstelle in Sangerhausen, vgl. 13./14. 1. und 4. 4. 1737

1736: Eingabe Johann August Ernestis wegen der Streitigkeiten mit Bach um die Einsetzung des Präfekten

1750: gutachterliche Aufrechnung der Ratseinnahmestube im Vorfeld der Ratsentscheidung zur Zahlung des Gnadenhalbjahres an Anna Magdalenma Bach, vgl. 15. und 28. 8. 1750

17. 8. 1749

Schon Montag über acht Tage war Ratswahl in diesem Jahr. Bach suchte den Stapel seiner Ratswahlkantaten und entschied sich dann für die von 1731 „Wir danken dir Gott, wir danken dir". Er hatte sie schon öfter aufgeführt, weil sie ihm recht gut gelungen schien. Stimmen, Partitur und ein alter Textdruck lagen beieinander; die Vollständigkeit der Musikalien würde er nachprüfen lassen.

Den Textdruck überprüfte er selbst und kam zu dem Schluß, daß es nur der Änderung der Jahreszahl bedurfte. Die Korrektur brachte er an, so stand der Übergabe der Vorlage an den Buchdrucker nichts mehr im Wege. Das würde er morgen tun.

Gewiß würde es der Herr Licentiat Eichler wieder sein, der die Ratspredigt zu halten hatte. Im vorigen Jahr, so erinnerte er sich, war er doch recht verwundert gewesen über die eigentümliche Textwahl zur Predigt; es war 5. Buch Mose 16,8 gewesen. Hoffentlich paßte es in diesem Jahr besser, er würde doch noch zu dem Herrn Licentiaten hingehen, um sich zu erkundigen. Sicher sei sicher, nichts darf man auf sich beruhen lassen.

Indessen blätterte er in der Partitur. Vor wenigen Monaten erst hatte er sie in der Hand gehabt, um die Parodie des „Dona nobis pacem" seiner Missa zu überprüfen, das er zunächst nach dem „Gratias agimus tibi" der Dresdner Missa erstellt hatte. Es war ihm ein wichtiges Stück, das ihm wiederholt im Kopf herum ging. Die kanonische Führung der Stimmen verfolgte ihn regelrecht. Auch das zeigte sich als innerer Grund, warum er zu dieser Kantate griff.

Entstandene und aufgeführte Werke

1727: Druck des Widmungskanons, BWV 1074
„dedié A Monsieur Houdemann et composé par J. S. Bach“

am 9. Sonntag nach Trinitatis mit Predigt zu Lk 16,1-9

1745: Tue Rechnung! Donnerwort, BWV 168
NK: D. Deyling

Persönliche und zeitgeschichtliche Ereignisse

1727: Posteingang mit dem Widmungskanon, BWV 1074, für Ludwig Friedrich Hudemann in Hamburg, von Bach zuvor in Kupfer gestochen: Hudemann hatte sich am 24. Februar 1727 in Leipzig immatrikulieren lassen

1729: Teilnahme Bachs am Donnerstagsabendmahl in der Leipziger Thomaskirche bei D. Weise; die Predigt hielt H. Lehmann, womöglich ein Student, zu 1Chronik 30,11-13; am Abendmahl bei Weise nahm auch ein Student Ernesti teil, der identisch sein könnte mit dem späteren Konrektor bzw. Rektor der Thomasschule, Johann August Ernesti, der seine Studien erst im Jahr 1730 abschloß

1735: Teilnahme Bachs am Donnerstagsabendmahl bei D. Weise, der auch selber predigte, Text: Ps 119,33

1739: Anna Magdalena Bach wird Patin bei Anna Maria Louise Leonhardt, der Tochter eines Rot-, Stück- und Glockengießers, Taufe durch M. Eichler in St. Nikolai; mit ihr übernehmen das Patenamt die Ehefrau eines Advokaten und ein Leutnant von der Pleißenburg, vgl. 2. 9. 1742

1748: in Weimar stirbt der Hoforgelmacher Heinrich Nicolaus Trebs im Alter von 70 Jahren

Entstandene und aufgeführte Werke

am 12. Sonntag nach Trinitatis mit Predigt zu Mk 7,31-36

1725: Lobe den Herren den mächtigen König der Ehren, BWV 137
NK: D. Deyling

Persönliche und zeitgeschichtliche Ereignisse

1705: weitere Vernehmung Bachs vor dem Konsistorium Arnstadt, Frage nach Augenzeugen; Bach stünde in dem Ruf, mit Schülern sich nicht vertragen zu können, was auch zu seiner Weigerung passe, die Aufführung von Figuralmusik zu unterstützen;
erneutes Datum für die Verhandlung: Freitag, der 21. August

1732: Aufforderung zur Ratsmusik am 25. August; vorgesehenes Werk unbekannt

1733: Bewerbung Carl Philipp Emanuel Bachs um die Organistenstelle an der Wenzelskirche in Naumburg, mit eigenhändigen Korrekturen seines Vaters

1736: weitere Eingabe Bachs an den Rat zu Leipzig, geschrieben am 12. Sonntag nach Trinitatis, im Zusammenhang mit dem Präfektenstreit: Bach erbittet eine Entscheidung, da er sonst Ärgernisse in der Kirche, Unordnung auf der Schule und Schmälerung seiner Autorität befürchte

1737: Aufforderung zur Ratswechselmusik, vgl. 16. 8. 1749

Entstandene und aufgeführte Werke

am 11. Sonntag nach Trinitatis mit Predigt zu Lk 18,9-14

1724: Herr Jesu Christ, du höchstes Gut, BWV 113
ThK: D. Weise

Persönliche und zeitgeschichtliche Ereignisse

1731: Aufforderung zur Ratsmusik am 27. August; Bach bereitet BWV 29 vor

1736: Aufforderung zur Ratsmusik am 27. August; vorgesehenes Werk unbekannt

1738: Aufforderung zur Ratsmusik am 25. August; vorgesehenes Werk unbekannt

1743: Aufforderung zur Ratsmusik am 26. August; vorgesehenes Werk unbekannt

1748: Aufforderung zur Ratsmusik am 26. August; vorgesehenes Werk unbekannt

Persönliche und zeitgeschichtliche Ereignisse

1703: Anweisung an den Stadtkämmerer und Kastenschreiber Johann Schellhase in Arnstadt zur Auszahlung der Besoldung an den neuen Organisten der Neuen Kirche, Johann Sebastian Bach; danach erhielt er pro Quartal 6 Gulden, 5 Groschen und 3 Pfennige (per anno 25 Gulden) aus dem Gotteskasten und der Biersteuer, während aus dem Hospital noch 34 Gulden und 6 Groschen hinzukamen, vgl. 28. 9., 19. 12. 1703 usw.

1705: erneuter Termin vor dem Konsistorium in Arnstadt; geladen sind nacheinander Barbara Catharina Bach, Johann Sebastians Kusine, und Johann Heinrich Geyersbach, vgl. 14. 8. 1705

1707: in Eisenach stirbt Christian Zeidler, Rektor des Gymnasiums, Bachs einstiger Lehrer

1737: Eingabe Bachs an das Konsistorium zu Leipzig im Zusammenhang mit dem Präfektenstreit: Bach beruft sich hinsichtlich seiner Rechte auf die Fassung der Thomasschulordnung vor der von 1723, weil letztere seines Wissens nie vom Konsistorium ratifiziert worden sei, vgl. 6. und 12. 2. 1737

21. 8. 1705

Aus dem Aktenfaszikel mit dem Titel: Joh: Sebast. Bach Organist in der Neuen Kirchen contra Geyersbachen Schol.[arem] alumnum [gegen den Alumnenschüler Geyersbach] in puncto injuriae Real.[es] & Verbal [in Sachen wirklicher und wörtlicher Beleidigung] 1705

Barbara Catharina Bachin

Meldet uf vorgängige Verwahrnung die Wahrheit zu sagen, wie vor einigen tagen, als sie mit ihrem Vetter [Johann Sebastian Bach] von dem Herrn Küchenschreiber [Christoph Herthum, Schwiegersohn Heinrich Bachs] des abends kommen, und übern Markt gehen wollen, einige Schüler so von einer Kindtauff kommen, ufn langen steine geseßen, Geirsbach sie sehend sogleich aufgestanden und Bachen unter die augen getreten, sagend, warumb er seinen *Fagott* geschimpffet hätte und wer seine sachen schimpffte der schimpffte ihn, und das thäte ein Hundes etc:, druf Geirsbach Bachen ins gesicht geschlagen, Bach aber den Degen gezogen, ihm aber nichts darmit gethan, druf sie ein wenig miteinander gestrauchelt und Geirsbach einen stecken fallen laßen, die andern schüler umb ihn herum getreten *referntin* aber Bachen an die Hand genomen und ihn mit fort zu gehen errinnert, und so sie ja etwas mit einander zu thun so würde sich wohl geben gesagt, auch habe Bach keine tabackspfeiffe im munde gehabt, soviel ihr wißend.

Entstandene und aufgeführte Werke

am 13. Sonntag nach Trinitatis mit Predigt zu Lk 10,23-37

1723: Du sollt Gott, deinen Herrn, lieben, BWV 77
NK: D. Deyling

Persönliche und zeitgeschichtliche Ereignisse

1697: Geburt von Christina Sophia Bach, zweites Kind des Ehepaares Johann Christoph und Dorothea Bach, geb. Vonhof in Ohrdruf, Base Johann Sebastians

1729: Aufforderung zur Ratsmusik am 29. August; vorgesehenes Werk unbekannt

1730: Aufforderung zur Ratsmusik am 28. August; Bach bereitet BWV Anh. 3 vor

1735: Aufforderung zur Ratsmusik am 29. August; vorgesehenes Werk unbekannt

1739: Johann Siegismund Liebe, Stadt- und Schloßorganist in Zeitz, Onkel Anna Magdalena Bachs, trägt dem Stiftskonsistorium in Naumburg die Bitte vor, ihm seinen Enkel Gottlob Ludwig Raden als Adjunkt beizugeben, vgl. 1. 10. 1738

1742: Aufforderung zur Ratsmusik am 27. August; vorgesehenes Werk unbekannt

1747: Aufforderung zur Ratsmusik am 28. August; vorgesehenes Werk unbekannt

Persönliche und zeitgeschichtliche Ereignisse

1730: Fertigstellung und Übergabe einer Denkschrift an den Rat über den Zustand der Kirchenmusik in Leipzig durch Bach mit dem Titel „Kurtzer, iedoch höchst nöthiger Entwurff einer wohlbestallten Kirchen *Music*; nebst einigem unvorgreiflichen Bedencken von dem Verfall derselben."

1738: Bach bestellt einen Textdruck, wahrscheinlich für die Ratswechselkantate am 25. 8. 1738

1745: Aufforderung zur Ratsmusik am 30. August; vorgesehenes Werk unbekannt

23. 8. 1730

Er überlas das Geschriebene noch einmal und war sich sicher: länger durfte er nicht schweigen!

Denn das waren die tatsächlichen Verhältnisse: Instrumentalisten und Choristen, hier, die er eigentlich brauchte, und da, die ihm wirklich zur Verfügung standen. Dann die geschwundene Bereitschaft der Studierenden zur Unterstützung der Kirchenmusik: „Denn wer wird ümsonst arbeiten, oder Dienste thun?" Nicht selten setzte er Schüler ein, die dann im Chor fehlten. „Es ist ja *notorisch*, daß meine Herrn *Praeanteceßores*, Schell und Kuhnau, sich schon der Beyhülffe derer Herrn *Studiosorum* bedienen müßen, wenn sie eine vollständige und wohllautende *Music* haben *produciren* wollen".

Der alte Rektor Ernesti hatte mehrfach unbrauchbare Schüler angenommen, was den Erfolg beträchtlich schmälerte. Anspruch und Erwartung seien erheblich gestiegen, daß „solche *subjecta choisiret [ausgewählt]* und bestellet werden können, so den itzigen *musicalischen* gustum *assequiren [Geschmack erreichen]*, die neüen Arthen der *Music* bestreiten, mithin im Stande seyn können, dem *Compositori* und deßen Arbeit *satisfaction [Genüge zu tun]* zu geben".

Zehn Seiten beschrieb Bach und nannte es „Kurtzer, iedoch höchstnöthiger Entwurff einer wohlbestallten Kirchen Music", sub dato 23. Augusti 1730.

Persönliche und zeitgeschichtliche Ereignisse

1719: Bach erhält in Köthen das Honorar von 20 Talern zur Auszahlung an einen Gastmusiker: „Den CapellMeister Bachen zur Abfertigung eines *Discanti*sten"

1731: M. Justus Gotthard Rabener, Diakonus der Thomaskirche zu Leipzig, stirbt

1734: Aufforderung zur Ratsmusik am 30. August; vorbereitetes Werk unbekannt

1735: Zeugnis Bachs für Johann Ludwig Krebs, wahrscheinlich für dessen Bewerbung um die Organistenstelle in Zittau, die seit Juli 1735 wegen des Todes des bisherigen Stelleninhabers frei war, vgl. 12. 8. 1736

1740: Aufforderung zur Ratsmusik am 29. August; Bach bereitet die Kantate „Herrscher des Himmels, König der Ehren", BWV deest, vor

1750: „Bestellete der Thür Knecht bey des verstorbenen Cantoris Herrn Bachs Witbe die Kirchen Music auf heüt über 8 Tage bey den bevorstehenden Raths Wechsel"

24. 8. 1731

M. Adam Bernd, langjähriger Oberkatechet an der Peterskirche zu Leipzig, schrieb 1738 über Justus Gotthard Rabener:

Ich bekam auch in eben diesem Jahr [1703] einen *Discipel [Schüler]*, mit dem ich die *Aristoteli*sche Philosophie durchgehen solte; und das war der vor etlichen Jahren verstorbene *Diaconus* an der *Thomas*-Kirchen, *M. Rabner*, der damahls ein Jüngling von 16. Jahren war. Sein Vater, bey welchem man mich sehr r*ecommandi*ret [empfohlen] hatte, war besorgt, sein Sohn möchte sich einst bey den *Professoribus Philosophiae [Philosophieprofessoren]* verhaßt machen, daferne er die *Philosophiam recentiorem [modernere Philosophie] studi*ren, und danach im *disputi*ren derselben Lehr=Sätze vortragen solte. Ich suchte ihm dieses zwar auszureden, und sagte, daß die Zeiten sich geändert, und die Welt das *Aristoteli*sche Joch schon guten Theils abgeworffen hätte: daß auch Herr *Olearius* [Theologieprofessor in Leipzig] ohne Widerspruch vom *Aristotele* abgienge; allein er führte mir einige Exempel an, derer, welche sich durch die neue *Philosophie* an ihrer Beförderung gehindert hätten. Und so ließ ich mirs denn gefallen. Ich war zugleich mit ihm eines worden, ein wöchentliches *Exercitium disputatorium [Übung im Streitgespräch]* mit dem *Cursu [Lehrgang]* zu verknüpffen, und auch außer dem im Hebräischen seinen Sohn zu *informi*ren. Ich kam allem auf das genaueste nach. In der *Philosophie* zeigte ich dem ohngeachtet offters, worinnen die *Philosophi recentiores [modernen Philosophen]* besser wären, und von den *Aristotelicis [Aristotelikern]* abgiengen. Zum *disputi*ren war er ungemein geschickt, und übte sich darinnen in so kurtze Zeit, daß, ob er gleich noch kein *Studiosus*, er doch tüchtig gewesen wäre, die *Philosophi*sche Catheder zu besteigen. Noch mehr nahm er zu in der Erlernung der Hebräischen Sprache. Ich hatte vom alten *M.* Starcken gelernet die Sprachen, und insonderheit die Hebräische, mehr durch die *Praxin*, als durch viele *Praecepta grammaticalia [grammatische Regeln]* einem beyzubringen. Ich ahmte ihm glücklich nach; und es währte nicht ein Viertel=Jahr, so konte mein *Auditor [Hörer]* die *Libros Historicos [historischen Bücher]* schon ziemlich fertig *exponi*ren [erklären]. Wir würden auch in der Sprache noch grössere *Progressus [Fortschritte]* gemacht, und weiter gekommen seyn, wenn er nicht so viele *Dubia [Zweifel]* wider die Historien und historischen Umstände, die wir lasen, gemacht hätte. Unzehlige, und unsägliche *Dubia* erfand er, so daß sie kein *Atheus [Gottesleugner]* oder *Deiste* [Anhänger der Vernunftreligion] ärger hätte ersinnen, und machen können. So viel ich auch darauf *studi*rte, und *Harmoniam Waltheri [philosophisches Lehrbuch]*, auch gute *Commentarios [Auslegungen]* dabey las, so war ich nicht fähig, ihm alle seine Einwürffe und Scrupel aufzulösen; oder er glaubte doch, daß sie ihm nicht benommen, und aufgelöset wären. Seine Erben haben bey seinem Lebens= Lauffe, den sie aufgesetzet, mir die Ehre nicht angethan, daß sie mich unter seine *Praeceptores [Lehrer]* gesetzet hätten; vielleicht, weil sie mich unter seinen *Praeceptoribus* nicht gefunden haben; es würde auch vor den Verstorbenen eben keine große Ehre gewesen seyn. Ungeachtet er mein Schüler gewesen, so war er doch nach der Zeit mein bitterster Feind, welches ich eher nicht, als vor 10. Jahren bey der *Melodiani*schen *Affaire [Irrlehre-Vorwurf 1728 an Bernd, daraufhin von sei-*

nem geistlichen Amt abgesetzt] erfahren. In einem gewissen *Conventu [Zusammenkunft]*, da über mich berathschlaget wurde, *harangu*rte [tadelte] er die gantze Zeit alleine, und redete auf das hefftigste wider mich, wolte auch von allem gelinden Verfahren wider mich nicht das geringste hören. Das hat ihm aber nach seinem Tode viel geschadet. Denn weil ein gewisser gelehrter Mann, der stets viel Liebe und Hochachtung vor mich gehabt, dadurch erschrecklich erbittert, und aufgebracht wurde, daß niemand so sehr, als er, in Gesellschafften die bittersten Reden wider mich ausgestossen; so war er hernach die erste Ursache des Processes, der seinethalben nach seinem Tode geführet wurde, da sonst die gantze Sache wol würde seyn liegen blieben. Drum soll man keinen Menschen, der auch hassens=würdig, ohne Maß hassen, und verfolgen, so schwach derselbe ist; *nam nihil tam firmum est, cui non metus sit ab invalido [denn nichts ist so fest zu behaupten, als das, was von einem Schwachen nicht befürchtet werden würde].*

Entstandene und aufgeführte Werke

am 10. Sonntag nach Trinitatis mit Predigt zu Lk 19,41-48
1726: Herr, deine Augen sehen nach dem Glauben, BWV 102
ThK: D. Weise
zum Geburtstag des Grafen Joachim Friedrich von Flemming
1726: Verjaget, zerstreuet, zerrüttet, ihr Sterne, BWV 249b
zum Ratswechselgottesdienst mit Predigt zu Ps 90,17
1727: Ihr Pforten zu Zion, ihr Wohnungen Jacobs, BWV 193
NK: D. Schütz
zum Geburtstag des Grafen Joachim Friedrich von Flemming
1731: So kämpfet nur, ihr muntern Töne, BWV Anh. 10
zum Ratswechselgottesdienst mit Predigt zu Röm 13,5
1732: [Komposition unbekannt]
NK: D. Schütz
zum Ratswechselgottesdienst mit Predigt zu 1Tim 2,1-2
1738: [Komposition unbekannt]
NK: M. Wolle
zum Ratswechselgottesdienst mit Predigt Ps 82,7-8
1749: Wir danken dir, Gott, wir danken dir, BWV 29
NK: Lic. Eichler

Persönliche und zeitgeschichtliche Ereignisse

1726: Geburtstag des Grafen Joachim Friedrich von Flemming, Kommandant der Festung Pleißenburg

1730: Bericht zur Unterredung des Vicekanzlers und Bürgermeisters Jacob Born mit Bach über dessen Nachlässigkeit im Schuldienst: „Mit dem *Cantor* Bachen habe Er geredet, der aber schlechte lust zur arbeit bezeige, frage sich, ob man nicht *M.* Krügeln, an stat Pezolds, die Claße anvertrauen solle, ohne neue Besoldung“; Beschluß im Rat: „Soll also eingerichtet werden“, vgl. 2. 8. 1730

1731: Geburtstag des Grafen Joachim Friedrich von Flemming, Kommandant der Festung Pleißenburg

1733: Eingabe Bachs, des Nikolaiorganisten Johann Schneider und des Thomasschulrektors Johann Matthias Gesner an den Rat zu Leipzig wegen der Akzidenzforderungen;
Aufforderung zur Ratsmusik am 31. August; Werk unbekannt;
Johann Ludwig Krebs beruft sich in seinem Bewerbungsschreiben um die Organistenstelle an der Wenzelskirche zu Naumburg auf den Unterricht bei Bach

1737: Romanus Teller tritt als Subdiakonus der Thomaskirche an, Predigt zum Evangelium des Bartholomäustages Lk 22,24-30

1741: Aufforderung zur Ratsmusik am 28. August; Bach bereitet BWV Anh. 4 vor

1746: Aufforderung zur Ratsmusik am 29. August; vorgesehenes Werk unbekannt

Leipziger Ratswappen, Thomasschulordnung 1723

Entstandene und aufgeführte Werke

am 13. Sonntag nach Trinitatis mit Predigt zu Lk 10,23-36
1725: Ihr, die ihr euch von Christo nennet, BWV 164
ThK: D. Weise
zum Ratswechselgottesdienst mit Predigt zu 2Chr 15,1-2
1726: Wünschet Jerusalem Glück, BWV Anh. 4 (?)
NK: D. Schütz
zum Ratswechselgottesdienst mit Predigt zu 2Chr 15,1-2
1737: [Komposition unbekannt]
NK: D. Deyling
zum Ratswechselgottesdienst mit Predigt zu Jer 29,7
1743: [Komposition unbekannt]
NK: M. Eichler
Zum Ratswechselgottesdienst mit Predigt zu Dt 16,18
1748: [Komposition unbekannt]
NK: Lic. Eichler

Persönliche und zeitgeschichtliche Ereignisse

1728: in Weimar stirbt Herzog Wilhelm Ernst von Sachsen-Weimar
1730: in den Kassenbüchern der Leipziger Ratseinnahmestube werden „6 thl Carl Hartwigen, als Honorarium wegen des Orgel Spielens vor Herrn Schneiders Antritt“ vermerkt, vgl. 24. 12. 1729 und 1. 8. 1730
1739: Bach beauftragt den Verleger Breitkopf mit dem Textdruck für die Ratswahlkantate (BWV 29), vgl. 31.8.1739

Entstandene und aufgeführte Werke

zum Ratswechselgottesdienst mit Predigt zu Kld 3,22-23
1725: [Komposition unbekannt]
NK: D. Schütz
zum Ratswechselgottesdienst mit Predigt zu Röm 13,4
1731: Wir danken dir, Gott, wir danken dir, BWV 29
NK: D. Schütz
zum Ratswechselgottesdienst mit Predigt zu Jos 1,7-8
1736: [Komposition unbekannt]
NK: D. Deyling
zum Ratswechselgottesdienst mit Predigt zu Ps 33,12
1742: [Komposition unbekannt]
NK: M. Schleußner

Persönliche und zeitgeschichtliche Ereignisse

1723: jährlich einmal erhielt Bach eine Zahlung von 13 Talern und 3 Groschen: „Dem *Cantori* auf dieser Schule, Johann Sebastian Bachen, an Holtz und Licht Gelde“
1730: in allen Kirchen Sachsens soll gemäß einer Anordnung wegen der Geburt des sächsischen Prinzen Xaver am 25. August am 12. Sonntag nach Trinitatis das „Te Deum laudamus“ angestimmt werden
1739: Aufforderung zur Ratsmusik am 31. August: vorgesehenes Werk unbekannt;
Licentiatenpromotion von M. Christian Weise d. J. und M. Romanus Teller d. J.
1743: Abschluß eines Neubauvertrages für die Orgel in der Wenzelskirche zu Naumburg mit Zacharias Hildebrandt, eventuell auf Empfehlung Bachs

Entstandene und aufgeführte Werke

zum Ratswechselgottesdienst mit Predigt zu Ps 82,6-7
1724: [Komposition unbekannt]
NK: D. Schütz
zum Ratswechselgottesdienst mit Predigt zu Röm 13,3
1730: Gott, gib dein Gerichte dem Könige, BWV Anh. 3
NK: D. Schütz
zum Ratswechselgottesdienst mit Predigt zu 1Kön 7,12
1741: Wünschet Jerusalem Glück, BWV Anh. 4
NK: M. Eichler
am 12. Sonntag nach Trinitatis mit Predigt zu Mk 7,31-37
1746: Lobe den Herren, den mächtigen König der Ehren, BWV 137 [oder am 20. 8. 1747 in St. Nikolai]
ThK: D. Teller (?)
zum Ratswechselgottesdienst mit Predigt zu Ps 85,9-11
1747: [Komposition unbekannt]
NK: Lic. Eichler

Persönliche und zeitgeschichtliche Ereignisse

1724: die „Stats- und Gelehrte Zeitung Des Hollsteinischen unpartheyischen CORRESPONDENTEN" bringt in einer „Leipzig, den 29. August." datierten Meldung die Nachricht: „Gestern [28. August], nachdem, vorhero frühe Herr Dr. Schütze, Archi-Diaconus bey der Kirchen zu St. Nicolai, die gewöhnl. Predigt wegen der Rahts-Wahl abgeleget hatte, und hierauf eine schöne Music nach Endigung derselben gemachet worden, ..."

1735: Rechnungseintrag bei Breitkopf: „1/4 Bogen auf die Ratswahl" mit dem Betrag von 8 Groschen [das am 29. August aufgeführte Werk ist nicht bekannt]

1737: Verfügung des Leipziger Konsistoriums im Streit zwischen Bach und Ernesti, vgl. 4. 10. 1737

1750: im Rat zu Leipzig wird das Gesuch Anna Magdalena Bachs behandelt und positiv beschieden: „Die verwittibte Frau Bachin suche an, ihr das halbe Gnaden Jahr zu gestatten, da ehedem der Fr. Cunoin [Kuhnau] auch Schellin dergleichen erhalten, auf beschehenes Nachschlagen so wohl bey der EinnahmStube als auf der Schule finden sich nach denen Beylagen Nachrichten, daß ehedem derer SchulCollegen Wittben und Kinder solches bekommen, u. Herr Harrer habe bey seiner Abreyße declariret, daß er sich deßen wolle gefallen laßen, wenn dereinst seiner Wittbe dießes beneficium ebenfallß zu hoffen hätte", vgl. 15. und 17.8.1750

29. AUGUST

Entstandene und aufgeführte Werke

am 14. Sonntag nach Trinitatis mit Predigt zu Lk 17,11-19
1723: Es ist nichts Gesundes an meinem Leibe, BWV 25
ThK: Lic. Weise
zum Ratswechselgottesdienst mit Predigt zu Röm 13,1-2
1729: Gott, man lobet dich in der Stille, BWV 120
NK: D. Schütz
zum Rastwechselgottesdienst mit Predigt zu 2Sam 20,14-26
1735: [Komposition unbekannt]
NK: D. Schütz
zum Ratswechselgottesdienst mit Predigt zu Jos 1,5
1740: Herrscher des Himmels, König der Ehren, BWV deest
NK: M. Eichler
zum Ratswechselgottesdienst mit Predigt zu Kld 3,22-24
1746: [Komposition unbekannt]
NK: Lic. Eichler

Persönliche und zeitgeschichtliche Ereignisse

1740: Prosper Lambertini wird in Rom zum Papst gewählt; er amtiert unter dem Namen Benedict XIV.

1750: der juristische Ratsregistrator Christian Ernst Haubold teilt den Ratsbeschluß über das Gnadenhalbjahr an Anna

Magdalena Bach mit und verbindet damit die Bitte „wegen derer Kirchen-Lieder“, d. h. die Frage um Überlassung des Choralkantatenjahrgangs

29. 8. 1724

In jedem Jahr am Montag nach dem Bartholomäustag (24. August) beging man den Ratswechsel mit einem Gottesdienst. Nach einem verabredeten Procedere ergingen etwa 14 Tage vorher eine Reihe von Meldungen. Der Stadtschreiber berichtet: „habe bey dem Herrn *Superintenden*ten *D.* Deyling die Predigt zu Aufführung eines Neuen Raths, auf nechstkünfftigen Montag, wie auch der ThürKnecht die *Music* bey dem Herrn *Cantor* bestellet.“ Der Gottesdienst des Jahres 1724 wird durch eine Meldung in der „Stats- und Gelehrte[n] Zeitung Des Hollsteinischen unpartheyischen CORRESPONDENTEN“ bekannt gemacht: „Leipzig, den 29. August. Gestern, nachdem vorhero frühe Herr Dr. Schütze, ArchiDiaconus bey der Kirchen zu St. Nicolai, die gewöhnliche Predigt wegen der Rahts-Wahl abgeleget hatte, und hierauf eine schöne Music nach Endigung derselben gemachet worden“ – nur wir kennen diese schöne Musik aus dem Jahr 1724 leider nicht.

Entstandene und aufgeführte Werke

zum Ratswechselgottesdienst mit Predigt zu Gen 22,14
1723: Preise, Jerusalem, den Herrn, BWV 119
NK: Lic. Schütz
zum Ratswechselgottesdienst mit Predigt zu Ps 138,1-3
1728: Wünschet Jerusalem Glück, BWV Anh. 4
NK: D. Schütz
zum Ratswechselgottesdienst mit Predigt zu 2Sam 5,12
1734: [Komposition unbekannt]
NK: D. Schütz
zur Erbhuldigung für C. H. von Dieskau in Kleinzschocher
1742: Mer hahn en neue Oberkeet, BWV 212
zum Ratswechselgottesdienst mit Predigt zu 1Tim 2,1-3
1745: [Komposition unbekannt]
NK: M. Sancke

Persönliche und zeitgeschichtliche Ereignisse

1742: Teilnahme Bachs und Aufführung einer Kantate bei der Erbhuldigung für den Rittergutsbesitzer Carl Heinrich von Dieskau in Kleinzschocher an dessen 36. Geburtstag; die Initiative für die Kantate BWV 212 geht wahrscheinlich auf Christian Friedrich Henrici zurück, der dem Kreis-Hauptmann von Dieskau als Kreis-, Land- und Stadt-Trank-Steuereinnehmer unterstellt war

Entstandene und aufgeführte Werke

am 12. Sonntag nach Trinitatis mit Predigt zu Mk 7,31-36
1727: Lobe den Herrn, meine Seele, BWV 69a
ThK: D. Weise
zum Ratswechselgottesdienst mit Predigt zu Röm 13,6-7
1733: [Komposition unbekannt]
NK: D. Schütz
zum Ratswechselgottesdienst mit Predigt zu 1Kön 8,57-58
1739: Wir danken dir, Gott, wir danken dir, BWV 29
NK: M. Eichler
zum Ratswechselgottesdienst mit Predigt zu Spr 8,15-20
1744: [Komposition unbekannt]
NK: M. Sancke

Persönliche und zeitgeschichtliche Ereignisse

1722: in der Kammerrechnung des Zerbster Hofes tauchen 4 Taler für 2 Hautbois d'Amour und 18 Taler und 4 Groschen für andere Instrumente auf, die wohl im Zusammenhang mit der von Bach aufgeführten Geburtstagsmusik am 9. August stehen

1732: Tod der Tochter Christiana Dorothea: „Ein Mägdlein 1 1/2 Jahr, Christiana Dorothea, Herrn Johann Sebastian Bachs, *Cantoris* und *Director musices,* auf der *Thomas* Schule, st.[arb] am Sonntag [Tageszeichen für Sonntag]", dem 12. Sonntag nach Trinitatis

Entstandene und aufgeführte Werke

am 11. Sonntag nach Trinitatis mit Predigt zu Lk 18,9-14

1726: Johann Ludwig Bach, Durch sein Erkenntnis
NK: D. Deyling

Persönliche und zeitgeschichtliche Ereignisse

1716: Teilnahme Bachs an der Prüfung der Orgel der Augustinerkirche zu Erfurt von Johann Georg Schröter

1732: Begräbnis der Tochter Bachs, Christiana Dorothea, auf dem Johannisfriedhof zu Leipzig, Montag nach dem 12. Sonntag nach Trinitatis; das Totengäberbuch vermerkt *„gratis"*, d.h. Kirchen-, Schul- und Stadtangestellte mußten keine Gebühr entrichten;
es blieb nur die Steuer für den Sarg, die der Totengräber zu entrichten hatte: 1 Taler und 16 Groschen

1747: Lorenz Christoph Mizler berichtet in einem Brief an den Musikdirektor der Abtei Irsee bei Kaufbeuren, Meinrad Spieß, von seinem Besuch bei Bach: „Auf meiner Rückreise über Leipzig habe Herrn Capellm. Bach gesprochen, welcher mir seine Berlinische Geschichte u. Geschicht von der Fuge, die er vor dem König gespielt, erzählt, welche nächstens in Kupfer wird gestochen werden, u. in dem Packet der Soc.[ietät] ein Exemplar zum Vorschein kommen. Ich habe den Anfang schon davon gesehen", vgl. 23. 10. 1747

Persönliche und zeitgeschichtliche Ereignisse

1739: Bach möglicherweise in Altenburg, um sich die neue Orgel der dortigen Schloßkirche von Gottfried Heinrich Trost anzusehen und zu probieren; eine Anfrage der Rentkammer Altenburgs bei Herzog Friedrich III. enthält im Konzept zu Bachs Namen die wieder gestrichene Bemerkung „worzu auch besagter Capelmeister Bach sich auf bereits beschehenes ersuchen mit offeriret haben mag", vgl. 7. 9. 1739

1742: Georg Leonhardt, Rot-, Stück- und Glockengießer in Leipzig, für dessen Tochter Anna Magdalena Bach 1739 das Patenamt übernommen hatte, stirbt; wegen der Bestellung eines Vormundes für die Hinterbliebenen existiert eine Aktennotiz, die besagt: „Der Lautenmacher Hoffmann wäre zwar sein Schwager gewesen, aber diesem wäre es, wegen seines hohen Alters nicht zuzumuten, und mit denen Pathen gehe es auch nicht an", vgl. 18. 8. 1739

Entstandene und aufgeführte Werke

am 13. Sonntag nach Trinitatis mit Predigt zu Lk 10,23-37
1724: Allein zu dir, Herr Jesu Christ, BWV 33
ThK: D. Weise

Persönliche und zeitgeschichtliche Ereignisse

1726: Anfrage des Plauener Rates bei Bach nach einem geeigneten Kandidaten für das Organistenamt an St. Johannis
1733: Herstellung des Textdruckes für BWV 213 durch Breitkopf zur Aufführung am übernächsten Tage, vgl. 5. 9. 1733
1734: Markgraf Christian Ludwig von Brandenburg, Widmungsträger der Brandenburgischen Konzerte Bachs, stirbt, vgl. 24. 3. 1721
1736: Montag nach dem 14. Sonntag nach Trinitatis „gantze Braut Meße“ in der Thomaskirche zu Leipzig für die Trauung des Kauf- und Handelsmanns Johann August Zeising und seiner Frau Helena; vgl. 12. 9. 1739
1742: Quittung Bachs zum Ankauf der Altenburger Lutherausgabe
1741: Lic. Gottlieb Gaudlitz wird Thomaspastor; die Antrittspredigt am 14. Sonntag nach Trinitatis hält er zu Lk 17,11-19
1745: Erdmann Neumeister, Hauptpastor zu St. Jacobi in Hamburg, begeht sein fünfzigjähriges Predigerjubiläum
1747: in der Vesperpredigt zu St. Nikolai hat M. Barth, bislang Superintendent in Dobriluck, „nach dem er zum *Catechet*en und Prediger, an die Kirche zu *St: Petri* alhier erwählet worden, seine gewöhnliche [Probe-]Predigt gehalten“; Text Gal 5,16-24; Barth wurde 1773 Leipziger Superintendent

3. 9. 1742

Was mochte er da nur heranschleppen? Anna Magdalena sah, wie er mit einem großen schweren Paket langsam über den Thomaskirchhof kam. Im Erdgeschoß der Kantorenwohnung angelangt, berichtete er atemlos von seinem Besuch im Collegium Vaporarium auf der Ritterstraße, wo doch dieser Tage die Bibliothek des Theologen Andreas Winckler versteigert würde – „aus bloßer Neugier war ich dort! Weißt du noch, der stand doch Pate bei unserer Christiana Dorothea vor 11 Jahren, ein Bekannter der Boses." Sie nickte. Bach löste die Verpackung – „du wirst staunen, was das ist"; hervor kam ein Folioband. Ihr Blick fiel auf das Titelblatt: Der Erste Teil aller Deutschen Bücher ... „Stell' dir vor, es sind die Altenburger Lutherschriften; die andern neun Bände liefert mir der Auktionar noch frei Haus; und sie war im Besitz des großen Calov und des großen Mayer ... hier stehen ihre Namen; Calov hat daraus seine große Bibel colligieret; es ist ein Glücksfall – aber 10 Taler", setzte er leise nach, „ist viel Geld!"

Entstandene und aufgeführte Werke

zum 11. Sonntag nach Trinitatis mit Predigt zu Lk 18,9-14
1707: Aus der Tiefe rufe ich, Herr, zu dir, BWV 131 (?) Marienkirche oder Divi Blasii in Mühlhausen, Prediger nicht feststellbar

Persönliche und zeitgeschichtliche Ereignisse

1732: Teilnahme von Salzburger Emigranten am Donnerstagsabendmahl bei D. Weise; Predigt zu Mk 10,13-16

1733: Extract Der eingelauffenen Nouvellen, Leipzig, den 4. September 1733: „Das Bachische *Collegium Musicum* wird Morgen als den 5. Sept. *a.[nno] c.[urrentis]* im Zimmermannischen Garten vor dem Grimmischen Thore den hohen Geburths-Tag des Durchl Chur-Prinzen von Sachsen mit einer solennen Musick von Nachmittag 4. bis 6. Uhr unterthänigst celebriren."

1738: auf der Sitzung der Kommissare, Geistlichen und des Stadtrichters in Laucha, die dem geplanten Neubau einer Orgel dient, wird C. W. Schäfer bevorzugt, da er „viele gute gerichtliche Attestate und unter solchen auch eines von dem berühmten Capell Director H. Bachen vor sich hat"

1740: unter dem 5. 9. 1740 [muß richtig heißen: 4. 9. 1740], dem 12. Sonntag nach Trinitatis ist mitgeteilt, daß im Frühgottesdienst eine Fürbitte für den Kurprinzen abgelesen worden sei, „und darauf das Te Deum laudamus unter Trommeten und Paucken Schall nebst Lösung der Canonen auf der Festung Pleißenburg, abgesungen worden"

1747: Geburt der Enkelin Anna Carolina Philippina Bach, Tochter Carl Philipp Emanuels und seiner Ehefrau Johanna Maria, geb. Dannemann, vgl. 11. 9. 1747

4. 9. 1732

Im Kommunikantenregister der Thomaskirche zu Leipzig ist am Donnerstag nach dem 12. Sonntag nach Trinitatis zu lesen:

„dem 4 Septembris sind in der Kirchen zu St: Thomae 14. Saltzburger Emigranten nach vorhergegangenen [Katechismus] Examine Zum Heil. Abendmahl admittiret [zugelassen] worden, und haben nach unserer ordten Hl. Communion ihre Andacht alleine gehabt, dabey vorhero das Lied gesungen worden: Es woll uns Gott genädig. – als solche um den Altar gegangen, wurde gesungen Auf meinen lieben Gott … alsdenn der Seegen gesprochen, u. Gott sey uns gnädig ...". Christian Weise d. Ä. predigte bei dieser Gelegenheit zu Mk 10,13-16 unter dem Titel „Die Aufflegung der Hände Jesu auff die zu ihm gebrachten Kindlein.

Nachmittags zur Betstunde predigte Carl Gottlob Hoffmann in der Nikolaikirche zu Jes 43,21 unter dem Thema „Diß Volck hab ich mir zugerichtet, es soll meinen Ruhm erzehlen". Anschließend hielen Sup. D. Deyling, Archidiakonus D. Schütz, Diakonus Lic. Werner und Subdiakonus Substitutus M. Hoffmann Katechisation.

Entstandene und aufgeführte Werke

am 15. Sonntag nach Trinitatis mit Predigt zu Mk 6,24-34
1723: Warum betrübst du dich, mein Herz?, BWV 138
NK: D. Deyling
zum Geburtstag des Kurprinzen Friedrich Christian von Sachsen
1733: Laßt uns sorgen, laßt uns wachen, BWV 213
Zimmermannischer Garten vor dem Grimmischen Tore

Persönliche und zeitgeschichtliche Ereignisse

1723: Gravamina die Evangelisch Lutherische Kirche und das Stifft in Cöthen betr., mit Beschwerde über Bachs Haustrauung am 3. 12. 1721
1727: die Kurfürstin von Sachsen, Christiane Eberhardine, stirbt auf Schloß Pretzsch/Elbe
1732: Lic. Werner predigt im Frühgottesdienst in Anwesenheit von Salzburger Emigranten zu Joh 6,40; seine Predigt hat den Titel „Die auferweckende Gnade Gottes der seelig Verstorbenen“
1733: Bach führt mit seinem Collegium musicum die Kantate BWV 213 „Laßt uns sorgen, laßt uns wachen“ zum Geburtstag des Kurprinzen Christian im Zimmermannischen Garten vor dem Grimmaischen Tor zu Leipzig auf;
Gutachten des Ratsherren und Vorstehers der Nikolaikirche D. Johann August Hölzel über die bei der auswärts gefeierten Hochzeit des Kaufmanns Eitelwein vorenthaltenen Trauungsgebühren bzw. Akzidentien, vgl. 11. 11. 1733
1735: Geburt des sechsten Sohnes Bachs und seiner Frau Anna Magdalena, Johann Christian, vgl. 7. 9. 1735
1740: vgl. 4. 9. 1740

5. 9. 1723

In den „Gravamina die Evangelisch Lutherische Kirche und das Stifft in Cöthen“ betreffend ist im Punkt 12 Bezug genommen auf die unerträglichen Zustände, unter denen die Lutherische Kirche im reformierten Köthen zu leiden hatte:

„Wann Hauß-Trauung bey Ihrer Hochfürstlichen Durchlaucht Regierung geschehen, so haben müßen, wann beyde Verlobte Lutherischer *Religion* |: vermöge des *Recesses* der bey der Vormundschaft gemacht :| der *Reformier*ten u. Lutherischen Kirche einer jeden zehn Thaler gezahlet werden.

Jetzo aber bekommt die Lutherische Kirche nichts, da der *Capell*-Meister Bach im Hause getrauet wurde, bekame die Kirche nichts, da jetzo der Apotheker Languth seine Tochter, welche Lutherischer *Religion*, mit einem Lutherischen Prediger aus Wernigerode im Hause u. zwar von einem *Reformir*ten Prediger trauen ließ, so hat er der Kirche nichts erlegen wollen."

Der Lutherische Pastor und Hofprediger der Fürstinmutter Gisela Agnes, Paulus Berger, bemerkte zu den „Gravamina": „Sind einige Punkte darin enthalten, die andere besser beweisen können als ich, als da ist der 12. ..., welches Herr Zeideler besser als ich probieren kann."

6. SEPTEMBER

Persönliche und zeitgeschichtliche Ereignisse

1713: im Hause von Bachs ältestem Bruder, Johann Christoph, in Ohrdruf werden die Zwillinge Johann Andreas und Johann Sebastian II. geboren

1722: „Herr *Capell*Meister Bach" und „Fr:[au] Bachin" nehmen am 14. Sonntag nach Trinitatis am Abendmahl im Gottesdienst der Agnuskirche in Köthen teil

1725: am Donnerstag nach dem 14. Sonntag nach Trinitatis nimmt Bach am Abendmahl bei D. Weise in der Leipziger Thomaskirche teil; Weise predigte zu Dan 9,12-16

1727: Gespräch der Erben eines Dr. Philipp mit Vertretern des Rats wegen dessen Legat und der folgenden Zinsenverteilung, vgl. 12. 8. 1727 und 3. 12. 1729

Persönliche und zeitgeschichtliche Ereignisse

1713: Bach nimmt in Ohrdruf Patenstelle bei seinem Neffen Johann Sebastian II. wahr; ob Bach anwesend war, ist nicht sicher verbürgt

1727: Beginn der Landestrauer nach dem Tode der Kurfürstin Christiane Eberhardine, Frau Augusts des Starken, am 5. September 1727

1728: M. Gottlieb Gaudlitz, Substitut des kranken Subdiakonus der Nikolaikirche zu Leipzig, richtet an das Konsistorium eine Eingabe mit Beschwerde über Bach, der die Bereitschaft zum Singen nichtapprobierter Lieder im öffentlichen Gottesdienst verweigerte, vgl. 8. 9. 1728

1735: Taufe des Sohnes Johann Christian durch Archidiakonus Lic. Urban Gottfried Sieber am Mittwoch nach dem 13. Sonntag nach Trinitatis; die Paten sind: Thomasschulrektor Johann August Ernesti, Christiana Sibylla Bose und der Professor der Rechtswissenschaften Johann Florens Rivinus

1739: aus der Rentkammer in Altenburg ergeht ein Schreiben an Herzog Friedrich III. von Sachsen-Gotha und Altenburg über die für Oktober 1739 geplante Abnahme der Orgel von Gottfried Heinrich Trost mit der Anfrage, ob es Trost erlaubt sein solle, seinerseits Musikverständige hinzuzuziehen: „Nun haben zwar zeithero verschiedene *Musici*, und insonderheit der bekannte CapelMeister Bach zu Leipzig, auf dieser Orgel sich hören laßen, und beyläuffig von der *Construction* des Wercks *judicir*et [geurteilt], daß es gut dauerhafft sey, und daß der Orgelmacher in Ausarbeitung ieder Stimme Eigenschafft und behöriger Lieblichkeit wohl *reussir*et [gut ausgearbeitet] habe", vgl. 26. 10. 1739

1741: M. Johann Paul Ram, Diakonus der Nikolaikirche zu Leipzig, stirbt plötzlich; er war bis Mitte Juni 1741 Beichtvater Bachs und seiner Familie gewesen

Entstandene und aufgeführte Werke

am 12. Sonntag nach Trinitatis mit Predigt zu Mk 7,31-36
1726: Geist und Seele wird verwirret, BWV 35
ThK: D. Weise

Persönliche und zeitgeschichtliche Ereignisse

1728: Verfügung des Leipziger Konsistoriums im Konflikt zwischen Bach und dem Substituten des Subdiakonus der Nikolaikirche, M. Gottlieb Gaudlitz, an Sup. Deyling adressiert, vgl. 20. 9. 1728
1731: Johann August Ernesti wird Konrektor der Thomasschule zu Leipzig

8. 9. 1728

Unsern freundlichen Dienst zuvor.
Wohl Ehrwürdiger, Hochgelahrter, insonders geliebter Collega, günstiger Herr und guter Freund.

Demnach bey uns der *Diaconus substitutus* an der Kirche zu *St. Nicolaj* hiesigen Orts über den *Cantoren* an der Schule zu *St. Thomae, Iohann Sebastian Bach,* wegen Singung der Lieder bei den Vesper Predigten bei gefügte Beschwerde [vgl. 7. 9. 1728] übergeben;

Alß begehren, im Nahmen des Allerdurchl. Großmächtigsten Fürsten und Herrn, Herrn *Friedrich Augusts,* Königs in Pohlen, etc. Hertzogs zu Sachßen ... wir hiemit an denselben,

Er wolle gedachten *Cantoren* bedeuten, daß, wenn die Priester, welche predigen, vor oder nach der Predigt gewisse Lieder zu singen ansagen laßen, er sich danach achten und solche singen laßen solle. Mochten wir ihm nicht bergen und sind ihm zu dienen willig.

Datum *Leipzig* den 8. *Sept.* 1728.

Die Verordneten des Chur- und Fürstl. Sächs.
Consistorii allhier.

Entstandene und aufgeführte Werke

1734: Schweigt stille, plaudert nicht, BWV 211
Zimmermannisches Cofféhaus: Konzert des Bachischen Collegium Musicums [an diesem Tag oder früher]

Persönliche und zeitgeschichtliche Ereignisse

1723: zum Andenken an Elisabeth Lindner, geb. Reuter, hatten die Thomasschüler in jedem Jahr das Kirchenlied „Freu dich sehr, o meine Seele" zu singen; dafür erhielt Bach aus den Zinsen des Legates der Euphrosyne Rechtenbach 4 Gulden, den Rest die Thomasschüler, vgl. 26. 10. 1723, 18. 1. und 24. 4. 1724,

1725: Johann Heinrich Bach aus Ohrdruf, Bachs Neffe, trägt sich nach dem 9. September in die Schülermatrikel der Leipziger Thomasschule ein

1734: im Konzert des Bachischen Collegium Musicums im „Zimmermannischen Cofféhaus" oder im „Zimmermannischen Garten vor dem Grimmschen Thore" wird an diesem Tage oder früher die Kaffeekantate Bachs nach einer Dichtung Christian Friedrich Henricis aufgeführt;
Inskription Carl Philipp Emanuel Bachs an der Universität zu Frankfurt/Oder, nachdem er bereits seit dem 1. Oktober 1731 an der Leipziger Universität studiert hatte

1745: Bach quittiert im Mentzelschen Legatenbuch über den Empfang von 1 Taler und 8 Groschen

1750: Friedrich Heinrich Graff, ein Verwandter der Boseschen Familie, wird als Kurator für Anna Magdalena bestätigt

Entstandene und aufgeführte Werke

am 14. Sonntag nach Trinitatis mit Predigt zu Lk 17,11-19
1724: Jesu, der du meine Seele, BWV 78
NK: D. Deyling

10. 9. 1723

Noch einmal setzte er sich über die Kantate für den nächsten Sonntag. Übermorgen würde er sie im Gottesdienst der Thomaskirche musizieren. Der 16. Sonntag nach Trinitatis mit seinem Evangelium von der Auferweckung des Jünglings zu Nain beschäftigte ihn erneut. Schon in seiner Weimarer Kantate „Komm, du süße Todesstunde“ hatte er sich mit seinem Inhalt herumgeschlagen. In der Mitte stand der Glaube an die Auferstehung des einzelnen Menschen und die Bewältigung des Sterbens: „Sterben ist mein Gewinn“. Sein großer Vorgänger im Thomaskantorat Johann Hermann Schein hatte zu diesem Satz niedergeschrieben: „da singen sie adagio mit einem sehr langsamen Tactu, weiln in solchen versiculis [Zeilen] verba emphatica [nachdrückliche Worte] enthalten, nemlich **Sterbn ist mein Gewinn**“. Auch ging ihm die kleine Dialogmotette seines Schwiegervaters, des einstigen Gehrener Organisten und Stadtschreibers Johann Michael Bach, nicht aus dem Sinn. Der hatte den Spruch aus Hiob 19 „Ich weiß, daß mein Erlöser lebt“ mit der Liedstrophe „Christus, der ist mein Leben“ verbunden. Und wenn er sich nun den ersten Satz seiner neuen Kantate „Christus, der ist mein Leben“ ansah, so bemerkte er mit einiger Befriedigung, daß der Chorsatz ganz in den Bahnen der Harmonisierung seines Schwiegervaters lief und die Äußerung Scheins berücksichtigte.

Lange hatte er nach einem passenden Schlußchoral gesucht. Aber immer wieder kam er auf die vierte Strophe von Nikolaus Hermanns Lied „Wenn mein Stündlein vorhanden ist“ zurück: „Weil du vom Tod erstanden bist, werd ich im Grab nicht bleiben, mein höchster Trost dein Auffahrt ist, Todsfurcht kannst du vertreiben.“ Nicht um die Auffahrt Jesu ging es, sondern um die Auferstehung des Menschen. Jetzt war es ihm klar, es dürfe nicht heißen „mein höchster Trost dein Auffahrt ist, Todsfurcht kann sie vertreiben", sondern „**dein letztes Wort mein Auffahrt ist**, Todsfurcht **kannst du** vertreiben". Das war es: Jesu letztes Wort zu dem Jüngling hieß „Jüngling, ich sage dir, stehe auf!" Das ist es: **Dein letztes Wort mein Auffahrt ist**, Jesu letztes Wort über meinem Leben wird meine Auferstehung sein. Bach fühlte sich erleichtert; das bedeutete zwar einen Eingriff in einen Liedtext, was er noch nie unternommen hatte; doch das war die Aussage des Evangeliums und zugleich die Aussage seine Kantate. (vgl. 12. 9. 1723)

11. SEPTEMBER

Entstandene und aufgeführte Werke

am 14. Sonntag nach Trinitatis mit Predigt zu Lk 17,11-19
1735 (?): Jesu, der du meine Seele, BWV 78
ThK: D. Weise

Persönliche und zeitgeschichtliche Ereignisse

1740: am 13. Sonntag nach Trinitatis wird die neue Kanzel des Bildhauers Valentin Schwarzenberger mit einer Predigt des Thomaspastors D. Urban Gottfried Sieber zum Sonntagsevangelium Lk 10,23-36 feierlich in Gebrauch genommen; M. Wolle hält am 13. Sonntag nach Trinitatis als Mittagsprediger und Subdiakonus zu St. Thomas seine Abzugspredigt zu Lk 10,23-36 und avanciert zum Diakonus an derselben Kirche

1741: Montag nach dem 15. Sonntag nach Trinitatis, „Mittag, wurde wegen Absterben Herrn M. Johann Paul Ramms, mittleren Diaconi und Vesper=Prediger bey hiesiger St: Nicolai=Kirche, eine Leichen=Predigt von H. Sup. D. Salomon Deylingen gehalten; der Text war genommen aus 1Joh 1,7"; Mitvertrieb des III. Teils der Klavierübung von Johann Ludwig Krebs, in dessen Vorwort angekündigt, durch Johann Sebastian Bach

1747: Taufe der Anna Carolina Philippina, Tochter Carl Philipp Emanuel und Maria Bachs, geb. Dannemann, in der Dorotheenstädtischen Kirche zu Berlin, Anna Magdalena Bach als Patin neben vier weiteren Paten, vgl. 4. 9. 1747;
Bach quittiert im Mentzelschen Legatenbuch über den Empfang von 1 Taler und 8 Groschen

1748: Johann Christian Hoffmann, Leipziger Instrumentenmacher, verfügt testamentarisch die Vererbung von Musikinstrumenten u. a. an Johann Sebastian Bach, vgl. 6. und 7. 8. 1750

11. 9. 1740

Riemers Chronik verzeichnet: „Den 11. September als am *13. post Trinit.[atis]* wurde das Danckfest wegen glücklicher *Retour* aus Italien Ihro Durchlauchten des Churprinzens Königl. Hoheit *Christiani* allhier feierlichst mit Trompeten und Pauken in allen Kirchen unter Absingung des *Ambrosian*ischen Lobgesanges *celebriret*; auch wurde zugleich die neue Canzel in der Thomaskirche, so von dem Bildhauer Valentin Schwartzenberger verfertiget, eingeweihet."

Entstandene und aufgeführte Werke

am 16. Sonntag nach Trinitatis mit Predigt zu Lk 7,11-17
1723: Christus, der ist mein Leben, BWV 95
ThK: Lic. Weise, vgl. 10.9.1723

Persönliche und zeitgeschichtliche Ereignisse

1713: Abgang Johann Lorenz Bachs von dem Lyceum in Ohrdruf, um als Schüler Bachs nach Weimar zu gehen
1721: in Erfurt stirbt die zweite Frau des Onkels Bachs, Tobias Lämmerhirt, Martha Katharina verw. Brückner, vgl. 24.1.1722
1722: in der Cammmer-Rechnung von Köthen ist unter den Ausgaben 1 Taler verzeichnet „Dem CapelMeister Bachen vor *Reparatur* des Fürstlichen *Cimbals*, ohne Saiten
1726: Widmung der Partita I, BWV 825, mit Widmungsgedicht an Emanuel Ludwig, Prinz von Anhalt-Köthen,
1727: Gesuch des Studenten Hans Carl von Kirchbach an die Universität Leipzig um die Durchführung eines akademischen Traueraktes für die am 5. September verstorbene sächsische Kurfürstin Christiane Eberhardine, vgl. 23. 9. 1727
1729: Zeugnis für Johann Gottlieb Grahl, vgl. 18. 9. 1729
1731: Einspruch Bachs in der Erbangelegenheit Stauber durch den Arnstädter Hofadvokaten Johann Wilhelm Thielemann, vgl. 2. 7. 1730
1733: Stanislaus Leszynski, Gegenkandidat des sächsischen Kurfüsten, wird von einem Teil des polnischen Adels zum König gewählt, vgl. 5. 10. 1733
1739: Bach übernimmt zusammen mit Helena Zeising aus Leipzig, Patenstelle bei Johanna Helena Sophia, Tochter des Ronneburger Kantors Johann Wilhelm Koch, vgl. 3. 9. 1736

12. 9. 1713

Aus einem Bewerbungsschreiben von Johann Lorenz Bach an Fürst Maximilian Carl zu Wertheim-Löwenstein um die Kantorenstelle in Wertheim:

Von Jungendt auf bin ich sowohl zur Lateinischen Schulen, … also auch zur *Music* unter meines Vatters *Information* angehalten worden, so daß ich mich dannenhero diese Zeit über, und auch in der Frembdte, wo ich bey 5 Jahr lang, vornemblich etliche Jahr bey dem Fürstlichen *Concert* Meister und *Cammer-Musicum [Bach]* zu Weymar mich aufgehalten, in der *Vocal* und *Instrumental Music* mich dergestalt geübt und *qualifici*rt gemacht, daß ich dergleichen *Cantorat* Stellen, wohin ich immer mein Absehen gerichtet, zu sothanen Vergnügen meiner Obern, und deren Gemeindt zu versehen getraue.

Persönliche und zeitgeschichtliche Ereignisse

1731: Bach wohnt in Dresden der Uraufführung von Johann Adolph Hasses Oper „Cleofide“ bei
1734: etwa um die Mitte des Monats September siedelt der gewesene Thomasschulrektor Johann Matthias Gesner nach Göttingen über, wo er eine Professur für Philosophie erhielt
1736: Eingabe Johann August Ernestis wegen der Streitigkeit mit Bach um die Einsetzung von Präfekten, in der er die Anschuldigungen gegen Bach bis zum Vorwurf der Unzuverlässigkeit und Bestechlichkeit steigert;
der Dresdner Stadtsuperintendent Valentin Ernst Löscher beklagt, daß in Leipzig die „philosophische Sintflut“ (der Einfluß von Christian Wolffs Philosophie) ständig wächst
1746: Bach quittiert im Mentzelschen Legatenbuch über den Empfang von 1 Taler und 8 Groschen

Mitte September 1734

Johann Matthias Gesner, vier Jahre lang Rektor der Thomasschule, gibt in Leipzig seinen Abschied. Etwa vier Jahre später wird er eine Textausgabe von Quintilians „De Institutione Oratoria“ dazu benutzen, um sich der faszinierenden Art des Musizierens seines Freundes Bach in Leipzig zu erinnern. In einer Fußnote spricht er Fabius Quintilianus gleichsam direkt an:

„Wenn du das Glück hättest, Bachen (um den vorzüglich zu nennen, weil er vor nicht gar langer Zeit mein College auf der Thomasschule in Leipzig war) zu sehen, wie er mit beyden Händen und allen Fingern entweder unser Clavecin tractiret, das gar viele Cithern allein in sich faßt, oder wie er die mächtige Orgel, deren unbeschreibliche Menge Pfeifen die Windbälge beseelen, im Manual mit der rechten Hand, im Pedal aber durch den allergeschwindesten Dienst der Füße hindurchläuft und er allein derselben, ein ganzes Heer der allerverschiedensten und unter sich harmonierenden Töne ablockt: ich sage, wenn du den Mann sehen solltest, wie er, indem er das leistet, was ein ganzer Trupp eurer Citharnöthgen, und was sechshundert Pfeifer nicht zu leisten im

Stande wären, nicht, wie der Citherspieler, etwan nur auf ein einziges Stück und dessen Vortrag seine Gedanken richtet, sondern wie derselbe auf das ganze Orchester die genaueste Aufmerksamkeit hat, und unter 30, auch 40 Musikern, den durch ein Nicken, den andern durch ein Fußstampfen, den dritten durch einen drohenden Wink mit dem Finger, wieder auf die Mensur und in den Takt bringet – dem im Discant, einem andern im Baß, dem dritten im Alt den Ton angiebt, den er singen soll, und wie so gar ein einziger Mann, bey dem größten Lerm des Musikchors, wo er unter allen die schwerste Rolle hat, dennoch so gleich es wegbringt, wenn etwas wider die Harmonie ist und wo es steckt, wie er das ganze Chor in Ordnung erhält und überall forthilft, auch so es irgendwo hinkt, ganz allein bey allen Arten des Takts, die Harmonie wieder in den Gang bringt – wie er allein durch sein scharfes Ohr, mit einem Ton, der aus so enger Kehle kömmt, die Stimmen aller nachgebend macht. Ich, sonst der größte Favorit des Alterthums, bin der Meynung, daß mein lieber Bach, oder irgend etwan ein andrer seines Gleichen, einzig und allein viele Orpheus und zwanzig Arions, ausmache.“ (Übersetzung Rothe)

Persönliche und zeitgeschichtliche Ereignisse

1711: Gehaltsaufbesserung auf fürstlichen Befehl in Weimar, 200 Florin pro Jahr, anstatt 150 Florin zuvor: diese Aufbesserung wurde wirksam mit dem Quartal Crucis, d. h. Mitte September bis Mitte Dezember 1711

1725: Bach schreibt eine Eingabe an Kurfürst Friedrich August I. wegen seiner Gehaltsforderungen an die Universität; womöglich überreichte er sie auch selbst während seines Aufenthaltes etwa vom 16. September an in Dresden

1726: Brief Bachs an den Rat zu Plauen als Antwort auf die Anfrage vom 3. September

1730: Johann Matthias Gesner wird als Rektor der Thomasschule zu Leipzig in sein Amt eingewiesen

1731: Bach gibt vom 14. bis zum 21. September Konzerte in Dresden;
Konzert auf der Silbermann-Orgel der Sophienkirche

14. 9. 1731

Am 14. Sept. nachmittags um 3. Uhr, hat sich der wenig Tage vorhero aus Leipzig allhier angelangte Fürstl. Anhalt=Cöthische Capellmeister und Cantor zu St. Thomas in Leipzig, Hr. Joh. Sebastian Bach, in hiesiger Sophien=Kirche, in Gegenwart derer gesamten Hof=Musicorum und Virtuosen, auf der Orgel spielende also hören lassen, daß jedermann es höchstens admiriren [bewundern] müssen, weswegen eine poetische Feder in folgende Gedancken gerathen:

Ein angenehmer Bach kan zwar das Ohr ergötzen,
Wenn er in Sträuchern hin durch hohe Felsen läufft;
Allein, den Bach muß man gewiß viel höher schätzen,
Der mit so hurtger Hand gantz wunderbahrlich greifft.
Man sagt: Daß, wenn *Orpheus* die Laute sonst geschlagen,
Hab alle Thiere er in Wäldern zu sich bracht;
Gewiß, man muß dies mehr von **unserm Bache** sagen
Weil Er, so bald er spielt, ja alles staunend macht.

Entstandene und aufgeführte Werke

am 13. Sonntag nach Triniatis mit Predigt zu Lk 10,23-37
1726: Johann Ludwig Bach, Ich aber ging für dir über
NK: D. Deyling

Persönliche und zeitgeschichtliche Ereignisse

1706: Bach quittiert über den vierteljährlichen Betrag der Besoldung des Organistendienstes aus dem Gotteskasten zu Arnstadt:

Sechs Gülden, 5 gr.[oschen] 3 [Pfennige] sindt mir Endes unterschriebenen, als *Organi*sten Besoldung wegen der Neüen Kirche, aus hiesigem Gottes Kasten, zum *Quartahl Crucis* [Mitte Juni bis Mitte September], richtig gezahlet worden; welches durch dieses bescheiniget wirdt.
Arnstadt. den 15 Septembr: 1706.
Joh: Seb: Bach.
p:t: Org: *[pro tempore Organista = dieser Zeit Organist]* in
der Neüen Kirche.

1741: Mitte September gibt Anna Magdalena Bach Johann Leberecht Schneider in Weißenfels bekannt, daß sie die vorgesehene Reise nicht wird antreten können

15. 9. 1741

Denn das Vergnügen, so ich mir in dem geliebten Weißenfels mit Ew. HochEdlen u. meinen Angehörigen allemal zum Voraus versprechen darff, kömmt ohne dem bey mir mit andern erlaubten Ergözlichkeiten niemals in einige Vergleichung. Jedoch mein bißheriger u. fortwährender kräncklicher Zustand beraubet mich leider solcher vergnügten Stunden, u. das Einrathen der Meinigen will nicht gestatten, eine solche Reise vorzunehmen, wovon nach ihrer Meinung entweder eine merkliche Beßerung oder gänzlicher *ruin* meiner Gesundheit abhängen könnte … Wollten indeßen Ew. HochEdlen die wiederhohlte Bitte meines Liebsten, worzu denn auch die meinige seze, eine gütigste Statt finden laßen, u. unser Haus mit Dero Höchstgeehrt- u. gewünschten Gegenwart auf innenstehenden *Michaelis* Marckt Hochgeneigt beehren, so versichere, daß uns sämtlich die größte Ehre u. Vergnügen hieraus erwachsen, u. wir ohne Zweifel schließen würden, Ew. HochEdlen unverdienten Wohlwollens fernerhin gewürdiget zuwerden, unter welchen Wunsch u. Hoffnung ich denn mit geziemender Hochachtung nebst gehorsamsten Empfehl an Dero geliebteste Fr *Mamma* Zeit Lebens verharre

Ew. HochEdlen,
Meines Hochgeehrtesten Herrn Cammer*Consulents*,
Hochgeschäzten Gönners

gehorsamstergebenste Magd
[Anna] Magdalena Bachin.

16. SEPTEMBER

Entstandene und aufgeführte Werke

am 16. Sonntag nach Trinitatis mit Predigt zu Lk 7,11-17

1736 (?): Liebster Gott, wenn werd ich sterben, BWV 8
[Frühere Fassung, auch in den Jahren 1737 bis 1740 möglich]
NK: D. Deyling

Persönliche und zeitgeschichtliche Ereignisse

1705: Bach quittiert den Anteil der Organistenbesoldung aus dem Gotteskasten zum Quartal Crucis [Mitte Juni bis Mitte September]

1706: Bach quittiert über 25 Gulden Besoldungsanteil aus den Biergeldern/Biersteuer auf das Jahr 1706

1725: am 15. oder 16. September Reise Bachs nach Dresden

1738: Martin Georg Hülsemann, emeritierter Pastor der Michaeliskirche zu Lüneburg und Bachs einstiger theologischer Lehrer, stirbt

17. SEPTEMBER

Entstandene und aufgeführte Werke

am 15. Sonntag nach Trinitatis mit Predigt zu Mt 6,24-34

1724: Was Gott tut, das ist wohlgetan, BWV 99
ThK: D. Weise

1730: Jauchzet Gott in allen Landen, BWV 51
NK: Lic. Werner

am 16. Sonntag nach Trinitatis mit Predigt zu Lk 7,11-17

1747: Liebster Gott, wenn werd ich sterben, BWV 8 (spätere Fassung)
NK: D. Deyling

Persönliche und zeitgeschichtliche Ereignisse

1725: Schreiben des Oberkonsistoriums Dresden an die Universität Leipzig die Gehaltsforderungen Bachs wegen des alten und neuen Gottesdienstes in der Universitätskirche betreffend; im Auftrag des Kurfürsten, an den sich Bach unter dem 14. Septemer gewandt hatte, fordert das Oberkonsistorium die Universität auf, „Supplicanten gebührend klagloß" zu stellen, vgl. 14. 9., 29. und 30. 10. 1725

18. SEPTEMBER

Persönliche und zeitgeschichtliche Ereignisse

1707: durch das an diesem Tage eröffnete Testament des Bruders der Mutter Bachs, Tobias Lämmerhirt in Erfurt, kommt Bach in den Besitz von 50 Gulden aus dem Nachlaß seines Onkels

1729: Johann Gottlieb Grahl bewirbt sich mit einem lateinischen Schreiben von Leipzig aus um die Stelle des Domkantors zu Meißen und legt diesem das Zeugnis Bachs vom 12. September 1729 bei

1731: Eingang einer Nachricht aus dem Fürstlichen Konsistorium Arnstadt in der Erbangelegenheit Stauber, vgl. 2. 7. 1730

1748: Heinrich Christian Beyer, Kunstgeiger beim Rat zu Leipzig, langjähriger Instrumentalist in Bachs Kantatenorchester, stirbt in Leipzig im Alter von 67 Jahren

Entstandene und aufgeführte Werke

am 17. Sonntag nach Trinitatis mit Predigt zu Lk 14,1-11

1723: Bringet her dem Herrn Ehre seines Namens, BWV 148
NK: D. Deyling

1727: Partita II in c-Moll, BWV 826;
Partita III in a-Moll, BWV 827
Druck im Selbstverlag

Persönliche und zeitgeschichtliche Ereignisse

1725: Bachs Anwesenheit in Dresden, Konzert auf der Silbermannorgel der Sophienkirche

1727: Anzeige der Partiten c-Moll und a-Moll in den Leipziger Zeitungen

19. 9. 1727

Extract Derer in der XXXVIII Woche des 1727 Jahres eingelauffenen Nouvellen:

Daß die 2 und 3te *Partita* der Bachischen *Clavir*-Ubung nunmehro auch fertig, solches wird denen Liebhabern des *Clavieres* wissend gemacht, auch anbey benachrichtiget, daß solche nicht allein bey dem *Autore*, sondern auch 1) bey Herr Petzolden, Königl. Pohln. und Churfl. Sächß. Cammer-Organist in Dreßden; 2) bey Herrn Zieglern, *Direct.[or] Musices* und Organisten zu St. Ulrich in Halle; 3) bey Herrn Böhmen, Organisten zu St. Johann in Lüneburg; 4) bey Herr Schwanebergen, Fürstl. Braunschweigischen Cammer-*Musico* in Wolffenbüttel; 5) bey Herr Fischern, Stadt- und Raths-*Musico* in Nürnberg, und dann 6) bey Herr Rothen, Stadt- und Raths-*Musico* in Augspurg, zu bekommen seyn. Die *Continuation* [Fortsetzung] wird alle Messen geschehen.

Persönliche und zeitgeschichtliche Ereignisse

1725: Bach in Dresden anwesend; eventuell weiteres Konzert auf der Silbermann-Orgel der Sophienkirche
1728: Eingabe Bachs an den Rat zu Leipzig das Recht der Liederbestimmung betreffend

20. 9. 1728

Sehr genau mag Bach in seiner Eingabe vom 20. September an den Rat Leipzigs jene Passage geprüft haben, in der es um das Recht der Liederbestimmung durch den Kantor ging:

Unter diesen Gebräuchen und Gewohnheiten ist auch die Verordnung derer Geistlichen Gesänge vor und nach denen Predigten gewesen, welche mir und meinen *Antecessoribus* [Vorgängern] des *Cantorats* nach Maßgebung derer *Euangeliorum* [Sonn- und Festtagsevangelien] und dahin eingerichteten Dreßdner-Gesangbuchs, wie es der Zeit und Umstände *conuenient* [zutreffend] geschienen, lediglich überlassen worden, allermaßen, wie das löbliche *Ministerium* es zu *attesti*ren [bezeugen] wissen wird, niemahls *contradiction* [Widerspruch] dießfalls entstanden. Diesem zu wieder aber hat sich der *Subdiaconus* der Kirchen *St. Nicolai* Herr *Mag.* Gottlieb Gaudlitz einer Neuerung bißanhero zu unterziehen, und an statt der bißherigen Kirchen Gebrauch gemäß geordneten Lieder, andere Gesänge anzuordnen gesuchet, und als ich wegen besorglicher *consequentie*n [Folgen] darein zu *condescendi*ren [einzuwilligen] Bedencken getragen, Beschwerde bey dem Hochlöblichen *Consistorio* wieder mich geführet …

Entstandene und aufgeführte Werke

am 15. Sonntag nach Trinitatis mit Predigt zu Mt 6,24-34

1732 (?): Was Gott tut, das ist wohlgetan, BWV 99 – oder: Was Gott tut, das ist wohlgetan, BWV 100 [Aufführung auch 1733, 1734 oder 1735 möglich] NK: D. Deyling

Persönliche und zeitgeschichtliche Ereignisse

1706: in Eisenach stirbt Andreas Dedekind, Kantor der Georgenschule während der Kindheit Bachs

1728: Tod des Sohnes Christian Gottlieb, vgl. 22. 9. 1728

1731: der „Hamburger RELATIONSCOURIER" berichtet von Dresden: „Zu unterschiedlichen mahlen hat der berühmte Virtuose und Organist Bach aus Leipzig, sich in hiesiger Sophien Kirchen, auch sonsten bey Hofe, geschickt hören lassen."

1732: Bach kommt in Begleitung Anna Magdalenas in Kassel an; die „Casselische Zeitung" meldet unter der Rubrik „Fremde, so in Cassel ankommen" einige Tage später: „Den 21. … Neustädter Thor: Herr Capell Meister *Bach* von Leipzig im Stockholm [Hotel]"

1735: Ratschläge Bachs für den Orgelbau in der Marienkirche zu Mühlhausen werden im Rat durch einen Umlauf besprochen

Entstandene und aufgeführte Werke

am 14. Sonntag nach Trinitatis mit Predigt zu Lk 17,11-19
1726: Wer Dank opfert, der preiset mich, BWV 17
ThK: D. Weise

Persönliche und zeitgeschichtliche Ereignisse

1728: Begräbnis von Christian Gottlieb, drittes Kind zweiter Ehe Johann Sebastian Bachs mit Anna Magdalena;
die Rechnung des Totengräbers teilt mit, daß der Leichenwagen *gratis* war, der Leichenschreiber 12 Groschen erhielt, die Almosenkasse 6 Groschen, der Küster der Johanniskirche 4 Groschen und der Türmer der Johanniskirche 18 Groschen
1732: Beginn der Orgelprüfung in Kassel, St. Martinskirche
1734: Beendigung und Übergabe der reparierten Orgel in der Wenzelskirche zu Naumburg durch Zacharias Hildebrandt, vgl. 23. 9. 1734

22 .9. 1732

In der „Casselischen Zeitung / Von Policey, Commercien, und andern dem Publico dienlichen Sachen“ war zu lesen:

Es ist die im hiessigen Stifft *St. Martini*, oder der sogenannten grossen Kirche grosse und Kostbahre Orgel, woran beynahe 3. Jahr gearbeitet, endlich durch den Orgel bauer Herr *Nicolaus Becker* von Mühlhausen nach heutiger Art eingerichtet, und zu seiner *perfection* gebracht worden. Nachdem dann nun dieses werck auff Hohen Obrigkeitlichen Befehl durch den Berühmten *Organisten* und *Music Directorem* Herr *Bach* von Leipzig mit zuziehung des hiesigen Hoff und Stadt *Organisten* Hern Carl Möller *examiniret* werden wird, in ohngezweiffelter Hoffnung, daß solche die gewünschte *probe* erhält, so soll diesem selbige künfftigen Sontag geliebts Gott in offentlicher versamlunge vollkommen gespielet und mit einer *Musica*lischen *harmonie inauguriret* werden. Man wünschet, daß so thanes, zu Ehre GOttes Hauptsächlich gereichendes Werck der gantzen Gemeinde und einem jeden und ins besondere zur auff-munterung gereichen möge.

23. SEPTEMBER

Entstandene und aufgeführte Werke

am 17. Sonntag nach Trinitatis mit Predigt zu Lk 14,1-11

1725 (?): Bringet her dem Herrn Ehre seines Namens, BWV 148 [Aufführung in diesem Jahr, wenn nicht am 19. 9. 1723] ThK: D. Weise

1736 (?): Wer sich selbst erhöhet, BWV 47 ThK: D. Weise

Persönliche und zeitgeschichtliche Ereignisse

1727: hinhaltender Bescheid der Universität Leipzig auf das Gesuch des Studenten Hans Carl von Kirchbach um die Genehmigung eines akademischen Traueraktes für die verstorbene sächsische Kurfürstin Christiane Eberhardine vom 12. September

1730: Vorschlag des Vorstehers der Thomasschule Christian Ludwig Stieglitz zur Akzidentienverteilung während der Vakanz des Rektorates, bei der Bach unberücksichtigt blieb

1732: Fortsetzung der Orgelprüfung Bachs in der Martinskirche zu Kassel;
Rückerstattung von Honorar und Reisekosten für Bach aus den Finanzen der Kirchenkasse (MittagsOpfer) St. Martin in Kassel

1733: gemeinsam mit dem Nikolaiorganisten Johann Schneider und dem Thomasschulrektor Johann Matthias Gesner – dieser für die Thomasalumnen – fordert Bach in einer Eingabe an das Leipziger Konsistorium Akzidentien von der Trauung des Kauf- und Handelsmanns Johann Friedrich Eitelwein und seiner Braut Johanna Louise geb. Sieber, ein, die die

Brautleute nicht zahlten, weil die Trauung in der Kirche zu Plaussig stattfand

1734: Urban Gottfried Sieber, Archidiakonus der Thomaskirche, promoviert in der Theologischen Fakultät der Universität Leipzig zum Doctor theologiae mit der Arbeit „De Episcopis Caesareae Palestinae [über die kaiserlichen Bischöfe in Palästina]";
nachdem Zacharias Hildebrandt am Vortage die Reparatur der Zschugk/Thayssner-Orgel in der Naumburger Wenzelskirche abgeschlossen hatte, erhält er nun einen Vertrag vom Rat zu Naumburg über die ständige Pflege dieses Instruments, wohl auf Empfehlung Bachs, vgl. 15. 7. und 22. 9. 1734

1744: Bach quittiert im Mentzelschen Legatenbuch über den Empfang von 1 Taler und 8 Groschen

24. SEPTEMBER

Entstandene und aufgeführte Werke

am 16. Sonntag nach Trinitatis mit Predigt zu Lk 7,11-17

1724: Liebster Gott, wann werd ich sterben, BWV 8 (frühere Fassung)
NK: D. Deyling

1730: Wer weiß, wie nahe mir mein Ende, BWV 27 [Wiederaufführung oder früher]
ThK: D. Weise

Persönliche und zeitgeschichtliche Ereignisse

1746: Samstag nach dem 15. Sonntag nach Trinitatis Ankunft Bachs und Silbermanns in Naumburg, um in den folgenden fünf Tagen gemeinsam die neue Hildebrandtorgel zu prüfen; Bach und Silbermann sind im Gasthaus „Zum grünen Schilde" einquartiert

PERSÖNLICHE UND ZEITGESCHICHTLICHE EREIGNISSE

1721: „1.) Herr *Sebastian Bach*, fürstl. *Capell*meister allhier. 2.) Jungfer *Magdalena Wilckens*, fürstliche Sängerin allhier." übernehmen neben drei weiteren Personen das Patenamt bei Johann Christian Hahn, Sohn des fürstlichen Kellerknechtes, in Köthen; hier zeigt sich eine zeitgenössische Eigenheit, Verlobte gemeinsam zu Paten zu bitten

1735: der ehemalige Konrektor der Thomasschule (Entlassungsgesuch an den Rat 16. 2. 1731), dann Prof. der Hebr. Sprache, Johann Christian Hebenstreit, wird Doctor theologiae; am gleichen Tage promoviert auch Christian Gottlieb Joecher

1746: Bach und Silbermann weilen am 16. Sonntag nach Trinitatis bereits in Naumburg, um am folgenden Tage mit der Orgelprüfung formal beauftragt zu werden

Persönliche und zeitgeschichtliche Ereignisse

1726: Folgebrief Bachs an den Rat zu Plauen, mit dem er sein Versprechen einlöst, einen geeigneten Kandidaten für das erledigte Kantorat an St. Johannis zu empfehlen, vgl. 3. und 14. 9., 8. und 21. 10.1726

1746: Beauftragung Bachs und Silbermanns zur Prüfung der neuen Orgel zu St. Wenzel in Naumburg, Vereidigung Silbermanns

26. 9. 1746

Aus einer Niederschrift eines Stadtschreibers beim Rat zu Naumburg:

Nachdem der Orgelbauer, Herr Zacharias Hildebrandt, *Senatui* [dem Rat] zuvernehmen gegeben, daß er nunmehro mit dem neüen Orgelwercke fertig sey, und selbiges übergeben wolte, auch dahero umb deßen Untersuchung und Übernehmung gebethen, von *Senatu* [vom Rat] aber *resolvir*et [beschlossen] worden, dieses neüe Werck von zweyen bekanten düchtigen Meistern und Kunstverständigen *visitir*en [kritisch durchsehen] und *examinir*en [prüfen] zulaßen, worzu der Capellmeister aus Leipzig, Herr Bach, als ein beruffener und starcker *Organist*, und der in seiner Kunst bekante Orgelmacher, Herr Silberman aus Freyberg, ausersehen, selbige auch hierrauff zu solchem Ende anhero *invitir*et [eingeladen] worden; Alß melden sich *acto* [tatsächlich] zu solchem Ende zu Rathhauße gedachter

Herr Johann Sebastian Bach,
Capellmeister aus Leipzig,
und
Herr Gottfriedt Silbermann,
Orgelbauer aus Freyberg,

welche anderweit *reqvirir*et [ersucht] wurden, das neüe Orgelwerck in genauen Augenschein zunehmen, zubespielen, nach dem *Contracte* [Vertrag] zu *examinir*en [prüfen], zu *visitir*en [kritisch durchsehen], zu *probir*en [erproben], die gefundenen Mängel anzuzeigen und sodann benöthigte *Relation* [Bericht] davon zuthun, welche sich hierzu willig erklähreten und diesem nachzukommen versicherten, damit man aber sich desto zuverläßlicher darauff zuverlaßen hätte, So erklährete sich Herr Silbermann, sich deshalber vereyden zulaßen.

27. SEPTEMBER

Entstandene und aufgeführte Werke

am 16. Sonntag nach Trinitatis mit Predigt zu Lk 7,11-17

1716: Komm, du süße Todesstunde, BWV 161 (Weimarer Fassung)
Schloßkapelle Zur Himmelsburg zu Weimar: Generalsup. Johann Georg Layritz

Persönliche und zeitgeschichtliche Ereignisse

1712: Bach als Pate Johann Gottfried Walthers d. J., Sohn des Weimarer Stadtorganisten Johann Gottfried Walther; die Taufe fand in der Stadtkirche St. Peter und Paul statt

1736: Vermerk der Registrande des Geheimen Cabinetts unter Nr. 1318 „Johann Sebastian Bach bittet umb den titul alß Compositeur von der Königlichen Hoff-Capelle", vgl. 19. 11. 1736

1746: Bach und Silbermann überreichen ihr Gutachten zur neuen Orgel der Wenzelskirche in Naumburg;
Auszahlung des Honorars von je 8 Ducaten je Orgelprüfer

27. 9. 1746

Acto [zur Rechtshandlung] melden sich in der Ratsstube der Herr Capellmeister, Bach, und der Orgelbauer, Herr Silberman, welche nach ihrer Vorlaßung nachstehende *Relation* [Prüfungsbericht] übergaben, mit der Versicherung, wie sie das gantze Orgelwerck von Stück zu Stück genau durchgegangen und *examinir*et und solches allenthalben düchtig und *Contract*mäßig befunden hätten,

doch würde nöthig seyn, daß Herr Hildebrandt das gantze Werck nochmahln durchginge, und bey der *Claviatur* und *Intonation* eine allenthalbige *egalite* [Gleichmäßigkeit] bewerckstelligte. Dem Ansehen und Befinden nach mögte er sich wohl in dem *Contracte* zu wehe gethan und zu leichte [leichtfertig] gehandelt haben, es sey auch noch eine Stimme mehr, als im Contracte enthalten, in das Werck gebracht worden, welche sie hiermit angezeiget haben wolten. Worauff sie hinwieder *dimittir*et [entlassen] wurden.
Gottlieb August Kette, *Synd.[icus]*

Die Prüfung der Orgel in Naumburg hatte Bach offensichtlich ausersehen, den seit 23 Jahren schwelenden Konflikt zwischen Silbermann und Hildebrandt endlich aus der Welt zu schaffen. Alle Indizien sprechen für eine langfristige Vorbereitung der Gelegenheit durch Bach: zuerst gelang es, Hildebrandt für den Pflegevertrag der Naumburger Orgel zu interessieren und den dortigen Stadtrat für seinen Vorschlag zu erwärmen. Dann wuchs das Vertrauen über lange Jahre, bis man Hildebrandt auch den Orgelneubau übertrug. – Der Schlußstein der Bemühungen sollte nun in der Begutachtung der Orgel durch ihn und Silbermann bestehen. Denn Langzeitwunden wie die, die Hildebrandt und Silbermann trennten, könnten nur der Nachweis von Qualität heilen, mochte Bach gedacht haben. Denn es war ja Hildebrandts Störmthaler Orgel 1723 gewesen, von Bach geprüft, die das Zerwürfnis begründet hatte. Bach ist wohl davon überzeugt gewesen, daß Silbermann der Naumburger Orgel Hildebrandts seine Zustimmung nicht versagen würde.

Entstandene und aufgeführte Werke

zur Erbhuldigung des Rittergutsbesitzers Johann Christian von Hennicke auf Wiederau
1737: Angenehmes Wiederau, BWV 30a
am 17. Sonntag nach Trinitatis mit Predigt zu Lk 14,1-11
1749 (?): Ach, lieben Christen seid getrost, BWV 114
[Wiederaufführung der Kantate ohne Satz 4, vor 1750]
NK: Lic. Eichler

Persönliche und zeitgeschichtliche Ereignisse

1703: Bach quittiert erstmalig über den Anteil von 3 Gulden, 2 Groschen und 7 1/2 Pfennigen zu seiner Besoldung aus dem Arnstädter Gotteskasten

1719: Begräbnis des letzten Sohnes erster Ehe Bachs, Leopold August; das Register der Verstorbenen der Agnuskirche zu Köthen vermerkt: „ist Herrn *Johann Sebastian* Bachens HochFürstlichen *Capell*-Meisters Söhnlein beygesetzet bezahlt die Halbe Schule“

1723: Ablehnung der Gehaltsforderungen Bachs an die Universität Leipzig wegen des sogenannten „alten Gottesdienstes“

1725: Beschluß des Konzils der Decemvirn der Universität Leipzig zur Abfassung eines Berichtes zu Bachs Gehaltsforderungen aus dem Universitätsgottesdienst

1732: Einweihung der neuen und von Bach geprüften Orgel in der Martinskirche zu Kassel am 16. Sonntag nach Trinitatis; die Predigt hält Konsistorialrat Johann Balthasar Ingebrandt.

1733: Beginn des Einbaus der neuen Orgel in der Frauenkirche zu Dresden durch Gottfried Silbermann

1737: Erbhuldigung für Johann Christian von Hennicke in Wiederau mit Huldigungskantate Bachs, Text von Picander

1739: Bach läßt durch seinen Vetter Johann Elias Bach den Ronneburger Kantor Johann Wilhelm Koch grüßen, für das „überschickte Gevatter Stücke“ danken, vgl. 12. 9. 1739, Nachricht von Fertigstellung des III. Teils der Klavierübung geben und Dank sagen für die Rücksendung einer geliehenen Kantate

1743: Johann Elias Bach regelt aus Schweinfurt gegenüber dem Secretarius Stockmann in Zöschau den Weg der an ihn gerichteten Briefe: „außer der Meße aber können die Briefe entweder bey meinem Herrn Vetter auf dem Thomas Kirchhof oder bey dem Herrn Kaufmann Schillbach in der Grimmischen Straße in des Herrn *Superint.* Deylings Hause abgeleget werden

1746: Abreise Bachs aus Naumburg, wo er seit dem 24. September zur Orgelprüfung weilte, zur Abrechnung vgl. 1. 11. 1746

28. 9. 1723

Der Universitätsschreiber Moritz Christian Eberhard legte sich das Papier zurecht und wartete auf das Diktat des Rektors, Prof. Dr. Johann Burkhard Mencke. Um dann schneller bei der Sache zu sein, schrieb er schon den einleitenden Satz des Protokolls:

> *Magnif.[icus] Dn.[Dominus] Rector proponit* [Magnifizenz, der Herr Rektor, legt dar]:

Unter dem ersten Tagesordnungspunkt wurde einiges besprochen, wozu er sich knappe Notizen machte.

Dann rief Mencke den zweiten Punkt auf. Es ging um den „alten Gottesdienst" in der Universitätskirche, also um die traditionellen Termine der Universität, die allein bis 1710 bestanden, und die dort gemachte Musik: Gottesdienst an hohen Festen und am Reformationsfest, sowie die Quartalsorationen. Der Nikolaiorganist Görner habe sich verdient gemacht und die Musik nach dem Tode Kuhnaus weitergeführt. Mencke diktierte:

„Hätte der neue *Cantor* Bach in einem Schreiben angesuchet, daß ihm das *Salarium* vom alten Gottesdienst in der *Paulin*er Kirche an 12 thlr. gelaßen werden möchte; Worauf aber folgende *Resolution [Entscheidung]* ausfiele: Es wäre Bach, weil er sich zu späth gemeldet, und überhaupt kein *jus prohibendi [Recht des Verwehrens]* hätte, abzuweisen."

Entstandene und aufgeführte Werke

am Michaelisfest früh mit Predigt zu Mt 18,1-11
nachmittags mit Predigt zu Offb 12,7-12

1724: Herr Gott, dich loben alle wir, BWV 130 (frühere Fassung)
ThK: D. Weise (?); NK: M. Kayßlitz

1726: Es erhub sich ein Streit, BWV 19
NK: D. Deyling; ThK: Lic. Sieber

1729: [Entwurf, abgebrochen zugunsten von BWV 149], BWV deest
Man singet mit Freuden vom Sieg, BWV 149
[Aufführung auch für 1728 angenommen]
ThK: D. Weise (?); NK: M. Gaudlitz

1733: Herr Gott, dich loben alle wir, BWV 130 (spätere Fassung)
[Aufführung auch 1734 oder 1735 möglich]
ThK: D. Weise; NK: M. Hoffmann

Persönliche und zeitgeschichtliche Ereignisse

1717: möglicher Aufenthalt Bachs in Dresden; Brief an den ebenfalls anwesenden Pariser Hofkapellenorganist Louis Marchand mit Vorschlag eines musikalischen Wettstreites im Palais des Grafen Jakob Heinrich von Flemming, vgl. 3. 10. 1717

1721: Anna Magdalena übernimmt erneut Patenstelle bei einem Köthener Kind, vgl. 25. 9. 1721

1725: M. Christoph Wolle, von Herbst 1741 an Beichtvater der Familie Bach, wird Katechet an der Peterskirche zu Leipzig

1732: Abreise Bachs und seiner Frau aus Kassel;
die Stadtkasse zu Kassel wird mit 76 Talern belastet, die Bach und seine Frau als Reisekosten und als Präsent ausbezahlt bekamen, mit 84 Talern Kosten für Zehrung und Logie im Gasthof „Stadt Stockholm in Kassel, sowie 2 Taler und 12 Albus für 25 Gänge, auf denen die „Porteurs“ Bach zu tragen hatten, und 1 Taler dem Diener, der Bach an acht Tagen aufzuwarten hatte

1734 bis 1749: Bach empfängt aus dem Mentzelschen Legat den für Michaelis ausgezahlten Zinsbetrag von 1 Taler und 8 Groschen; die Quittungen erfolgten an unterschiedlichen Terminen um den Michaelistag herum, vgl. Zahltermin Ostern 25. 4. 1734

1736: zur Michaelismesse erscheint das Zeitzer Schloßgesangbuch, das sog. Schemellische Gesangbuch, vgl. 22. und 24. 4.1736

1748: Quittung über 5 Talern, die Bach von den Zinsen des Sinnerschen Legats halbjährlich erhielt, vgl. 24. 11. 1740

Entstandene und aufgeführte Werke

1739: Dritter Theil der Clavier Vbung bestehend in verschiedenen Vorspielen über die Catechismus- und andere Gesaenge vor die Orgel, BWV 552, 669-689, 802-805
1747: Musicalisches Opfer, BWV 1079

Persönliche und zeitgeschichtliche Ereignisse

1712: Vertragsabschluß über den Bau einer neuen Orgel in der Marktkirche Unser Lieben Frauen zu Halle mit dem Orgelbauer Christoph Cuncius aus Wernigerode
1739: die „Leipziger Zeitungen" zeigen Bachs III. Teil der Klavierübung an, die „nunmehro bey dem *Autore* in Leipzig zu haben sey, *à* 3. thl."
1746: Zacharias Hildebrandt ersucht den Naumburger Rat um ein Gutachten über seine Arbeit, vgl. 10. 7. 1747
1747: der „Extract Der eingelauffenen Nouvellen" gibt die Fertigstellung des „Musikalischen Opfers", BWV 1079, bekannt, Preis 1 Taler; den Druck besorgte J. G. Schübler in Zella

30. 9. 1732, Kassel, Stadtkämmerei

„Nun, mein lieber Holtzschue, wie sieht denn die Rechnung aus?" Potter strich sich eine Strähne seiner einfachen Perücke zurecht. Holtzschue, der Wirt des Gasthofes „Stadt Stockholm", kam in die Stadtkämmerei, um abzurechnen, was er wegen der Orgelprüfung in St. Martin vor zwei Tagen an Kosten für Logie und Zehrung verauslagt hatte. Nachdem die Belege auf dem Tisch ausgebreitet waren, setzte er an: „Ja, die Herrschaften kamen mit der Mühlhäuser Post an; das war am 21. Septembris. Nach der Abreise am 29. ist aufgerechnet worden: summa summarum 84 Reichstaler; viel Geld", setzte Holtzschue einsilbig nach. „Was er sagt, lieber Holtzschue – hier läuft noch mehr zusammen: 76 Taler Reisekosten inclusive eines Präsents des Hochweisen Rates, nicht zu vergessen die Kosten für die Porteurs – auf 25 Gängen haben sie den

Herrn Kapellmeister getragen –; macht nur 2 Taler und 12 Albus; und dem Diener 1 Taler." Potter überflog die Zusammenrechnung Holtzschues:

> Zehrungs Costen dem Cappelmeister Hn. Bach et uxori [und seiner Ehefrau] alhier die Zeit über sie alhier logiret, macht 84 thlr.

„Ja", – Holtzschue sagte immer „tchja" –, „da war nicht nur der Herr Bach allein, seine liebwerte Frau Ehegemahlin war mit ihm; und es ist eine hohe Rechnung". „Erstattung gibts aber erst am Jahresende, lieber Holtzschue, erst muß ich das letzte Drittel vom Stadtgotteskasten haben; das Drittel aus dem Stiftskirchenkasten ist mir durch den Herrn Dammen im Auftrag des ehrwürdigen Herrn Consistorialrates Ingebrandten schon geliefert worden." Holtzschue versuchte es nochmals: „und einen Abschlag aus dem Geld, was er schon eingenommen hat – immerhin 28 Taler –, und die Stadtkämmerei hat doch auch ein Drittel beizutragen?" „Wo denkt er hin, erst muß die Jahresrechnung gemacht werden!" Holtzschue verließ enttäuscht das Rathaus.

Entstandene und aufgeführte Werke

am 17. Sonntag nach Trinitatis mit Predigt zu Lk 14,1-11
1724: Ach, lieben Christen seid getrost, BWV 114
NK: D. Deyling
am 18. Sonntag nach Trinitatis mit Predigt zu Mt 22,34-46
1747: Herr Christ, der einge Gottessohn, BWV 96
ThK: D. Teller

Persönliche und zeitgeschichtliche Ereignisse

1712: Kontrakt über den Bau einer neuen Orgel in der Marktkirche Unser Lieben Frauen zu Halle, vgl. 30. 9. 1712
1718: Entschädigungszahlung an Bach für die Probenarbeit im eigenen Hause: „Den CapellMeister Bachen einjährigten HaußZinß vor das Collegium Musicum von den 10 Dec: 1717. biß dahin 1718. – 12 thlr."
1727: Hans Carl von Kirchbach, Leipziger Jurastudent, beauftragt Bach mit der Komposition einer Trauerode, BWV 198, die in einem Trauerakt der Universität für die am 5. 9. 1727 verstorbene sächsische Kurfürstin Christiane Eberhardine aufgeführt werden soll
1731: Inskription Carl Philipp Emanuel Bachs an der Universität Leipzig
1738: Johann Siegismund Liebe, Bruder der Mutter Anna Magdalena Bachs und Stadt- und Schloßorganist in Zeitz, beruft sich in einem Bittschreiben für seinen Enkel, Gottlob Ludwig Raden, auf dessen Ausbildung bei Bach in Leipzig
1744: Donnerstag nach dem 17. Sonntag nach Trinitatis nehmen „Herr Bach, CapellMstr. u. Sohn" am Abendmahl bei Lic. Wolle teil

1. 10. 1739

Bericht der „Leipziger Zeitungen":
Da der Königl. Poln. und Churfürstl. Sächsische Hof-*Compositeur* Bach die *Direction* des *Collegii Musici* im Zimmermannischen

Caffee-Hause wieder übernommen; als wird solches hiermit denen Liebhabern bekannt gemacht, und zugleich eröffnet, daß solches morgenden Freytag, den 2 Oct den Anfang nehmen, und damit wöchentlich benannten Tages von 8. bis 10. Abends *continuir*et werden wird.

2. OKTOBER

Persönliche und zeitgeschichtliche Ereignisse

1707: erstes Aufgebot Bachs mit Maria Barbara im Gottesdienst des 15. Sonntags nach Trinitatis in der Neuen Kirche zu Arnstadt

1725: die sächsische Kurfürstin Christiane Eberhardine weilt zur Michaelis-Messe in Leipzig

1732: Gottlieb Gaudlitz, Diakonus der Thomaskirche zu Leipzig, promoviert zum Licentiaten der Theologie

1734: „Den 2. October sind Ihro Königl. Maj. nebst Dero Frau Gemahlin Königl. Maj. anhero auf die Michaelismesse gekommen, und waren viele Abgesandte und drei Bischöfe zugegen";
Bach beginnt mit den Arbeiten an der Kantate „Preise dein Glücke, gesegnetes Sachsen", BWV 215, vgl. 5. 10. 1734

1739: Wiederbeginn der Aufführungen des Collegium musicum unter Bachs Leitung im Zimmermannischen Caffee-Haus

1740: in der Nikolaikirche hält am 16. Sonntag nach Trinitatis M. Johann Paul Ram, „bißheriger Catechetta und Prediger an der Kirche zu St: Petri nachdem er zum Mittags=Prediger und Sub Diacono der Kirche zu St: Thomas, beruffen worden, seine Anzugs=Predigt", Text Lk 7,11-17;
auf die Stelle Rams als Katechet und Prediger an der Peterskirche wechselt Lic. Romanus Teller – bis zu diesem Zeitpunkt Beichtvater der Bachschen Familie –, der zugleich eine ordentliche Professur an der Theologischen Fakultät übernimmt

2. 10. 1707

Dom:[inica] XV.p.[ost] Trin:[itatis: 15.Sonntag nach Trinitatis]

Es wollen zum heiligen Stande der Ehe greiffen und begehren deßwegen ein gemein Christlich Gebet für sie, daß sie solchen in GOttes Namen anfahen und wohlgerate:

Herr Johann *Sebastian* Bach, bey der Käyserlich Freyen Reichsstadt Mühlhausen zu *St Blasii* wohlbestellter Organiste, so noch ledig, weyland Herrn Johann *Ambrosij* Bachens, Fürstlich Sächsisch-Eisenachischen Stadt Musicanten seel. nachgelaßener Eheleibl. jüngster Sohn, und Jungfer Maria Barbara, weyland Mstr Johann Michael Bachens, Organisten in Gehren seel. nachgelaßene Eheleibl. jüngste Tochter.

Entstandene und aufgeführte Werke

am 19. Sonntag nach Trinitatis mit Predigt zu Mt 9,1-8
1723: Ich elender Mensch, wer wird mich erlösen, BWV 48
ThK: Lic. Weise

Persönliche und zeitgeschichtliche Ereignisse

1717: Ende September/Anfang Oktober war in Dresden der musikalische Wettstreit zwischen dem „Organiste de la Chapelle du Roy", Louis Marchand, und Johann Sebastian Bach geplant
1727: Hans Carl von Kirchbach erwirkt beim Kurfürsten in Dresden die Genehmigung für einen Trauerakt der Universität anläßlich des Todes der Kurfürstin Christiane Eberhardine
1733: Bezahlung der Textdrucke zum Namenstag des Kurfürsten (3. August) und zum Geburtstag des Kurprinzen (3. September) durch Bach bei Breitkopf: 4 Taler
1741: in Briefen Johann Elias Bachs taucht immer öfter der Gedanke der Kündigung aus den Diensten Johann Sebastians auf, vgl. 21. 10. 1741, 22. 2. und 18. 4. 1742

Anfang Oktober 1717

Gespannte Stille lag über dem Raum. Soeben hatte der Konzertmeister der Hofkapelle, Herr Volumier, den Anwesenden freundlich mitgeteilt, daß der Herr Hofcompositeur anwesend sei. Man begrüßte das durch Applaus. Nun – so Volumier weiter – warte man noch auf den Herrn Hofkapellenorganist aus Paris. Er habe zu erscheinen versprochen.

Im angrenzenden Separee, in das Volumier nach seiner Ansage zurückkehrte, war die Situation zum Bersten gespannt; man war sehr aufgeregt. Man müsse mit dem Herrn Premierminister doch das Gespräch aufnehmen, denn langsam verdichteten sich die Befürchtungen, Marchand werde nicht kommen. Bach saß an einem Tisch und gab sich ebenfalls unschlüssig. Volumier wandte sich an ihn. Was solle man tun? Bach meinte, er könne schlecht mit sich selbst streiten. Doch eins auf dem Cembalo würde er schon vorspielen, damit die Damen und Herren nicht umsonst gekommen wären. Die angegebene Stunde, da diese zwei großen Virtuosen eins miteinander wagen sollten, war längst erreicht. Die Herren, so bei diesem musikalischen Wettstreite Richter sein sollten, warteten auf den Gegenpart schließlich doch vergebens.

Der Bote kehrte soeben zurück: Marchand sei bei früher Tageszeit mit der geschwinden Post aus Dreßden verschwunden. Nachdem Volumier wieder die Fassung gewonnen hatte, ging er auf Bach zu und gratulierte ihm. „Sonder Zweifel mogte der sonst so berühmte Franzose seine Kräfte zu schwach befunden haben, die gewaltigen Angriffe unsers erfahrnen und tapfern Gegners auszuhalten. Er würde außerdem nicht gesucht haben, durch eine so schnelle Flucht sich in Sicherheit zu setzen.“ Dann trat er in den Saal hinaus und machte von der entstandenen Situation Mitteilung.

Persönliche und zeitgeschichtliche Ereignisse

1732: Johann Heinrich Gräbner, Organist der Frauenkirche zu Dresden, bittet den Rat, ihm seinen Sohn, Christian Heinrich Gräbner als Adjunkt beizugeben, den er „zwey Jahr in Leipzig bey dem berühmten *Claviristen* Herr *Bachen* gehabt, welches mich nicht wenig gekostet, alwo Er denn (sonder Ruhm zu melden) sich so *perfectionir*et hat, daß Er gar wohl bestehen kan", vgl. 10. 10. 1732

1736: Bach gibt Anfang Oktober einen Textdruck für eine Glückwunschkantate bei dem Verleger Breitkopf in Auftrag

1737: im Rat zu Leipzig kommt ein allgemeiner Beschluß zum Streit Bachs mit dem Thomasschulrektor Ernesti um das Recht der Einsetzung von Präfekten zustande; damit meinte man Bachs Eingabe vom 21. 8. 1737 beantwortet zu haben, vgl. aber 18. 10. 1737

1749: Geburt Johann Sebastian Altnickols, erstes Kind von Johann Christoph Altnickol und seiner Ehefrau Elisabeth Juliana Friederica, geb. Bach, Enkel Johann Sebastian Bachs in Naumburg

4. 10. 1737

Der Ratsschreiber wurde vom Consul regens angewiesen zu protokollieren:

„Der Cantor bey der Schule zu *S. Thomae, Johann Sebastian Bach,* habe wegen des *Rectoris* daselbst, Herrn *M. Johann August Ernesti,* bey dem *Consistorio* allhier, eine anderweite Verordnung an den Herrn *Superintendente*n u. E. E. Rath *extrahiret [bewirkt], quaer:[endum: was zum Gegenstand der Verhandlung zu machen sei]* ob und was zu antwortten,
Concl:[usio: Beschluß] Noch zur Zeit beyzulegen."
Man schaute sich in der Ratsherrenrunde etwas ratlos an, der regierende Bürgermeister zuckte mit den Achseln und bemerkte abschließend: „Was sollen wir anderes tun?"

Entstandene und aufgeführte Werke

zum Jahrestag der Wahl des Kurfürsten Friedrich August II. von Sachsen zum König von Polen

1734: Preise dein Glücke, gesegnetes Sachsen, BWV 215
Marktplatz zu Leipzig, Apelsches Haus

Persönliche und zeitgeschichtliche Ereignisse

1714: in Weimar Geldzuwendung an Bach für Notenpapier

1731: Akzidenzverteilung beim Begräbnis Georg Heinrich Boses: Leichen Unkosten wegen *Tit:* Herrn Georg Heinrich Boßen etc. Kauff und HandelsHerrn wohlseelig

Denen 14. Herren Geistlichen	rthl	14,, -. -.
Denen Herren Schul Collegen	rthl	3,, 10. -.
Dem Herrn Cantor	rthl	1,, -. -.
Denen Schülern	rthl	6,, -. -.

1733: Friedrich August II., Kurfürst von Sachsen, wird zum König von Polen gewählt, vgl. 12. 9. 1733

1734: Aufführung der Kantate „Preise dein Glücke, gesegnetes Sachsen" im Rahmen der Feierlichkeiten zum Jahrestag der Wahl Friedrich Augusts II. zum König von Polen;
gemäß der Gesamtabrechnung durch die Universität wurden „50 rthl. -. -. Herrn Capell-Mstr, Bachen vor die Music" gezahlt

1739: Johann Elias Bach bittet seine Schwester in Schweinfurt um Most: „der liebe Gott wird euch heuer vermuthlich eine gute Weinlese geben ... koche mir doch nur etwa 10 bis 12 Maas süßen Most ab und schicke mir ihn durch den FuhrMann herein, indem unsern Herrn Vetter [J. S. Bach] doch gar zu gerne einmal eine Freude machen mögte, da ich nun schon in die 2 Jahre in seinem Hause recht viel Gutthaten genoßen habe"

1747: Bach quittiert dem Hofmeister des böhmischen Grafen von Würben, Ignatz Ratzsch, für die Miete eines Klaviers

5. 10. 1734

Riemer berichtet in seiner Chronik:

Den 5. ward Ihro Königl. Maj. Crönungstag in größter *Gala* zugebracht. Als Ihro Majestät zu Mittage speiseten und die Gesundheiten getrunken worden, wurde ein Zeichen aus dem Apelischen Hause auf den Schloßthurm, von dar auf den Thomasthurm und endlich von dar auf das Schloß gegeben, da denn die Stücke [Kanonen] sich tapfer hören ließen, auch sogar daß die *Connestables* nicht vermögend waren, die Stücke zu laden. Abends um sieben geschahe durch einen Stückschuß ein Zeichen, und alsdann wurde die ganze Stadt *illuminir*et. Der Rathhausthurm und der Gang waren mit vielen bunten Lampen sehr prächtig gezieret; der Thomas= und Niclas=Thurm waren vom Gange bis an die Seigerschelle schön und *propre illuminir*et, welches man etliche Meilen auf dem Lande sehen kunnte. Unter allen diesen hatte ein Bilderhändler einen Vers in seine Fenster geschrieben:

Ach lieber König, Höre mich ein wenig,
Ich bin schuldig und arm, Ach, daß es Gott erbarm'!
Ich habe oft *Execution*, Und dennoch heut *Illumination*.

Diesem folgte ein gewisser Buchdrucker als Nachbar und hatte in ein Herz folgendes gedruckt:

Meinen König lieb ich von Herzen,
Das *Podagra* macht mir viel Schmerzen,
Das Armuth beißt mich wie der Rauch,
Ich heiße Johann Gottlieb Bauch.

Der Wirt im schwarzen Bocke hatte folgende *Illumination*. Eine Landstraße, worauf viele Wagen hin und her fuhren mit der Schrift:

Soviel Jahre als Schocke,
Das wünscht ihm der Wirth
Zum schwarzen Bocke.

Und dauerte also die *Illumination* bis 12 Uhr. Viele vom Lande kamen herein, solche zu besehen; man hat früh um 7 Uhr noch Lampen brennende verspüret. Gegen 9. Uhr abends brachten Ihro Majestät die allhiesigen *Studir*enden eine allerunterthänigste Abend=*Music* mit *Trompe*ten und Paucken, so Herr Capellmeister Joh. Sebastian Bach *Cant.[or]* zu *St. Thom.[ae] componir*et. Wobey

600. *Studen*ten lauter Wachs Fackeln trugen, und 4 Grafen als Marrschälle die *Music* aufführeten. Der Zug geschahe aus dem schwartzen Bret [Gasthaus] durch die RitterStraße, Brühl und Catharinen Straße herauf, bis ans Königs *Logis*, als die *Music* an der Wage angelanget, giengen auf derselben *Tromp*eten und Paucken, wie den auch solches vom Rath Hause, durch ein *Chor* geschahe. Bey übergabe des Carmens wurden die 4. Grafen zum HandKuß gelaßen, nachgehends sind Ihro Königliche *Majestät*, nebst Dero Königlichen Frau Gemahlin u. Königlichen Printzen, so lange die *Music* gedauret, nicht vom Fenster weggegangen, sondern haben solche gnädigst angehöret, und Ihr. *Majestät* hertzlich wohlgefallen.

6. OKTOBER

Entstandene und aufgeführte Werke

am 16. Sonntag nach Trinitatis mit Predigt zu Lk 7,11-17

1726: Wer weiß, wie nahe mir mein Ende, BWV 27
ThK: D. Weise

Persönliche und zeitgeschichtliche Ereignisse

1721: Entrichtung von Gebühren zur Miete von zwei Kirchenstühlen in der lutherischen Agnuskirche zu Köthen: „Der Herr *Capell*meister den neu angebaueten *N.* 34 und *N.* 4 – 1 thl., 8 gr.“

1734: „Den 6. October sind Ihro Königl. Maj. von hier ab nebst Dero Frau Gemahlin und nach Hubertusburg gereiset“; Gottfried Reiche, Senior der Stadtpfeifer zu Leipzig, stirbt, vgl. 9. und 10. 10. 1734

1742: Besuch Martha Elisabeth Hesemanns aus Weißenfels, Halbschwester des Vaters Anna Magdalenas, bei Bach in Leipzig

1748: Brief Bachs an seinen Vetter und früheren Privatsekretär Johann Elias Bach, inzwischen Kantor an St. Johannis zu Schweinfurt

1749: Pate bei Johann Sebastian Altnickol, Bachs erstem Enkel in Naumburg, erstem Kind von Johann Christoph Altnickol und dessen Frau Elisabeth Juliana Friederica, geb. Bach

6. 10. 1734

Riemer berichtet von der Abreise der königlichen Familie und fährt fort:

An eben diesem Tage wurde der Wohlerfahrne und Kunstreiche *Musicus* und StadtPfeiffer Herr Gottfried Reiche *Leucopetra-Misn.[icus:* ein Weißenfelser in Meißen] und Senior der *mus.[icalischen]* Stadt=*Compagnie* alhier, als er nach Hause gehen wollen im StadtPfeiffer Gäßgen ohnweit seiner Wohnung vom Schlag gerühret, daß er niedergesuncken, und todt in seine Wohnung gebracht worden. Und dieses soll daher kommen seyn, weil er Tages vorhero bey der Königlichen *Musique* wegen des Blasens große *strapazzen* gehabt, und auch der Fackel Rauch ihm sehr beschwerlich gewesen.

6. 10. 1748

Bach schrieb: „Ich werde wegen Kürtze der Zeit mit wenigem viel sagen, wenn so wohl zur gesegneten Wein-Lese als bald zu erwartendem Ehe Seegen Gottes Gnade v.[nd] Beystand herzlich *apprecire* [alles Gute wünsche]. Mit dem verlangtem *exemplar* der Preußischen *Fuge* kan voritzo nicht dienen, indem *justement* der Verlag heüte *consumir*et [verkauft] worden; (sindemahlen nur 100 habe abdrucken laßen, wovon die meisten an gute Freünde *gratis* verthan worden). Werde aber zwischen hier u. neüen Jahres Meße einige wieder abdrucken laßen; wenn denn der Herr Vetter noch gesonnen ein *exemplar* zu haben, dürffen Sie mir nur mit Gelegenheit nebst Einsendung eines Thalers davon *part* geben, so soll das Verlangte erfolgen.“

Entstandene und aufgeführte Werke

zum Geburtstag des Kurfürsten Friedrich August II. von Sachsen

1736: Schleicht, spielende Wellen, und murmelt gelinde, BWV 206
Collegium musicum im Zimmermannischen Caffeehaus

1739: eine „solenne Serenade“ [Komposition unbekannt]
Collegium musicum im Zimmermannischen Caffeehaus

Persönliche und zeitgeschichtliche Ereignisse

1736: am 19. Sonntag nach Trinitatis hält Thomaspastor D. Christian Weise d. Ä. die letzte regelmäßige Sonntagspredigt vor seiner Krankheit, die mit dem Tode am 10. Dezember 1736 endet, vgl. 2. 12. 1736

1748: Bach quittiert im Mentzelschen Legatenbuch über den Empfang von 1 Taler und 8 Groschen

Entstandene und aufgeführte Werke

zum Gedächtnisgottesdienst für Aemilia Marie Harres, geb. Fritsch, am 17. Sonntag nach Trinitatis mit Predigt zu Ps 94,19

1713 (?): Ich hatte viel Bekümmernis, BWV 21a (= Sätze 2-6 u. 9) Stadtkirche St. Peter und Paul zu Weimar: Generalsup. Johann Georg Layritz

am 18. Sonntag nach Trinitatis mit Predigt zu Mt 22,34-46

1724: Herr Christ, der einge Gottessohn, BWV 96 ThK: D. Weise

Persönliche und zeitgeschichtliche Ereignisse

1720: Bach unter den Erben der Martha Catharina Lämmerhirt

1726: Brief des Rates zu Plauen an Bach mit Bitte um detailliertere Auskunft zu der für die Kantorenstelle zu St. Johannis vorgeschlagenen Person, vgl. 26. 9., 21. 10. und 5. 11. 1726

1733: Deyling klärt die Zinsanteile aus dem Mentzelschen Legat

8. 10. 1726

„Schreibe er folgenden Brief", wies der Plauener Bürgermeister seinen Stadtschreiber an. „Der Herr Bach muß uns schon ein wenig genauer Nachricht geben, auf wen wir uns einlassen sollen und welche Vorbereitungen zu treffen sind. Also, schreibe er:

An Herrn Cantor zu Leipzig Johann Sebastian Bach.

WohlEdler, Großachtbar und Wohlgelahrter, Insonders Hochgeehrtester Herr

Daß Ew. WohlEdlen unß, zu unßeren iezo vacanten Cantorat, ein tüchtiges Subjectum, welches sowohl in humanioribus [Allgemeinbildung] als besonders in Musicis wohl versiret sey, auf unßer Suchen gütigst vorschlagen, und unß von demselben einen praegustum [Vorgeschmack], wie er in Compositione wohl exerciret [im Komponieren sich geübt], unterschiedene Specimina [Proben] ihres Orths mit gutem applausu [Zustimmung] abgeleget, und sonsten eine gute Orgel und Clavier spiele, auch sosohl in der Vocal- als Instrumental-Music wohl geübet, und im übrigen dergestalt qvalificiret sey, daß er zu der vacanten Stelle gar wohl könne employret [empfohlen] werden, geben wollen, davor seynd wir gar sehr verbunden.

Wann wir aber gerne auch von seiner Person, ob er noch in coelibatu [unverheiratet]? und ob er etwa bereits in einem officio [Anstellung] sich befinde?, wie er heiße, wo er her, und wo er sich iezo aufhalte? damit wir dießfalls behörige Deliberation [Entscheidung] vorschlagen können, genauere Nachricht haben möchten; So ergehet an Ew. WohlEdlen unßer nochmaliges dienstliches Ersuchen, sonderschwer unß von diesen allen gleichmäßige schleünige part zu ertheilen, nach welches Erfolg dann wir in dieser Sache weiter gebührend zu verschreiten nicht ermangeln werden, die wir indeßen zu angenehmen Dienstgefälligkeiten allstets beharren ... und so weiter, und so weiter, der Rat zu Plauen"

8. 10. 1733

An das Löbl. Consistorium alhier, P.P.
Auf Ihro Königl. Hoheit unsres gnädigsten Churfürsten und Herren, wegen derjenigen 1000. rth. welche George Friedrich Menzel denen Geistl. der Kirche zu Nicolai und Thomae alhier dergestalt legiret, daß aller Jahre den 31 Octobr: an den Reformation Fest Lutheri eine Vesper Predigt in einer ieden von diesen beyden Kirchen gehalten und diese von einem derer, bey solche befindlichen acht Geistlichen alle Jahre Wechßels Weise verrichtet, auch dafür ein jeder von ihnen jährlich 5 rth. von denen Interessen empfangen sollen, ergangenes gnädigstes Rescript, haben dieselben sub dato den 11 Septembr: jüngsthin verordnet, wir solten, daß nicht nur eine Vesper Predigt an dem Reformation Feste in denen Kirchen zu St: Nicolai und Thomae, von denen bey solchen befindlichen 8 Geistlichen Wechßels Weise verrichtet, sondern auch einen ieden derselben 5 rth. von denen Interessen gereichet würden Verfügung thun insonderheit aber auch damit die übrigen 10 rth. unter die andern beym Gottes Dienste assistirenden Personen ausgetheilet würden, veranstalten, und wir solches geschehen, ausführlich berichten.
Gleichwie nun, nach hierauf dieserhalb mit dem Ministerio zu St. Nicolai und St. Thomae gepflogener Communication daßelbe jähr-

lich an dem Reformation Feste Lutheri die verlangte Vesper Predigt, und zwar der Reihe nach, zu halten sich erklähret, und mann sich bemühen wird, das Capital an sichern Orth gegen Landübliche Verzinsung auszuleihen, damit ein ieder die ihnen ausgemachten 5 rth. erheben könne; Als können auch von denen übrigen 10 rth. denen zu ieder Kirche gehörigen und beym Gottes Dienste assistirenden Personen 5 rth. gereichet, und solche dergestalt, daß

1 rth.	8 gr.	der Cantor
- - -	16 gr.	der Organist
- - -	16 gr.	die Schüler
1rth.	- - -	der Küster
- - -	8 gr.	der Famulus
- - -	16 gr.	der Thürmer
- - -	4 gr.	der Calcant
- - -	4 gr.	der BettelVoigt.

überkämen, repartiret werden, welches unsern Hochgeehrten Herren wir hiermit nicht verhalten wollen, und verharren zu angenehmen Diensten stets willig. Signatum

Leipzig den 8 Octobris 1733

Unserer Hochgeehrten Herren

dienstwilligster

D. Salomon Deyling

9. OKTOBER

Persönliche und zeitgeschichtliche Ereignisse

1707: zweites Aufgebot Bachs mit Maria Barbara im Gottesdienst des 16. Sonntages nach Trinitatis in der Neuen Kirche zu Arnstadt, vgl. 2. 10. 1707;
Maria Barbara Bach nimmt an diesem Sonntag, eine Woche vor ihrer Trauung mit dem Organisten der Blasiuskirche der Kaiserlich Freien Reichsstadt Mühlhausen, Johann Sebastian Bach, im Gottesdienst der Neuen Kirche zu Arnstadt am Abendmahl teil

1718: am 17. Sonntag nach Trinitatis Teilnahme am Abendmahl in der lutherischen Agnuskirche zu Köthen: „42. Herr *Capell*-Meister Bach. 43. seine Eheliebste [Maria Barbara Bach]"

1727: schriftlicher Einspruch des Universitätsmusikdirektors Johann Gottlieb Görner gegen Bachs Beauftragung mit der Trauermusik bei der akademischen Oration zu Ehren der verstorbenen sächsischen Kurfürstin Christiane Eberhardine; Aussprache von Vertretern des Universitätskonzils mit dem Studenten Hans Carl von Kirchbach wegen Bachs Beteiligung am akademischen Trauerakt für die verstorbene Kurfürstin Christiane Eberhardine

1734: Beerdigung des Stadtpfeifers Gottfried Reiche, vgl. 6. und 10. 10. 1734

9. 10. 1726

Im Rat zu Plauen „Wurde *proponir*et, weil das hiesige *Cantorat* schon ziemliche Zeit, nach des seeligen Herrn *Cantoris* Irmischens Tod, nunmehro *vacant*, ob nicht rathsam, daß jemand des nechsten zur *probe* aufgestellet werde? und sofort *resolvir*et, daß, weiln insonderheit Herr Bach *Cantor* zu Leipzig auf beschehenes Zuschreiben ein gutes *Subjectum recommendir*et, nunmehro einige *Subjecta* als:

1. Das aus Leipzig *recommendir*te *Subjectum*
2. Herr Weißflock von Schleiz und
3. Herr Erdmann Pezold

zur Probe aufgestellet werden sollen."

10. OKTOBER

Entstandene und aufgeführte Werke

am 20. Sonntag nach Trinitatis mit Predigt zu Mt 22,1-14

1723: Ach! ich sehe itzt, da ich zur Hochzeit gehe, BWV 162 NK: D. Deyling

am 16. Sonntag nach Trinitatis mit Predigt zu Lk 7,11-17

1734 (?): Komm, du süße Todesstunde, BWV 161 (Leipziger Fassung) NK: D. Deyling

Persönliche und zeitgeschichtliche Ereignisse

1727: Behandlung des Einspruchs Görners im Collegium Decemvirorum der Universität gegen die Beauftragung Bachs mit der Komposition für den akademischen Trauerakt für die verstorbene sächsische Kurfürstin

1728: Diakonus M. Justus Gotthard Rabener tauft Bachs Tochter Regina Johanna aus Schwachheit zu Hause; wegen der nötigen Eile bittet man drei stellvertretende Paten, zwei Töchter des alten Rektors Ernesti und den im Hause weilenden Braunschweigischen Kammermusikus Georg Heinrich Ludwig Schwanenberger anstelle dreier Verwandter Anna Magdalenas aus Weißenfels und Zerbst

1732: Bewerbungsschreiben Christian Heinrich Gräbners um eine Adjunktur bei seinem Vater, in dem er sich auf seine zweijährige Ausbildung bei Bach in Leipzig beruft, vgl. 4. 10. 1732

1734: „Es ist in Gott sanfft und seelig entschlaffen, Herr Gottfried Reiche, gewesener Kirchen- und Stadt-Musicus allhier in Stadt Pfeiffer Gäßgen, dessen entseelter Leichnamb gestrigen Sonnabend christlichen Gebrauch nach Zur Erden bestattet worden. Ist Dominica XVI. post Trinitatis 1734. den 10. Octobr. abgekündiget worden“, vgl. 6. und 9. 10. 1734

1737: Zeugnis für Bernhard Dieterich Ludewig, Informator der Kinder Bachs und Theologiestudent, vgl. 4. 3. und 11. 10. 1737

11. OKTOBER

Persönliche und zeitgeschichtliche Ereignisse

1727: persönliche Vorsprache und Beschwerde des Universitätsmusikdirektors und Nikolaiorganisten Johann Gottlieb Görner beim Universitätsregistrator Moritz Christian Eberhardt wegen der Trauermusik für die sächsische Kurfürstin Christiane Eberhardine;
vergebliche Bemühung des Universitätsregistrators Eber-

hardt um Bachs Unterschrift unter einen Revers wegen der Aufführung der Trauerode Bachs (BWV 198) zum akademischen Trauerakt anläßlich des Todes der sächsischen Kurfürstin

1734: Empfehlungsschreiben des Superintendenten Wendler in Auma/Thür. für Paul Christian Stolle mit Bezug auf Zeugnisse Bachs

1736: der russische Resident in Danzig, Hofrat Georg Erdmann, Jugendfreund Bachs, stirbt im Alter von 54 Jahren, vgl. 28. 7. 1726 und 28. 10. 1730

1737: Bernhard Dieterich Ludewig, Informator im Hause Bachs und Theologiestudent, bewirbt sich mit einem lateinischen Schreiben und dem Zeugnis vom Vortag um die Kantorenstelle in Zörbig, die er allerdings nicht erhalten wird, vgl. 5. 11. 1737

11. 10. 1727

Eberhardt forderte zum Eintreten auf. „Ach, der Herr Director musices Universitatis [Universitätsmusikdirektor], lasse er sich grüßen; was führt ihn daher?“ Görner räusperte sich: „Da wundert er sich? Noch hat der von Kirchbach mich nicht wissen lassen, ob ich die Musik bei der Oration für die seligste und allergnädigste Kurfürstin am 17. monti currentis [des laufenden Monats] aufführen soll oder nicht. Alle Welt erzählt von der Trauersolennität und daß da eine Musik sei, da müßte ich ja inzwischen etwas wissen“, betonte Görner bedeutsam.

Eberhardt schwieg, wußte er doch von den Auseinandersetzungen mit dem adligen Studenten Hans Carl von Kirchbach, und daß dieser Bach bereits bezahlt habe, und so weiter. Aber er war zur Verschwiegenheit verpflichtet, und so schwieg er eben. Görner versuchte es noch einmal. Das Hochwohllöbliche Concilium müsse den von Kirchbach dahin anhalten, daß er ihn deswegen hinlänglich satisfacirete [ihm Genugtuung leiste].

Als Görner wieder gegangen war, berichtete Eberhardt dem Syndikus der Universität davon. Der hörte sich alles an und wies Eberhardt an zu schreiben:

„*Conclusum:* dem Pedell Richter wird anbefohlen, daß er dem von Kirchbach melden sollte daß der *Director Chori musici Academiae* sich in Schrifften gemeldet hätte; es würde ihm bedeutet, daß er Görnern die Music aufführen laßen solle, sonsten der *Cantor* Bach nicht *admittir*et [zugelassen] werden würde. – Außerdem gehe er mit einem Revers zu dem *Cantor* Bach und bewege ihn dazu, in seiner, des Herrn *Registratoris* Gegenwart zu unterschreiben, daß es sich bei der Komposition Aufführung der Trauermusik lediglich um eine Vergünstigung der Universität gehandelt habe und keine weiteren Konsequenzen daraus ableitbar seien."

12. OKTOBER

Persönliche und zeitgeschichtliche Ereignisse

1727: erneute Bemühung des Universitätsregistrators Eberhardt, von Bach die Unterschrift unter einen Revers zu erhalten

1729: Gregorius Fritschler, langjähriger Rektor des Gymnasiums in Mühlhausen und Autor der erneuerten Gymnasialordnung von 1706, stirbt im Alter von 76 Jahren

1741: Johann Elias Bach als „Ausländer" erhofft sich eine *„profitable condition"* [einträgliche Anstellung] in Dresden durch Fürsprache Johann Sebastian Bachs bei dem Präsidenten des Oberkonsistoriums, Christian Gottlieb von Holtzendorff

1743: Beginn des Neubaus des Thomaspförtchens mit Brücke, deren Abriß im Juni erfolgt war

12. 10. 1727

„Wollte dem Herrn *Syndicus* melden, daß ich sowohl am gestrigen Tage als auch heute nochmalen vergeblicht versucht, den *Cantorem Thomanae* zur Unterschrift unter den Revers der Universität zu bewegen." Es habe wohl keine Aussicht auf Erfolg, erneut dieserhalb vorstellig zu werden. Im übrigen sei der Pedell, Johann Christian Richter, anbefohlenermaßen bei dem von Kirchbach gewesen, der ihm gesagt, er habe den *Cantorem* Bachen bereits bezahlt; auch habe Görner dem von Kirchbach gestern mitgeteilt, wie er zufrieden sein wolle, wenn der *Cantor* einen Revers von sich stellete; wenn ihm, dem Herrn von Kirchbach, *difficulitaet*en [Schwierigkeiten] gemacht werden wollte, wolle er die *Oration* gar unterlassen.

Der *Syndicus* überlegte: Natürlich dürfte das nicht passieren, das gäbe politische Verwicklungen. Die Landstände in Sachsen, die – anders als der Kurfürst – lutherisch waren, warteten nur auf eine solche Gelegenheit, um den konfessionellen Konflikt begründet aufleben zu lassen. Aber den Revers würde man von Bach auch nicht erhalten.

„Man stelle solchen Revers nur dem Herrn von Kirchbach zu, doch der soll unterschreiben, und sei es, ohne des *Registratoris* Gegenwart!"

13. OKTOBER

Entstandene und aufgeführte Werke

am 17. Sonntag nach Trinitatis mit Predigt zu Lk 14,1-11

1726: Wer sich selbst erhöhet, der soll erniedrigt werden, BWV 47 NK. D. Deyling

Persönliche und zeitgeschichtliche Ereignisse

1719: Entschädigungszahlung an Bach für Probenarbeit im eigenen Hause laut Köthener Kammerrechnung: „Demselben wegen habender Probe in Seinem Hause und die *Clavesin* im stande zu erhalten vom 10 Decembr. 1718. biß den 10 Dec: 1719. – 12 thlr."

1727: Universitätsregistrator Moritz Christian Eberhardt stellt Hans Carl von Kirchbach den zu unterschreibenden Revers zu: „Den 13. *Octobr.* ward also dem Herrn von Kirchbach der *Revers in mundo [Revers in Reinschrift]* zugestellet, und in deßen Abwesen, deßen Hofmeister Herrn *Chrisenio ad domum [zu Hause]* behändiget"

PERSÖNLICHE UND ZEITGESCHICHTLICHE EREIGNISSE

1734: Honorarquittung über 50 Taler für Komposition und Aufführung der Kantate „Preise dein Glücke, gesegntes Sachsen", BWV 215, am 5. Oktober

1748: Aufführung des Singspiels „Das nach schweren Kriegen durch einen allgemeinen Frieden erfreute Deutschland" mit der Musik des Bachschülers Johann Friedrich Doles am Gymnasium in Freiberg/Sa.; es führte zu heftigen Angriffen des dortigen Gymnasialrektors Johann Gottlieb Biedermann auf die schulische Musikpflege, in die Bach sich durch die Initiierung einer kritischen Rezension einmischte; die Auseinandersetzungen dauerten über den Tod Bachs an

14. 10. 1734

Der Universitätsaktuar Eberhardt überreichte ihm das Geld. Fünfzig Taler, so viel Geld auf einmal. Bach war glücklich, setzte sich und schrieb die Quittung:

> Daß von dem Herrn *Actuario* Eberhardten an mich endes benandten 50 thlr; sage funfzig Thaler, vor die Besorgung der Ihro Königlichen *Maj.* lezthin gebrachten *Musique* richtig gezahlet worden, wird hiermit bescheiniget und danckbarlichst darüber *quittiret.*
>
> Leipzig. den 14. Octobr. 1734.
>
> *Joh: Sebast: Bach.*
> *Direct: Chori Musici*
> u. *Cantor* zu *S.*
> *Thomae.*

Eberhardt ließ die Quittung in seiner Tasche verschwinden und verabschiedete sich.

Entstandene und aufgeführte Werke

am 19. Sonntag nach Trinitatis mit Predigt zu Mt 9,1-8
1724: Wo soll ich fliehen hin, BWV 5
NK: D. Deyling
1747: Canone doppio sopr'il Soggetto, BWV 1077
Stammbuch für J. G. Fulde

Persönliche und zeitgeschichtliche Ereignisse

1724: am 19. Sonntag nach Trinitatis übernimmt Bach das Patenamt bei Johann Christoph Kunadt, Sohn des Tagelöhners und ehemaligen Musquetiers auf der Pleißenburg Martin Kunadt und seiner Ehefrau Anna, geb. König, Tochter eines Kürassier-Reiters
1727: Abschluß der Komposition der Trauerode „Laß, Fürstin, laß noch einen Strahl", BWV 198
1738: Bericht des Rates zu Sangerhausen an das Leipziger Konsistorium über den Verbleib Johann Gottfried Bernhard Bachs
1747: Stammbucheintragung für Johann Gottfried Fulde:
„Canone doppio sopr'il Soggetto [doppelter Kanon über ein Soggetto; folgt der Kanon BWV 1077].
Symbolum. Christus coronabit Crucigeros [Symbolum: Christus wird die Gequälten krönen].
Domino Possessori hisce notulis commendare se volebat J. S. Bach [Dem Herrn Besitzer wollte durch diese kurzen Eintragungen sich empfehlen, J. S. Bach]"

15. 10. 1738

Aus dem Bericht des Rates zu Sangerhausen an das Konsistorium in Leipzig über den Verbleib Johann Gottfried Bernhard Bachs:

„Als ist unser bemühung biß hier her so gar vergebens gewesen, daß nicht einmal sein Vater in Leipzig der Capell Director nachricht zu geben weiß, wo er hinkommen."

Persönliche und zeitgeschichtliche Ereignisse

1707: drittes Aufgebot Bachs mit Maria Barbara im Gottesdienst des 17. Sonntags nach Trinitatis in der Neuen Kirche zu Arnstadt, vgl. 2. und 9. 10. 1707

1714: Bach erhält eine Geldzuwendung von 18 Groschen „Zu Kohlen vor dem Hoforganisten", vgl. 5. 12. 1708

1729: Johann Heinrich Ernesti, Thomasschulrektor und Professor Poeseos in Leipzig, stirbt abends gegen 7 Uhr in seiner Wohnung am Thomaskirchhof, nachdem er gegen 5 Uhr seine Inspektion bei der „gewöhnlichen Speissung derer *Alumnorum*, verrichtet", vgl. 21. 10. 1729

Entstandene und aufgeführte Werke

am 21. Sonntag nach Trinitatis mit Predigt zu Joh 4,47-54
1723: Ich glaube, lieber Herr, hilf meinem Unglauben, BWV 109
ThK: Lic. Weise
zum Trauerakt auf den Tod der sächsischen Kurfürstin Christiane Eberhardine
1727: Laß, Fürstin, laß noch einen Strahl,
Universitätskirche St. Pauli: Hans Carl von Kirchbach
am 21. Sonntag nach Trinitatis mit Predigt zu Joh 4,47-54
1728: Ich habe meine Zuversicht, BWV 188
ThK: D. Weise

Persönliche und zeitgeschichtliche Ereignisse

1707: Trauung Johann Sebastian und Maria Barbara Bachs in Dornheim durch Pfarrer Johann Lorenz Stauber, vgl. 2. 10. 1707
1727: Akademischer Trauerakt auf den Tod der sächsischen Kurfürstin mit Lob- und Trauerrede des Assessors des königlichen und kurfürstlichen Oberberggerichts zu Freiberg, Hans Carl von Kirchbach, Student der Rechte in Leipzig, und der Aufführung der Trauerode, BWV 198, von Johann Sebastian Bach, Dichtung von Johann Christoph Gottsched
1750: Anna Magdalena sucht bei der Universität um die Zuweisung eines Vormundes nach, vgl. 21. 10. 1750

17. 10. 1707

Am Montag, „Den 17. *8br* [Oktober] 1707. ist der Ehrenveste Herr Johann *Sebastian* Bach, ein lediger gesell und *Organist* zu *S. Blasii* in Mühlhausen, des weyland wohl Ehren vesten Herrn *Ambrosii* Bachen berühmten Stadt organisten und Musici in Eisennach Seelig nachgelaßener Eheleiblicher Sohn, mit der tugendsamen Jungfer Marien Barbaren Bachin, des weyland wohl Ehrenvesten und Kunst berühmten Herrn Johann Michael Bachens, Organisten in Amt Gehren Seelig nachgelaßenen jüngsten Jungfer Tochter, alhier in unserm Gottes Hause, auff Gnädiger Herrschafft Vergünstigung, nachdem sie zu Arnstad auff gebothen worden, *copuli*ret worden."

Die Trauung in der Dornheimer Kirche hielt der dort amtierende Pfarrer Johann Lorenz Stauber: „Weil denn diese gegenwärtige Personen einander zur Ehe begehren, und solches hier öffentlich vor Gott und der Welt bekennen, darauf sie die Hände und Trau-Ringe einander gegeben haben, so spreche ich, als ein verordneter Diener der Kirchen, allhie sie ehelich zusammen, im Namen des Vaters und des Sohnes, und des Heiligen Geistes, Amen."

17. 10. 1727

„An dir, du Glaubenspflegerin, war dieser Großmut Bild zu schauen": homophon beendete der als Fuge angelegte Satz den ersten Teil der Trauerode für die sächsische Kurfürstin, die Anfang September verstorben war. Bach wies die Choristen und Instrumentalisten an, sich zu setzen; jetzt folgte die Trauerrede. Etwas zur Ruhe gekommen, dachte er an die aufregende Phase der Verhandlungen, die seit dem 3. Oktober vergangen war. Nur durch die Hartnäckigkeit des adligen Studenten Hans Carl von Kirchbach war es zu Komposition und Aufführung dieser Musik gekommen. Er hörte ihn reden:

„Die Allerweiseste Fürstin fand in allen weltlichen Wissenschaften viel Unvollkommenheit und keine Beruhigung: drum zog sie die Erkänntniß himmlischer Geheimnisse, und die Betrachtung Göttlicher Dinge, diesem Stückwerke vor, und machte dieselbe zu Ihrer angenehmsten Beschäfftigung ... – Wo sind nun die leichtsinnigen Gemüther, welche vorgeben dürfen, Gottseeligkeit schicke sich zu keinem Fürstenschmucke? Die Höchstseelige Königin achtete dieselbe vor das edelste Kleinod Ihrer Krone, Sie hielte Christenthum und Tugend hohen Personen so wenig vor unanständig, daß Sie vielmehr glaubte, ohne dieselben sey alle Hoheit unnütze: wie ein Pharus, ohne Licht, nichts bedeutet, so weit er sich auch in die Höhe strecket."

Er wußte, in welche politische Situation er sich durch die Übernahme dieses Auftrages gebracht hatte. Doch entsprach das durchaus seinen Anschauungen. Der M. Gottsched, mit dem er sonst wenig zu tun hatte, war tätig geworden und hatte den Text auf Bestellung von Kirchbachs verfaßt. Den Textdruck richtete Breitkopf ein. Die achtzeiligen Strophen waren nach der Dichtung Gottscheds und nicht nach seiner Vertonung gesetzt. Das ärgerte ihn ein wenig. Doch mag es auch daran gelegen haben, daß er mit der Musik erst recht spät fertig geworden war. Deshalb auch hatte man sich geeinigt, auf dem Titel zu vermerken, die Ode werde „theils vor theils nach derselben [Trauerrede] musicalisch abgesungen".

18. OKTOBER

Persönliche und zeitgeschichtliche Ereignisse

1730: Johann Matthias Gesner erwirbt nach einem reichlichen Monat Thomasrektorat den Titel eines Magisters, vgl. 14.9. 1730

1731: Donnerstag nach dem 21. Sonntag nach Trinitatis nehmen „Herr Bach der *Cant.[or]* u 3 Söhne" am Abendmahl bei D. Weise teil; die Predigt hält H. Braun, wohl ein Student, zu Ps 31,24-25;
Mietzahlung der Ratseinnahmestube von 30 Talern pro Quartal für die Interimswohnung Bachs bei Christoph Dondorff in der Hainstraße

1737: Eingabe Bachs an den sächsischen Kurfürsten Friedrich August II. im Zusammenhang mit dem Präfektenstreit; Bach breitet den ganzen Vorgang nach seiner Sicht der Dinge aus und gibt drei Anlagen hinzu:
A. Bachs Praerogative an den Rat zu Leipzig, 12. 8. 1736;
B. Bachs Schreiben an das Kurfürstliche Konsistorium, 21. 8. 1737;
C. Ratsverordnung, 6. 2. 1737;
am gleichen Tag Beginn der Tätigkeit Johann Elias Bachs als Privatsekretär seines Vetters Johann Sebastian und Hauslehrer der Kinder Bachs

Entstandene und aufgeführte Werke

am 19. Sonntag nach Trinitatis mit Predigt zu Mt 9,1-8
1732 (?): Wo soll ich fliehen hin, BWV 5
[auch für 1733, 1735 denkbar]
ThK: D. Weise

Persönliche und zeitgeschichtliche Ereignisse

1726: Georg Gottfried Wagner bewirbt sich mit einem lateinischen Schreiben um die Kantorenstelle in Plauen

1729: Beisetzung Johann Heinrich Ernestis, Thomasschulrektors und Professors der Philosophischen Fakultät, in der Universitätskirche St. Pauli

1734: nach einem Protokoll bei der Stadt habe Johann Ferdinand Bamberg dem am 6. Oktober verstorbenen Stadtpfeifer Gottfried Reiche „bey seinem Leben assistiret“, vgl. 7. 11. 1737

Entstandene und aufgeführte Werke

am 18. Sonntag nach Trinitatis mit Predigt zu Mt 22,34-46
1726: Gott soll allein mein Herze haben, BWV 169
ThK: D. Weise

Persönliche und zeitgeschichtliche Ereignisse

1711: Bach erhält eine Geldzuwendung von 12 Groschen „Zu Kohlen vor dem Hoforganisten", vgl. 5. 12. 1708
1715: Georg Christian Eilmar, Superintendent der Freien Reichsstadt Mühlhausen, Bachs Freund, stirbt nach einer inneren Verletzung
1718: Honorar für einen Gastmusiker
1736: Lorenz Christoph Mizler informiert in seiner „Musicalischen Bibliothek" von den Musikalischen Konzerten in Leipzig

20. 10. 1715

Im Oktober 1715 „wurde die Vogelstange errichtet und das erste Vogel=Schießen gehalten, welches sonderlich Bürgermeister Hey betrieb, und als die Vogelstange aufgerichtet wurde, war der Superintendent bei ihm in seinem Garten auf dem Blobach zu Besuch. Als sie nun miteinander im Garten herum spazierten, kamen sie an ein aufgeschossenes Reis, welches der Bürgermeister ausreißen wollte, da es ihm aber unmöglich war, versuchte auch der Superintendent seine Stärke und griff das Reis mit einer solchen Furie an, daß er sich sogleich im Leibe zerriß. Er mußte sich nach Hause begeben, und als ihm der Bürgermeister das Geleite gab, und sie über den Blobach gingen, wurden sie von einem Hunde angefallen, der biß den Bürgermeister ins Bein, darüber er dermaßen erschrak, daß ihm der Biß übel gerieth, und er sein Vogelschießen im Bette halten mußte, und sind beide kurz darauf gestorben."

20. 10. 1736

Die beyden öffentlichen Musicalischen Concerten, oder Zusammenkünffte, so hier wöchentlich gehalten werden, sind noch in beständigen Flor. Eines dirigirt der Hochfürstl. Weissenfelsische Capell-Meister und Musik-Direcktor in der Thomas- und Nikels-Kirchen allhier, Herr Johann Sebastian Bach, und wird ausser der Messe alle Wochen einmahl, auf dem Zimmermannischen Caffe-Hauß in der Cather-Strasse Freytags Abends von 8 biß 10 Uhr, in der Messe aber die Woche zweymahl, Dienstags und Freytags zu eben der Zeit gehalten. Das andere dirigirt Herr Johann Gottlieb Görner, Musik-Direcktor in der Pauliner Kirche, und Organist in der Thomas Kirche. Es wird gleichfals alle Wochen einmahl auf dem Schellhaferischen Saal in der Closter-Gasse, Donnerstags Abends von 8 biß 10, in der Messe aber die Woche zweymahl, nemlich Montags und Donnerstags, um eben diese Zeit gehalten.

Die Glieder, so diese Musikalischen Concerten ausmachen, bestehen mehrentheils aus den allhier Herrn Studirenden, und sind immer gute Musici unter ihnen, so daß öfters, wie bekandt, nach der Zeit berühmte Virtuosen aus ihnen erwachsen. Es ist jedem Musico vergönnet, sich in diesen Musikalischen Concerten öffentlich hören zu lassen, und sind auch mehrentheils solche Zuhörer vorhanden, die den Werth eines geschickten Musici zu beurtheilen wissen.

Entstandene und aufgeführte Werke

zum Beerdigungsgottesdienst für Thomasschulrektor Johann Heinrich Ernesti mit Predigt zu Röm 8,26-27

1729: Der Geist hilft unsrer Schwachheit auf, BWV 226
Universitätskirche St. Pauli: D. Weise

Persönliche und zeitgeschichtliche Ereignisse

1726: in einem Brief an den Rat zu Plauen schlägt Bach Georg Gottfried Wagner als Kandidaten für das Kantorat vor, vgl. 3., 14. 9., 8. 10., 15. 11., 8. und 9. 12. 1726

1728: am Donnerstag nach dem 21. Sonntag nach Trinitatis nehmen „Herr Bach, *Cantor*, und 3 Söhne" am Abendmahl in der Thomaskirche bei D. Weise teil; die Predigt hält H. Köpping, ein Student, zu Ps 109,21-22

1729: akademischer Trauerakt für den am 16. Oktober verstorbenen Thomasschulrektor Johann Heinrich Ernesti in der Universitätskirche St. Pauli zu Leipzig, Freitag nach dem 18. Sonntag nach Trinitatis; Aufführung der Motette „Der Geist hilft unsrer Schwachheit auf" von Johann Sebastian Bach; Predigt von Thomaspastor D. Christian Weise zu Röm 8,26-27

1741: Kündigungspläne Johann Elias Bachs, vgl. 3. 10. 1741

1750: Anna Magdalena Bach teilt der Universität mit, daß sie sich entschlossen hat, selbst die Vormundschaft über ihre noch unmündigen Kinder zu übernehmen und ihr wegen der Erbteilung als Con-Tutor den Universitätsmusikdirektor und Thomasorganisten Görner beizugeben; damit wurde ihr Gesuch vom 17. Oktober hinfällig

21. 10. 1729

„Der Geist hilft unsrer Schwachheit auf … der Geist selbst vertritt uns aufs beste … denn er vertritt die Heiligen … durch Tod und Leben zu dir dringen, Halleluja."

Nun stand der Herr Thomaspastor auf der Kanzel der Universitätskirche und hielt seine Predigt zu dem Text, den Bach als

Motette vertont und soeben musiziert hatte. Der Chor konnte sich setzen, die Musiker legten ihre Instrumente aus den Händen. Er hörte, wie Weise gerade sagte, daß Gott wirke „bey plötzlichen Todes=Fällen, wie bey getaufften Kindern, die sich nicht besinnen, und doch das Reich GOttes besitzen; Höher denn alle Vernunfft steiget er in seiner übernatürlichen Gnaden=Würckung und bewahret mit dem Friede GOttes Hertz und Sinn in CHristo JEsu ... Auf solche Weise bereitete GOTT, bey seinem geschwinden Tod, den Hoch=Edlen, Großachtbaren und Hochgelahrten, Herrn **Johann Heinrich Ernesti**, *Poes. Prof. Publ.* der *Philosophischen Facult*ät *Assessorem*, wie auch derselben und der sämtlichen *Universit*ät *Sub-Seniorem*, und *Decem-Virum*, auch *Rectorem* der Schulen zu *St. Thomae:* Allernächst vor seinem seligen Ende erhielte ihn GOtt auf seinen Amts= und Beruffs=Wegen, daß er noch bey der Speisung derer *Alumnorum* die *Inspection* abwartete, und dem Tisch=Gebeth beywohnete, aber gegen sieben Uhr in seinem Bette verschieden war. Inzwischen hatte GOTT, bey guter Zeit, selige Sterbens=Gedancken in seiner Seele erwecket, wie er denn in einem schrifftlichen Aufsatz bezeuget hat seinen freudigen Sterbens=Muth bey dem Spruch: **GOTT es ist mein rechter Ernst, ich will singen und tichten meine Ehre auch,** *Ps. CIIX,1.* Seinen seeligen Sterbens=Grund suchte er in der Uberschrifft des Creutzes CHristi: **JEsus von Nazareth, der Jüden König,** *Joh. XIX,18.* Seine Göttliche Sterbens=Krafft fande er in seinem Leichen=Text, und weil er die gantze Zeit seines Lebens, wie seine eigenen Worte lauten, fürnehmlich aber in seinen letzten Jahren, Krafft und Trost aus diesem Spruch empfunden, hat er ihn auch zu seinem Leichen=Text behalten. Daher rühmen wir die grossen Thaten GOttes, welche er durch sein Wort und Geist gantz in geheim bey der allerletzten Todes=Bereitung unsers Herrn *Professoris* vollbracht hat. Dieser liebe Mann starb unvermuthet in seinem Bette, und hatte niemand um sich, als τὸν θεὸν τὸν κατεργασάμενον, denselben GOtt aller Gnaden, der ihn beruffen hatte zu seiner ewigen Herrlichkeit in CHristo JEsu ...“

Wie würde man selbst einmal sterben? Die Frage beschäftigte Bach immer wieder, vor allem angesichts der Todesfälle in seiner Familie: ein reichliches Jahr war es her, als sein Söhnlein Christian Gottlieb erst dreieinhalbjährig verstorben war; zu Weihnachten –

noch klang damals ihm sein „Ehre sei Gott in der Höhe“ vom 1. Christtag so beseligend in den Ohren! – kam die Nachricht vom Tode seiner Schwester Maria Salome in Erfurt; und dann hatten sie vor drei Monaten Friedelena Margaretha zu Grabe getragen, Schwester seiner Maria Barbara, wichtige Stütze im Hause für Anna Magdalena.

Er war mit seinen Gedanken von der Predigt weggewandert; nun wandte er sich ihr wieder zu. Soeben sagte Weise:

„WOhl allen, welche mit geistlicher Erfahrung die Krafft unsers Leichen=Textes verstehen, und die innerliche Uberzeugung von deselben Innhalt, bey sich, in ihren Anfechtungen, Nöthen und Zufällen verspühren … O wie selig ist die Erfahrung, wenn man seine Schwachheit fühlt, und doch dabey die auffhelfende Gnaden=Hand des H.[eiligen] Geistes verspühret, welche leitet auf ebener Bahn.“ – Da hörte er die Anfangsphase seiner Motette: „Der Geist hilft, der Geist hilft …“ – in schwebenden, beseligenden Sechzehnteln.

„Unsre Unwissenheit schrecket uns zwar sehr, wenn wir bey zerstreueten Gedancken und zugefügten Klemmen nicht wissen, was wir uns bey GOtt ausbitten sollen, und wie wir das Gebeth einzurichten hätten, daß wir keine Fehlbitte thun möchten. Aber wir spühren auch im Licht des Geistes, daß der H. Geist vor sich selbst von so grosser Güte sey, und unaussprechliche Seuffzer unvermuthet bey uns erwecke, ja dadurch ein Zeichen gebe, daß er selbst unsre Sache bey GOtt aufs beste besorge.“ – „Denn, denn, wir wissen nicht, wir wissen nicht“ – zerstreute Gedanken und zugefügte Klemmen: gut beschrieben! „Sondern der Geist selbst vertritt uns aufs beste …“: er besorgt unsre Sache bei Gott.

„Können wir unsre guten Gedancken nicht stets mit klaren Worten von uns geben; so ist uns schon diß aus dem Zeugnüß des H.[eiligen] Geistes genug, daß er unsre Hertzen auf unbetrügliche Weise erforsche, und ein Gerichtlich *Attestat* durch seine Versicherung unsrer Seele gebe, welcher gestalt unsers Geistes Sinn, ohnerachtet der anklebenden Fehler, doch auf gutem Wege sey.“ – Mit dem festen und klaren Fugenthema hatte er eben das sagen wollen: „Der aber die Herzen forschet, der weiß, was des Geistes Sinn sei …“. Ein guter Kommentar zu seiner Motette, da war er sich sicher, das würde er dem *Doctori* Weise sagen.

Entstandene und aufgeführte Werke

am 20. Sonntag nach Trinitatis mit Predigt zu Mt 22,1-14

1724: Schmücke dich, o liebe Seele, BWV 180
ThK: D. Weise

Persönliche und zeitgeschichtliche Ereignisse

1737: Christian Rother, Stadtpfeifer in Leipzig, stirbt im Alter von 72 Jahren

1741: Probepredigt von M. Karl Friedrich Petzold als Diakonus von St. Thomas, Text Eph 6,10-17

1750: „A M Bachin Witwe“ quittiert im Mentzelschen Legatenbuch die Zinsausschüttung zu Michaelis

Entstandene und aufgeführte Werke

am 19. Sonntag nach Trinitatis mit Predigt zu Mt 9,1-8

1729: [Gott, du Richter der Gedanken; Entwurf], BWV Anh. 2
ThK: D. Weise

Persönliche und zeitgeschichtliche Ereignisse

1694: Hochzeit des ältesten Bruders Bachs, Johann Christoph, Organist in Ohrdruf, mit Dorothea geb. Vonhof

1709: Bach erhält eine Geldzuwendung von 12 Groschen „Zu Kohlen vor dem Hoforganisten", vgl. 5. 12. 1708

1737: Brief Gottfried Linckes, Organist in Schneeberg, an Johann Christian Vogt, Organist in Waldenburg, über Johann Ludwig Krebs, Organist in Zwickau (später Altenburg) und dessen Schülerschaft bei Bach

1746: Hildebrandt wendet wegen seiner finanziellen Verausgabung beim Bau der Naumburger Orgel sich hilfesuchend an den sächsischen Kurfürsten und betont, er habe „die in der Kirche zu St: Wentzel neu gebauete Orgel in der maßen tüchtigen und guten Stand gesezet, daß bey der von dem Capell-Meister Bachen aus Leipzig und den Orgelmacher Silbermannen aus Freyberg, vor 4. Wochen angestellten Probe und Examination nicht das geringste tadelhaffte gefunden worden"; Bach und Silbermann hätten, nachdem er seinen „hierunter erlittenen Schaden vorgestellet, im Beyseyn des gesamten Stadt-Magistrats öffentlich behauptet ..., dergleichen Werck unter 3000 rthll: nicht erbauen" zu können meinen

1747: L. Chr. Mizler kündigt Meinrad Spieß in Irsee ein Paket mit Schriften der Sozietät an, das dieser von Bach aus Leipzig erhalten soll, vgl. 1. 9. 1747

23. 10. 1737

In seiner in Gesprächsform abgefaßten Musiklehre, Erfurt 1742, mit dem Titel „Gespräch von der MUSIK, zwischen einem Organisten und Adjuvanten, Von einem, der von Jugend auf Christlich

Vnterrichtet, und Oeffentlich die Wahrheit an den Tag gegeben“, läßt Johann Christian Voigt, Organist in Waldenburg, der sich in dem Titel mit den markierten Anfangsbuchstaben verschlüsselt nennt, einen Brief des Schneeberger Organisten Gottfried Lincke abdrucken:

„Vor einiger Zeit habe die Ehre gehabt, Monseur Krebsen, den neuen Organisten in Zwickau, einen sehr starken Clavier- und Orgelspieler, zu sprechen und zu hören. Ich muß gestehen, daß es etwas wichtiges sey, was dieser Mensch, als ein Organiste, vor andern thut, und ist er eine Bachische Creatur, und bestehet die Rendresse [Ausführung] in schweren und geschwinden Ausübungen durch alle 3 Genera [Gattungen] unsers disponirten Claviers, oder temperirten Orgel-Wercks.“

Voigt war seit 1733 in Waldenburg Nachfolger des Bachschülers Jacob Ernst Hübner, vgl. 20. und 23. 7. 1726

Entstandene und aufgeführte Werke

am 22. Sonntag nach Trinitatis mit Predigt zu Mt 18,23-35

1723: Was soll ich aus dir machen, Ephraim, BWV 89
NK: D. Deyling
[das Gottesdienstmanuale von St. Nikolai verzeichnet allerdings den Predigttext vom 21. Sonntag zu Joh 4,47-54]

am 18. Sonntag nach Trinitatis mit Predigt zu Mt 22,34-46

1734: Herr Christ, der einge Gottessohn, BWV 96
NK: D. Deyling

Persönliche und zeitgeschichtliche Ereignisse

1729: Exequien und Leichenbegängnis für den Thomasschulrektor Johann Heinrich Ernesti, der am 16. Oktober gestorben war

1741: Antrittspredigt des Archidiakonus Lic. Christoph Wolle in St. Thomas, Predigt zu 1Petr 5,2-4

1746: „Sieben Thl. habe ich Endes unterschriebener aus E. E. und HochWohlWeisen Raths Cämmerey, weil ich den Herrn Capell-Meister Bachen, zur Besichtigung und Ubergabe hiesiger neuen Orgel, nach Leipzig mit meiner Kutsche und Pferden gefahren, wohl erhalten, welches gebührend *quitti*re. Naumburg den 24. *8ctbr:* 1746.
7. thlr. - - Johann Gottfried Guthsmuths

24. 10. 1734

Deylings Predigt zu Mt 22,34-46 hatte folgende Gliederung:

1. Die Glaubens=Lehre:
Gesetz und Christi Wort ist uns von GOtt gegeben.
Wohl dem, der gläubig wird, und führt ein heilig Leben.
2. Die Lebens=Pflicht:
Wie groß ist GOttes Lieb! wilst du nicht wieder lieben?
Solt nicht ein wahrer Christ im Guten sich stets üben?
3. Der Glaubens=Trost:
Wenn Mosis Donner=Stimm Fluch und Verdammniß droht;
Schallt JEsu süsses Wort: Getrost! es hat nicht Noth.

Entstandene und aufgeführte Werke

1707: Hochzeitsquodlibet, BWV 524

am 20. Sonntag nach Trinitatis mit Predigt zu Mt 22,1-14

1716: Ach! ich sehe, itzt, da ich zur Hochzeit gehe, BWV 162
Schloßkirche Zur Himmelsburg zu Weimar: Generalsup. Johann Georg Layritz

Persönliche und zeitgeschichtliche Ereignisse

1723: Bach quittiert für die Zinsausschüttung des Nathanischen Legates in Höhe von 5 Gulden;
an diesem Tage Quittungen auch für die Jahre 1725, 1727, 1728, 1729, 1747

1725: Universitätsorganist Johann Christoph Thiele in Leipzig gibt zu Protokoll, Bach weigere sich, bei den Quartalsorationen „die Orgel zu schlagen ... da es doch der vorige Cantor gethan“, auch habe er „bey denen Thomas-Schühlern die Moteten und Music die lezten mahle nicht dirigiret“; dieses Protokoll ist der Eingabe der Universität vom 29. 10. 1725 beigegeben

1726: das lateinische Bewerbungsschreiben Georg Gottfried Wagners um die vakante Kantorenstelle trifft beim Rat zu Plauen ein und führt zu dem Beschluß, Wagner zur Probemusik für den 10. November einzuladen, vgl. 28. 10. 1726

Persönliche und zeitgeschichtliche Ereignisse

1710: Bach prüft die von Nikolaus Heinrich Trebs in der Kirche zu Taubach bei Weimar neu erbaute Orgel;
in einem Gottesdienst zum 19. Sonntag nach Trinitatis weiht Bach die Taubacher Orgel ein, der Weimarer Generalsuperintendent Johann Georg Layritz predigt und der Schulmeister, Johann Sebastian Schmidt, führt eine Figuralmusik auf

1722: Bach übernimmt das Patenamt bei Sophia Dorothea Schultze, Tochter des Kantors der lutherischen Kirchschule zu Köthen, Johann Caspar Schultze

1723: zum Gedenken an Euphrosyne Rechtenbach hatten die Thomasschüler in jedem Jahr das Kirchenlied „Herzlich lieb hab ich dich, o Herr" zu singen; dafür erhielt Bach 4 Gulden aus den Zinsen dieses Legates, die Thomasschüler den Rest der Zinsen, vgl. 9. 9. 1723, 18. 1. und 24. 4. 1724

1724: Bach quittiert für die Zinsausschüttung des Nathanischen Legates in Höhe von 5 Gulden;
an diesem Tage Quittungen auch für die Jahre 1726, 1735, 1737, 1742, 1743, 1745, 1746

1739: „... es haben auch verschiedene Kenner, die solches Orgelwerck [der Schloßkirche zu Altenburg] vor der Übergabe aus *Curiosité* besehen und bespielet, als insonderheit der *Capell*-Meister Bach zu Leipzig und *Capell*Meister Scheibe demselben einen besondern Ruhm beygeleget", vgl. 7. 9. 1739

Entstandene und aufgeführte Werke

am 19. Sonntag nach Trinitatis mit Predigt zu Mt 9,1-8
1726: Ich will den Kreuzstab gerne tragen, BWV 56
NK: D. Deyling

Persönliche und zeitgeschichtliche Ereignisse

1721: Bach beantragt beim Rat zu Erfurt die Einsetzung eines Rechtsvertreters bzw. eines Kurators für seinen abwesenden Bruder Johann Jacob Bach – Musiker am königlich schwedischen Hofe zu Stockholm in der Erbschaftsangelegenheit Martha Catharina Lämmerhirt: „*Absenti* [in Abwesenheit] Johann Jacob Baachen wird auf deßen Bruders Ansuchen Herr *D.* Johann *Valentin* Hergd zum *Curatore* verordnet"
1744: Bach quittiert für die Zinsausschüttung des Nathanischen Legates in Höhe von 5 Gulden;
an diesem Tage Quittung auch für das Jahr 1748

27. 10. 1744

„Immer um den Sabinentag herum" (27. Oktober):

„So solte auch der Cantor zu St: Thomas, alle Jahre uff den Tag Sabinae, oder des folgenden Tags hernach, wo die Wochen Predigte hinfallen wurde, es wäre gleich zum Thomaßen, oder S. Niclas, ihr Gedächtnus begehen, undt vor, undt nach der Predigt ezliche Stück Figural, wie bei begräbnüßen zu geschehen pflegte singen, vor solche Begengnüs solte von einem Hochweisen Rath oder gerichten das Discher Handwergk die fünff Gulden Zinß, so Hanß Rahne |: oder wer die Hauptsumma künfftig haben möchte :| auf Rathauß teponiret, abfordern, und jhärlich auff den Tag ihrer Gedächtnuß, alsbald nach Verrichtung deßelben, dem Cantor zweene gulden geben, die andern drey gulden aber, denjenigen Schülern, so im Chor mit gewesen und gesungen zugleich austheilen."

Persönliche und zeitgeschichtliche Ereignisse

1714: Bachs Frau, Maria Barbara, übernimmt das Patenamt bei Juliane Maria Philippina Heininger in Weimar, Tochter des Trompeters Johann Christoph Heininger, der auch seit 1690 als Trompeter am Weißenfelser Hof nachweisbar ist

1722: unverhoffter Erhalt der Stimme des langfristig stimmkranken Thomaspastors Lic. Christian Weise in einer theologischen Disputation mit dem neuen Leipziger Superintendenten D. Salomon Deyling

1723: am Donnerstag nach dem 22. Sonntag nach Trinitatis feierte man im Frühgottesdienst der Thomaskirche den Aposteltag Simonis et Judae; Bach nimmt bei Lic. Weise am Abendmahl teil, die Predigt zum Tagesevangelium Joh 15,17-21 hält Herr M. Böhme

1726: der Rat zu Plauen legt fest, nicht nur Wagner, sondern drei Bewerber zur Probe einzuladen; Wagner erhält eine Einladung zum 23. Sonntag nach Trinitatis, dem 24. November; er solle mit dem „ordinar-Bothens David Reichens Postwagen" am 16. November nach Plauen reisen;
Brief des Rates zu Plauen an Bach in Sachen der Wiederbesetzung des Kantorates abgeschickt, Dank für Unterstützung

1730: Brief Bachs an seinen Jugendfreund Georg Erdmann in Danzig, vgl. 28. 7. 1726

1734: am Donnerstag nach dem 18. Sonntag nach Trinitatis nehmen „Herr Bach der *Cantor* und Sohn" am Abendmahl in der Thomaskirche bei D. Weise teil, der auch über das Tagesevangelium Simonis et Judae, Joh 15,17-21 die Predigt hält;
weitere Abendmahlsgäste: Prof. D. Christian Friedrich Börner und die Alumni Thomani Köpping, Landvoigt, Tröger, Albrecht, Katzschmann und Kuhl

28. 10. 1730

Endlich nahm er den Zettel wieder her, der ihn lange schon an einen Brief seines Freundes Erdmann erinnerte, den er verlegt hatte. Eine Notiz stand darauf: „Erdmann verlanget Nachricht wegen meiner *Fatalitäten [Lebensumstände]*". Vier Jahre waren schon vergangen, seit er ihn erhalten hatte, und noch immer hatte er darauf nicht geantwortet. Das sollte nun endlich geschehen, zumal er sich auch gerade in entsprechender Stimmung befand. Man konnte nie wissen, ob anderswo nicht bessere Möglichkeiten warteten und eine der Musik mehr ergebene Obrigkeit als hier in Leipzig. So setzte er die Feder an und schrieb mit schwungvollen Buchstaben:

„Hoch Wohlgebohrner Herr.

Ew. Hochwohlgeb. werden einem alten treüen Diener bestens *excusiren [gestatten]* daß er sich die Freyheit nimmet Ihnen mit diesen zu *incommodiren [belästigen]*. Es werden nunmehr fast 4 Jahre verfloßen seyn, da E: Hochwohlgeb. auf mein an Ihnen abgelaßenes mit einer gütigen Antwort mich beglückten; Wenn mich dann entsinne, daß Ihnen wegen meiner *Fatalitäten* einige Nachricht zu geben, hochgeneigt verlanget wurde, als soll solches hiermit gehorsamst erstattet werden."

Dann schrieb er von Köthen, seinem Wechsel nach Leipzig, den gegenwärtigen Schwierigkeiten, seiner zweiten Ehe, den Kindern und ihren Begabungen. Als er geschlossen hatte, siegelte er den Brief in dem Bewußtsein einer gewissen Erleichterung.

Entstandene und aufgeführte Werke

am 21. Sonntag nach Trinitatis mit Predigt zu Joh 4,47-54
1724: Aus tiefer Not schrei ich zu dir, BWV 38
NK: D. Deyling

Persönliche und zeitgeschichtliche Ereignisse

1725: Eingabe der Universität Leipzig an das Oberkonsistorium in Dresden wegen Bachs Gehaltsforderungen an die Universität, vgl. 30. 10. 1725
1731: Amtsantritt des neuen Thomasschulkonrektors, Johann August Ernesti, Nachfolger des am 30. Mai verstorbenen Konrektors Carl Friedrich Petzold
1741: Antrittspredigt des bisherigen Subdiakonus M. Karl Friedrich Petzold als Diakonus von St. Thomas, Text Phil 1,3-11

30. OKTOBER

Persönliche und zeitgeschichtliche Ereignisse

1725: Mitteilung des Pedells Johann Ackermann über eine Eingabe der Universitätsbehörden an das Oberkonsistorium in Dresden wegen Bachs Gehaltsforderung, vgl. 29. 10. 1725
1727: Donnerstag nach dem 20. Sonntag nach Trinitatis Geburt und Taufe des Sohnes Ernestus Andreas; die Taufe wurde von dem Archidiakonus der Thomaskirche D. Johann Gottlob Carpzov vollzogen
1730: Bach übernimmt am Montag nach dem 21. Sonntag nach Trinitatis das Patenamt bei Johann Martin Wilde, dem Sohn eines Schneidermeisters aus der Petersstraße; weitere Paten sind die Witwe des ehemaligen Thomasschulrektors Ernesti und deren Schwiegersohn Moerlin
1736: Bach schreibt an Johann Friedrich Klemm in Sangerhausen und empfielt seinen Sohn Johann Gottfried Bernhard für die

durch den Tod von Johann Friedrich Rahm (begraben am 28. 10. 1736) freigewordene Figuralorganistenstelle an St. Jacobi

1737: Taufe der Tochter Johanna Carolina, Mittwoch nach dem 19. Sonntag nach Trinitatis durch den Diakonus Lic. Gaudlitz; die Paten sind eine Tochter des Kaufmanns Bose, Christian Weise d. J., zu der Zeit Diakonus zu St. Nikolai, und die Ehefrau Picanders

30. 10. 1726

Heute war der Brief aus Plauen gekommen, abgeschickt am 28. Oktober. Mittags reichte es Bach gerade dazu, ihn kurz zu überfliegen. Es ging um Georg Gottfried Wagner. Das mußte er sich nochmals genau ansehen. Er hatte schon registriert, daß man an Wagner eine Einladung geschrieben habe, die eigentümlicherweise seinem Brief beilag. Jetzt las er nochmals:

„Weiln unß nun nicht bewust, wo er in Leipzig logire, So haben Dieselben hierdurch dienstlich ersuchen wollen, sothane invitatorias sonderschwer ihme in Zeiten überreichen zulaßen und sonder maaßgeben ihn dahin zu vermögen, damit er zu rechter Zeit, auf unseres ordinar-Bothens David Reichens Postwagen, den 16. Octobr. sich aufmachen, zu der vorhabenden aufführung einer Music in Zeiten vorher praepariren und sodann auf den 23sten post Trinitat: geliebts Gott sich in allhiesiger Stadtkirche in Musicis sich hören laßen könne …"

Was soll denn dieses terminliche Kauderwelsch, fragte sich Bach? Hier steckte ein großer Irrtum; wenn Wagner Dominica 23. post Trinitatis in Plauen eine Musik aufführen muß, wird er keineswegs schon am 16. Oktober dort sein müssen, zumal der längst verstrichen ist. Das muß wohl richtig 16. November heißen, denn der genannte Sonntag fällt doch in diesem Jahr auf den 24. November!

Morgen würde er an Wagnern den Brief übergeben.

Entstandene und aufgeführte Werke

zum Reformationsfestjubiläum in Weimar

1717 (?): Nun ist das Heil und die Kraft, BWV 50 [Fragment]
Schloßkirche Zur Himmelsburg zu Weimar: Generalsup. Johann Georg Layritz (?)

am 23. Sonntag nach Trinitatis vel Festo Reformationis mit Predigt zu Mt 22,15-22

1723: Nur jedem das Seine, BWV 163
ThK: Lic. Weise

am Reformationsfest im Frühgottesdienst mit Predigten zu jährlich wechselnden Texten

1724: Die Himmel erzählen die Ehre Gottes, BWV 76
[möglich auch eine frühere Fassung von BWV 80b, 1729]
ThK: D. Weise zu Ps 15,1-13; oder NK: D. Deyling

1725: Gott, der Herr, ist Sonn und Schild, BWV 79
ThK: D. Weise zu Hebr 3,7-11; oder NK: D. Deyling

1726: Gelobet sei der Herr, mein Gott, BWV 129
ThK: D. Weise zu Mt 16,24-26; oder NK: D. Deyling

1729: Ein feste Burg ist unser Gott, BWV 80b
ThK: D. Weise zu Tit 2,14; oder NK: D. Deyling

1730 (?): Nun danket alle Gott, BWV 192
ThK: D. Weise zu Offb 14,6-8; oder NK: D. Deyling

1731 (?): Gott, der Herr, ist Sonn und Schild, BWV 79
[Aufführung auch 1730 möglich]
ThK: D. Weise zu Hebr 3,7-11 bzw. 14; oder NK: D. Deyling

am Reformationsfest früh und nachmittags mit Predigten zu jährlich wechselnden Texten, vgl. 8.10.1733

1733: [Kantate unbekannt]
ThK: Lic. Sieber zu Jes 51,15-16; oder NK: Lic. Werner
ThK: D. Weise zu Hebr 13,7; oder NK: D. Deyling

am 19. Sonntag nach Trinitatis vel Festo Reformationis

1734: JohannFriedrich Fasch, Welt und Teufel tobt ihr noch
ThK: D. Weise

zur Rektoratsübernahme von Johann Florens Rivinus

1735: Die Freude reget sich, BWV 36b (?)
[Ort der Aufführung unbekannt]

am Reformationsfest früh und nachmittags mit Predigten zu jährlich wechselnden Texten

1736: Ein feste Burg ist unser Gott, BWV 80
[auch für spätere Jahre angenommen: 1744/47]
ThK: M. Weise zu Offb 3,1-6; oder NK: D. Deyling
ThK: D. Sieber zu Sach 14,6-7; oder NK: Lic. Werner

Persönliche und zeitgeschichtliche Ereignisse

1709: vermutliche Anwesenheit Bachs in Mühlhausen, um dort die von ihm angeregte neue Orgel des Orgelbauers Johann Friedrich Wender zu prüfen und einzuweihen; bei dieser Gelegenheit soll er die Choralbearbeitung „Ein feste Burg ist unser Gott“ (BWV 720) gespielt haben

1717: Salomon Franck, der Weimarer Oberkonsistorialsekretär und Textdichter von Kantaten, hatte zum Reformationsjubiläum – 200 Jahre Thesenanschlag Luthers – ein „Lob= und Danck= Opffer zur Capell Music bey dem Jubelfest der Reformation“ gedichtet; wer dieses Werk vertonte, ist bis heute nicht zu beantworten, jedenfalls ist Bach nicht auszuschließen

1729: Fragmente der Partitur zu BWV 80b (Vorfassung der heute bekannten Kantate „Ein feste Burg ist unser Gott“, BWV 80) befinden sich gegenwärtig in Paris und St. Petersburg

1731: Vertreibung der protestantischen Salzburger durch den dortigen Erzbischof Firmian, vgl. 24. 11. 1731

1735: „A[nn]o. 1735. fiel das Fest am Montag. Die frühere Predigt hielt H. D. Weiß. Vesper H. M. Weiß, anstatt H. D. Sieber, weil er malade war“ [J. Chr. Rost, Nachricht Wie es in der Kirchen zu St: Thomas];
bei der Feier zur Rektoratsübernahme durch den Juristen Prof. Dr. Johann Florens Rivinus führt Bach seine Kantate „Die Freude reget sich“ auf

1742: geplante Abreise Johann Elias Bachs aus Leipzig, Ende seiner Tätigkeit als Hauslehrer der Kinder und Privatsekretär im Hause Johann Sebastian Bachs, vgl. 2. oder 3. 11. 1742

1750: an den Tagen um das Reformationsfest vollzogen sich die Verabredungen zur Erbteilung des Nachlasses Bachs, die dann am 11. November notariell beglaubigt wurde

31. 10. 1742

Aus Johann Elias Bachs Brief vom 21. 10. 1742 an Kantor Johann Wilhelm Koch in Ronneburg:

Da ich nun auf den 31ten *huj:[us, d.h. dieses Monats]* von Leipzig weg- und als Hofmeister über einen iungen von Pflug nach Zesche bey Oschaz gelegen [August von Pflug auf dem Rittergut Zöschau bei Oschatz] gehen werde, so überlasse es dem Herrn Bruder [d. i. Koch] ob man mir den Schein einschicken will, daß ich den gedachten Fuchs [Koch hatte Mizlers Übersetzung der Kompositionslehre von J. J. Fux praenumeriert] noch überschicken kann, oder ob es der Herr Bruder durch jemanden anders will besorgen laßen, soviel damit zur Nachricht, daß der Herr *M.* Mizler dermalen in der Katter Straße [Katharinen-Straße] in *D.* Grafens Hause *logi*rt, der Herr Bruder mag nun *resolu*iren [entscheiden] was er will, so bitte ich mir doch deßen geneigtes Andenken in Zukunfft gegen mich ergebenst aus, und versichere daß solches an meinen Theil unverbrüchlich bleiben wird. Die Briefe an mich können nur in Leipzig bey meinem Herrn Vetter [Johann Sebastian B.] abgegeben werden, da ich sie denn richtig bekomme, die Antwort aber will niemals wieder so lange darauf schuldig bleiben, sondern auf viel Beschleunigung derselben verweisen, daß ich mit wahrer Aufrichtigkeit Zeit Lebens verharren werde

etc. etc. Treuergebenster Diener

Entstandene und aufgeführte Werke

1726: Partita I, BWV 825

Persönliche und zeitgeschichtliche Ereignisse

1716: 12 Groschen Geldzuwendung „Zu Kohlen vor dem Hoforganisten“, vgl. 5. 12. 1708
1726: Anzeige der Partita I in Leipziger Zeitungen
1727: Tod des Sohnes Ernestus Andreas, vgl. 2. 11. 1727
1729: Anna Salome Schmid, Ehefrau des Theologieprofessors D. Johann Schmid und Schwester des Archidiakons der Nikolaikirche D. Friedrich Wilhelm Schütz, Enkelin des Bruders von Heinrich Schütz, stirbt in Leipzig
1746: Abrechnung der Kosten für die Orgelprüfung in Naumburg
1748: Empfang eines Fasses Rotwein mit Brief aus Schweinfurt

1. 11. 1726

Anzeige im „Extract Derer in der XLIV Woche des 1726 Jahres eingelauffenen Nouvellen“:

Da der Hochfl. Anhalt-Cöthensche Capell-Meister und *Director Chori Musici Lipsiensis*, Herr Johann Sebastian Bach ein *Opus Clavier Sviten* zu *edi*ren willens, auch bereits mit der ersten *Partitae* den Anfang gemachet hat, und solches nach und nach, bis das *Opus* fertig, zu *continui*ren gesonnen; so wird solches den Liebhabern des *Claviers* wissend gemacht. Wobey denn zur Nachricht dienet, daß der *Autor* von diesem Wercke selbst Verleger sey.

1. 11. 1746

Specification Derer bey Revidir- und Ubernehmung der Orgel in der *St.* Wenzels Kirche verwendeten Kosten.

23.thlr: 6 gr.

Dem Gastwirthe zum grünen Schilde, Herrn Schrötern, vor 5tägige Bewirtung derer hierzu verschriebenen beyden Fremden, als des Herrn Silbermanns von Freyberg, und Herrn

Bachs aus Leipzig mit ihren Bedienten, ingleichen des hierzu vom Rate *deputirt*en Herrn Cämmerer Edelmanns, wie auch des hiesigen Orgelmachers Herrn Hildebrandts, und des Organisten Herrn Klugens. l: qvitt: *sub A.*

2.thl: 12 gr. 3 Pf.

Vor Merseburger Bier, so bey dieser Gelegenheit vom Rathskeller abgehohlet worden. laut qvitt: *sub. B.*

7.thl: - -

Johann Gottfried Guthsmuthßen Fuhrlohn l. Qvitt *Sub. C.*

44.thl. - -

An 16. Stück *Ducaten*, so denen beyden Herren *Examinatoribus*, Herrn Bachen, und Herrn Silbermannen, zur *Discretion* vor ihre Bemühung gegeben worden. *D.*

7.thl. - -

Vor Wein, so bey dieser Gelegenheit aufgewendet worden l. qv. *E.*

Naumburg den 1. *Nov. anno* 1746. *Jussu Senatus:* GAKetteS*ynd.*

Entstandene und aufgeführte Werke

zur Kirch- und Orgelweihe in Störmthal mit Predigt
[Text unbekannt]

1723: Höchsterwünschtes Freudenfest, BWV 194
Kirche zu Störmthal: Sup. D. Salomon Deyling (?)

1725: [Kanon, verschollen], mit Widmung an einen Unbekannten, BWV deest

Persönliche und zeitgeschichtliche Ereignisse

1723: Bach befindet sich zur Orgelprüfung und Kirch- mit Orgeleinweihung in Störmthal

1725: Stammbucheintrag Bachs für einen Unbekannten mit Kanon: *In Fine videbitur cujus toni [Am End wird die Tonart erkannt]. Haec paucula adponere voluit Domini Possessoris obsequiosus Servus J. S. Bach [Dieses wenige wollte des Herrn Besitzers ergebenster Diener J. S. Bach beifügen]. Symbolum. Omnia tunc bona, clausula quando bona est. Lipsiae. die 2. Novembr. 1725. [Merksatz: Alles ist dann gut, wenn der Abschluß gut ist. Leipzig am 2. November 1725]*

1726: 21 Groschen aus der Stadtkasse dem Maurer Adam Jacob: in „des Herrn *Cantoris* Wohnung auf der Thomas-Schule"

1727: am 21. Sonntag nach Trinitatis begrub man Bachs Söhnlein: „Ein Knäblein 2 Tage, Ernst Andreas, Herrn Johann Sebastian Bachs, *Cantoris* bey der Schulen zu *St. Thomas*, am *Thom.* Kirchhofe"

1734: Ratssitzung mit Wahl Johann August Ernestis zum Rektor der Thomasschule;
in der gleichen Sitzung äußert sich der Thomasschulvorsteher Christian Ludwig Stieglitz: „Erinnert anbey, daß Ihme sein Vorsteher Ambt bey der Schule zu *St. Thomae*, durch den *Cantor* sehr schwer gemacht werde, indem derselbe gar nicht in der Schuhle thäte, was ihme zu thun obliege"

1748: Brief Bachs an Johann Elias Bach in Schweinfurt

2. 11. 1748

Hoch Edler etc.

Hochgeehrter Herr Vetter.

Daß Sie nebst Frauen Liebsten sich noch wohl befinden, versichert mich Dero gestriges Tages erhaltene angenehme Zuschrifft, nebst mit geschickten kostbaren Fäßlein Mostes, wofür hiermit meinen schuldigen Danck abstatte. Es aber höchlich zu bedauren, daß das Fäßlein entweder durch die Erschütterung im Fuhrwerck, oder sonst Noth gelitten; weiln nach dessen Eröffnung und hiesigen Ohrtes gewöhnlicher *visirung* [Eichung], es fast auf den 3ten Theil leer u. nach des *visitatoris* [Prüfer] Angebung nicht mehr als 6 Kannen in sich gehalten hat; und also schade, daß von dieser edlen Gabe Gottes das geringste Tröpfflein hat sollen verschüttet werden ... *P. M.* [Pro Memoria: zur Erinnerung] Ohnerachtet der Herr Vetter sich geneigt *offeriren* [anbieten], fernerhin mit dergleichen *liqueur* zu *assistiren* [behilflich zu sein]; So muß doch wegen übermäßiger hiesigen Abgaben es *depreciren* [verbitten]; denn da die Fracht 16 gr. der Überbringer 2 gr. der *Visitator* 2 gr. die Land*accise* 5 gr. 3 Pf. u. *genearalaccise* 3 gr. gekostet hat, als können der Herr Vetter selbsten ermeßen, daß mir jedes Maaß fast 5 gr. zu stehen kömt, welches denn vor ein Geschenke alzu kostbar ist.“

Entstandene und aufgeführte Werke

am 20. Sonntag nach Trinitatis mit Predigt zu Mt 22,1-14

1715: Ach! ich sehe, itzt, da ich zur Hochzeit gehe, BWV 162
[Aufführung wahrscheinlich erst am 25.10.1716]
Schloßkapelle zu Weimar: Generalsup. J. G. Layritz

1726: Ich geh und suche mit Verlangen, BWV 49
ThK: Lic. Sieber

Persönliche und zeitgeschichtliche Ereignisse

1725: Eingabe Bachs an den sächsischen Kurfürsten in Sachen Gehaltsforderung für die Universitätsgottesdienste; Bach erbittet eine Abschrift des Universitätsschreibens vom 29. Oktober an den Kurfürsten, vgl. 29. 10. 1725

1737: in den ersten Tagen des Novembers muß Bach eine Probe von fünf Stadtpfeiferanwärtern abgenommen haben; dazu erstellte er Gutachten, vgl. 7. 11. 1737

1739: Rudolph Straube, Bachs Schüler aus Elstertrebnitz, beruft sich bei seiner Bewerbung um die Adjunktur bei dem Zeitzer Stadt- und Schloßorganisten Liebe auf seine Ausbildung bei Bach, vgl. 22. 8. 1739

Persönliche und zeitgeschichtliche Ereignisse

1727: Johann Heinrich Gräbner, Organist der Frauenkirche zu Dresden, beruft sich in einem Empfehlungsschreiben für seinen Sohn, Christian Heinrich Gräbner, bei dessen Bewerbung um die Organistenstelle der Dresdner Annenkirche auf den Unterricht bei Bach: „daß er 2. gantze Jahr über in Leipzig, bey dem berühmten Capell-Meister Bach, Lection bekommen"

1733: Geburt des Sohnes Johann August Abraham

1747: Prüfung der von Johann Scheibe reparierten Orgel in der Thomaskirche zu Leipzig durch Bach und Görner

4. bis 7. 11. 1733

Innerhalb weniger Tage vollzogen sich Geburt, Taufe, Tod und Begräbnis des zehnten Kindes, das Johann Sebastian Bach mit seiner zweiten Frau, Anna Magdalena, hatte: Johann August Abraham war wohl am 4. November 1733 geboren worden. Einen Tag später standen um den Taufstein der Thomaskirche als Paten, sämtlich aus dem Kreis der Schulkollegen: der Konrektor Johann August Ernesti, die Frau des Rektors Gesner, Elisabeth Charitas, und der Tertius Abraham Kriegel. Doch schon am 6. November starb der kleine Knabe. Das Leichenbuch der Stadt Leipzig verzeichnet unter Samstag, dem 7. November: „Ein Knäblein 2. Tage, Johann August Abraham, Herrn Johann Sebastian Bachs, *Cantoris*, auf der Thomas Schule". Nur reichlich 6 Monate früher hatte man die fünfjährige Regina Johanna Bach zu Grabe getragen.

4. 11. 1747

Seit den letzten Junitagen arbeitete der Orgelbauer Johann Scheibe mit seinen Leuten an der Orgel der Thomaskirche. Kirchenvorsteher und Bürgermeister Gottfried Lange hatte mit ihm einen Kontrakt über gründliche Reinigung, Reparatur und Stimmung am 23. Juni abgeschlossen.

Bach und der Thomasorganist Johann Gottlieb Görner überwachten die Reparaturarbeiten. Im einzelnen ging es vor allem um Reinigung und Säuberung der Zungen, der Rohrwerke von Salpeter und die Instandsetzung des Regierwerkes.

Am Samstag nach dem 22. Sonntag nach Trinitatis, dem 4. November, fand die Abnahme statt, die in den Händen der beiden Überwacher lag.

Der Obervogt Johann Gottfried Schmiedlein wies das städtische Rechnungsamt zur Zahlung des vereinbarten Restbetrages an; insgesamt waren es 200 Taler, die in sechs Raten ausbezahlt worden waren:

„200 Taler Dem Orgelmacher Johann Scheiben laut qvittirten *Contrac*ts, ingleichen des Obervogts Bericht, daß der Herr Cantor Bach und *Organist* Herr Görner diese *Reparatur* nach beschehener *proba* dem *Contract* gemes tüchtig und gut befunden."

Entstandene und aufgeführte Werke

am 22. Sonntag nach Trinitatis mit Predigt zu Mt 18,23-35

1724: Mache dich, mein Geist, bereit, BWV 115
ThK: D. Weise

Persönliche und zeitgeschichtliche Ereignisse

1733: Donnerstag nach dem 22. Sonntag nach Trinitatis: Taufe des Sohnes Bachs, Johann August Abraham, durch Archidiakonus Lic. Sieber; die Paten kamen aus dem Kreis der Schulkollegen: der Konrektor Ernesti, die Frau des Rektors Gesner, der Tertius Kriegel

1739: Donnerstag nach dem 23. Sonntag nach Trinitatis nimmt Bach am Abendmahl bei Lic. Teller, seinem Beichtvater teil; der Predigt lag Ps 13 zugrunde

1737: die Bachschüler Bernhard Dieterich Ludewig und Johann Gottfried Nützer legen in Zörbig die Probe für die vakante Organistenstelle ab; beide haben keinen Erfolg

1747: Bach quittiert über 1 Taler und 8 Groschen Klaviermiete von dem Hofmeister des Grafen von Würben, Ignaz Ratzsch

1748: M. Adam Bernd, früherer Oberkatechet an der Peterskirche zu Leipzig, stirbt

Entstandene und aufgeführte Werke

am 21. Sonntag nach Trinitatis mit Predigt zu Joh 4,46-54
1729 (?): Ich habe meine Zuversicht, BWV 188
[Aufführung, wenn nicht 17. 10. 1728]
ThK: Lic. Sieber

Persönliche und zeitgeschichtliche Ereignisse

1713: Bach nimmt an der Einweihung der wiederhergestellten Jacobskirche in Weimar teil
1717: Inhaftierung Bachs wegen nachdrücklich geforderter Entlassung aus Weimarer Diensten: „ist der bisherige *Concert-*Meister v.[nd] Hof-*Organist*, Bach, wegen seiner Halßstarrigen Bezeügung v.[nd] zu erzwingenden *dimission [Entlassung]*, auf der LandRichter-Stube *arrêtir*et [eingesperrt worden]"
1733: Tod des Sohnes Johann August Abraham, vgl. 7. 11. 1733
1738: Donnerstag nach dem 22. Sonntag nach Trinitatis nimmt Bach am Abendmahl bei Lic. Teller teil; die Predigt zu 1Kön 7,13-14 hielt D. Schütz

6. 11. 1713

Hofsekretär Theodor Benedikt Bormann faßte zusammen, was er von dem Zeremoniell zur Einweihung der Jacobskirche wußte. Als Überschrift wählte er die Formulierung

„Beschreibung des Ceremoniels, so bey der Einweyhung der neuen St. Jacons-Kirche zu Weymar am 6. Nov. 1713. observiret worden." Dann stellte er sich die Vorbereitungen vor und ließ in seiner Beschreibung alles vor seinem geistigen Auge nochmals aufmarschieren:

„Die zu der angestellten *Procession* in *Galla* zu erscheinen vorher beordrete *Collegia* und Hof-Staat, als auch der hiesige Stadt-Rath, und Bürgerschafft, fanden sich auf gesetzte Zeit bey Hofe ein."

Das Zusammenspiel der Reihenfolge verschiedener Gruppen mit der Musikkapelle konnte er nach den vorher aufgestellten Plänen rekonstruieren: „Hernach, und als sie vor den so genannten Ufftritt kamen, stund der Hof-*Fourier* Biedermann, als dritter Marschall, und führete das Hof-Gesinde und Hof-Diener, die Hof-Capelle, die Stadt-*Medicos*, die Hof-*Advocaten*, die Bedienten derer *Collegiorum*, die würcklichen *Secretari*en, und die Leib-*Medicos*, welche also in der Ordnung folgeten."

Und dann zählte er einfach nur noch auf und faßte sie mit Klammern in Gruppen zusammen.

Entstandene und aufgeführte Werke

am 24. Sonntag nach Trinitatis mit Predigt zu Mt 9,18-26
1723: O Ewigkeit, du Donnerwort, BWV 60
NK: D. Deyling

Persönliche und zeitgeschichtliche Ereignisse

1733: Begräbnis des Sohnes Johann August Abraham
1737: Wahl eines Stadtpfeifers im Rat zu Leipzig aufgrund von Gutachten Bachs, vgl. 3. 11. 1737
1739: Johann Elias Bach dankt dem Kammerrat Johann Leberecht Schneider in Weißenfels für die Einladung an Bach, doch der Arzt habe ihm von einer Reise abgeraten, vgl. 9. 11. 1739
1742: Eingang eines Dankbriefes von Johann Elias aus Zöschau bei Oschatz

7. 11. 1737

Der regierende Bürgermeister erklärte, nach dem Tod des Stadtpfeifers Rother sei eine Stelle vakant, und es hätten sich fünf Personen gemeldet, die er kurz vorstellen wolle:

1. Heinrich Christian Beyer, hiesiger Kunstgeiger, welcher aber bei der Probe nicht gut bestanden habe;
2. Johann Friedrich Kirchhoff, habe sich einige Jahre in Dresden aufgehalten und nach des Cantoris Bachs Bericht bei der Probe ganz gut bestanden, daß er meinete, wenn er durch die dauernden Anforderungen in Übung sei, dürfte er sich auch vollends perfektionieren;
3. Johann Ferdinand Bamberg solle nicht sonderlich gut abgeschnitten haben;
4. Franz Adolph Christlieb, wäre ein Querpfeifer unter dem Römerischen Regiment; doch wüßte man nicht, wenn man ihn beriefe, ob ihn der Herr Oberst gehen lassen würde;
5. Johann Michael Weber wäre Stadtpfeifer in Rötha.

Die Herren Räte hätten sich nun zu erklären, welchen sie zu berufen gedächten. Der Kantor Bach habe noch einen unmaßgeblichen Vorschlag gemacht, ob man Beyern als einem alten Mann den Titel als Stadtpfeifer beilegen sollte und Kichhoffen zum Blasen gebrauchen wollte, was eine übliche Praxis gewesen sei.

„Ja", meldete sich der Herr Proconsul und Hofrat Hölzl mit knarrender Stimme zuerst, „es sind zwar dieser letzten Erinnerung halber Beispiele vorhanden, aber Beyer hat doch überhaupt keine Verdienste, die das vorgeschlagene Verfahren rechtfertigen würden. Kirchhoff hat die Probe gut bestanden, also gebe ich ihm mein Votum."

„Für Kirchhoff spricht doch vor allem, daß er sich einige Zeit in Dresden aufgehalten hat", meinte Hofrat Mascow, „deshalb gebe ich ihm mein Votum".

„Wer schließt sich dem Votum noch an?" Lange nannte dem Stadtschreiber Johann Zacharias Treffurth die Meldungen der Herren Brummer, Steger, Falckner, Thomae und Richter. „Dann soll Kirchhoff angenommen und verpflichtet werden."

8. NOVEMBER

Persönliche und zeitgeschichtliche Ereignisse

1728: ganze Brautmesse in der Thomaskirche zur Hochzeit von M. Friedrich Schultze, dem späteren Stiftssuperintendenten von Zeitz und Mitherausgeber des Schemellischen Gesangbuches, mit Johanna Elisabeth Weise, Tochter des Thomaspastors D. Christian Weise d. Ä.

1737: Verpflichtung des neuen Stadtpfeifers Johann Friedrich Kirchhoff

9. NOVEMBER

Persönliche und zeitgeschichtliche Ereignisse

1739: Reise Johann Sebastian und Anna Magdalena Bachs nach Weißenfels, vgl. 7. und 13. 11. 1739

1747: am Donnerstag nach dem 23. Sonntag nach Trinitatis nehmen „Herr Bach, Capellm[eister] u 2. Söhne“ am Abendmahl bei D. Wolle teil

Entstandene und aufgeführte Werke

am 21. Sonntag nach Trinitatis mit Predigt zu Joh 4,47-54

1726: Was Gott tut, das ist wohlgetan, BWV 98
NK: D. Deyling

Persönliche und zeitgeschichtliche Ereignisse

1706: wahrscheinlich Benachrichtigung Bachs über den Termin für ein dienstliches Gespräch im Konsistorium zu Arnstadt, vgl. 11. 11. 1706

1726: Christian Weise d. J., Sohn des Thomaspastors gleichen Namens und Beichtvaters Bachs in Leipzig, erhält die Katechetenstelle an St. Petri

Martin Luther, Vignette im Dresdner Gesangbuch 1725/1736

Entstandene und aufgeführte Werke

am 24. Sonntag nach Trinitatis mit Predigt zu Mt 9,18-26

1736 (?): O Ewigkeit, du Donnerwort, BWV 60
[Aufführung auch 1735 oder 1737 möglich]
ThK: Lic. Gaudlitz

Persönliche und zeitgeschichtliche Ereignisse

1706: Verhör Bachs im Konsistorium zu Arnstadt wegen Disziplinverstößen im Organistendienst

1723: der Oberstadtschreiber hält „den sämtlichen Alumnis ihr[en] ungebührlichen Lebenswandel und übles Bezeigen" ernstlich vor

1731: Anna Magdalena übernimmt Patenstelle bei Anna Christina Bickenhahn, Tochter eines Stadtsoldaten in Leipzig und mit der Familie Lämmerhirt in Erfurt verwandt

1733: das Leipziger Konsistorium weist den Rat zu Leipzig an, vorenthaltene Trauungsgebühren, die Bach gemeinsam mit dem Nikolaiorganisten Johann Schneider angemahnt hatte, einzutreiben, vgl. 25. 8. und 5. 9. 1733

1741: Jubiläum der Juristenfakultät der Leipziger Universität (200 Jahre nach der Wiedereröffnung der Fakultät nach der Reformation), bei dem Prof. Dr. Carl Otto Rechenberg die Festrede hielt;
Johann Elias Bach kehrt allein von der Reise nach Dresden zurück, die er gemeinsam mit Johann Sebastian Bach unternommen hatte

1750: Erbteilung der Hinterlassenschaft Bachs nach der zuvor aufgestellten Spezifikation

11. 11. 1706

Konsistorium zu Arnstadt

Actum [Geschehen] den 11. *Novemb.[ris]* [1]706.

Wird dem *Organist*en Bachen vorgestellet, daß er sich zu erclähren, ob wie ihm bereits anbefohlen er mit denen Schühlern *musici*ren wolle oder nicht; dann wann er keine schande es achte bey der Kirche zu seyn, vnd die Besoldung zu nehmen, müste er sich auch nicht schähmen mit den Schühlern, so darzu bestellet so lange biß ein anderes verordnet, zu *musici*ren. Dann es sey das absehen daß dieselbe sich *exerci*ren sollen, vmb dereinsten zur music sich beßer gebrauchen zu laßen.

Ille [Jener]

Will sich deswegen schrifftlich erclähren.

Nos [Wir]

Stellen ihm hierauf ferner vor auß was macht er ohnlängsten die frembde Jungfer auf das *Chor* biethen vnd *musici*ren laßen

Ille [Jener]

habe *M. Uthen* darvon gesaget.

Entstandene und aufgeführte Werke

am 23. Sonntag nach Trinitatis mit Predigt zu Mt 22,15-22
1724: Wohl dem, der sich auf seinen Gott, BWV 139
NK: D. Deyling

Persönliche und zeitgeschichtliche Ereignisse

1713: Superintendent D. Johann Adolph Frohne, Mühlhausen, stirbt
1727: Besuch Georg Heinrich Ludwig Schwanenbergers bei Bach
1731: Bach reist zur Orgelprüfung nach Stöntzsch bei Pegau
1741: Antrittspredigt des neuen Mittagspredigers und Subdiakonus in St. Thomas, M. Eichler, Text Mt 9,18-26

12. 11. 1727

Der Tag war lang gewesen; trotzdem setzte sich Schwanenberger bei einer Kerze noch hin, um seinem lieben Schwiegervater einen Brief zu schreiben. Das mußte er los werden, was er heute alles erlebt hatte: „... ich möchte wünschen, daß er Herrn Bachen auff der Orgel mahl hörete, er wahrhafftig sich vor ihme, wie auch Keiner in Braunschweig, nicht auffdecken darff, ich habe so was noch niemahls gehöret, und ich mus meine Spielart ganz anders ändern, denn es nichts zu rechnen ist, wie auch im *General Bass.* ich werde so Gott wil und mir gesund läßt, ungemein fleißig [seyn,] denn ich bin recht begierig Herrn Bachen seine art zu lernen." – Als er den Brief beendet hatte, versiegelte und adressierte er ihn: Dem Hochwürdigen Herrn Johann Daniel Bähre, Organist bei St. Petri zu Braunschweig.

12. 11. 1731

Zweimal reiste Bach nach Stöntzsch, einem kleinen Dorf südlich von Leipzig, unweit der Stadt Pegau gelegen, um die dort von dem Schulmeister Johann Christoph Schmieder erbaute Orgel zu prüfen. Zunächst war es Montag, der 12. November 1731 gewesen.

Die Ortschronik des Dorfes weiß zu berichten: „ D.[en] 12 *Novbr* 1731 war die neue Orgel von dem Herrn Capellmeister aus Leipzig übernommen. Es waren aber nur 6 Register oder Stimmen fertig nebst den 2 Bälgen. Bei der Probe wurde sie für gut befunden. Außerdem ist die Orgel mit schönem Schnitzwerk und Gemälde versehen". Fast drei Monate später, wieder am Montag, „d.[em] 4 *Fbr* 1732 ist die Orgel vollends zu Stande gekommen u ins reine gebracht, u. von dem Herrn Capellmeister *Bach* noch einmal besehen u probiret u hernach völlig bezahlt worden". Man mag nicht annehmen, daß es etwa keine Einweihung gegeben hätte. Gewiß sorgte der Ortspfarrer Schilling für einen festlichen Gottesdienst, in dem womöglich – wie üblich – der Pegauer Superintendent D. Johann Andreas Walther predigte.

Stöntzsch fiel dem Braunkohlenabbau zum Opfer und wurde 1964/65 abgebaggert. Die Orgel steht heute in Hohnstein/Sächs. Schweiz.

Persönliche und zeitgeschichtliche Ereignisse

1723: Verabschiedung und Unterzeichnung der neuen Thomasschulordnung im Rat zu Leipzig

1731: Revisionsarbeiten an der Kantate „Wachet! betet! betet! wachet" für den 26. Sonntag nach Trinitatis

1734: Johann Christoph Hoffmann, ein Student aus Witzleben bei Arnstadt, Helfer Bachs bei der Aufführung von Kantaten, beruft sich in seiner Bewerbung um die Kollaboratorenstelle an der lateinischen Stadtschule zu Plauen auf seine musikalische Betätigung in Leipzig unter Bachs Leitung

1739: spätester Zeitpunkt der Rückkehr Johann Sebastian und Anna Magdalena Bachs aus Weißenfels, vgl. 9. 11. 1739

13. 11. 1731

Inzwischen war es bereits Dienstag. Am nächsten Sonntag würde die große doppelteilige Kantate „Wachet! betet! betet! wachet!" aufgeführt werden und noch immer nicht war die Revision des Instrumentalbasses erfolgt, die Bach schon lange geplant hatte. Die beiden vergangenen Jahre entlasteten ihn von dieser Aufgabe, weil es da diesen seltener vorkommenden Sonntag am Ende des Kirchenjahres nicht gab. In diesem Jahr aber war Ostern außergewöhnlich früh gewesen – am 25. März, und nun gab es Trinitatissonntage bis zum 27. Sonntag. Für den letzten hatte er sich viel Mühe gemacht, es würde eine Choralkantate sein, die er komplettierend seinem Jahrgang von 1724/25 zufügen würde. Nun mußte er sich endlich an die Revision der Kantate für den vorangehenden Sonntag machen.

Carl Philipp Emanuel wurde ebenso mit Schreibarbeiten beauftragt wie Johann Ludwig Krebs. Diese beiden gehörten inzwischen zu seinen ständigen und zuverlässigen Hilfen und saßen schon an der Arbeit. Er hatte ihnen die Aufgabe erklärt. Vor allem mußte eine Stimme für obligates Violoncello geschrieben werden und die gesamte Continuostimme transponiert und beziffert. Erweiterung und Umarbeitung der Kantate aus derjenigen, die er in Weimar zum 2. Advent 1716 geschrieben hatte, leistete er schon vor acht Jahren zu Anfang seines Leipziger Dienstes. Damals erwies es sich oft als willkommene Hilfe, in den Jahren der Erarbeitung seiner Kantatenjahrgänge auf Weimarer Material zurückgreifen zu können. Bevorzugt handelte es sich um solche Kantaten, die hier in Leipzig wegen der tempora clausa zur Passion und zum Advent nicht gebraucht wurden.

14. NOVEMBER

Entstandene und aufgeführte Werke

am 25. Sonntag nach Trinitatis mit Predigt zu Mt 24,15-28

1723: Es reißet euch ein schrecklich Ende, BWV 90
ThK: Lic. Weise

Persönliche und zeitgeschichtliche Ereignisse

1714: 12 Groschen Geldzuwendung „Zu Kohlen vor dem Hoforganisten", vgl. 5. 12. 1708

1739: Johann Elias Bach dankt im Namen Johann Sebastians: „Mein Herr Vetter und Fr. Muhme laßen Ew. HochEdlen, Herrn und Frau Krebsin nebst vielfältiger Begrüßung nochmahligen Danck abstatten für die überhäuffte *complaisance*, und da der erstere bey glücklicher Zurückkunfft ein Stückchen Arbeit gefunden, wird er entweder morgen oder kommenden Mittewoche seinen schrifftlichen Danck selbsten abstatten", vgl. 9. und 13. 11. 1739

Entstandene und aufgeführte Werke

am 25. Sonntag nach Trinitatis mit Predigt zu Mt 24,15-28

1744 (?): Du Friedefürst, Herr Jesu Christ, BWV 116
[Aufführung auch 1741 oder 1742 möglich]
ThK: D. Gaudlitz

Persönliche und zeitgeschichtliche Ereignisse

1710: 12 Groschen Geldzuwendung „Zu Kohlen vor dem Hoforganisten“ Bach in Weimar, vgl. 5. 12. 1708
1718: Geburt des Sohnes Leopold Augustus in Köthen
1726: Begleitbrief Bachs für den Kantoratsbewerber Georg Gottfried Wagner an den Rat zu Plauen, vgl. 9. 12. 1726
1736: Silbermann übergibt die Orgel in der Frauenkirche zu Dresden, Einweihung vgl. 25. 11. 1736

15. 11. 1726

Hoch- und WohlEdle, Veste, Hoch- und
Wohlgelahrte, auch Hoch- und WohlWeise
Herren, Hoch- und Wohlgeneigte
Patroni.

Uberbringer dieses *Mons. Wagner* hat Dero *Disposition* zu folge Ihnen sich hiermit gehorsamst zeigen, und Dero ferneres Hohes *Patrocinium* bey bevorstehender *Probe* mündlich ausbitten wollen. Wie nun nicht zweifle, Er werde sich dergestalt zu *distinguiren* suchen, damit Eu: Hoch- und WohlEdlen sattsames Genügen haben mögen, auch meine Wenigkeit darunter *soulagiret* werde; Als verhoffe Eu: Hoch- und WohlEdlen werden vor andern auff deßen Persohn hochgeneigte *reflexion* zu machen belieben. Die geschehene hochgeneigte *offerte*, üm bey Gelegenheit mir oder den meinigen Dero Hohe *Faveur* angedeyen zu laßen, erkenne mit gehorsamster u. danckschuldigster Ergebenheit, und werde bey sich ereügnender *occasion* Eu. Hoch- und WohlEdlen darunter gehorsamste Ansuchung zu thun, in unvergeßlichen Andencken behalten. Wie denn nebst herzlicher Anwünschung eines glücklichen Ausschlages bey bevorseyender neüen *Cantoral*-Wahl, unausgesezt verharre

Eu. Hoch- und WohlEdlen, Vesten, Hoch-
und Wohlgelahrten, auch Hoch- und Wohl-
Weisen
Meinen HochzuEhrenden *Patronen*

gehorsamster u. bereitwil-
ligster Diener
Joh: Sebast: Bach.

Leipzig. den 15. *Novembr.*
1726.

16. NOVEMBER

Entstandene und aufgeführte Werke

am 23. Sonntag nach Trinitatis mit Predigt zu Mt 22,15-22

1732 (?): Wohl dem, der sich auf seinen Gott, BWV 139
[Aufführung auch für 1733 und 1735 angenommen]
ThK: D. Weise

Persönliche und zeitgeschichtliche Ereignisse

1724: am Donnerstag dach dem 23. Sonntag nach Trinitatis Teilnahme Bachs bei D. Weise am Abendmahl; die Predigt hielt M. Trainer zu Ps 119, 105-106

1726: Abreise Georg Gottfried Wagners nach Plauen, um dort in der Woche nach dem 1. Advent seine Probe im Unterrichten und am 2. Advent seine Probemusik in St. Johannis abzulegen

1734: Johann August Ernsti, bisher Konrektor, wird als Rektor der Thomasschule zu Leipzig in sein Amt eingewiesen;
am gleichen Tage übernahm Siegmund Friedrich Dresig das Amt des Konrektors

Entstandene und aufgeführte Werke

am 22. Sonntag nach Trinitatis mit Predigt zu Mt 18,23-35

1726: Ich armer Mensch, ich Sündenknecht, BWV 55
ThK: D. Weise

Persönliche und zeitgeschichtliche Ereignisse

1718: Taufe des Sohnes Leopold Augustus in der Schloßkirche zu Köthen; als Paten stehen am Taufstein Fürst Leopold, Fürst August Ludwig, Herzogin Eleonora Wilhelmina, Geheimrat Christoph Jost von Zanthier und Juliana Magdalene von Nostitz

1731: der Nachrichter, Hartmann Hieronymus Heinze, erhält 29 Taler und 6 Pfennige aus der Stadtkasse für die Ausräumung der zur Wohnung des Thomaskantors gehörenden *Privete* (Toilette), einer Maßnahme während des Thomasschulumbaus

1739: Tod des Thomasküsters Johann Christoph Rost in Leipzig

1740: am Donnerstag nach dem 22. Sonntag nach Trinitatis nimmt Bach am Abendmahl bei Subdiakonus M. Johann Paul Ram teil, der seit kurzem sein neuer Beichtvater ist; der Predigt lag Gal 3,26-27 zugrunde

1741: Rückkehr Bachs von einer Reise nach Dresden, vgl. 11. 11. 1741

Entstandene und aufgeführte Werke

am 26. Sonntag nach Trinitatis mit Predigt zu Mt 25,31-46

1731: Wachet! betet! betet! wachet!, BWV 70
ThK: D. Weise

Persönliche und zeitgeschichtliche Ereignisse

1724: Auszahlung des Leipziger Rates von 12 Talern an „George Gottfried Wagnern SS. Theol: Studioso wegen geleisteter Dienste bey der Kirchen Music zur Ergetzlichkeit“

1730: Christoph Nietzsche aus Bibra bewirbt sich um eine Alumnatsstelle für seinen Sohn Gotthelf Engelbert Nietzsche: „Nachdem und dieweil nun wie ich vernehme anietzo abermahls eine Stelle auff der Thomas Schule *vacant* seyn soll, als habe ... um *Conferir*ung selbiger frey und Gnaden Stelle wegen meines Sohns nochmahls unterthänig ansuchen wollen, zumahl da mein Sohn in *Musicis* wie der Herr *Capell* Mstr *attestir*en wird, sehr wohl zu gebrauchen ist“; Nietzsche war seit Oktober 1729 Externer, von 1730 bis 1736 Alumne, zum Schluß dritter Präfekt, vgl. Ernestis Eingabe vom 13. 9. 1736

1736: Brief Bachs an Johann Friedrich Klemm in Sangerhausen mit der Empfehlung seines Sohnes Johann Gottfried Bernhard für die vakante Figuralorganistenstelle an St. Jacobi

Entstandene und aufgeführte Werke

am 24. Sonntag nach Trinitatis mit Predigt zu Mt 9,18-26
1724: Ach wie flüchtig, ach wie nichtig, BWV 26
ThK: D. Weise

Persönliche und zeitgeschichtliche Ereignisse

1720: wahrscheinlich Reise Bachs nach Hamburg
1728: Leopold, Fürst von Anhalt-Köthen, stirbt in Köthen
1733: am Donnerstag nach dem 24. Sonntag nach Trinitatis Teilnahme Bachs am Abendmahl bei D. Weise; Predigt Weises zu Ps 119,105-107
1735: Anzeige in den Leipziger Zeitungen über den Mitvertrieb von Cembalowerken Hurlebuschs, vgl. 29. 5. und 16. 6. 1736
1736: Ausstellung des Diploms zur Ernennung Bachs zum kurfürstlich-sächsischen Hofcompositeur, vgl. 28. 11. 1736
1742: Johann Elias Bach schreibt aus Zöschau bei Oschatz an seinen Leipziger Freund Johann Christian Große und bittet diesen, sich bei Johann Sebastian Bach nach ihn betreffenden eingegangenen Briefen zu erkundigen

19. 11. 1736

Decret
Vor Johann Sebastian Bach, als
Compositeur bey der Königlichen
Hof*Capelle*

AR

HvB

M.[undum] den 19.
Novembris 1736.

Demnach Ihro Königliche Majt. in Pohlen, und Churfürstliche Durchlaucht zu Sachßen etc. Johann Sebastian Bachen, auf deßen beschehenes allerunterthänigstes Ansuchen, und umb seiner guten Geschicklichkeit willen, das *Praedicat* als *Compositeur* bey Dero Hof*Capelle*, allergnädigst ertheilet; Als ist demselben darüber gegenwärtiges *Decret*, unter Ihro Königlichen Majt. höchsteigenhändigen Unterschrifft und vorgedruckten

Königlichen Insiegel ausgefertiget worden. So geschehen und geben zu Dreßden, den 19. *Nov.* 1736.

G.W. Mentzel

A.ugustus R.[ex]
(L. S.) De Brühl
Mentzel.

Den 28. *ejusd.* ist das *Orig.* Sr *Exc.* dem Herrn *Bar.* von Keyserling zugestellet worden.

20. NOVEMBER

Persönliche und zeitgeschichtliche Ereignisse

1723: Zeugnis Bachs für Georg Gottfried Wagner, womöglich bestimmt für einen erneuten Vorstoß Wagners hinsichtlich seiner Bewerbung um die Substitutenstelle bei dem altersschwachen Zeitzer Stadt- und Hofkantor Christoph Tittel, die er bereits im September 1722 einmal eingereicht hatte

1734: Notiz Breitkopfs über die durch Johann August Landvoigt zu begleichenden Kosten des Textdruckes der Thomasschulkantate am 21. November

20. 11. 1723

Gern wollte er ihn nicht ziehen lassen, seinen tüchtigen Violinisten Georg Gottfried Wagner. Doch mochte er sich seiner Fortun auch nicht in den Weg stellen. Wagner hatte ihm alles berichtet: daß er sich vor 2 1/2 Jahren um die Stelle des Leipziger Universitätsorganisten beworben habe, aber wohl wegen seines Engagements bei der Neukirchenmusik von Kuhnau nicht befördert worden sei; dann sei ihm von der Bitte des alten Zeitzer Kantors Tittel Kenntnis zugegangen, einen Substituten zu erlangen. Nach Gespräch und Vorstellung in Zeitz schienen seine Aussichten gar nicht so schlecht zu sein. Auch Tittel macht ihm Hoffnungen. Das Zeitzer Stiftskonsistorium schrieb ihm allerdings ab. Nachdem aber einem weiteren Bewerber kürzlich ebenso eine Absage zuteil wurde, sah er seine Chancen wieder steigen. Deshalb erbitte er von dem ehrbaren Herrn Director musices ein attestatum, um sein Glück in Zeitz nochmals zu probieren.

Bach verstand nur zu gut. Gleich im Beisein Wagners setzte er sich und schrieb:

Demnach Vorzeiger dieses H. Johann Gottlieb Wagner S. S. Theol: Studiosus, mich endesbenahmten ersuchet, Ihme *ratione* derer *in Musicis* habenden *profectuum* einiges *attestat* mit zutheilen; So habe solches Ihme nicht wollen noch können abschlagen, zumahln so solches zu deßen Weiterer Beförderung etwas beyzutragen, erfordert werden solte.

Bezeige demnach hiermit, daß erwehnter H. Johann Gottlieb Wagner sich nicht allein auf verschiedenen *Instrumenten* als *Clavier, Violin, etc:* wohl geübet und *perfectioniret*, sondern auch *in arte componendi* sich albereit wohl *distinguiret* habe, dergestalt, daß Er in Beederley albereits gar gute und rühmliche *proben* abgestattet. Mehrere *dicentes* zu machen erachte vor unnöthig, und zweifle nicht, daß erwehnter H. Wagner den besten ausschlag dieses meines wenigen *attestati* geben, so Er, sich selbsten zu zeigen, u. die *occasion* sich hören zu laßen, überkommen werde.

Datum Leipzig d. 20. *Novembr.* 1723. J. S. *Bach.*
Hf AC. C. u.
Dir: Musices auch *Cantor* an
der Schule zu *St: Thom:*

Wagner bedankte sich mehrfach, schaute aber zufällig auf das Geschriebene. „Dürfte ich erbitten, meinen Namen ‚George Gottfried' richtig wiederzugeben?" Bach sah auf das Blatt und lachte verlegen. „Ach, verbessere er es selbst; es wird nicht schaden!"

Entstandene und aufgeführte Werke

am 26. Sonntag nach Trinitatis mit Predigt zu Mt 25,31-46
1723: Wachet! betet! betet! wachet! BWV 70
NK: D. Deyling
zur feierlichen Amtsübernahme und Begrüßung des neuen Thomasschulrektors Johann August Ernesti
1734: Thomana saß annoch betrübt, BWV Anh. 19
Thomasschule
am 23. Sonntag nach Trinitatis mit Predigt zu Mt 22,15-22
1745 (?): Wohl dem, der sich auf seinen Gott, BWV 139
[Aufführung auch 1744, 1746 oder 1747 möglich]
ThK: D. Teller (?)

Persönliche und zeitgeschichtliche Ereignisse

1720: Aufenthalt Bachs in Hamburg bis spätestens 23. November; Erdmann Neumeister, Hauptpastor, versammelt das Wahlgremium für die Nachfolge Hinrich Freses im Kirchensaal von St. Jacobi in Hamburg

1734: am 22. Sonntag nach Trinitatis beging man feierlich die Amtsübernahme des neuen Thomasschulrektors Johann August Ernesti, vgl. 16. 11. 1734;
Bach führte seine Kantate „Thomana saß annoch betrübt" auf, deren Text Johann August Landvoigt, ein Thomasschüler, verfaßt hatte, vgl. 20. 11. 1734

Persönliche und zeitgeschichtliche Ereignisse

1710: Geburt des Sohnes Wilhelm Friedemann Bach in Weimar

1736: Prüfung der Silbermannorgel in der Frauenkirche zu Dresden durch Johann Georg Pisendel, Konzertmeister, Theodor Christlieb Reinholdt, Kreuzkantor, Johann Heinrich Gräbner, Hoforgelbauer, und Christian Heinrich Gräbner, Frauenkirchenorganist

1741: Johann Elias Bach schickt seinem Freund Gottlob Persick ein Buch zurück, das sich Johann Sebastian Bach bei diesem während seines Dresdner Aufenthaltes ausgeliehen hatte

1748: im „engen Rat" zu Leipzig wird nach dem Tode des Kunstgeigers Heinrich Christian Beyer, vgl. 18. 9. 1748, beschlossen, die Stellen zu vermindern, was aber am 21. Dezember wieder aufgehoben wird

22. 11. 1710

Die Geburt ihres zweiten Kindes am 22. November 1710 bescherte dem Ehepaar Maria Barbara und Johann Sebastian Bach einen Sohn, mit dem sie – wohl wie mit kaum einem anderen ihrer Kinder – zugleich Kummer und Freude haben würden. Von dem außerordentlich begabten Wilhelm Friedemann Bach (1710 – 1784) wissen wir durch Zufall auch einiges aus seiner Entwicklung. Beim Abbruch der alten Thomasschule zu Leipzig entdeckte man im Füllmaterial einer zugesetzten Tür Schulhefte des Dreizehn-, Vierzehn-, Fünfzehnjährigen. In zeittypischer Verbindung von antik-philosophischer Moral und christlicher Ethik gibt es da ein lateinisches Gedicht zu lesen, das eventuell von ihm selbst stammt und in der Übersetzung einen Gedanken wiedergibt, der uns Heutige die Erträglichkeit des engen Beieinanders von Leben und Tod zu erklären vermag:

Die Todesfurcht zu zerstreuen.
Das Bild des Todes, das im gedenkenden Herzen lebt,
mag betrübte Seelen in ängstlicher Furcht quälen.
Aber es stärkt das Streben nach ehrbarem Leben
und die Hoffnung auf den künftigen ewigen Himmel.

Womöglich steht dieser Vierzeiler mit Überschrift in einer sachlichen Verbindung zum Tod der 3 1/4-jährigen Halbschwester Christiana Sophia Henrietta, die am 29. Juni 1726 starb.

23. NOVEMBER

Persönliche und zeitgeschichtliche Ereignisse

1720: Rückreise Bachs von Hamburg nach Köthen, „der den 23 Nov: nach seinen Fürsten reisen müssen"

1722: für die Zeit Dezember 1721 bis zum 23. November 1722 erhält Bach in Köthen – gemäß Kammerrechnung – 12 Taler für die Proben in seinem Hause und für die Instandhaltung des Cembalos

1730: am Donnerstag nach dem 24. Sonntag nach Trinitatis nehmen Bach und der Rektor Gesner gemeinsam bei D. Weise am Abendmahl teil;
außerdem ist eine Gruppe von Alumnen verzeichnet: Petzold, Gupffer, Nencke, Lehmann;
die Predigt zu Ps 69,14 hält ein Student namens Schuster

1750: in der zweiten Novemberhälfte schreibt Johann Georg Pisendel aus Dresden an Georg Philipp Telemann in Hamburg: „mich wundert, daß alles so *en general* [im allgemeinen] gesprochen wird als: die Bache, die Bendas etc. Wer der alte Bach geweßen weiß ich wol, aber auch daß seine Söhne außer dem in Berlin, der auch sehr gut, ihm nicht das Waßer reichen … es sind nun drey aus der Mizlerischen *Societet* gestorben als Herr *Stelzel, Bimler, Bach,* u ich sehe doch keine TrauerOde: *quare [warum]*?"

Entstandene und aufgeführte Werke

am 23. Sonntag nach Trinitatis mit Predigt zu Mt 22,15-22

1715: Nur jedem das Seine, BWV 163
Schloßkirche Zur Himmelsburg zu Weimar: Generalsup. Johann Georg Layritz

1726: Falsche Welt, dir trau ich nicht, BWV 52
NK: D. Deyling

Persönliche und zeitgeschichtliche Ereignisse

1710: Taufe des Sohnes Wilhelm Friedemann in der Stadtkirche St. Peter und Paul zu Weimar;
neben dem Fürstlich-Sächsischen Kammerjunker Baron von Lyncker, der den Vornamen „Wilhelm“ beisteuert, sind es Mühlhäuser Freunde, die als Paten am Taufstein stehen: die Tochter des Archidiakonus Georg Christian Eilmars, Frau Anna Dorothea Hagedorn, und der Sohn des dortigen Bürgermeisters, Paul Friedemann Meckbach, von dem der zweite Vorname herrührt

1719: in Stockholm stirbt Bachs Schwägerin, Susanne Maria Bach, geb. Gast, Ehefrau des Bruders Johann Jacob Bach, drei Jahre vor ihrem Mann

1731: Kaiserliche Truppen vertreiben erstmalig protestantische Salzburger, vgl. 31. 10. 1731

1735: spätester Zeitpunkt für die Reise Bachs und des Rektors Ernesti nach Collmen zur Teilnahme an der Hochzeit des Tertius der Thomasschule, Abraham Kriegel

1739: Anstellung des neuen Thomasküsters Christian Köpping in Leipzig

1740: Tod der Regina Maria Sinner, die ein Legat von 5000 Talern hinterlegte, dessen Zinsen unter die Lehrer der Thomasschule nach einem vorbestimmten Schlüssel halbjährlich aufgeteilt wurden

24. II. 1735

Die Kutsche verließ soeben Grimma in Richtung Colditz. Das Gespräch, das sich bisher fast ausschließlich Nebensächlichem gewidmet hatte, zentrierte sich merklich. Man war auf die Leistungsfähigkeit der Thomasschüler zu sprechen gekommen. Ernesti legte spürbar auf sprachliche Qualifizierung wert. Immer erneut betonte er, wie wichtig es sei, um spätere Berufschancen in der Akademie oder in Ämtern zu verbessern.

Bach ließ den unaufhörlichen Redefluß über sich ergehen. Er mochte es seinem 22 Jahre jüngeren Rektor nachsehen, eifernd sich zu exponieren, so als ob er Sorge haben müßte, Bach würde ihm am Ende nicht zustimmen können. Wie recht er mit dieser Ahnung haben sollte, würde sich in jener ärgerlichen Streitigkeit bald erweisen, die längere Zeit andauerte und dann versandete.

Jetzt war er gerade dabei, den Schüler Krause über alles zu loben; auch das ließ Bach geschehen, obwohl er gerade von Krause nicht allzu viel hielt. Die herausfordernde Redeweise Ernestis verleitete Bach lediglich zu brummend abgegebenen Reaktionen.

Soeben fuhr man an der Klosterruine Nimbschen vorbei. „Ein wunderschönes Fleckchen Erde, und doch hat die Lutherin davon wenig aufgenommen, als sie hinter den Mauern lebte." Bach wurde aufmerksam; Nimbschen kannte er noch nicht.

Entstandene und aufgeführte Werke

am 27. Sonntag nach Trinitatis mit Predigt zu Mt 25,1-13
1731: Wachet auf, ruft uns die Stimme, BWV 140
NK: M. Weise

Persönliche und zeitgeschichtliche Ereignisse

1697: Elias Herda führt am 25. Sonntag nach Trinitatis seine Probemusik in der Michaeliskirche zu Ohrdruf auf
1731: für den Frühgottesdienst an jenem 27. Sonntag nach Trinitatis, in dem die Kantate „Wachet auf, ruft uns die Stimme" erstmalig erklang, vermerkt der Leipziger Nikolaiküster im Gottesdienstmanuale die Verhinderung des Superintendenten
1735: Hochzeit des Tertius der Thomasschule, Abraham Kriegel, mit der Pfarrerstochter von Collmen, Johanna Charlotta Wendt, mit Trauungsgottesdienst in Collmen;
Bach und Rektor Ernesti als Gäste anwesend
1736: Einweihung der Silbermann-Orgel in der am 28. Februar 1734 eingeweihten Frauenkirche zu Dresden am 26. Sonntag nach Trinitatis

25. 11. 1731

Für den selten zu feiernden 27. Sonntag nach Trinitatis gab es während der Dienstjahre Bachs in Leipzig nur 1731 und 1742 Gelegenheit. Beidemale fiel der Sonntag auf den 25. November, beidemale fand die üblicherweise zwischen der Thomas- und Nikolaikirche wechselnde Kantatenmusik in der Nikolaikirche statt. Bachs außergewöhnliche Kantate geht zurück auf das sogenannte Wächterlied Philipp Nicolais (1556 – 1608), das das Sonntagsevangelium von den zehn Jungfrauen in drei Strophen auslegt. Für den Tag der ersten Aufführung lesen wir im Gottesdienstmanuale der Nikolaikirche: „Früh hat Herr M. Weiß, Diaconus zu St: Thomae und MittagsPrediger vor den [anstelle des] Herrn Superintendenten geprediget". Warum Superintendent, D. Salomon Deyling, an diesem

Tage nicht selbst predigte, ist nicht erkennbar. Weiß war der Sohn des langjährigen Thomaspastors und Beichtvaters Bachs.

25. 11. 1736

Zur Feier der Einweihung der Silbermann-Orgel in der Frauenkirche zu Dresden steuerte Kreuzkantor Theodor Christlieb Reinhold ein umfangreiches Gedicht bei mit dem Titel

> Einige Zur MUSIC gehörige Poetische Gedancken Bey Gelegenheit Der schönen neuen in der Frauen-Kirche in Dreßden Verfertigen Orgel aufgesetzet. Dort heißt es:
>
> Was sich Telemann für Geist und Anmuth reget,
> Das hat er selbst der Welt so öffters vorgeleget,
> Daß ihm die Redlichkeit nach Sturm und Ungemach
> Ein besser Schicksal wünscht. Der hochbeliebte Bach
> regt Fuß und Finger so, daß beydes Ohr und Augen
> Lust und Verwunderung aus der Bewegung saugen.

Entstandene und aufgeführte Werke

am 25. Sonntag nach Trinitatis mit Predigt zu Mt 24,15-28
1724: Du Friedefürst, Herr Jesu Christ, BWV 116
NK: D. Deyling

Persönliche und zeitgeschichtliche Ereignisse

1715: 12 Groschen Geldzuwendung „Zu Kohlen vor dem Hoforganisten, vgl. 5. 12. 1708
1726: Besuch Johann Christian Hertels bei Bach in Leipzig
1735: gemeinsame Rückreise Bachs und Ernestis von der Hochzeitsfeier in Collmen
1747: Elisabeth Juliana Friederica Bach übernimmt das Patenamt bei Susanna Elisabeth Wauer, Tochter des Schloßsoldaten Christian Friedrich Wauer und seiner Ehefrau Maria Barbara geb. Reinicke; die Taufe vollzog Archidakonus Wolle
1748: Taufe des dritten Enkels Bachs, Johann Sebastian d. J., Sohn Carl Philipp Emanuel Bachs und seiner Ehefrau, Johanna Maria, geb. Dannemann, in Berlin
1749: Carl August Folger bewirbt sich um die durch den Tod Samuel Benjamin Zinckes freigewordene Organistenstelle an der Stadtkirche zu Delitzsch und beruft sich dabei auf den Unterricht bei Bach

26. 11. 1735

Gegen Mittag traten sie die Rückreise an. Zum Glück zeigte sich das Wetter von der holden Seite, denn Ende November konnte es auch ganz anders sein. Ernesti nahm das Thema des vorgestrigen Tages auf. Es schien ihm viel daran zu liegen. Die ingenia [Begabungen] und die mores [Sitten] seien freilich sehr unterschiedlich verteilt. Das könne man an dem Krause sehen; nein, er meine nicht den Praefectum Krauß, sondern den andern Krause, schob Ernesti nach; der würde sich ganz wacker schlagen und gebe einst einen guten Philologum ab. „Also, da habe doch Bedenken, der Krause ist doch ein gar liederlicher Hund“, meinte Bach. Ernesti schien einzulenken: „Das ist wohl wahr; er hatte vor zwei Jahren an die 20 Taler Schulden; unter anderem kaufte er sich Kleidung für 12 Reichstaler; das habe im Caution-Buch von Herrn Gesnern angemerkt gefunden. Doch hat dann Herr Gesner communicatio mecum consilio [nach gemeinsamer Beratung mit mir] wegen seines trefflichen ingenii pardonnieret [Begabung entschuldigt], seine Schulden hat er auch mehrenteils bezahlet", betonte Ernesti, „und man könne ihm nicht ewig seine Jugendsünden nachtragen, wenn er sich gebessert. Man kann ihn bei der Vergabe von Ämtern nicht praeterieren [übergehen], wenn er doch tüchtig ist, einen Praefectum abzugeben."

„Ja, tüchtig ist er wohl", murmelte Bach; „und er meint, man solle Krausen zum Praefectum machen?" Ernesti nickte.

„Ja, ist schon nötig daran zu denken, denn bald ist es an der Zeit, daß die gewöhnlichen Singestunden, so vor dem Neuen Jahre gehalten werden, von den Praefectis angehen".

Gerade erreichte die Kutsche wieder die Klosterruine Nimbschen. „Daß er mich auf den Ort der Lutherin aufmerksam gemacht hat, danke sehr", meinte Bach.

Als sie das Grimmische Tor Leipzigs passierten, war es längst dunkel. Morgen war vom Morgenstern in den Gottesdiensten zu singen, morgen würde 1. Advent sein.

Entstandene und aufgeführte Werke

zur Hochzeit von Peter Hohmann d. J. und Christiana Sibylla Mencke

1725: Auf! süß entzückende Gewalt, BWV deest
Hohmannisches Haus am Markt: mittags 12 Uhr; Dichtung von Johann Christoph Gottsched

1735: Nun komm, der Heiden Heiland, BWV 62 (?)
ThK: D. Weise

Persönliche und zeitgeschichtliche Ereignisse

1694: Trauung Ambrosius Bachs mit Barbara Maria geb. Keul in Eisenach

1713: Bach übernimmt zusammen mit Johann Gottfried Walther das Patenamt bei Johann Gottfried Trebs, Stadtkirche St. Peter und Paul in Weimar

1735: wahrscheinliches Entstehungsdatum der Gottesdienstordnung auf dem Umschlag der Partitur von BWV 62

Entstandene und aufgeführte Werke

am 1. Advent mit Predigt zu Mt 21,1-9
1723: Nun komm, der Heiden Heiland, BWV 61
ThK: M. Rabener
1734: Georg Philipp Telemann, Machet die Tore weit
ThK: D. Weise

Persönliche und zeitgeschichtliche Ereignisse

1706: Orgelprüfung in Langewiesen am 1. Advent; mitbeteiligt waren Johann Kistner, Organist zu Gehren, M. Christian Balthasar Fiedler, Pfarrer in Gehren und Langewiesen, und der Amtmann zu Gehren
1713: wahrscheinlicher Termin der Abreise Bachs aus Weimar zur Probe nach Halle, Bewerbung Bachs um die Organistenstelle an der Marktkirche Unser Lieben Frauen
1722: Geldzuwendung für eine Kantate zum Geburtstag des Fürsten Leopold von Anhalt-Köthen, möglicherweise „Durchlauchtster Leopold", BWV 173a, die am 10. Dezember aufgeführt wurde
1736: Fertigstellung einer Eingabe Bachs an das Leipziger Konsistorium, die freilich erst am 12. 2. 1737 abgeschickt wurde, vgl. 12. 2. 1737;
Zustellung des Diploms zu der am 19. November erfolgten Ernennung Bachs zum kurfürstlich-sächsischen Hofcompositeur an den Baron Carl Hermann von Keyserlingk zur Überbringung an Bach

28. 11. 1706

Am Abend jenes ereignisreichen 1. Adventssonntages setzte Fiedler sich an seinen Schreibtisch, nahm das Langewiesener Kirchenbuch zur Hand, in das er gewöhnlich die Taufen, Trauungen und Beerdigung eintrug, schlug den letzten Vermerk auf, setzte darunter eine dekorative Vignette und überschrieb: „Pro memoria."

Dann überlegte er: man müsse späteren Generationen die wichtigsten Daten und Personen mitteilen, die im Zusammenhang mit der Errichtung der neuen Orgel tätig geworden waren. Wer weiß, wie lang sie von Bestand sein würde. Der Arnstädter Organist Bach hatte nur Lobendes vernehmen lassen. Und auf ihn würde man sich trotz seiner Jugend verlassen können. Er mußte an den alten Johann Michael Bach in Gehren denken, seinen Organisten, den er vor mehr als zehn Jahren beerdigt hatte. Ein wackerer Musikus, der hätte sich über die neue Orgel in Langewiesen sicher gefreut. Irgendwie war er mit dem jungen Arnstädter Bach verwandt; er hatte ihn danach gefragt. Aber schau einer durch durch die Beziehungen der Bachsippe! Also, was sollte er schreiben?

> In diesem 1706 Jahre ist unser neües Orgelwerck fertig worden und hat es Herr *Johann* Albrecht von Coburg mit seinen Gesellen *Johann Sebastian* Erhardt von Gehrn gemacht, hat davon zu verfertigen bekommen 550 thll ohne die Kost nemlich alle Wochen 2 fl[orin] hat biß 26 Wochen daran gearbeitet. hat 9. thll zum tranckgelde, der Geselle aber 2 thll bekommen. Ist *Domin:* 1. *Adventus* von Herrn *Johann* Kistnern, *Organi*sten zu Gehrn, und Herrn Joh: *Sebastian* Bachen, *Organi*sten in der neüen Kirchen zu Arnstadt *probiret* worden in Beyseyn *Tit.* Herrn Rat u. Ambtmanns u. *Tit.* Herrn *Inspectoris M.* Fidlers zu Gehrn.

29. NOVEMBER

PERSÖNLICHE UND ZEITGESCHICHTLICHE EREIGNISSE

1726: spätester Zeitpunkt für die Reise Bachs nach Köthen zum Geburtstag der Fürstin, um dort eine Kantate aufzuführen, vgl. 30. 11. 1726

1729: Johann Gottlieb Görner, Organist an der Nikolaikirche zu Leipzig seit 1721, bittet den Rat darum, ihn auf die durch den Tod des Thomasorganisten Christian Gräbner freigewordene Stelle zu „transferiren", vgl. 23. 12. 1729

30. NOVEMBER

ENTSTANDENE UND AUFGEFÜHRTE WERKE

zur Geburtstagsfeier von Charlotte Friederike Amalia (Wilhelmine), Fürstin zu Anhalt-Cöthen

1726: Steigt freudig in die Luft zu den erhabnen Höhen,
BWV 36a
Schloß zu Köthen

am 1. Advent mit Predigt zu Mt 21,1-19

1727: Schwingt freudig euch empor, BWV 36 (frühere Fassung [?])
ThK: D. Weise

PERSÖNLICHE UND ZEITGESCHICHTLICHE EREIGNISSE

1693: Johann David Herlicius, Maler und Kupferstecher in Eisenach, verstorben

1726: Anwesenheit Bachs in Köthen zum Geburtstag der Fürstin von Anhalt Köthen

1736: Reise Bachs nach Dresden

1745: Besetzung Leipzigs durch die preußischen Truppen im Zweiten Schlesischen Krieg

1747: Georg Andreas Sorge, Hof- und Stadtorganist in Lobenstein und Mitglied der Mizlerschen Sozietät, weist auf Bachs Werke als Lehr- und Übungsstoff hin

Persönliche und zeitgeschichtliche Ereignisse

1736: wahrscheinlich Überreichung des Diploms an Bach zur Ernennung zum königlich-sächsischen Hofcompositeur durch den Baron Carl Hermann von Keyserlingk in dessen Palais; Bach spielt ein Konzert auf der Silbermann-Orgel der Dresdner Frauenkirche

1746: „Herr CapellMstr Bach und Sohn“ nehmen am Donnerstag nach dem 1. Advent bei D. Wolle am Abendmahl teil; der Predigt liegt das 4. Gebot zugrunde

1749: Wilhelm Friedemann Bach richtet an einen unbekannten Empfänger – eventuell einen Ratsangehörigen – die Bitte um Schadenersatz für den Orgelbauer Cuncius in Halle, der nach Beratung Johann Sebastian Bachs aus Leipzig für den neuen Orgelbau in der Unterkirche zu Frankfurt an der Oder vorgeschlagen, nicht aber beauftragt worden war; obgleich er „beständig wegen seiner Geschicklichkeit mit vieler Arbeit überhäuft“ sei, habe er – so schreibt Wilhelm Friedemann – „gleichwohl auf meines Vaters Schreiben, so sich selbst über die gegebene und hernach ins Stocken geratene Commission oft genug verwundern können, eine Reise nach Leipzig thun und folgl.[ich] alle Arbeit indess damahle bey Seite legen müssen, um wegen der neuen Orgel genauere Abrede zu nehmen“

Entstandene und aufgeführte Werke

am 1. Advent mit Predigt zu Mt 21,1-9

1714: Nun komm, der Heiden Heiland, BWV 61
Schloßkapelle Zur Himmelsburg Weimar: Generalsup. Johann Georg Layritz

1731: Schwingt freudig euch empor (zweite Fassung), BWV 36
ThK: D. Weise; NK: D. Deyling

1736 (?): Nun komm, der Heiden Heiland, BWV 62
NK: D. Deyling; ThK: D. Weise

Persönliche und zeitgeschichtliche Ereignisse

1705: Bach erlebt in Lübeck möglicherweise Buxtehudes außerordentliche Abendmusik mit, die dieser unter dem Titel „Castrum Doloris" zum Gedenken an den verstorbenen Kaiser Leopold I. in der Marienkirche veranstaltet

1717: Beendigung der Haftzeit, die seit dem 6. November andauerte, und Entlassung Bachs aus dem Dienst des Herzogs Wilhelm Ernst von Sachsen-Weimar: „v.[nd] endlich d. 2. *Dec.* darauf, mit angezeigter Ungnade, Ihme die *dimission* durch den Hof*Secr:* angedeütet, v. zugleich des *arr*ests befreyet worden."

1736: Thomaspfarrer D. Christian Weise d. Ä. hält seine letzte Predigt; kurz nach diesem 1. Advent muß er wieder erkrankt sein, denn schon zur Predigt des 2. Advents läßt er sich erneut vertreten, vgl. 7.10. und 10. 12. 1736
handschriftlicher Eintrag der Gottesdienstordnung auf dem Umschlagblatt der Kantate „Nun komm, der Heiden Heiland" (BWV 62)

Entstandene und aufgeführte Werke

zum 1. Advent mit Predigt zu Mt 21,1-9
1724; Nun komm, der Heiden Heiland, BWV 62
ThK: D. Weise

Persönliche und zeitgeschichtliche Ereignisse

1705: Bach erlebt möglicherweise Buxtehudes außerordentliche Abendmusik mit, die dieser unter dem Titel „Templum honoris" zu Ehren des neuen Kaisers Joseph I. in der Lübekker Marienkirche veranstaltet

1713: vermutlicher Termin des Probespiels Bachs um die Organistenstelle der Marktkirche Unser Lieben Frauen zu Halle

1721: „Den 3. *Decembr.* Ist Herr *Johann Sebastian* Bach, Hoch-Fürstlicher *Capell*-Meister alhier Wittber, Und mit ihm Jungfer *Anna Magdalena*, Herrn *Johann Caspar* Wülckelns, Hochfürstlich Sachßen Weißenfelßischen *Musical*ischen Hoff- und Feld *Trompeters* eheliche jüngste Tochter auf Fürstl. Befehl in Hause *copulir*et worden";
Rechnungslegung über 27 Taler für den von Bach anläßlich seiner Hochzeit gekauften Rheinwein

1722: Bach und seine Schwester Maria Salome in Erfurt als Erbberechtigte des verstorbenen Bruders Johann Jacob, Stockholm

1723: Bekanntgabe der neuen Thomasschulordnung vor Lehrern und Alumnen; Rektor Johann Heinrich Ernesti nahm nur unter Vorbehalt die Ordnung entgegen und bestand auf einer Bestätigung durch das Konsistorium; Bach und der Tertius, Carl Friedrich Petzold, gaben dem Oberstadtschreiber Menser ihre Bedenken zu Protokoll, vgl. 15. 12. 1722

1729: Bach erhält gemäß dem Ratsbeschluß vom 3. 12. 1729 keinen Anteil an der Zinsausschüttung des Legates Dr. Philipps, vgl. 12.8. und 6.9.1727

1747: aus Niederwiesa bei Greiffenberg/Schlesien ergeht die Aufforderung an Johann Christoph Altnickol nach Leipzig, mit einem kurzen Memoriale und einem Testimonium seiner

„Capacité in der Music von Herrn Bach beizulegen belieben“, sich um die dortige Organistenstelle zu bewerben

3. 12. 1723

Menser bemerkte den Unmut der Lehrer, ergriff die Feder und sprach Bach an: „Diktiere er!“ Bach kam der Aufforderung sofort nach: „Der Herr Cantor und Tertius ließen sich ebenfalls vernehmen, wie sie wahrnähmen, daß ihnen in der Neuen Ordnung die accidentia gar sehr geschmälert wären, welches ihnen, da die Zeiten iezo ohnedem sehr schwer, gar betrüblich sey.“ Menser entgegnete: „Kann mich nicht entsinnen, daß Ihm in Entgegenhaltung der alten Ordnung etwas entzogen worden wäre, es sei denn, Sie hätten sich gegen die alte Ordnung etwas angemaßt.“ Bach protestierte heftig, das wäre ja noch besser! Menser versuchte zu beruhigen und bemerkte, er werde sich auf keinen weiteren Wortwechsel einlassen, er müsse aufs Rathaus!

3. 12. 1730

Etwa seit 1. Advent 1730 begann man – abweichend von der in Leipzig üblichen Praxis der wechselweisen Aufführung der Sonntagskantate in beiden Hauptkirchen – damit, das neue Kirchenjahr mit der Aufführung einer Kantate zur gleichen Zeit in beiden Hauptkirchen zu eröffnen. Johann Christoph Rost, Küster der Thomaskirche, seit 1716 im Amt, notiert dazu in seinem Merkbuch: „A[nn]o. 1730. 1. Adv. war der andere [= zweite Chor] hier zu St: Thom: da worde Credo intoniret, aber Patrem nicht gesungen sondern es ward eine Music wie ein anderer Chor pfleget gemacht, als dann der Glaube [= Luthers Glaubenslied].“ Bach mußte sich in einer Kirche vertreten lassen. Das führte zu der ausdrücklichen Betonung des Orgeldienstes in der handschriftlichen Ordnung Bachs, weil der Dirigent zugleich für die Orgel zuständig war.

4. DEZEMBER

Persönliche und zeitgeschichtliche Ereignisse

1732: am Donnerstag nach dem 1. Advent nehmen „Herr Bach, der *Cantor* u. Sohn“ am Abendmahl bei D. Weise in der Thomaskirche teil; der Predigt lag das 5. Gebot zugrunde; am gleichen Tag übernimmt Wilhelm Friedemann Bach das Patenamt bei der Tochter seines Vetters Tobias Friedrich Bach in Udestedt, eines Sohnes des Ohrdrufer Johann Christoph Bach, Dorothea Wilhelmine

1733: Bach gibt bei der Druckerei Breitkopf den Textdruck für die Kantate „Tönet, ihr Pauken! Erschallet, Trompeten!“ (BWV 214) in Auftrag, die zum Geburtstag der sächsischen Kurfürstin erklingen soll, vgl. 8. 12. 1733

1738: Johann Gottlieb Grahl, ein Schüler Bachs, wird regens alumnorum an der Kreuzschule zu Dresden, vgl. 12. und 18. 9. 1729

5. DEZEMBER

Persönliche und zeitgeschichtliche Ereignisse

1708: Zuwendung von 12 Groschen „Zu Kohlen vor den Hoforganisten“ Bach, die für eine Kohlenpfanne in der Weimarer Schloßkirche bestimmt waren, an der der Organist sich die Hände wärmen konnte

1735 (?): gegen Ende des Jahres beschäftigte sich Bach mit seiner Familiengeschichte; es entstand der „Ursprung der *musicalisch*-*Bachi*schen Familie“

1747: Bach quittiert dem Hofmeister Ignaz Ratsch über 1 Taler und 8 Groschen Miete für das Klavier, das er Eugen Wenzel Graf von Würben verliehen hatte

Entstandene und aufgeführte Werke

am 2. Advent mit Predigt zu Lk 21,25-33

1716: Wachet! betet! betet! wachet!, BWV 70a
Schloßkirche Zur Himmelsburg in Weimar:
Generalsup. D. Johann Georg Layritz

Persönliche und zeitgeschichtliche Ereignisse

1721: Zahlung der jährlichen Geldentschädigung an Bach für die Probenarbeit im eigenen Hause und für die Instandhaltung des Cembalos

1742: Donnerstag nach dem 1. Advent nehmen „Herr Bach, CapellMeister u Sohn" am Abendmahl bei Lic. Wolle in der Thomaskirche zu Leipzig teil; der Predigt liegt das 6. Gebot zugrunde

1748: die „Hamburgischen Berichte von Gelehrten Sachen" berichten, daß „Vor nicht gar zu langer Zeit … auch der Hr. Kapelmeister Graun und Hr. Kapelmeister Bach zu Leipzig in diese Societet [der musikalischen Wissenschaften, begründet von L. Chr. Mizler] getreten" sind

7. DEZEMBER

Persönliche und zeitgeschichtliche Ereignisse

1732: auf Anweisung des Vorstehers der Thomaskirche werden fünf schwarze Tafeln hergestellt, „daran die Lieder Sontags sollen angeschrieben werden; diese Taffeln wurden am 2. Advent Sontage Zum 1ste mahl aufgehangen. Die Lieder ordinirten die H.[erren] geistlichen, dann wurden solche von dem dazu bestelten Schreibemeister angeschrieben" (Aufzeichnungen des Thomasküsters Rost)

1733: Bach schließt die Komposition der Kantate BWV 214 ab, die am Folgetage erklingt, vgl. 8. 12. 1733

Entstandene und aufgeführte Werke

zum Geburtstag der Kurfürstin Maria Josepha von Sachsen
1733: Tönet, ihr Pauken! Erschallet, Trompeten!, BWV 214
Zimmermannisches Kaffeehaus an der Katharinenstraße

Persönliche und zeitgeschichtliche Ereignisse

1726: am 2. Advent führt Bachs Schüler Georg Gottfried Wagner seine Probemusik zur Bewerbung um das Kantorat in Plauen in der dortigen St. Johanniskirche auf; die Predigt zu Lk 21, 25-36 hält Superintendent Johann Georg Hermann

1746: Heinrich von Brühl wird de iure Premierminister in Sachsen, nachdem er faktisch schon längere Zeit das Amt aktiv beeinflußt hatte

Persönliche und zeitgeschichtliche Ereignisse

1709: Bach erhält in Weimar ein Entgelt von 12 Groschen für die Reparatur zweier Cembalos

1726: Wahl Georg Gottfried Wagners zum Kantor in Plauen durch den dortigen Rat;
Ausstellung der Vokation Wagners durch den Rat zu Plauen

1734: Bach übernimmt das Patenamt bei Johann Heinrich August Nützer in Delitzsch, Sohn des dortigen Collega Quintus; Bach ist selbst jedoch nicht anwesend, sondern wird durch Samuel Benjamin Zinncke, Organist und Mädchenschulmeister, vertreten; die Taufe vollzieht Diakonus M. Isaac Friedrich Langheinrich

1745: „Herr Capellmeister Bach u Sohn." nehmen am Donnerstag nach dem 2. Advent am Abendmahl bei Archidiakonus Lic. Wolle teil; der Predigt liegt der 1. Artikel des apostolischen Glaubensbekenntnisses zugrunde

9. 12. 1726

Immer wieder schüttelte er den Kopf und versuchte den Ratsherren deutlich zu machen, daß Wagner nicht der richtige sei. „Seine Stimme ist zu schwach, das hat der Gottesdienst gestern gezeigt; außerdem ist er in der Latinität und sonsten nicht genug versieret". Der Bürgermeister wehrte ab: Die Musik sei recht probat gewesen, so einen müsse man in Dresden oder Leipzig mit der Lupe suchen, ganz zu schweigen von Nürnberg oder anderen Städten. Dazu gab es zustimmendes Gemurmel unter den anderen Herren. Der Superintendent versuchte es noch einmal in anderer Weise: „Ich bin doch sehr betroffen – denn das, was Herr Bach von Wagnern in humanioribus gemeldet, ist ganz und gar nicht anzutreffen."

Der Bürgermeister lenkte ein wenig ein; Wagner sei nicht allzu gewandt, das müsse er schon zugeben, doch könne man das Urteil seines Lehrmeisters nicht ihm anlasten. Er schlüge vor, Wagner herein zu bitten und ihn coram magistratu [vor dem Rat] zu befragen. Vom Ergebnis dieser Befragung solle man das endgültige Votum abhängig machen. Ob der hochwürdige Herr Superintendent damit einverstanden sein könne. Hermann bejahte.

Wagner trat ein. Der Bürgermeister eröffnete ihm das Wohlwollen des versammelten Rates. Es seien auch der würdige Herr Superintendent Hermann und der Herr Rektor zugegen, um den Actus zu begleiten; die Wahl müßten die Ratsherren allein treffen. In der Beratung soeben seien Bedenken geäußert worden, zu denen man sich jetzt aus dem Gespräch mit ihm Aufklärung erhoffe.

Wagner hörte sich die gravamina an und machte sich Notizen. Mit großer Ehrerbietung setzte er dann zum Erstaunen aller zu einer sehr geschickten Antwortrede an. Ja, er müsse eingestehen, daß er wegen der Musik, der er in Leipzig auch als Student mehrenteils obgelegen habe, nicht so eifrig Latinität und Gräzität habe exercieren können. Das, meine er, sei aber gewiß eine Sache der Übung. Der hochwürdige Herr Superintendent habe ihn sehr überrascht, indem er ihn einen griechischen und lateinischen Text ohne Vorbereitung übersetzen ließ. Doch das überschreite seiner Meinung nach die Anforderungen des Unterrichts in Quarta bei weitem. Er erlaube sich, das zu sagen. Die beiden gelahrten und Ehrbaren Herren Superintendent D. Deyling und Director musices Bach zu Leipzig würden ihm mit so guten Attestatis nicht zur Hand gegangen sein, so sie nicht seiner zu sotanen Amte erforderten Geschicklichkeit überzeugt gewesen wären. Er räume ein, überrascht und deshalb ungeschickt gewesen zu sein.

Nach der Beantwortung schickte man Wagner noch einmal hinaus. Hermann meldete sich sogleich und bekundete, er würde seine Bedenken zurückstellen. Wagner mache einen durchaus geschickten Eindruck. Er könne und wolle sich nicht gegen das Urteil seines Herrn Collega in Leipzig wenden; und was die Musik anlange, so erweise sich Wagner als würdiger Schüler seines Lehrherrn.

Der Bürgermeister fragte, was einer Wahl noch entgegenstünde?

Entstandene und aufgeführte Werke

zum 2. Advent mit Predigt zu Lk 21,25-36

1713: [Bachs Hallenser Probestück, unbekannt] (?)
Marktkirche: Oberpfarrer Johann Michael Heineccius

zum Geburtstag des Fürsten Leopold von Anhalt-Köthen auf dem Schloß zu Köthen

1717: [Werk unbekannt]

1718: Der Himmel dacht auf Anhalts Ruhm und Glücke, BWV 66a
Serenata, Text von Christian Friedrich Hunold

1719: [Werk unbekannt]

1720: Heut ist gewiß ein guter Tag, BWV Anh. 7
Schäfer-Gespräch, Text von Christian Friedrich Hunold

1721: [Werk weitgehend unbekannt], BWV 184a (?)

1722: Durchlauchtster Leopold, BWV 173a
Serenada

Persönliche und zeitgeschichtliche Ereignisse

1719: Glückwunschgedicht Christian Friedrich Hunolds für Fürst Leopold von Anhalt-Köthen im Namen der Hofkapelle und des Kapellmeisters Bach

1736: Thomaspastor Christian Weise d. Ä., Bachs und seiner Familie erster Leipziger Beichtvater, stirbt im Alter von 65 Jahren und 2 Monaten

1745: Bach übernimmt das Patenamt bei seinem Enkel Johann August in Berlin, wird aber wegen Abwesenheit vertreten

1749: Brief Bachs an Georg Friedrich Einicke in Frankenhausen in Sachen der Rezension einer Schrift des Freiberger Rektors Johann Gottlieb Biedermann von Christoph Gottlieb Schröter aus Nordhausen, vgl. 9. 4. 1750, 26. 5. 1750, und vor allem 8. 1. 1751

Entstandene und aufgeführte Werke

zur Übernahme der außerordentlichen Professur durch den Juristen Dr. Gottlieb Kortte

1726: Vereinigte Zwietracht der wechselnden Saiten, BWV 207 [Ort unbekannt]

Persönliche und zeitgeschichtliche Ereignisse

1721: Trauung des Fürsten Leopold von Anhalt-Köthen mit Friederica Henrietta von Anhalt-Bernburg in Bernburg, vgl. 4. 4. 1723

1727: Bach nimmt am Donnerstag nach dem 2. Advent am Abendmahl bei D. Weise teil; der Predigt Weises liegt die Vorrede Luthers zum Vaterunser zugrunde

11. 12. 1721

„Es muste sich aber fügen, daß erwehnter *Serenißimus [Fürst Leopold von Anhalt-Köthen]* sich mit einer Berenburgischen Princeßin vermählete, da es denn das Ansehen gewinnen wolte, als ob die *musicalische Inclination [Neigung]* bey besagtem Fürsten in etwas laulicht werden wolte, zumahln da die neüe Fürstin schiene eine *amusa [eine unmusische Person]* zu seyn …“ (Bach an Georg Erdmann in Danzig, 28.10.1730)

Persönliche und zeitgeschichtliche Ereignisse

1720: Donnerstag nach dem 2. Advent verabredete sich das Wahlgremium in Hamburg zur Wahl eines neuen Jacobiorganisten; von Bach liegt ein Brief mit dem Inhalt vor, er werde sich zu seinem Interesse an der Stelle noch äußern

1723: zum Gedenken an Katharina Schwarz († 1583) hatten die Thomasschüler in jedem Jahr an ihrem Todestag die Kirchenlieder „Aus tiefer Not schrei ich zu dir" und „Mit Fried und Freud ich fahr dahin" zu singen; dafür erhielt Bach 10 Groschen und 6 Pfennige und die Thomasschüler den Rest aus den jährlichen Zinserträgen eines Legates der Stifterin

1743: Rudolph Straube, Schüler Bachs, bewirbt sich um die Stelle des Schloßorganisten in Zeitz und beruft sich dabei auf Bach, vgl. 3. 11. 1739

13. DEZEMBER

Entstandene und aufgeführte Werke

am 3. Advent mit Predigt zu Mt 11,2-10

1716: Ärgre dich, o Seele, nicht, BWV 186a
Schloßkirche Zur Himmelsburg in Weimar:
Generalsup. Johann Georg Layritz

Persönliche und zeitgeschichtliche Ereignisse

1713: Mittwoch nach dem 2. Advent trat in Halle das Kirchenkollegium zusammen, um die Organistenwahl durchzuführen: „Hierauff ist auff gewöhnliche Art zur *organist*en Wahl geschritten, und *per majoria* HErr Bach auß Weymar erwehlet derselbe auch herauff erbethen worden, und die *Organi*sten Stelle Ihme *conferi*ret, wofür Er sich denn gegen das *Collegium* dienstl. bedancket und die Station *accepti*ret";

Ausstellung der Organistenbestallung für die Stelle an der Marktkirche Unser Lieben Frauen zu Halle an der Saale, vgl. 14. 1. 1714

1743: Prüfung der neuen Scheibe-Orgel durch Bach und Zacharias Hildebrandt in der Leipziger Johanniskirche;
Erörterung einer finanziellen Nachforderung Johann Scheibes für den Orgelbau in der Johanniskirche in der Sitzung des Engeren Rates zu Leipzig

13. 12. 1743

Bach „verstund nicht nur die Art die Orgeln zu handhaben, die Stimmen derselben auf das geschickteste mit einander zu vereinigen, und jede Stimme, nach ihrer Eigenschaft hören zu lassen, in der größten Vollkommenheit; sondern er kannte auch den Bau der Orgeln aus dem Grunde. Das letztere bewies er sonderlich, unter andern, einmal bey der Untersuchung einer neuen Orgel, in der Kirche, ohnweit welcher seine Gebeine nunmehr ruhen. Der Verfertiger dieses Werks war ein Mann, der in den letzten Jahren seines hohen Alters stund. Die Untersuchung war vielleicht eine der schärfsten, die jemals angestellet worden. Folglich gereichte der vollkommene Beyfall, den unser Bach über das Werck öffentlich ertheilete, so wohl dem Orgelbauer, als auch wegen gewisser Umstände, Bachen selbst, zu nicht geringer Ehre.“ (Nekrolog auf Bach, 1754)

PERSÖNLICHE UND ZEITGESCHICHTLICHE EREIGNISSE

1713: auf diesen Termin wurde die erst im Januar 1714 für Bach ausgefertigte Organistenbestallung für die Stelle an der Marktkirche Unser Lieben Frauen in Halle zurückdatiert

1741: „Herr CapellMstr Bach u Sohn" nehmen am Abendmahl am Donnerstag nach dem 2. Advent teil; erstmals spendet ihnen ihr neuer Beichtvater Archidiakonus Lic. Christoph Wolle das Abendmahl aus, der auch die Predigt zur Praefatio Orationis Domini (Anrede des Vaterunsers) hält

1809: die jünste Tochter Bachs, Regina Susanna, geboren 1742, stirbt verarmt in Leipzig

14. 12. 1809

Friedrich Rochlitz druckte im „Intelligenz-Blatt zur Allgemeinen Musikalischen Zeitung", Mai 1800, folgenden Aufruf ab:

Fast noch nie habe ich die Feder mit so viel Freudigkeit ergriffen, als jezt; denn fast noch nie durfte ich, im Vertrauen auf gute Menschen, so fest überzeugt seyn, etwas Nützliches damit zu schaffen, als jezt. Die Familie der Bache, die, seit zwey Jahrhunderten Deutschland (doch diesem nicht allein) Meister und Meisterwerke der Tonkunst aufstellte; aus welcher abstammte Sebastian Bach, der größte Harmoniker neuerer Zeit, der das Vaterland durch Lehren, Muster, und eine Menge Schüler für die höhere Kunst zu bilden anfing; in welcher gebohren ward Philipp Eman. Bach, dem Vater folgend in Lehren und Arbeiten, dessen Schüler in gar mancher bedeutenden Rücksicht zu seyn, jeder wahrhaft gute Klavierspieler gestehet, wie selbst Mozart es gestand; aus welcher ein Friedemannn Bach umherzog, allem entsagend, mit nichts ausgerüstet und beglückt, als mit himmelhoher Phantasie, sein Ein und Alles findend in den Tiefen seiner Kunst; aus welcher ein Iohann Christian Bach auch die Blume der Anmuth und Galanterie auf klassischem Boden zu hegen und anzubauen pflegte – : diese Familie ist nun ausgestorben, bis auf eine einzige Tochter des großen Sebastian Bach. Und diese Tochter, jezt im hohen Alter – *diese Tochter darbt.* Sehr wenige wissen es; denn sie kann – nein, sie soll, sie wird auch nicht betteln! Sie wird es nicht: denn gewiß hört man auf dies bittende Wort um ihre Unterstützung; gewiß giebt es noch gute Menschen, welche, nicht auf mich – wie könnte ich das verlangen: – aber auf eine anständige Veranlassung achten, den lezten Zweig eines so fruchtreichen Stammes nicht ohne Pflege eingehen zu lassen. Gäbe nur jeder, der von den Bachen gelernt hat, die geringste Kleinigkeit: wie sorglos und bequem würde das gute Weib ihre lezten Jahre hinbringen können! Die Verlagshandlung der musik. Zeitung und ich – wir erbieten uns, das, was man uns vielleicht anvertrauen möchte, auf das pünktlichste an seine Bestimmung zu befördern, um Rechenschaft darüber in diesen Intelligenzblättern abzulegen.

Persönliche und zeitgeschichtliche Ereignisse

1706: Quittung Bachs über den Besoldungsanteil von 6 Gulden, 5 Groschen und 3 Pfennigen aus dem Arnstädter Gotteskasten, vgl. 21. 8. 1703

1722: Mitteilung des Rates zu Erfurt über die Erbberechtigung der Angehörigen Johann Jacob Bachs;
Empfang von 224 Talern aus dem Nachlaß der Martha Catharina Lämmerhirt, Erfurt;
der Leipziger Ratssyndikus Johann Job stellt hinsichtlich der Akzidentien des Thomaskantors die Frage, „ob nicht etwan bey der anietzo vorhabenden Einsetzung eines neuen Cantoris, von deßen alle anderen Portiones übersteigenden Antheil, etwas abgekürzet, und dieses zu höchstbenöthigter Subsistenz derer untern praeceptorum vertheilet werden könte", vgl. 3. 12. 1723

1725: Honorar für ein Gastspiel mit Anna Magdalena Bach in Köthen: „Dem Leipziger *Cantori* Bachen und seiner Ehefrauen so sich alhier etzliche mahl höhren laßen, 30 Taler"

1729: Bach nimmt bei D. Weise am Abendmahl teil, Donnerstag nach dem 3. Advent; der Predigt liegt die 6. Bitte des Vaterunsers zugrunde

15. 12. 1722

Aktennotiz zur Lämmerhirtschen Erbschaft beim Rat zu Erfurt:

Nachdem der Fürstlich Anhalt Cöthische Capell-*Director* Herr *Sebastian* Bach sowohl als Johann Andreas Wiegand *nomine* seines Weibes, Marien Salome, gebohrner Bachin durch einige aus Stockholm anhero geschriebene Brieffe noth dürfftig bescheiniget, daß deßen leiblicher Bruder, der Königlich Schwedische Capellist Jacob Bach daselbst in *April. a.[nno] c.[urrentis: des laufenden Jahres]* ohne leibliche Kinder verstorben und sie beyderseits zu rechtmäßigen nächsten Erben *ab Intestato [ohne von jenem hinterlassenes Testament]* hinterlaßen, herentgegen die *Disposition* [Verfügung], so Er zu *Faveur [zugunsten]* seines nachgelaßenen Weibes zubesagten Stockholm hinterlaßen haben soll, und von Ihr abschrifftlich herein geschickt worden, *ob defectum solennitatum et vitia visibilia [wegen fehlender Gebräuche und sichtbarer Fehler]* in Rechten zubestehen nicht vermag; Als ist ihm nach vorher *ad Acta* bestelter *Caution* die beym Herrn *D.* Hergden *deponi*rte [hinterlegte] aus der Lemmerhirtischen Erbschafft herrührende 224 thlr *ex Deposito [aus der Verfügung]* zuerheben und zu sich zu nehmen Rathswegen verstattet.

16. DEZEMBER

Persönliche und zeitgeschichtliche Ereignisse

1705: Bach quittiert über den vierteljährlichen Besoldungsanteil von 6 Gulden, 5 Groschen und 3 Pfennigen aus dem Arnstädter Gotteskasten (womöglich rückdatiert)
1712: 12 Groschen Geldzuwendung „Zu Kohlen vor dem Hoforganisten“, vgl. 5. 12. 1708
1717: Bach prüft die neue Scheibe-Orgel in der Universitätskirche St. Pauli zu Leipzig im Beisein des Rektors Magnificus, D. Carl Otto Rechenberg, und der Herren Professoren D. Johann Cyprian, D. Johann Burchard Mencke und D. Johann Wolfgang Trier
1718: Honorarauszahlung an Bach für Gastmusiker in Köthen
1737: Bach prüft die Schäfer-Orgel in Weißensee/Thüringen
1743: Zeugnis Bachs für Christian Gottlob Wunsch, vgl. 30. 12. 1743

16. 12. 1718

Die Herren Räthe waren versammelt, um die am Jahresende übliche Abrechnung verschiedener Posten der Kammerrechnung zu verabschieden. „Ist der Capellmeister Bach schon eingetroffen?“, fragte einer. Ja, man könne seine Posten verhandeln.

Bach wurde vorgelassen. Man berichtete ihm, er habe schon unterm 20. Oktober eine Zahlung von 16 Talern für den Diskantisten aus Rudolstadt erhalten. Bach bejahte. Das sei also als erledigt anzusehen. Nun gehe es nur noch um die Musiker, die neulich zum Geburtstag von Serenissimus mitgewirkt hätten. Bach bestätigte das, bat aber darum, erinnern zu dürfen, daß der Bassist Johann Gottfried Riemschneider nicht nur an der Geburtstagsmusik mitgewirkt, sondern mehrere Wochen in Köthen gastiert habe. Ja, das werde berücksichtigt, konnte er hören. Bach solle doch noch die anderen Namen wenigstens nennen, um den Vergleich mit den Aufzeichnungen des Sekretarius zu gewährleisten.

Zum Glück hatte er sich auf solche Fragen eingestellt. „Also, da war der beniemte Bassist Riemschneider aus Halle; er war an die vier Wochen hier; dann zu Serenissmi Geburtstag der Konzertmeister Lienigke aus Merseburg". – Ob das ein Verwandter des hießigen Hofmusikers Lienigke sei, fragte einer der Räte. Bach bejahte und fuhr fort: „Dann war der Herr Organist Johann Gottfried Vogler aus Leipzig als Violinist und Komponist da, und der Diskantist Daniel Leberecht Pröse aus Halle". „Na also, wie üblich", stellte einer der Räte fest. Was kommt dem Riemschneider zu?" Man könne ihn mit 40 Talern zufrieden stellen, meinte ein anderer. Dann wurde ins Rechnungsbuch protokolliert:

> Vor den einige Wochen hier gewesenen *Bassi*sten Riemenschneidern zur *Discretion rthl 40*;
> *Vor den Concert*Meister Lienigken von Merseburg dergleichen [rthl] 16;
> Vor Voglern aus Leipzig dergleichen [rthl] 16;
> und vor den *Discanti*sten Presen dergleichen [rthl] 6;
> An den *Capell*meister Bachen gezahlet *in Praesenz* der Herren Räthe

„Macht summa summarum 78 Taler! Lasse er sie sich auszahlen!" Bach dankte und verabschiedete sich.

Persönliche und zeitgeschichtliche Ereignisse

1704: Bach quittiert über den Besoldungsanteil von 6 Gulden 5 Groschen und 3 Pfennigen aus dem Arnstädter Gotteskasten

1709: Bach erhält in Weimar für die Reparatur eines Cembalos als Entgelt 1 Florin und 3 Groschen

1717: Gutachten über die Scheibe-Orgel in der Universitätskirche St. Pauli zu Leipzig, vgl. 28. 1. 1718

1725: die beiden Vorgängerwitwen Maria Elisabeth Schelle und Sabina Elisabeth Kuhnau bestätigen Bach schriftlich die Einkünfte ihrer Ehemänner für die gottesdienstlichen Musiken in der Universitätskirche St. Pauli zu Leipzig, vgl. 31. 12. 1725

1729: Brief Bachs an seinen Schüler David Nicolai in Görlitz, vgl. 30. 12. 1729

1737: Kurfürstlicher Entscheid im Streit zwischen Bach und Ernesti, vgl. 5. 2. 1738

PERSÖNLICHE UND ZEITGESCHICHTLICHE EREIGNISSE

1717: Quittung Bachs über das Honorar für die Prüfung der Scheibe-Orgel in der Universitätskirche St. Pauli zu Leipzig

1748: etwa zu diesem Termin prüft Bach zwei Kunstgeigeranwärter, den Stadtpfeifergesellen Johann Michael Pfaffe und den „*Hautboi*sten“ Andreas Christoph Jonne, Angehöriger des längere Zeit in Leipzig stationierten „Prinz Gothaischen Regiment“, vgl. 21. 12. 1748

1749: „Herr *Capell*Mstr. Bach u 2 Söhne“ nehmen am Donnerstag nach dem 3. Advent am Abendmahl bei D. Christoph Wolle in der Thomaskirche zu Leipzig teil; der Predigt Wolles lag die 5. Bitte des Vaterunsers zugrunde

18. 12. 1717

Als sich die Tür hinter Bach wieder geschlossen hatte, ließ sich der Rector Magnificus der Leipziger Universität, Prof. D. Otto Rechenberg, die soeben unterschriebene Honorarquittung reichen und überprüfte sie auf ihre Richtigkeit. Immerhin hatte er mit dem Rechnungsführer der Paulinerkirche vereinbart, daß der größere Betrag für das Honorar aus dem Kirchenfiskus kommen müsse. Er schaute sie sich daraufhin an und las:

> Daß von Ihro HochEdlen *Magnificance* Herrn *Doct:* Rechenbergen, derzeit *Rectore Magnifico* nahmens der hochlöblichen Universität Leipzig wegen Übernahme und Probirung der Orgel in der *Pauliner* Kirche, und Ausstellung der dabey sich eräugnenden etwanigen *defecten [Mängel]*, mit 20 Rthlr, sage zwanzig Reichsthalern *recompensir*et [entschädigt] worden, solches habe hiermit nebst gehorsamsten Dancke *attestir*en [bezeugen] und bescheinigen wollen. *Datum* Leipzig. den 18. *Decembr:* 1717.
>
> *Joh: Seb: Bach*
>
> Capellmeister. etc.

Dann tauchte Rechenberg die Feder ein und schrieb:

> Nach auszahlung obberührter Summe sind mir endesbenandten laut des Conclusi decemviralis [Beschlusses im

Kollegium der Decemvirn] vom 22 Octobr. 1717 aus dem Fisco Templi Paulini [der Paulinerkirchenkasse] von Hr. Prof. Junio 18 rtl. restituiret [erstattet] worden Leipz. d. 18. decembr. 1717 D Rechenberg mpp [manu propria: mit eigener Hand] p. t. [pro tempore] Acad.[emiae] Rect.[or] [derzeit der Universität Rektor]

Persönliche und zeitgeschichtliche Ereignisse

1703: Bach quittiert über den vierteljährlichen Besoldungsanteil von 6 Gulden, 5 Groschen und 3 Pfennigen aus dem Arnstädter Gotteskasten
1706: am 4. Advent nimmt Bach in der Neuen Kirche zu Arnstadt am Abendmahl teil
1720: im Wahlgremium für die Nachfolge Hinrich Freses als Organist an St. Jacobi zu Hamburg wird ein Brief Bachs verlesen, der offenbar dessen Absage enthielt
1748: Romanus Teller, Thomaspastor und Theologieprofessor in Leipzig, nimmt das Aufgebot Johann Christoph Altnickols und Elisabeth Juliana Friederica Bachs entgegen; das Brautpaar wünscht die Verlesung des Aufgebotes in Leipzig und in Naumburg

19. 12. 1720

Bach hätte die Organistenstelle an St. Jacobi zu Hamburg erhalten können, wenn er bereit gewesen wäre, einen hohen Geldbetrag zu zahlen. Das mag er weder gewollt noch gekonnt haben. So zog er sein Interesse zurück. Am 19. Dezember 1720 wählte man Johann Joachim Heitmann, der – wie Mattheson 1728 sagt – „besser mit Thalern, als mit Fingern *praeludi*ren kunnte“. Dann berichtete er weiter:

„Es war eben um die Weih-Nacht-Zeit, und der beredte Haupt-Prediger, welcher gar nicht mit in den Simonischen Rath gewilliget hatte, legte das Evangelium von der Engel-Music bey der Geburth Christi [Lk 2,13-14] auf das herrlichste aus: wobey ihm denn natürlicher Weise der jüngste Vorfall, wegen des abgewiesenen Künstlers, eine Gelegenheit an die Hand gab, seine Gedancken zu entdecken, und den Vortrag ungefähr mit diesem merckwürdigen *epiphonemate* [Nachrede] zu schliessen: Er glaube gantz gewiß, wenn auch einer von den Bethlehemitischen Engeln vom Himmel käme, der göttlich spielte, und wollte Organist zu St. J.[acobi] werden, hätte aber kein Geld, so mögte er nur wieder davon fliegen.“

Entstandene und aufgeführte Werke

am 4. Advent mit Predigt zu Joh 1,19-28

1716: Herz und Mund und Tat und Leben, BWV 147a
Schloßkapelle Zur Himmelsburg zu Weimar: Generalsup. Johann Georg Layritz

Persönliche und zeitgeschichtliche Ereignisse

1722: „Herr *Capellmeister*" und „deßen Eheliebste" nehmen am 4. Advent in der Agnuskirche zu Köthen am Abendmahl teil

1728: „... Telemann ... Dieser berühmte Mann ist einer von den dreyen musicalischen Meistern die heute zu Tage unserm Vaterlande Ehre machen. Hendel wird in London von allen Kennern bewundert, und der Herr Capellmeister Bach ist in Sachsen das Haupt unter seines gleichen. Sie breiten auch ihre Sachen nicht nur in Deutschland aus, sondern Italien, Franckreich und Engelland lassen sich dieselben häufig zuschicken und vergnügen sich schon drüber", Johann Christoph Gottsched in seiner Zeitschrift „Der Biedermann" 1729

20. 12. 1734

Für die Weihnachtszeit 1734/35 hatte Bach sich einen Plan gemacht, der vorsah, den Gottesdiensten von fünf Feiertagen und einem Sonntag eine zusammenhängende musikalische Gestalt zu geben. Die Weihnachtsgeschichten nach Lukas (2,1-21) und nach Matthäus (2,1-12) dienten ihm dabei als Textgrundlage. Nach dem Modell eines Oratoriums, das durch einen einheitlichen Historientext zusammengehalten wird, teilte er die beiden biblischen Kapitel in sechs Teile auf:

1. Christtag: Bethlehemreise und Geburt Jesu (Lk 2,1.3-7),
2. Christtag: Verkündigung an die Hirten (Lk 2,8-14),
3. Christtag: Anbetung der Hirten (Lk 2,15-20),

Neujahrstag: Beschneidung und Namengebung Jesu (Lk 2,21),
Sonntag nach Neujahr: Suche des Neugeborenen (Mt 2,1-6),
Epiphanias: Anbetung der Weisen und Heimkehr (Mt 2,7-12).

Musikalisch bediente er sich dabei einzigartiger Musik aus Glückwunsch- und Huldigungskantaten des vergangenen Jahres, die sonst in der Schublade verschwunden wäre.

21. DEZEMBER

Persönliche und zeitgeschichtliche Ereignisse

1722: Mitbewerbung Bachs um das Thomaskantorat; erstmalig taucht in den Leipziger Ratsakten der Name Bachs in Verbindung mit der Bewerbung um das Thomaskantorat auf; nach dem Ratsprotokoll „in die Enge" zu Leipzig teilte der Regierende Bürgermeister Gottfried Lange mit: „Diejenigen, so wegen des *Cantora*ts zur probe aufgestellet werden solten, wären lezthin *denominir*et, es hätten sich noch mehrere gemeldet, als der Capellmeister Graupner in Darmstadt und Bach in Köthen, Fasch aber erkläre sich, daß er nicht mit *informir*en könne, der Merseburger [Kauffmann] bitte nochmahls ihn zur probe zu laßen, *Concl.[usio]* Rolle, Kauffmann, auch Schotte sollen zur probe, insonderheit zum *informir*en, zugelaßen werden."

1748: im Rat zu Leipzig beschließt man, den bisherigen Oboisten Andreas Christoph Jonne als Nachfolger des verstorbenen Kunstgeigers Heinrich Christian Beyer anzustellen, nachdem Jonne und der Stadtpfeifergeselle Johann Michael Pfaffe bei Bach eine Probe abgelegt hatten, vgl. 18. 12. 1748;
Bachs Urteil wurde im Rat so wiedergegeben, „daß sie beyde in einigen Stücken ziemlich *egal;* was aber die beyden gewöhnlichen Kirchen *Instrumenta*, als *Violin* und *Hautbois* zu*tractir*en betreffe, So fände sich darinnen ein mercklicher Unterschied, indem Jonne die *Hautbois* weit reiner und wohlklingender blase, auch die *Violine* mit mehrerer Fertigkeit als Pfaffe zu *tractir*en wiße"

1749: Begräbnis des Enkels Johann Sebastian Altnickol in Naumburg, vgl. 4. 10. 1749

21. 12. jeden Jahres

Dem Apostel Thomas, Namenspatron der Thomaskirche zu Leipzig, wurde bislang nur ein eher unsichtbares Denkmal gesetzt: Auf dem Glockenmantel der „Gloriosa" von 1477, der ältesten Glocke, befindet sich als Ritzzeichnung Nicklaus Eysenbergs eine Kreuzigungsgruppe, Maria Magdalena auf deren rechten und Thomas mit dem Auferstandenen auf deren linken Seite.

Bachs Zeitgenosse, der Lockwitzer Pfarrer Christian Gerber, schreibt zum Thomastag, dem 21. Dezember: „Man hat nicht nur seinen Nahmens=Tag feyerlich mit Gottesdienst begangen, sondern ihm zu Ehren auch Kirchen gebauet, wie den[n] die St. Thomas= Kirche zu Leipzig ein *reales* Zeugnis ist. Lutherus hat zu seiner Zeit diesen St. Thomä=Tag auch mit feyern müssen, und eine Predigt über das Evangelium Joh. 20. gehalten, welches auch an *Quasimodogeniti* gepredigt wird."

Thomaskirche zu Leipzig, Ritzzeichnung auf der Gloriosa von 1477 von Nicklaus Eisenberg

Entstandene und aufgeführte Werke

am 4. Advent mit Predigt zu Joh 1,19-28

1715: Bereitet die Wege, bereitet die Bahn, BWV 132
Schloßkapelle Zur Himmelsburg zu Weimar: Generalsup. Johann Georg Layritz

1747 (?): *Einige canonische Veraenderungen über das Weynacht-Lied: Vom Himmel hoch, da komm ich her. vor die Orgel mit 2. Clavieren und dem Pedal … Nürnberg in Verlegung Balth: Schmids.* [BWV 769]

Persönliche und zeitgeschichtliche Ereignisse

1723: Deposition Wilhelm Friedemann Bachs durch den Depositor der Universität Leipzig, Friedrich Schultze; Voranmeldung Carl Philipp Emanuel Bachs zur Immatrikulation

1725: der Pächter des städtischen Ratsgasthofes in Köthen, Gänseler, erhält 24 Taler „wegen des *Cantor* Bachß und seiner Frauen auffenthalts *&c. [usw.]* gezahlet“, vgl. 15. 12. 1725

1739: Scheibe preist im „Critischen Musicus“ Bachs „Italienisches Konzert“ (BWV 971) als Vorbild an: „Vornehmlich ist unter den durch öffentlichen Druck bekannten Sachen ein Clavierconcert, welches den berühmten Bach zum Verfasser hat, und aus der grossen Thonart F. gehet, auf die beste Art eingerichtet, die nur in diesen Stücken anzuwenden ist. Und es ist dieses Clavierconcert als ein vollkommenes Muster eines wohleingerichteten einstimmigen Concerts anzusehen“

1747: gegen Ende des Jahres, wahrscheinlich noch kurz vor Weihnachten, bringt der Nürnberger Verleger Balthasar Schmid unter Nummer XXVIII Bachs Kanonische Veränderungen über „Vom Himmel hoch, da komm ich her“ heraus

PERSÖNLICHE UND ZEITGESCHICHTLICHE EREIGNISSE

1715: der Rat zu Leipzig überträgt dem Thomaspfarrer Christian Weise d. Ä. das Inspektorenamt der Thomasschule, das Superintendent D. Johann Dornfeld bereits am 6. Februar in dessen Hände gelegt hatte

1729: Bach wirkt als Mitglied der Prüfungskommission bei der Organistenprobe in der Nikolaikirche mit, vgl. 30. 6. 1739

23. 12. 1729

Es war Freitag nach dem 4. Advent. Man hatte sich auf der Chorempore der Nikolaikirche zum Morgengottesdienst eingefunden, um die Anwärter der Organistenstelle, die in die engere Wahl genommen worden waren, im Ablauf dieses Gottesdienstes zu hören. Teilweise sollten sie auch nach dem Gottesdienst vorspielen. Da die Stelle sehr begehrt erschien, hatten sich auch viele Bewerber gemeldet. Sieben von ihnen zog man in die engere Wahl:

> Christoph Gottlieb Fröber, Bachs Schüler und inzwischen in Delitzsch angestellt;
> Carl Hartwig, ebenfalls Schüler Bachs aus Olbernhau und interimistisch tätig als Nikolaiorganist;
> Johann Andreas Kuhnau, Neffe des verstorbenen Thomaskantors und lange Zeit Gehilfe Bachs bei der Herstellung der Musikalien für die Kantatenaufführungen;
> Johann Adolph Scheibe, ein kluger und gewandter Musikus und Wissenschaftler, Sohn des Orgelbauers Johann Scheibe;
> Johann Schneider, Bachs Schüler während dessen Köthener Zeit, stammte aus Oberlauter bei Coburg;
> Johann Caspar Vogler, Schüler in Arnstadt und Weimar sowie zweiter Nachfolger Bachs als Hoforganist in Weimar;
> Christian Gotthard Ziegler, Sohn eines Pulsnitzer Organisten und Orgelbauers.

Johann Caspar Vogler wirkte merkwürdig nervös. Nachdem er am Anfang des Gottesdienstes das Präludium gespielt hatte, gab es durchaus zustimmende Gesichter. Doch für das Gemeindelied nach der Epistel schlug er im Vorspiel ein so heftiges Tempo an, daß sich die Meinung wieder gegen ihn entschied; er habe „die Kirche irre gemacht und zu geschwinde gespielet".

Vom „Lied auf der Kanzel" an war der Coburger dran, den Bach gut kannte: Johann Schneider, er war bei ihm einst in Köthen gewesen und hatte um Förderung gebeten. Inzwischen hatte der Prediger, M. Wend, begonnen, das Katechismushauptstück „de sacra coena" [über das heilige Abendmahl] auszulegen. Mit dem Lied nach der Predigt und einem Postludium ging der Gottesdienst dann rasch zu Ende.

Als man verschiedene Stücke und Choralvorspiele von den weiteren fünf Bewerbern im Anschluß an den Gottesdienst gehört hatte, entließ die Kommission die Kompetenten und zog sich zurück. Man mußte dem Rat einen Wahlvorschlag machen, denn schon morgen sollte die Entscheidung fallen.

Johann Adolph Scheibe, einer der Bewerber, muß sich ungerecht behandelt vorgekommen sein, denn knapp zehn Jahre später schreibt er im „Critischen Musicus" darüber:

„Soll es aber vor neun oder zehen Jahren geschehen seyn, so ist es zwar wahr, daß ich bey dem Absterben eines Organistens in Leipzig mit unter der Anzahl derjenigen gewesen bin, die zur ordentlichen Probe sind zugelassen worden. Daß ich aber dabey so grosse Fehler sollte begangen haben, werden nicht wenige Personen, die dabey gewesen sind, gar leicht wiederlegen können. Doch was brauche ich diese Beschuldigung weitläuftig abzulehnen? Herr Bach in Leipzig wird das Gegentheil ... selbst darthun, wenn er nach Wissen und Gewissen urtheilen will und kann. Dieser berühmte Mann war bey der damaligen Organistenprobe mit zum Richter ernennet. Man muß mich aber nicht mit einem andern Helden verwechseln, der das vom Hn. Capellmeister Bach ihm vorgelegte Thema nicht spielen wollte, sondern statt dessen ein selbst beliebiges erwählte, und der, als ihm noch ein Thema aufgegeben ward, endlich gar unsichtbar geworden war."

PERSÖNLICHE UND ZEITGESCHICHTLICHE EREIGNISSE

1729: im Rat zu Leipzig kommt es zu einem Beschluß über die am Vortag in der Nikolaikirche veranstaltete Orgelprobe; die Wahl fällt auf Johann Schneider, einen Bachschüler der Köthener Zeit und derzeitigen Violinisten der Weimarer Hofkapelle, aus Oberlauter bei Coburg;
offenbar legte man im Rat auch den Termin der voraussichtlichen Amtsübernahme durch Schneider fest – 1. August des nächsten Jahres – und bestimmte Carl Hartwig zum interimistischen Organisten zu St. Nikolai

Entstandene und aufgeführte Werke

am 1. Christtag früh mit Predigten zu Lk 2,1-14 ,
nachmittags mit Predigten zu Jes 9,2-8

1723: Christen, ätzet diesen Tag, BWV 63
Sanctus D-Dur, BWV 238 (?)
Magnificat Es-Dur, BWV 243a (nur nachmittags)
NK: D. Deyling; ThK: M. Rabener

1724: Gelobet seist du, Jesu Christ, BWV 91 (frühere Fassung)
Sanctus D-Dur, BWV 232 III
NK: D. Deyling; ThK: D. Carpzov

1725: Unser Mund sei voll Lachens, BWV 110
NK: D. Deyling; ThK: D. Carpzov

1728: Ehre sei Gott in der Höhe, BWV 197a
NK. D. Deyling; ThK: D. Carpzov

1729: Christen, ätzet diesen Tag, BWV 63
NK: D. Deyling; ThK: D. Carpzov

1730: Unser Mund sei voll Lachens, BWV 110 (?)
NK: D. Deyling; ThK: Lic. Sieber

1731: Gelobet seist du, Jesu Christ, BWV 91 (spätere Fassung), [eventuell auch erst 1732]
NK: D. Deyling; ThK: Lic. Sieber

1734: Jauchzet, frohlocket, auf preiset die Tage, BWV 248 I
NK. D. Deyling; ThK: D. Sieber

1743: Gloria in excelsis Deo, BWV 191
[Aufführung auch 1744 bis 1747 möglich]
NK: D. Deyling; ThK: M. Petzold

Persönliche und zeitgeschichtliche Ereignisse

1713: Beteiligung Bachs an den Feierlichkeiten zum siebzehnten Geburtstag des Prinzen Johann Ernst von Sachsen-Weimar

1720: Erdmann Neumeister, Hauptpastor der Jacobikirche in Hamburg, nimmt in seiner Weihnachtspredigt Bezug auf die wenige Tage zuvor vollzogene Organistenwahl, vgl. 19. 12. 1720

1729: Besuch Johann Caspar Voglers bei Bach in Leipzig; er hatte wenige Tage zuvor an der Organistenprobe um die Nikolaiorganistenstelle teilgenommen;
Bewerbungsschreiben Voglers von Leipzig aus um die Organistenstelle an der Görlitzer Peterskirche, die durch den Tod Christian Ludwig Boxbergs freigeworden war

1745: Dresdner Friedensschluß beendet den Zweiten Schlesischen Krieg zwischen Preußen, Sachsen und Österreich

1749: Anna Magdalena schenkt ihrem Sohn Johann Christoph Friedrich zum Weihnachtsfest eine Bibel mit Widmung: „Zum steten Andencken und Christlicher erbauung schencket ihrem lieben Sohn dieses herliche Buch Anna Magdalena Bachin Gebohrne Wülckin deine getreu und wohlmeinde Mama. Leipzig d[en] 25 Decembr:[is] 1749."

Entstandene und aufgeführte Werke

am 2. Christtag/Tag des Erzmärtyrers Stephanus früh mit Predigt zu Mt 23,34-39,
nachmittags mit Predigt zu Apg 6,8-15; 7,55-60

1723: Dazu ist erschienen der Sohn Gottes, BWV 40
ThK: Lic. Sieber; NK: Lic. Werner

1724: Christum wir sollen loben schon, BWV 121
ThK: Lic. Sieber; NK: Lic. Werner

1726: Selig ist der Mann, BWV 57
ThK: Lic. Sieber; NK: Lic. Werner

1734: Und es waren Hirten in derselben Gegend, BWV 248 II
ThK: D. Weise; NK: Lic. Werner

Persönliche und zeitgeschichtliche Ereignisse

1748: Taufe Johanna Elisabeth Bachs in Schweinfurt, Tochter Johann Elias Bachs und seiner zweiten Frau Anna Maria geb. Hüller, vgl. Bachs Brief vom 6. 10. 1748;
erstes Aufgebot des Brautpaares Johann Christoph Altnickol und Elisabeth Juliana Friederica Bach in der Wenzelskirche zu Naumburg, vgl. 19. 12. 1748

Entstandene und aufgeführte Werke

am 3. Christtag/Tag des Evangelisten Johannes früh mit Predigt zu Joh 21,15-24,
nachmittags mit Predigt zu Hebr 1,1-14

1723: Seht, welch eine Liebe hat uns der Vater erzeiget, BWV 64
NK: Lic. Werner; ThK: M. Krantz (ohne Musik)

1724: Ich freue mich in dir, BWV 133
NK: D. Schütz; ThK: M. Weise (ohne Musik)

1726: Süßer Trost, mein Jesus kommt, BWV 151
NK: M. Gaudlitz; ThK: [Prediger unbekannt] (ohne Musik)

1734: Herrscher des Himmels, erhöre das Lallen, BWV 248 III
NK: D. Schütz; ThK: M. Ibbeken (ohne Musik)

Persönliche und zeitgeschichtliche Ereignisse

1728: Begräbnis der Schwester Bachs, Maria Salome Wiegand, in Erfurt, die an einem der vorangegangenen Tage noch nicht einundfünfzigjährig gestorben war

1749: Brief Bachs an Graf Wilhelm von Schaumburg-Lippe in Bückeburg

27. 12. 1749

Hochgebohrner Reichs-Graf,
Gnädiger Graf und
Herr!

Ew. Hoch-Reichs-Gräflichen Gnaden erlauben gnädigst, daß meine Feder sich unterwindet, gegenwärtiges vor Dero hohe Augen zu legen, zumahl ich mich höchst verbunden erachte, vor das von Ew. Hoch-Reichs-Gräflichen Gnaden mir übersendete kostbare Andencken den unterthänigsten Danck abzustatten. Da auch Ew. Hoch-Reichs-Gräfliche Gnaden hohes Verlangen getragen, eines meiner Kinder Dero hohe Gnade zu würdigen, und in Dero Diensten zu haben; Als übersende hiermit meinen Sohn, und wünsche, daß er im Stande seyn möge, Ew. Hoch-Reichs-Gräflichen Gnaden vollkommene *Satisfaction* zu verschaffen. Übrigens bitte unterthänigst, so wohl mich als meinen Sohn Dero hohen Gnade ferner zu würdigen, der ich Zeitlebens seyn werde

Hochgebohrner Reichs-Graf,
Ew. Hoch-Reichs-Gräflichen
Gnaden

Leipzig den 27ten 10br 1749.

unterthänigst-gehorsamster
Knecht
Johann Sebastian Bach

28. DEZEMBER

Persönliche und zeitgeschichtliche Ereignisse

1719: Bach entrichtet in der Köthener Agnuskirche Gebühren für Kirchenstühle:
„Dec. den 28ten dito Die Fr: Capellmeisterin den neu angebaueten [Kirchenstuhl] N. 34 – 16 [Groschen]"

1720: „den 28. *Xbr.* Der Herr *Capell*-Meister vor den neu angebaueten *no.* 34. – 16 [Groschen]"

1749: Johann Gottlieb Graun, Konzertmeister in Berlin, äußert sich in einem Brief an Oberbürgermeister Thering in Frankfurt/O. zu einer Empfehlung, die Bach für den Orgelbauer Cuntius ausgesprochen hat: „Was unsern Herrn *Patron* den Orgelmacher *Cuntius* in Leipzig anlangt, so ist er ein *Limitatius* [einer, der etwas ganz gründlich untersucht], ich weis nicht wie ein Mensch so *impertinent* [gebietend] sein kann, er muß ja warten bis er verschrieben wird, und bin ich gewiß versichert, daß er nicht nur eine Minute sich in seiner Arbeit deswegen wird versäumt haben; ... Der Herr *Bach* in Leipzig hat mir zwar diesen Mann auch als einen *habilen* Menschen vorgeschlagen, da ich erst den *Hildebrandt* haben wollte.

Sollten aber Ew: HochEdelgebohren Lust zu den hiesigen Orgelbauer Nahmens *Miegendt* haben, so wollte ich indeß mit ihm sprechen“

29. DEZEMBER

Persönliche und zeitgeschichtliche Ereignisse

1708: Taufe der Tochter Catharina Dorothea, erstem Kind erster Ehe Bachs, in der Weimarer Stadtkirche St. Peter und Paul; die Paten sind der Archidiakonus Georg Christian Eilmar aus Mühlhausen, die verwitwete Schwägerin von Bachs Mutter, Martha Catharina Lämmerhirt aus Erfurt, und Bachs Schwägerin Johanna Dorothea Bach aus Ohrdruf

1717: „Der Neüangenommene CapellMeister Herr Johann Sebastian Bach bekömbt Monatlich 33 rthl. 8 gr. und hat Derselbe 1717 den 29 *Decembr* Von den 1sten *Augusti, 7bris [Septembris], 8br [Octobris], 9br [Novembris]* und *Decembris* biß zum 1 Jan: 1718. baar Laut q[uit]tung empfangen 166 [rthl. und] 16 [Groschen]“

1743: Johann Ludwig Krebs, Bachs Schüler, bewirbt sich unter Berufung auf das „bereits auf Academien durch den treul. Unterricht des berühmten Meisters unserer Zeit, des Herrn Hoff-Compositeurs Bachs in Theoreticis als Practicis der Music besonders in der Composition“ Erlernte und Erreichte um die Zeitzer Schloßorganistenstelle

Entstandene und aufgeführte Werke

am Sonntag nach Weihnachten mit Predigt zu Lk 2,33-40

1714: Tritt auf die Glaubensbahn, BWV 152
Schloßkirche Zur Himmelsburg zu Weimar: Generalsup. Johann Georg Layritz

1725: Gottlob! nun geht das Jahr zu Ende, BWV 28
ThK: D. Weise

Persönliche und zeitgeschichtliche Ereignisse

1722: Bach erhält in Köthen 1 Taler und 8 Groschen „vor neue Befederung des großen *Clavecins*, inschließlich der Saiten“

1729: Bachs Schüler David Nicolai bewirbt sich um die Organistenstelle an der Görlitzer Peterskirche und legt den empfehlenden Brief Bachs vom 17.12.1729 bei;
Siegismund Freudenberg, Bachs Schüler seit Frühjahr 1728, bewirbt sich um die Kantorenstelle an der Friedenskirche in Schweidnitz und beruft sich dabei auf seinen Unterricht bei Bach, vgl. 11. 4. 1731

1743: Christian Gottlob Wunsch bewirbt sich ohne Erfolg um die Schloßorganistenstelle in Zeitz: „Nun ich denn seit einigen Jahren zu Erlernung der Music und besonders zu gründlicher Excolirung des Clavirs und der Orgel mich in Leipzig aufgehalten und mich des Unterrichts des Capellmeister und Hoff-Compositeur Bach zwey Jahr nach beygehender Abschrifft meines Attestats sub A bedient“, vgl. 16. 12. 1743

1750: Wilhelm Friedemann Bach muß sich vor dem Kirchenkollegium der Marktkirche Unser Lieben Frauen in Halle wegen seiner langen Abwesenheit von Michaelis bis Weihnachten verantworten

Entstandene und aufgeführte Werke

am Sonntag nach dem Christfest mit Predigt zu Lk 2,33-40
1724: Das neugeborne Kindelein, BWV 122
ThK: [Prediger unbekannt]

Persönliche und zeitgeschichtliche Ereignisse

1725: beantwortende Eingabe Bachs auf das Schreiben der Universität an den sächsischen Kurfürsten vom 29. 10. 1725 mit beigegebenen schriftlichen Zeugnisaussagen der beiden Kantorenwitwen Maria Elisabeth Schelle und Sabina Elisabeth Kuhnau vom 17. 12. 1725
1731: Mietzahlung von 30 Talern aus der Kasse der Ratseinnahmestube für die Interimswohnung Bachs bei Dr. Dondorff in der Hainstraße

ABKÜRZUNGEN

Gen:	Genesis
Ex:	Exodus
Num:	Numeri
Dt:	Deuteronomium
Jos:	Josua
2Sam:	2. Samuel
1Kön:	1. Könige
2Chr:	2. Chronik
Neh:	Nehemia
Ps:	Psalm
Spr:	Sprüche
Jes:	Jesaja
Jer:	Jeremia
Kld:	Klagelieder
Dan:	Daniel
Hos:	Hosea
Sach:	Sacharja
Sir:	Sirach
Mt:	Matthäusevangelium
Mk:	Markusevangelium
Lk:	Lukasevangelium
Joh:	Johannesevangelium
Apg:	Apostelgeschichte
Röm:	Römer
1Kor:	1. Korinther
2Kor:	2. Korinther
Gal:	Galater
Eph:	Epheser
Phil:	Philemon
1Tim:	1. Timotheus
Tit:	Titus
1Petr:	1. Petrus
1Joh:	1. Johannes
Hebr:	Hebräer
Offb:	Offenbarung

Zeittafel zum Leben Johann Sebastian Bachs

1685	21. März	in **Eisenach** geboren, Taufe am 23. März
1695	Ostern	nach dem Tode der Eltern Übersiedlung nach **Ohrdruf**
1700	15. März	Abreise nach **Lüneburg**
1702	Juli	Anwärter der Organistenstelle St. Jacobi, Sangerhausen
	19. Dezember	Hofmusikus und Lakai in **Weimar**
1703	9. August	Organist der Neuen Kirche **Arnstadt**
1705	November	Reise nach Lübeck zu Buxtehude, Rückkehr 5. Februar 1706
1707	Juli	Organist Divi Blasii in **Mühlhausen**
	17. Oktober	Trauung mit Maria Barbara Bach in Dornheim
1708	Juli	Hoforganist in **Weimar**
1713	Dezember	Bewerber um die Organistenstelle der Marktkirche zu Halle
1714	2. März	Ernennung zum Konzertmeister in Weimar
1717	26. März	Passionsaufführung in Gotha, Interesse an der Stelle des Hofkapellmeisters (?)
	August	Hofkapellmeister in **Köthen**, Dienstantritt erst im Dezember
1720	Juli	Tod seiner Frau Maria Barbara
	November	Interesse an der Organistenstelle zu St. Jacobi in Hamburg
1721	3. Dezember	Trauung mit Anna Magdalena Wilcke in Köthen
1723	31. Mai	Dienstantritt als Thomaskantor und Director musices in **Leipzig**
1727	17. Oktober	Trauerakt für die sächsische Kurfürstin Christiane Eberhardine, Universitätskirche zu Leipzig
1729	März	Trauerfeierlichkeiten für Fürst Leopold von Anhalt-Köthen

1731	Juni	Umzug der Familie in die Hainstraße, Rückkehr April 1732
1747	7. Mai	Empfang durch Friedrich den Großen in Potsdam
1750	28. Juli	in Leipzig gestorben
1760	27. Februar	Tod seiner Frau Anna Magdalena

Weitere Veröffentlichungen zu Bach in der Evangelischen Verlagsanstalt

Martin Petzoldt
Ioanni Sebastiano sexagenario
Eine Erzählung um den sechzigsten Geburtstag Johann Sebastian Bachs

2. Aufl. 1999 · 91 Seiten · Klappenbroschur
DM 19,80 / öS 145,–/ sFr 19,–
ISBN 3-374-01571-9

Bach-Jahrbuch 1999
Im Auftrag der Neuen Bachgesellschaft herausgegeben von Hans-Joachim Schulze und Christoph Wolff
85. Jahrgang 1999

Das Bach-Jahrbuch ist eines der wichtigsten Organe der Bach-Forschung. Es besteht seit 1904 und erscheint in diesem Jahr im 85. Jahrgang. In den letzten Jahrzehnten berücksichtigte das als Kompendium anzusehende Jahrbuch bewußt die internationale Bach-Forschung, besonders die amerikanische.

1999 · 208 Seiten · 14,5 x 22 cm · Broschur
DM 24,80 / öS 181,– / sFr 23,–
ISBN 3-374-01763-0

Christoph Wolff (Hg.)
Über Leben, Kunst und Kunstwerke
Aspekte musikalischer Biographie
Johann Sebastian Bach im Zentrum

1999 · 344 Seiten · zahlr., teils farb. Abb.
15 x 23 cm · Lw. geb.
DM 49,80 / öS 364,– / sFr 46,–
ISBN 3-374-01766-5